A Textbook of TRANSLATION

Peter Newmark◎著 賴慈芸◎編譯

翻譯教程

翻譯的原則與方法

作者序

這本書寫了五年。其中部分手稿，兩度在旅行中被偷而重新寫過，希望寫的比第一次好些——這是所有手稿遺失、遭竊或被盜用的作者共同的小小心願。寫作期間又數度因爲撰寫研討會論文而中斷，其中四篇論文已收編於此書，但也有其他論文因爲太過專門而無法收錄。這不是一本傳統的教科書。原本的計畫是提供數種語言的文本讓讀者／學生練習翻譯，但後來我改在附錄中提供了一些翻譯文本分析、譯文與評語、翻譯批評的例子。希望這些例子有助於說明我在書中提出的論點，也希望你在做此類練習的時候，能以這些例子作爲範本[1]。

如果本書有個統一的主題，那就是希望能對譯者有用。書中各種理論，只是實際翻譯的通則而已。我所提出的觀點，你可以贊同、反駁，或只是停下來想一想。

我所使用的術語，都在書中加以解釋，書末並附有詞彙表。

我希望讀者能一併閱讀我的前一本書《翻譯的途徑》（*Approaches to Translation*），這本書在許多方面都是前一本書的延伸和改寫。尤其是處理機構名詞和後設語言的部分，前書寫得比較詳盡。

我不喜歡重複自己說過或寫過的東西，因此我把關於格位語法的論文直接附在書裡，因爲目前我對格位語法的看法都在裡面了。

這本書不是學者寫的。我曾經在《法國研究》（*French Studies*）上發表了一篇有爭議性的論文，主題是十七世紀法國詩人高乃伊（Corneille）的作品《賀拉斯》（*Horace*），之後有許多人鼓勵我將其發

---

1 譯者註：但考慮到附錄的例子是英、法、德三種語言間的互譯，對中譯本的讀者較不適用，以及原語料的授權問題，中譯本將另提供英漢翻譯的習作及分析取代。

展爲博士論文。但取得博士學位的過程中有許多我不感興趣的部分，所以我後來放棄了。有一位德國教授拒絕評論《翻譯的途徑》，理由是書目有錯誤，這眞是令人遺憾的事（我要求他指出錯誤所在，他拒絕了，但後來他改變想法而又願意評論了）。但學術細節在這兩本書中都不重要。

我有點傾向於「直譯派」，但我追求的是事實和準確。我相信字彙就和句子、文本一樣有其意義。除非是模稜兩可的文本，否則如果你偏離直譯，應該要有語義和語用的好理由。可惜許多偏離直譯的翻譯作品都沒有讓人信服的理由。但這也不意味著我是「字彙絕對至上論」的信徒（曾經有人這樣指控我，卻拿不出證據）。翻譯沒有「絕對」可言，一切都還要看條件而定，任何原則（例如準確原則）都可能與其他原則（例如精簡原則）互相衝突，或至少有緊張關係存在。

雖然我有時候眞的很想拋棄翻譯的兩大包袱，也就是說了又說的「上下文」和「讀者」，但可惜我們永遠不能這麼做。我只能說，有些字彙比其他字彙更不受上下文的限制，有些讀者（像是說明書的讀者）比其他讀者（像是詩的讀者）更爲重要。沒有讀者就沒有說明書存在的必要了，但詩人和其譯者可能都只爲了自己而寫作。

語言學家韓里德（Halliday）曾說，語言完全是社會現象，因此他把比勒（Bühler）的表述或呼喚功能合併在人際功能中，說語言的前兩種功能並沒有區別。我不贊同這樣的說法，我相信這是個信念或哲學的問題。但我在某種程度上也只是強調的重點（與反應）不同，而不是與他持截然相反的立場。就像個人置身於龐大的社會中一樣，單一的字彙也被龐大的文本所包圍。我只希望能恢復兩者的健康關係，重新取得平衡。既然作者以某種類型的文本表達其個人的想法，譯者就應該個別地表達作者的想法，即使有人說譯者不過是受到當時社會言談常規所影響，或符合當時的社會言談常規而已。

寫這樣一本關於翻譯的書，我意識到這雖然是一門古老的行業，卻是新的專業。因此目前關於翻譯的知識和假設都還很新，經常有爭議，立場也起伏不定。

本書的目的，在於盡量全面性地討論翻譯過程中會出現的議題和問題。（至少就這個目標來說，本書算是第一本。）雖然其中幾個章節或許會有爭議，但本書的目的還是作爲譯者的參考用書。不過，十八章的某些題目寫的還不夠，只能給你一些提示而已。我希望將來能擴充本書（我最後一本關於翻譯的書），並誠摯歡迎可供改進的各種建議。

致謝

我誠心感謝經常與我討論的 Pauline Newmark、Elizabeth Newmark 和 Matthew Newmark；在本書每個階段都幫助我甚多的 Vaughan James；高明辨讀我手寫稿的 Vera North，還有 Mary FitzGerald、Sheila Silcock、Margaret Rogers、Louise Hurren、Mary Harrison、周兆祥、Hans Lindquist、René Dirven、Robin Trew、Harold Leyrer、David Harvey、Jean Maillot、Christopher Mair 及 Geoffrey Kingscott。

推薦序（一）

晚近隨著科技日新月異、國際交流日益頻繁，地球村的態勢已略具雛形；而網際網路的迅速、普及發展更是一舉打破、瓦解了資訊傳播的傳統疆界與藩籬。隨著國際經濟、政治、文化、科技各方面交流日趨頻仍，翻譯所扮演角色之重要不言可喻。大至聯合國與歐盟，小到各行各業對翻譯（包括口譯與筆譯）人才的需求亦日益殷切。在社會上，翻譯產業的未來前景一片光明。放眼學術界，在強調結合國際觀與本土化、整合不同學門的跨科際文化研究方興未艾之際，先天上具有跨越、結合不同語言、文化的傳統翻譯學科亦藉機脫胎換骨，擺脫先前的學術附庸位階，趁勢演化成令人耳目一新的「翻譯研究」（Translation Studies）。依目前全球化浪潮風起雲湧的發展趨勢，在可見的將來，「翻譯研究」一躍而成爲明日的顯學，也是水到渠成、再自然不過。

翻譯依不同情況可以是項藝術，也是門學問，更是種可以教、需要教、可以學、需要學的技巧。這也是國、內外許多大學或學術機構紛紛開設翻譯課程或設立翻譯學系、翻譯中心、翻譯研究所，甚至翻譯學院的基本前提。然而如果翻譯可以教、可以學是可接受的基本前提，那麼如何教？如何學？卻是沒有標準答案的一大難題。在翻譯（不論是筆譯或口譯）教學中，尋覓適當的教材往往是授課老師所面臨的第一道共同難題。有鑑於此，國立台灣師範大學翻譯研究所目前正投入大量人力物力試圖建立「中英口譯資料庫」，希冀藉此根本解決優良口譯教材難覓的問題。而在筆譯教材方面，本所賴慈芸教授花費相當心血完成，紐馬克(Peter Newmark)教授的名著《翻譯教程：翻譯的原則與方法》(*A Textbook of Translation*)中譯本之付梓，對中文筆譯學界而言，更是久旱逢甘霖，可喜可賀。

紐馬克教授這部經典之作自從1988年在英國出版以來深受國、內外翻譯學界的一致好評，並被廣泛運用在翻譯教學中，稱得上是目前最受歡迎的翻譯教科書。就筆者所知，在台灣的翻譯研究所或外文／英文研究所中所開授的筆譯課程中，絕大多數亦以本書爲主要教材。的確，本書內容包羅萬象，幾乎涵蓋了翻譯過程中所牽涉到的各種問題與議題，除了方便教師在課堂上與學生討論外，也頗適合對翻譯感興趣者私自研習之用。遺憾的是，在過去十多年來，由於缺乏中文譯本，本書的受惠者侷限於翻譯研究所與外文系所的少數師生。所幸，隨著本書中譯本的問世，這種令人遺憾的情況即將改觀。

本書譯者賴慈芸教授學有專精，是國內極少數獲有翻譯博士學位的年輕學者；她中英文造詣俱深，理論與實務兼具，是翻譯本書的不二人選。近幾年來，賴教授除了在師大翻譯研究所開授「中國翻譯史」、「西洋翻譯思想史」、「翻譯概論」、「文史哲筆譯」等課程外，亦時常針對目前華文翻譯現況發表相關學術論文與見解，對中、英文翻譯的理論與實踐頗有獨到的洞見與貢獻。賴教授在翻譯本書過程中，曾在課堂上與學生多方討論琢磨，將書中理論實地操演一番，爲翻譯的理論與實踐做了最佳的註解。更難得的是，在中譯本中，賴教授除了因地制宜地刪減原著中一些不合時宜的譯例外，更適時地加注了她個人寶貴的教學經驗與讀者分享。本中譯本的問世可謂是賴教授多年來從事筆譯教學的心血結晶與成果展現，也是她在翻譯教學、研究之餘，對華文翻譯界的另一具體貢獻。

翻譯是兩種語言、文化的雙向溝通與交流。面對翻譯的使命與挑戰，除了外文系師生責無旁貸外，論理上中文系師生更應有「捨我其誰」的氣魄與擔當。無奈的是，過去在「外文系學生都／才可以翻譯」的迷思下，除極少數例外，中文系師生在台灣的翻譯舞台幾乎全面缺席，翻譯成／淪爲外文系師生壟斷的專利，這種偏頗現象絕非翻譯界之福。有感於此，賴教授在本書〈譯者序〉中曾呼籲，中文系也／更應開設翻譯的相關課程，積極培養翻譯人才，不能讓外文系專美於前。這種出自這位台大中文系系友口／筆中的呼喚，無疑是語重心長、滿懷期待的。期待中文系師生不要繼續「讓賢」，不應在台灣翻譯論壇中繼續沈默下去。

對中文讀者而言，這本《翻譯教程：翻譯的原則與方法》的問世開啓了嶄新的一頁。此書除了提供翻譯者一本優良的參考書外，更提供了中文學界一個參與討論翻譯的絕佳架構與平台，就等著廣大中文讀者的參與對話與迴響。

國立台灣師範大學
翻譯研究所所長　賴守正
2005. 10. 25. 於台北

推薦序（二）

翻譯研究（Translation Studies）成爲一門獨立學科是晚至二十世紀下半期才蓬勃發展，雖然過去幾十年來全球在翻譯研究議題的深度和廣度上都有顯著成長，但翻譯教學的探討仍是屬於相對邊陲的領域。台灣近年來則由於國際化呼聲高漲，帶動翻譯意識的提升和專業人才的需求，國內的翻譯教學有突顯大興之勢。翻譯系所於短短幾年間劇增，截至94學年度止已設有四所翻譯研究所（師大、輔仁、長榮、彰師大），四個翻譯學系（長榮、立德管院、屏商技院、文藻外語學院），其他以翻譯爲學程的系所更是所在多有（如台北大學應用外語學系），一般外文系和應用外語系也都必開翻譯相關課程，使翻譯躋身專業技能行列，亦直接提高翻譯教學的地位。但是不可諱言，現時國內的翻譯教學在理論研究和實務方法上仍呈現質量不足的窘況，實有推廣深化及創新之需要。

翻譯在過去常被視爲學習外語的輔助科目，並未受到重視，直至1988年輔仁大學首創翻譯學研究所，才標示翻譯學正式晉身學術殿堂的里程碑。其後各大專院校雖紛紛競設翻譯系所和課程，但因爲翻譯作爲一門專業學科在課堂上教授的期間並不長，教師對翻譯教學的目標、方法、教材和評量方式都尚未形成共識，而其中最大的教學困難就是難覓兼具理論深度和實務效用的翻譯教科書。目前坊間儘管不乏標榜所謂教授翻譯技巧的書籍，但大多是作者個人翻譯經驗的直感式抒發，或以主觀評斷介紹個別字彙、習語或句型的對譯技巧，或只注重評析疑難詞語的翻譯，往往流於瑣碎片面，只能提供個別問題如何翻譯的對策，卻無法說明爲何要如此翻譯的根本原理，更遑論建立普遍性的翻譯通則，只見樹而不見林，因此難稱具有任何理論基礎。此類書籍若要作爲課堂使用的教科書，常讓教師在教學上有缺乏整體性而無所適從之感。

直至培生教育出版公司翻譯出版國際著名的翻譯理論和教學專家紐馬克（Peter Newmark）的大作《翻譯教程：翻譯的原則與方法》（*A Textbook of Translation*），我們總算可以確定，國內眾多翻譯教師對於優質翻譯教科書的需求期待終於可以得償。原書作者紐馬克出生於捷克斯拉夫，幼時移民至英國，及長畢業於劍橋大學後從事英德、英法等歐語之間的翻譯工作。其後曾任中倫敦理工學院（Polytechnic of Central London）語言學院院長和語言學家學會（Institute of Linguists）的會長，學術地位崇隆，在翻譯理論、實務和教育工作上皆卓有建樹。他的著述雖然不多，但每本書都是擲地有聲，深具分量。其中在翻譯教學上的代表作即是《翻譯教程：翻譯的原則與方法》，本書曾榮獲英國應用語言學協會獎，並譯成數國語言（如希臘文、西班牙文等）。筆者過去在師大譯研所以及赴美攻讀博士期間所修的翻譯課程，亦都以此書爲指定教材，足證該書風行之程度。如今得見中文版本問世，欣喜之餘，相信定能嘉惠更多華文圈有志修習譯學的人士。

本書可貴之處在於理論鮮明紮實，並提供各種文類和語言對譯的實例，讓譯論與譯例相互印證補充，既重視理論指導，又強調技能實踐，可謂見林又見樹。進一步而言，紐馬克在本書中闡述了翻譯的程序、方法、分析單位、批評等以及其他諸多翻譯界相當關注的議題，並提出自己獨特的見解。其主要論點在於翻譯時必須考慮翻譯的目的、讀者的需求和文本的類型，而在面對不同的語篇類型時就需用不同的翻譯方法。尤其是他將語言的主要功能區分爲表述（expressive）、資訊（informative）和呼籲（vocative）三種，並主張以溝通翻譯法（communicative translation）來譯資訊類和呼籲類的文本，另用語義翻譯法（semantic translation）來譯表述類的文本。這樣的翻譯觀點務實而有系統，豐富了我們對翻譯的思維，也影響全球譯界甚深。本書中更詳加說明如何以上述觀點來翻譯隱喻（metaphors）、新詞（neologisms）、科技、文學和權威性文類，並探討翻譯與文化、語言的關係，以及如何使用工具書和準備翻譯考試等，內容廣博而充實，將翻譯活動的實質義蘊展露無遺。

而本書譯者賴慈芸教授，目前執教於國內譯界最高學府的台灣師範大學翻譯研究所，本身專擅翻譯理論與翻譯史，同時戮力培育專業筆譯工作者，可說是國內無數譯者的共同導師。賴教授在譯壇早享盛名，又具有翻譯科班出身的碩博士學位，於港台兩地的譯作皆得過翻譯獎項，其譯筆清麗脫俗，加上說理清楚，確實是翻譯紐馬克這本大作的不二人選。本書譯成之後，不僅大專翻譯系所的翻譯理論和實務課程得享國際級的教材指引，用以增進莘莘學子的翻譯能力和翻譯意識，也是有志自學鑽研翻譯專業者案頭必備的專書。此外，更衷心期盼這本重量級譯書的問世，能爲國內翻譯教學的理論發展和課堂實施注入源頭活水，引領更多的優秀教師投入研究翻譯和作育譯者的行列，進而提升台灣整體譯事生態的水準。

廖柏森

2005 年 10 月

於國立台北大學應用外語學系

譯者序

我深感榮幸能翻譯紐馬克教授的這本經典之作。1998年，我在香港曾與紐馬克教授有一面之緣：當時他是研討會的貴賓，而我還是博士班學生。轉眼間我已教了七年的翻譯，而翻譯這本書的過程，也讓我自己先讀者／學生一步，有機會全面反省十餘年來的翻譯實務經驗，與近年來的翻譯教學經驗，受益良多。

本書適合大學部高年級、研究所的翻譯習作、翻譯概論課程，以及有興趣成爲專業譯者的自修人士使用。如果是大學部課程，教師可以搭配其他翻譯習作進行，作爲一學年的課程；如果是研究所課程，由於已有其他實作練習課程，因此可以獨立教授，作爲一學期的課程。

台灣的翻譯學科大約萌芽於1980年代末期，也就是本書出現的年代。這些年來，愈來愈多學生在翻譯研究所及各種訓練課程中接受了專業訓練，逐漸擺脫「外文系學生都可以翻譯」的迷思。但另一方面，雖然許多外語科系都有翻譯課程（其實我倒覺得中文系也應該開設翻譯課程），但還是有許多教師與學生難以擺脫語言學習的框架，除了逐句、逐篇練習之外，似乎缺乏一個可以討論翻譯的整體架構；而面對一般讀者對翻譯的種種迷思，翻譯工作者也有難言的焦慮感，不知如何「證明」自己的專業。

我希望這本書可以提供這樣一個架構。在教室之內，可以讓師生好好討論翻譯，而不是永遠都在教外語和改錯，沒有錯誤就只能「見仁見智」，老師憑直覺批評，而學生則（錯誤地）要求老師提供「正確」答案。在教室之外，也可以讓譯者、書評者、編輯、讀者等有所依據，能夠比較精確地談論翻譯，而不是永遠都在挑錯，或是一律以

「忠實」、「通順自然」、「頗有文采」等泛泛之詞，作爲評論翻譯作品的標準。

必須說明的是，雖然這是一本談翻譯原則的書，但由於紐馬克教授的語言組合是西歐語言的互譯，難免有一些譯例不適用的情況，因此中文譯本稍微刪減了一些西歐語言對譯的例子，並在註腳中盡量加入中文的例子，以協助讀者了解紐馬克教授的論點。有些涉及前蘇聯、前東西德、南斯拉夫等政體的段落，由於在政局變遷之後已不適用，也會稍加刪節。有些例子則會挪到註腳，讓段落主旨更清晰。我們預設讀者大部分是以中英文爲工作語言，內文中引用非英文的部分會以斜體表示，也盡量在所有引用法文、德文的地方加上中譯。不過這些中譯純粹爲了凸顯語言特徵，有時未必是自然的中文，請讀者諒察。

另外，翻譯理論的專業術語方面，我們雖然參考了大陸、香港和台灣許多學者的著作或翻譯文章，也參考了語言學與翻譯的工具書，但仍有許多術語未有定譯。因此我們最後決定，術語只求在本書中前後一致，定義清楚，合乎本書需求即可；這也符合紐馬克教授一貫秉持的實用態度——對譯者有用最重要。書末附有中英文詞彙對照表，有興趣研究理論的讀者可以查看。

本書譯完之後，我一方面利用譯稿進行試教，一方面也根據本書的架構設計了一系列練習題，旨在提升學生對外語和母語的敏銳度（包括正式程度不一的翻譯、分析中文的新詞與外來語等等），並學習如何分析文本、採用不同翻譯方法及實際評論翻譯作品。這些練習題與學生的作業範例，將會另冊出版。

最後，感謝在本書翻譯期間給予協助、並參與討論的師大翻譯研究所學生，包括彭臨桂、陳穎萱、邱思潔、謝儀霏、黃建強、蔣宜臻、蔡淑菁、徐函筠、彭建銘、龐元媛，以及初稿完成之後參與討論習題的其他研究生。誠如紐馬克教授書中所說，翻譯不可能沒有錯誤，重點是譯者不要犯同樣的錯。本書的翻譯也一定有錯誤和不妥的地方，希望各位教師、譯者同行、學生及讀者能不吝指教，讓我有改進的機會。

賴慈芸
2005 年
於國立台灣師範大學翻譯研究所

目錄

圖表目錄

※翻譯練習(原書Part II) 另冊出版。

第 1 章

導論

Introduction

我寫作本書的目的，是作爲大學高年級和研究所階段的「翻譯原則和方法論」課程所用，也適合自學者研讀。我的目標讀者除了以英語爲母語的學生之外，也包括英語非母語的學生。我也會提供一些英語文本和例子來討論。

我假設讀者都在學習將外語翻譯成你們的母語，因爲唯有如此，你們的翻譯才能自然、正確、有效率。但實際上有許多譯者將母語翻譯成外語，主要是「服務功能」的翻譯（“service” translation），這樣的譯文常讓人莞爾一笑。

另外，我也假設你們至少有一種外語的「閱讀和理解能力」已達到大學程度；對於三個翻譯的主要領域，至少對其中之一感興趣：（a）科學和科技；（b）社會、經濟或政治議題和制度；（c）文學和哲學。能領薪水的工作通常只有（a）和（b），而（c）通常是按件計酬的。

但切記：能察覺語言細微的意涵，以及優秀的、清晰的、簡潔的、風格多元的母語寫作能力，遠比外語能力和專業知識還要重要。好的寫作者只要使用常識，並對語言有高度的敏感度，通常就能避免錯誤語法和誤讀文意。

寫作能力跟擅長「作文」或在學校裡學到的「母語」知識都沒什麼關連。擅長寫作的意思是指描述物品或事件時，你的用語適當、字序正確；不斷潤飾你的寫作，一改再改（翻譯永遠可以再修稿）；增加自己的母語字彙，擴增新知和外語字彙；能靈活地使用母語語法，包括當代不斷擴充的用法。寫作能力和翻譯一樣都是可以學習的：你不是天生就會寫作，你現在也不一定寫得好，但你必須下決心成爲好的寫作者，可以用新鮮的語言來描述新的體驗。

除此之外，好的寫作是有條理而切題的——學習在敘述主題時，建構明確的破題、正文和結論。破題界定出主題；正文進一步說明論點的正反兩面看法；結論陳述你自己的意見——沒有不相干的廢話。

譯者對其母語必須要有敏銳的洞察力和語感。這種「第六感」一點也不神祕，它是智慧、敏銳度、直覺以及知識的綜合。這種第六感通常在最後潤飾時出現，告訴你什麼時候該貼著字面翻譯；還有大約每一百字到三百字之間，會有一次靈光乍現，告訴你什麼時候該破格，大膽打破所有的「翻譯原則」。

我不能將你變成好譯者，也不能將你變成好的寫作者。我只能提出建議，告訴你翻譯的一般原則。我會提出分析來源語（SL ， Source Language）文本的方法，討論兩種基本的翻譯方法，以及說明處理文章、句子和其他語言單位的各種方式。我也會探討意義、語言、文化和翻譯之間的關係。希望我在書中列出的許多例子，能提供足夠的練習，提升你們的翻譯表現。

翻譯是什麼？通常的定義是（但不是絕對的）：將文本的意義，依照作者在原文的意思，以另一種語言呈現。直覺上，這應該很簡單，就像以一個語言陳述的意思，也可用另一個語言陳述。另一方面，你也可能會認爲這個過程很複雜、矯揉造作、虛假不實，因爲使用另一個語言時，你其實在假扮另一個人。因此，對於許多類型的文本（法律的、公文的、方言的、本土的、文化的），譯者雖然試圖將來源語的每個字都忠實地轉換成目標語（TL ， Target Language）。可惜正如穆寧[1]所寫的：翻譯無法複製原文或等於原文。因此，譯者的第一

1 George Mounin，法國語言學家。著有 *Les Problèmes théoriques de la traduction* (1963)（翻譯的理論問題）一書。

步就是變形[2]。

一份文本在翻譯時會往十個方向拉扯：

(1) SL 作者的個人風格或慣用語。何時該保留；何時又該正規化[3]？

(2) SL 中，這類文本的主題和情境所慣用的文法和詞彙[4]。

(3) SL 文化或第三語言（非 SL 也非 TL）[5]文化特有的項目。

(4) SL 中，書籍、雜誌和報紙等的特定文本形式，其形式受到當時傳統的影響。

(5) 對預設讀者的期待，應考量讀者對主題所知程度、使用的語言風格，並以最通用的方式呈現，因爲譯者不應低估（或高估）讀者群的水準。

(6)、**(7)**、**(8)** 與 **(2)**、**(3)**、**(4)** 相同，但是 SL 換成 TL。

(9) SL 文本內描述或報導的內容，哪些是已經確定或查證的資訊（指涉事實），儘管查證之後也許與 SL 文本相異或不符合讀者的預期[6]。

(10) 譯者的個人主觀想法、觀點和偏見，以及譯者所處的社會和文化，即「團體忠誠因素」，可能會表現出對國族、政治、族群、宗教、社會階級、性別等等的預設立場。

當然，翻譯也有許多其他的兩難關係，例如重聲韻還是重文意、重強調（特殊字序）還是重自然（遵守文法）、重比喻意象還是重字面意義、重簡潔還是重完整、重精簡還是重正確。

---

2 原文 “The first business of the translator is to translate.” 其中的 translate 一語雙關：既是「翻譯」，也是「變形」。最有名的句子就是《仲夏夜之夢》的 “You are translated!”（你變樣兒了！）此説法與中文的「譯者，易也」頗有異曲同工之妙。

3 例如，將黑人英語翻譯成中文時，如何在譯文中保留錯誤拼法與用法的痕跡（不標準的中文或寫法），何時又宜以標準的中文來翻譯，泯滅非標準語的痕跡。

4 例如 complain 一字，一般譯為「抱怨」，但在醫學上則稱為「主訴」。因此若翻譯醫學文本，就不能用「抱怨」來翻譯。

5 例如在英文文本中出現的印度傳統服裝。

6 例如，SL 文本描寫某病的成因是環境所引起，但後來研究證實是基因引起的。

圖 1 顯示各種相衝突的力量將「翻譯」往不同方向拉扯。這個圖表並不完整。還有一種衝突是發生於本義和溝通意義之間，或說語義意涵和語用意涵之間。你什麼時候該將 *Il fait froid* 翻譯成「天氣很冷」（本義），而什麼時候該翻譯成「我很冷」、「我要凍僵了」、「我快冷死了」（溝通意義）？在這麼多衝突之下，看起來翻譯似乎是不可能的任務。但實非如此。

爲什麼我要寫一本這樣的書？因爲我認爲翻譯是一門學問，如果將這門學問用於解決翻譯問題，能有助於對譯者的訓練。在國際組織、政府機關、公司和翻譯社（現在通常稱爲翻譯公司）進行的翻譯工作，是從二次世界大戰後才開始，歷史很短；即使到現在，也不是所有人都認爲每一種語言（現在有四千種語言）的價值都相同、都同等重要、每個人都有權利講和寫自己的母語，不管它是國家語言還是少數語言（大多數國家至少是「雙語國家」）。翻譯工作必須靠譯者、校稿者和術語學家的合作，通常寫作者和客戶也會加入（文學作品必須由第二位以 TL 爲母語的校稿者審稿，最好也能由以 SL 爲母語者審稿），在這個過程中，逐漸達到對譯文的共識。然而，最後只有一個人

圖 1　翻譯動力圖

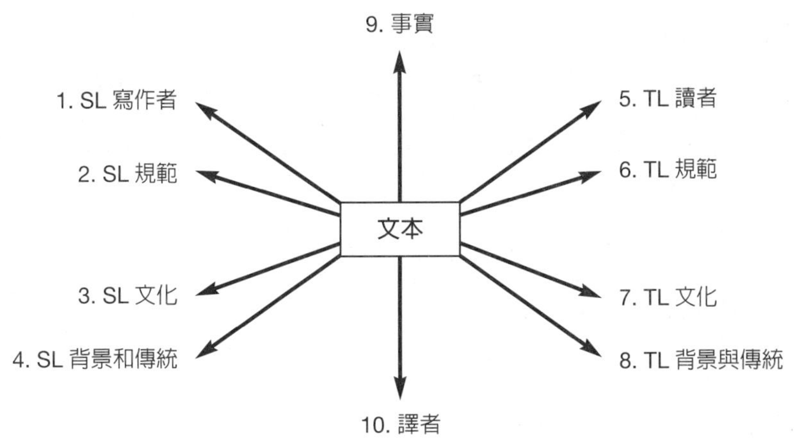

可爲翻譯作品負責，一份作品一定會有個人的風格。本書的基本原則是：所有文本都是可譯的，譯者不能說有文本不可譯。

傑出的口譯員兼作家莎樂絲高維琪[7]曾說：「但凡以一種語言說出來的內容，都可用另一種語言表達——前提是這兩種語言的文化發展程度相當。」其實她的前提是不必要的。譯作讀者的文化和教育層次大都與原文讀者不同，通常是「較低」或較早期，因此翻譯是一種教育的工具，也是傳遞眞相的工具，例如將電腦科技介紹給南非荷撒族。「異國」社群有自己的語言結構和文化，「異國」人有自己的思考方式和獨特的表達方式，但這一切都可以解釋，而翻譯至少是一種解釋的方法。沒有語言或文化會因爲太過「原始」，而不能夠接受某些詞彙和觀念，例如電腦科技或宗教聖歌。只不過，將電腦科技翻譯到沒有此科技的文化中，所花的時間會比較長。如果要表達來源語文本的所有觀念，目標語需要用更長的篇幅來說明。因此，雖然翻譯都是可能的，但因爲多種原因，它的作用可能會跟原文不同。

翻譯工作自有其刺激和趣味。令人滿意的譯文是有可能的，但好的譯者永遠不會對此滿意。譯文通常都能改進。所謂完美的、理想的或「正確的」譯文並不存在。譯者會不斷努力擴充知識，增強表達方式，他們總是不斷追根究柢、字字斟酌。他的工作有四個等級：第一、翻譯是科學，需要了解和查證事實，並擁有描述事實的語言，能辨認出什麼是錯誤的事實；第二、翻譯是技巧，需要用合適的語言和可接受的語法；第三、翻譯是藝術，這點區隔出好的寫作和不好的寫作，這個翻譯等級是創意的、直覺的，有時得靠靈感；第四、翻譯是品味，這個等級是無法爭論的，每個譯者都有自己的偏好，優秀的譯文都會顯示出個人的風格。

7 D. Seleskovitch，專業口譯員及學者，曾為戴高樂總統擔任口譯工作，巴黎高等口筆譯學院第一任校長，著有 *Interpreting for International Conferences* (1978)等書，中文譯本有《口譯理論實踐與教學》(簡體字版)。

雖然有些好的譯者（就像一些好演員）是「天生好手」，但我認爲譯者的實際需求如此之大，而關於翻譯的討論仍侷限在毫無意義的翻譯可行性[8]，因此，若能提供各種文本和例子，一定能幫助念翻譯的學生和想成爲譯者的人。要成爲譯者，不一定要看本書；但本書很實用。「翻譯」是溝通工具、文化傳遞工具、學習語言的技巧（諸多技巧之一，需謹慎使用）與個人喜悅的來源，而我想建構的就是「翻譯」的參考架構。

翻譯作爲一種溝通工具，常用於多語言的公告，這在公共場所愈來愈常看到；外銷公司的使用手冊；觀光廣告文宣（因爲民族自尊的關係，觀光文宣通常是由本地人將本地所寫的宣傳資料，翻譯成外語）；官方文件，如條約和契約；在每個知識領域中，傳達資訊、提出建議和推薦的報告、論文、文章、通信、教科書。因爲大眾媒體的興起、獨立國家數目的增加，以及世界各地的少數語言愈來愈獲重視，翻譯的數量因此大幅成長。在向廣島丟下原子彈前，日本送往華盛頓的電報的誤譯突顯出翻譯的重要性：*mokasutu* 據說被誤譯爲「不理會」而不是「考慮」。另一個例子是文義不清的聯合國第二百四十二號決議案，英文的 the withdrawal from occupied territories 並未使用定冠詞，因而可詮釋爲「退出部分占領區」，而法文的 *le retrait des territoires occupés* 則使用定冠詞，意爲以色列人應「退出全部占領區」。

自從各個國家和語言開始接觸，翻譯就是傳遞文化的工具，有時候是在不平等的情況下進行，因而造成扭曲、有偏見的翻譯。歷史上有羅馬人「掠奪」希臘文化；托雷多學派[9]將阿拉伯和希臘的知識傳遞

8 這裡是指翻譯理論界長期以來的兩派說法：樂觀者主張人類心智相若，任何語言的深層結構也相似，只是表層符號有別，因此翻譯是可行的；悲觀者主張每一種語言的每一個字都有其獨特的歷史、分類法、聯想、情緒意義，無法從文化經驗中抽離，因此翻譯是不可能的。紐馬克認為這些論辯對譯者沒有實質幫助。

9 Toledo School。中古歐洲黑暗時期，巴格達學者曾將大批希臘古典文獻翻譯成阿拉伯文。西班牙人收復托雷多之後，在西元十二、十三世紀時，有大批學者聚集在此，將古典文獻從阿拉伯文翻譯成拉丁文。

到歐洲；而直到十九世紀，歐洲文化仍高度仰賴拉丁文和希臘文作品的翻譯。德國文化在十九世紀大量吸收莎士比亞。到了二十世紀，從核心向外發展的離心世界文學形成，包括幾位「國際」作家，早期有湯瑪斯曼（Mann）、布雷希特（Brecht）、卡夫卡（Kafka）、莫里亞克（Mauriac）、樊樂希（Valéry）等人，後來又有葛林（Greene）、貝婁（Bellow）、索忍尼辛（Solzhenitsyn）、波爾（Böll）、葛拉斯（Grass）、莫拉維亞（Moravia）、莫多克（Murdoch）、萊辛（Lessing）等作家，他們的作品翻譯成許多國家的語言和地方語言。可惜的是，「地區」或邊緣作家並未相對地形成向核心世界發展的向心文化運動。

翻譯不只傳播文化，也傳播眞理和促成進步，最好的例子是過去對聖經翻譯的排斥，以及視拉丁文爲上帝選民最尊榮的語言，而保存拉丁文，導致其他語言之間的翻譯受阻。

在語言學習技巧方面，翻譯是個雙面刃：它特別能顯示出學習者對外語的知識，可以用來掌握學習成效，也可能幫助學習者思考，提升其外語能力。這是翻譯在外語課程中的好處。這類翻譯必須與傳遞轉換意義的一般翻譯區隔開來。很不幸地，學校裡的翻譯常被視爲理所當然的練習，而很少認眞討論，荒謬、浮誇的翻譯因而產生，特別是口語的段落，還有不合適的人名和機構名稱翻譯。

譯者無時無刻面臨選擇，可能遠比其他行業還要頻繁，特別是翻譯屬於抽象思考的世界，例如翻譯形容事物特質的詞時（形容詞、副詞、名詞態形容詞，如：good 、 well 、 goodness），就比翻譯客觀的物體或事件更需要做選擇。在做選擇時，譯者會無意地或有意地遵循翻譯理論，就像文法老師在課堂上，一定會觸及語言學理論一樣。拉迪米哈[10]寫道：「翻譯召喚行動理論。」在翻譯過程中，譯者會在做決定前，先思考過各種選擇的判準，作爲翻譯程序的一部分。

10 Jean-Rene Ladmiral，法國語言學家，著有 *Traduire: théorèmes pour la traduction* (1979)（翻譯的定理）。

翻譯的樂趣來自於解決文章裡大大小小的問題所產生的興奮感。翻譯有如推理、拼圖、遊戲、萬花筒、迷宮、解謎、雜耍，這些是翻譯在嚴肅之外的「玩樂」特性（當然，樂趣來自於玩樂這一部分，而不是嚴肅的部分）。追逐字句和挖掘事實是無止境的過程，而且還需要想像力。尋找正確的用字這件事有無比的吸引力，那個字就是遍尋不著，翻遍同義詞辭典，試圖找出適當的字，填補兩種語言的語義缺口。找到那個字時，那種飄飄欲仙的感受確實是很棒的回報：搶先別人找到正確的字時，你嘴角浮現的「微笑」，跟譯完全文的滿足感雖難以相比，但比較具體。句子和字詞之間的關係愈緊張，翻譯的樂趣愈大。

你或許聽過，大專學校中有一門新的「翻譯理論」（Translation Theory）課程，在加拿大稱爲 Translatology（翻譯學），在西班牙稱爲 *Traductología*（翻譯學），在德語國家稱爲 *Übersetzungswissenschaft*（翻譯科學），在荷蘭和比利時稱爲 Translation Studies（翻譯研究）。這就是這本書要介紹的學門。

狹義來說，翻譯理論探討的是每種文本適合的翻譯方法，因此它的基礎是應用語言學理論。然而，廣義來說，翻譯理論是我們所知的翻譯知識，包含一般原則、指導方針、建議和暗示（我唯一知道的規則是等頻規則，也就是若有相對應的字：隱喻、搭配詞、子句、句子、字序、諺語等等，在 SL 與 TL 的主題和文體中，出現的頻率應該大致相同）。翻譯理論不只關心細節問題（分號、斜體字、印刷錯誤的意義），也關心整體問題（呈現方式、作品下隱藏的思路），兩者在上下文中一樣重要。

翻譯理論是行動的，是用於審核所有選項（特別是讓譯者注意到他過去沒注意到的地方），然後做出決定（這是理論的力量所在）；也是翻譯和譯評的參考架構。譯者首先探討全文，亦即文本的大意，接著依序往下看更小的層次：段落、句子、子句、字組（特別是搭配詞)、字詞(常用代換詞、文化詞、制度名稱、專有名詞、無對等字的字詞、新詞和概念關鍵詞)、詞素和標點符號。最重要的翻譯問題大概是隱喻,它可能會在所有層次出現:從字到文本都有可能。若隱喻出現在文本層次,這種文本就是寓言或幻想作品。

翻譯理論第一個工作是辨認和界定翻譯問題(沒有問題,就沒有翻譯理論!);第二是要找出跟解決問題相關的所有因素;第三是列出所有可能的翻譯手法;第四是推薦最合適的翻譯手法,以及合適的翻譯。

若不從實際的翻譯問題出發,翻譯理論是沒有意義且貧乏的。譯者必須客觀思考,分析文本內和文本外的所有因素,再做決定;因此需要翻譯理論。

以下我列舉相對於二十世紀初的翻譯,現在的翻譯有什麼新元素,作爲本章結語:

(1) 重視讀者和情境,因此在適用的情況下,強調自然、易懂和合適的文體。

(2) 不只限於宗教、文學和科學的主題,還擴張到科技、貿易、時事、文宣、政治宣傳,幾乎包含所有寫作主題。

(3) 文本形式擴增,從書籍(包括戲劇和詩)擴張到文章、論文、契約、條約、法律、公告、說明手冊、廣告、文宣、食譜、信函、報告、商務表格、文件等等。這些文本的數量比書籍的數量多出很多,因此很難大規模統計譯文數量或翻譯語言的數量。

(4) 術語標準化。

(5) 譯者開始團隊合作,以及認可校稿者的角色。

(6) 隨著接受技職教育和大學教育的譯者人數增多,語言學、社會語言學和翻譯理論的影響會更明顯。

(7) 翻譯現在不僅用於傳遞文化，也用於傳遞知識，促進團體和國家的相互了解。

總之，翻譯已成爲新的學門、新的專業，這項古老工作的用途已經和過去大不相同。

第2章 分析文本
The Analysis of a Text

閱讀文本
READING THE TEXT

開始翻譯的第一個步驟是閱讀來源語文本，目的有二：一、了解內容；二、由「譯者」的角度分析文本——這和語言學家或文學批評家的角度大不相同。你必須判斷文本的意圖及其寫作方式，以便選擇合適的翻譯方法，並看出特別或重複出現的問題。

要想理解文本，略讀與細讀缺一不可。略讀可知文本梗概；你可能必須參考百科全書、教科書或專業論文，以了解主題與概念。請記住：對譯者而言，效果與作用比描述來得重要。舉例來說，如果文章中提到微中子，其重要性不在於它是種穩定的基本粒子（描述），或它遵循了質能守恆的法則（描述），而是既然發現微中子具有質量，則宇宙比過去的想像整整大上了兩倍（效果）。再舉個例，「椅子」：chair、*chaise*、*Stuhl*、*Sessel*、*sedia*、*silla*、*stul*——這些字都代表了不同的形象，在不同的文化中其外形也許各異；然而它們皆有一共通之處，就是功能相似：都是給人坐的東西，再加上一些基本的特定形式，例如一個板子、靠背、四隻腳等。「刀子」的作用是切東西，不過刀鋒和刀柄也很重要，因爲這些細節能夠區分刀子與剪刀的不同。

而細讀每一個字彙也是很重要的，無論是字彙的本義或在上下文中的特定字義。原則上，只要在上下文中不合邏輯的字就必須查。注意常見的字，例如法文中的 *serpent* ，必須確認此字在文中是指音樂上的蛇形管、比喻的用法（意指陰險、狡猾、無恥的）、實際代稱（代表歐洲經濟共同體貨幣的蛇），或是口語用法。如果你是在翻譯近期的作品，你會發現很多新詞。還要注意字頭語的用法，你得在目標語中尋找對等的用法，但也許根本就不存在（你不應該自己發明，儘管來源語的作者可能是自創的）。遇到數字和度量衡，你必須考量是否要轉換成目標語特有的單位或公制單位。留意人名、地名及所有大寫開頭的字，該查「百科全書」還是該查「辭典」，取捨間不太容易拿捏分寸（討論翻譯時，不能出現「永遠」、「從未」、「所有」、「必須」這些詞彙，「永遠」都會有例外）。你可以把翻譯行爲比喻成一座冰山：冰山的尖頂是看得見的部分，就是白紙黑字的翻譯成品；然而潛藏在海平面下的冰山，就像翻譯過程中全部的努力，可能比冰山尖頂要多上十倍，你常常會查了一大堆最後根本沒用上的東西。

文本的意圖

THE INTENTION OF THE TEXT

閱讀時，你必須尋找文本的意圖；如果不了解意圖，就無法眞正理解文本。不要相信標題，標題常常與文本的意圖和內容相距甚遠。兩篇文本可能描述相同的戰役、暴動或爭執，陳述相同的事實和數據，但所使用的語言類型、甚或文法結構（被動語態、非人稱動詞往往用以否認責任），在不同的文本中都可能是不同觀點的線索。文本的意圖代表了來源語作者對於這個主題的態度。

一篇關於「floors」[1]的文字有可能是在促銷地板光亮劑；可能和報紙相關、可能想譴責媒體；可能與核武有關、是核武的宣傳品。不論是哪一種，在文內的某個角落一定藏著某種觀點，某個命題，也許

1 floor 除了一般常見的字義「地板」外，還有議會、底線、發言權等多種意義。

會從「遺憾地」、「然而」、「所幸」這種小地方流露出來。

「他這麼做可聰明了」到底是反諷、推崇，還是意在言外？一篇文章宣稱英國國家廣播公司第二電台只是在模仿商業電台，對非英國讀者而言，這句話的反諷意味可能含蓄不明，因此譯者也許會想在譯文中挑明了講。又比如說一位記者寫道：「我們的司法系統眞的是太嚴酷了嗎？」，他究竟是眞的這個意思，還是虛張聲勢、說好玩而已呢？這可能就有賴於探索「冰山」的努力了，直譯雖然可能傳達出語調，但譯者還是要時時謹愼。

這些例子說明了：要理解一句話，不光是語言問題，還必須從現實生活層面中來了解，社會常識對於譯者是不可或缺的。不過譯者還是得「回到」文本，他仍然要翻譯文本，即使他必須將文本簡化、重新安排、加以釐清、削除累贅、抽絲剝繭。

譯者的意圖
THE INTENTION OF THE TRANSLATOR

通常譯者的意圖與 SL 作者的意圖是一致的。但譯者翻譯廣告、啓事、說明文件的目的，也有可能是告訴他的客戶這些資訊在 SL 中是如何闡述和書寫的，而非改寫這些材料，以說服或教育新的 TL 讀者。另一種可能性是，如果他是爲教育程度較低的讀者群翻譯產品的使用手冊，他的譯文中解釋的成分也許遠大於「再生產」文本。

文本風格
TEXT STYLES

根據奈達[2]的理論，我們將（文學或非文學）文本類型分爲四類：

2 Eugene Nida，美國聖經學者及著名翻譯理論家，提出動態對等的概念。代表作是 *Toward a Science of Translating*（邁向翻譯操作的科學，亦有人將書名譯為《翻譯科學探索》）。

(1) 敘事：動態的一系列事件，重點放在動詞，或是（在英文中）「無義動詞」、「空義動詞」加上名詞態動詞（如：He made a sudden appearance）或動詞片語（如：He burst in）

(2) 描述：靜態的，重點放在連繫動詞、形容詞、名詞態形容詞。

(3) 討論：思想概念的論述，重點在抽象名詞（概念）、思想動詞、心理活動（如：「認為」、「主張」等）、邏輯論述和關聯詞。

(4) 對話：重點在口語用詞和交際寒暄。

讀者群
THE READERSHIP

基於原文所使用的語言特色，你試圖抓出原文讀者是哪些人，然後為譯文讀者定調，決定你要放多少注意力在譯文讀者上。（如果是詩或是任何寫來自抒胸臆的作品，可能就不必太在意讀者。）如果看得出來的話，你可能要評估讀者的教育程度、地位階級、年齡或性別。

翻譯的一般文本通常都是以既不太正式、也不太口語的風格，譯給受過一定教育、中產階級的讀者看的。多數學生譯者在語域上最容易犯的明顯錯誤就是翻得太「口語」和「隨便」了[3]，以及使用許多太過口語的詞彙[4]；另一種常犯的毛病，就是翻得太「正式」和「文謅謅」了（例如用「辭世」代替「死亡」），流露出翻譯腔的痕跡。這些是學生譯者的語言特徵，並不符合他們所服務的讀者群；從中可以看出學生譯者的知識程度，以及他們對該題材和文化感興趣的程度。知識和興趣能幫助你在翻譯時，決定語言的正式程度、普及程度（或特殊程度），以及情緒語調。

---

3 這裡紐馬克舉的例子包括：該用 increasingly 的地方，學生選用較口語的 more and more；應該用 particularly 的地方，選用較口語的 above all；應該用 work 的地方，選用較口語的 job。翻譯成中文，也許可以說該用「日益」的地方選用「愈來愈」，該用「尤其」的地方選用「特別」，該用「職業」的地方選用「打工」等，不過語域分佈和英文仍稍有差異。

4 紐馬克舉的例子是英文中的 get out of 和 get rid of。中文裡使用「超好玩的」、「酷斃了」也可能會有類似的問題。

風格分級
STYLISTIC SCALES

過去已有許多關於「正式程度」的討論[5]。我個人建議下面這種分類法[6]：

官腔	保持肅靜，嚴禁喧嘩
官方語言	館內禁止喧嘩
正式	請勿喧嘩
中性	請輕聲細語
非正式	保持安靜
口語	不要在這裡聊天
俗語	嘜擱講啊啦
禁忌	閉上你的鳥嘴

但和其他的分法一樣，這種分類法的界線永遠是模糊難定的。

關於「一般或困難程度」，我也建議了另一套類似的分級量表[7]：

簡單	海底的平面有一排排大山和深溝
一般	連綿的巨大山脈和海溝覆蓋在海床之上
基本	動植物的屍骨仍然埋在地殼之下
受過高等教育	脊椎動物演進的最後一步，就是會製造工具的人類
專業	要徑分析是一種研究管理的操作技巧
很專業（只有專家看得懂）	以對鹼穩定的含甲氧基衍生品形式出現的神經氨酸，是由克連克從神經節甘脂分離得來的

5 原註：最有名的是 Joos 和 Strevens 的分法。見書目 Joos (1962)。

6 紐馬克用的是「禁止飲食」的各種程度用語，翻譯後不易看出差異，因此換了一組「禁止喧嘩」的用語。見原作 14 頁。

7 這個量表在翻譯後也不易看出差異，尤其是一般與基本兩級。我建議從讀者角度設想：「簡單」是兒童可以理解的；「一般」是報紙等大眾媒體用的日常語言，也許帶有慣用語或成語；「基本」比較是教科書用語，不用修辭或口語，因此非母語成人讀者也可以閱讀。「受過高等教育」是以母語受過大專以上教育，「專業」是針對各行業行事人員，「很專業」是學術研究用語。

關於「情緒語調」，我建議的分類方式如下：

激昂（文中充滿強烈字眼）（「熱情」）	太美了……棒透了……超級成功……完美掌控
溫暖	溫和、柔軟、溫暖心房的旋律
事實（「冷淡」）	重要、判斷合理、表現準確
輕描淡寫（「冷酷」）	並非……不崇高、還可以、並不罕見

請注意，正式程度和情緒語調間常有對照關係；舉例來說，官方語言的風格常常是事實性的，而口語和俗語則常是情緒性的。在翻譯時，要考慮是否能夠表現出義大利文的豐富情緒、德文俄文的正式和死板、法文的疏離、英文的不正式和輕描淡寫。

態度
ATTITUDE

在翻譯有關評量和推薦的文字時，你必須先斟酌作者的標準。如果他寫下了「很好」、「不錯」、「一般」、「合格」、「恰當」、「滿意」、「中等」、「劣等」、「優等」等字眼，那麼他（相對於上下文）的標準究竟是絕對的、在他的文化中普遍被接受的、還是武斷的？正面與負面意見的差別往往只有一線之隔，光看以上列出的「中間地帶」字彙是無法釐清的。

同樣地，在許多語言中，幾近相同的指涉對象都可以用正面、中性或負面的方式表達，例如：「圓潤／豐腴／臃腫」、「纖細／苗條／瘦削」。又比如說，*Régime* 一字，在法文中是中性的（政體），在英文卻有負面的意思（政權）。

背景
SETTING

你必須決定可能的背景：這篇譯文可能在什麼地方出版？和 SL 期刊、報紙、教科書、雜誌地位相當的 TL 期刊、報紙、教科書、雜誌是哪些？或者你的客戶是誰？他們的需求是什麼？你可能必須考慮較短的標題、省略副標題、較短的段落和其他 TL 習慣的風格。

你必須對 SL 讀者做出若干假設。從 SL 文本的背景到文本本身，你必須評估讀者群會不會被此打動（是否強烈渴望閱讀這篇文本），是否熟悉這個主題和文化，會不會覺得文中使用的語言風格「怪怪的」。三種典型的讀者類型分別是：專家、受過高等教育的非專家，以及一般大眾。你必須考量，你的 TL 讀者與 SL 讀者是否屬於不同類型，他們對這個主題和文化的認識可能較少，或者他們的語言、教育素養可能較低。不過，如果你是在譯詩，或是一篇重要的權威性文本，除了偶爾的讓步[8]之外，你可能不必太考慮讀者。

寫作品質
THE QUALITY OF THE WRITING

翻譯時你還必須考量 SL 文本的寫作品質及其權威性，這兩點是選擇翻譯方法的重要要素。寫作的品質必須依據作者的意圖和主題的需求而定；若文本寫得很好，也就是說風格與內容同樣重要，正確的字都放在正確的位置，少有贅述，你就必須比讀者早一步衡量作者的微言大義（尤其是特別微妙和困難的部分）——假設讀者不必多想；相對地，如果作者寫得不好，你倒應該期望讀者會讀你的譯文兩次以上。

8　此處紐馬克舉的例子是將英文的 a half-holiday（半日假）譯為法文的 *un après-midi libre*（下午假），以免法文讀者不知道半日假是在下午放的。

判斷一篇文字寫得好不好，有時會被批評有「主觀」之嫌，但與其說這是種主觀的判斷，不如說是帶有主觀元素（品味部分）的判斷，而且你非下判斷不可。你可以善用自己學過的所有文學批評理論，但請記住，在這裡判斷寫得好不好的標準是「意義」：來源語文本裡織得密密麻麻的文字網中，清楚傳達的事實和形象究竟有多少？如果一篇文本寫得很好，從句構就能看出作者的個性。複雜的句構反映了作者的敏感纖細（如普魯斯特和湯馬斯曼）；平鋪直敘的句構則代表簡單；出人意料之外的文字搭配，可以帶來新鮮的聯想。相反地，如果是一篇寫得很差的文本，文中則會塞滿老套用語、最近剛紅起來的通俗用字，或是很差的結構。請注意，文章好壞與文法規則無關；重點是內容是否能敏銳地反映事實或作者的心境。

文本的權威源於好的寫作；但有時也和作者的地位有關。如果作者被公認爲該領域的重要人物，而且他是在發表「宗座發言」[9]或官方談話，他的文本也會很有權威。重點是，「抒發類文本」即純文學創作、權威性或個人的聲明，都必須緊密地跟著原文的寫作風格翻譯，不論是好是壞。而資訊類文本，即主要是陳述事實的文本，譯者則必須在衡量來源語風格之後，選擇最佳的風格來翻譯。

字面意義與言外之意

CONNOTATIONS AND DENOTATIONS

所有的文本都有「言外之意」，也就是字裡行間透露的氛圍與感覺（粗略舉個例子，像「跑」可能暗指「匆忙」，「沙發」可能暗示了「舒適」）；所有的文本也都有自己的「私密生命」（也就是透過直覺閱

[9] 天主教認為教宗是基督在人間的代理人，是信仰傳承的解釋人。如果教宗代表全教會在他的位子上說話（即所謂 ex-cathedra，在宗座上發言），聖靈會保守他不犯錯誤。因此，他在道德及教義的事情上是無誤的。一旦教宗宣告，他所說的話是 ex-cathedra，那就是不能收回的。

讀或分析文本，可以看出作者的個人特質與私人生活）；但請記住，在非文學的文本中，文字的「字面意義」通常比其「言外之意」重要。不過，若是翻譯文學文本，則必須把重心放在言外之意上；因爲如果是好的作品，它就是個針砭時局的寓言，就能超越原本出現的時空背景。

從譯者的觀點，這就是文學與非文學文本的唯一理論分野。事實上，文本中的語言資源愈豐富（例如一字多義、文字遊戲、聲音效果、格律、押韻等)，翻譯起來就愈困難，但也更值得努力。差強人意的譯詩還是可能的；儘管這種翻譯通常是作爲介紹或解釋，而非原文的再創作。

最後細讀
THE LAST READING

最後，你應該要注意 SL 文本中的文化層面；你應該特別標記出新詞、隱喻、文化詞、來源語或第三語言專屬的字彙（如拉丁文)、專有名詞、科技術語，以及那些「不可譯」的字。所謂「不可譯的字」，指的是那些在目標語中沒有現成一對一翻譯的字彙，這些字有可能是某種特質或動作（描述動詞或心理字彙)、和心理狀態有關的字、與 TL 沒有語源關係的字[10]。你得標記出那些在核心字義和上下文情境中都必須反覆斟酌的字，以確立其語義範圍和疆界。我們不是憨蛋[11]，無法任意決定字義，而且每個字通常都有其限度。字典的目的就是指出每個字的語義範圍，然後透過字詞搭配，指出核心字義。

10 此處紐馬克舉的例子有英文的 fuzzy、murky、dizzy、snug、snub，並說明英文中很多這樣的字是來自荷蘭語或方言。

11 Humpty Dumpty，亦譯為「憨不提蛋不提」，出自 Lewis Carroll《走進鏡子裡》(*Through the Looking Glass*）之人物。原文片段如下：

"When I use a word," Humpty Dumpty said in a rather scornful tone, "it means just what I choose it to mean—neither more nor less."

完全由上下文決定的特殊字義，僅管有時候可能和其核心字義相去甚遠，但二者之間必然仍有某種連結存在。例如，法文的 *communication* 居然有「廔管」的字義，乍看之下似乎頗爲荒誕，但其實也可以解釋爲主動脈和肺動脈間的溝通橋梁。不過有些字義的連結方式就像難解的密碼。

我並不是主張，你得時時刻刻帶著這種分析的目光去讀文本的每一個字；在某個特定文本中，這種分析是自然的直覺，有時也沒有必要仔細分析。你只需要標記出你發現有翻譯問題的字，然後記住：先在上下文中判斷其字義，再脫離上下文，尋找核心字義，好像在讀辭典或百科全書裡的條目一樣，最後再回到上下文中核實；這種閱讀方法往往很有效。

結論
CONCLUSION

原則上，爲了理解而分析 SL 文本，是翻譯的第一個步驟，在訓練翻譯批評上也很有用。事實上，我覺得這種文本分析很適合用來訓練譯者。因爲藉著標記出適當的字詞，透露了受訓者是否意識到問題所在；如果他們沒有標記出來，問題可能就被忽略了。如此一來，翻譯理論與實務便產生了關連。專業的譯者通常不會做這麼刻意的分析，因爲他只要稍稍一讀，就能判定文本的特質。然而，翻譯批評家在判定文本的一般特質後（首先先判定原文特質，然後再判定譯文特質；僅管譯者和批評家各有各的目的，這兩項工作一樣都是重點），可以用標記出的字詞，作爲詳細比較兩種文本的基礎。

總而言之，翻譯之前你必須閱讀 SL 文本；閱讀的目的不是作爲一般讀者，而是預備要爲不同文化、不同讀者建構新的文本。

第 3 章

翻譯操作的過程

The Process of Translating

引言

INTRODUCTION

我將以操作的觀點來描述翻譯過程。翻譯首先得選擇一種翻譯的方法。其次，翻譯的時候，譯者或多或少在心中都會有四個層面的考量：

(1) SL 文本層面（語言層面）——也就是我們一開始動手翻譯的層面，並在翻譯過程中不時（但不需時時）回顧觀照的層面。

(2) 指涉層面（眞實或虛構的對象與事件）——我們在翻譯過程中必須逐步影像化（visualize）與建立的層面。這個層面對於理解極爲重要，對再現過程也極爲重要。

(3) 連貫層面——這個層面比較廣泛，涉及一些文法的問題。我們在此層面追溯思路的發展、情感語調（或褒或貶），以及 SL 文本的各種前提。這個層面包含了理解和再現的過程，呈現總體的樣貌，我們可能必須依照此樣貌調整語言層面。

(4) 自然層面——也就是在特定情境下，適合作者（或講者）的常見語言。這也是相當廣泛的層面，限定譯者翻譯時的自由度。如果譯者翻譯的是表述功能的文本則不受此限，但譯者也必須決定作者的特殊風格（如果有的話）偏離一般自然用語的程度。這個層面只涉及再現部分，而不涉及理解部分。

最後一個步驟就是修稿，這個步驟可能是譯完以後集中修稿，也可能邊譯邊改，視情況而定。最後一個步驟至少占去整個翻譯過程的一半。

翻譯操作與翻譯理論的關係
THE RELATION OF TRANSLATING TO TRANSLATION THEORY

我提出這套翻譯操作的理論，就是要對譯者有幫助。所以這套理論就是設計來連結翻譯理論和實務，其基礎是以下的翻譯理論架構：如果文本的主要目的是傳達資訊並說服讀者，翻譯的方法一定要很「自然」；相反地，如果文本的主要目的是表達作者的特殊創新（或陳腔濫調）風格，不論是一首抒情詩、首相的演講，還是一篇法律文章，譯本則必須反映出文本與「自然」風格的偏離。下面我會詳細討論何謂「自然」；文法要「自然」，選字也要「自然」，而且文本的每一個層次——從段落到字詞，從標題到標點——都會涉及自然問題。

自然層面不但結合了翻譯理論和翻譯操作理論，也結合了翻譯操作理論和翻譯實務。我這套翻譯操作理論還沒說完的部分，本質上已經屬於心理層面了——關於語言與眞實之間的關係（雖然我們所知的「眞實」也無非是心智影像、心智言語與思考）——但是也有其實用性。

如果讀者接受了這套翻譯操作理論，那麼翻譯理論和實務之間就沒有間隙了。翻譯操作理論透過自然層面，建立在翻譯理論之上。因此，可以得到如圖 2 所示的結構。

圖 2　語言的功能理論

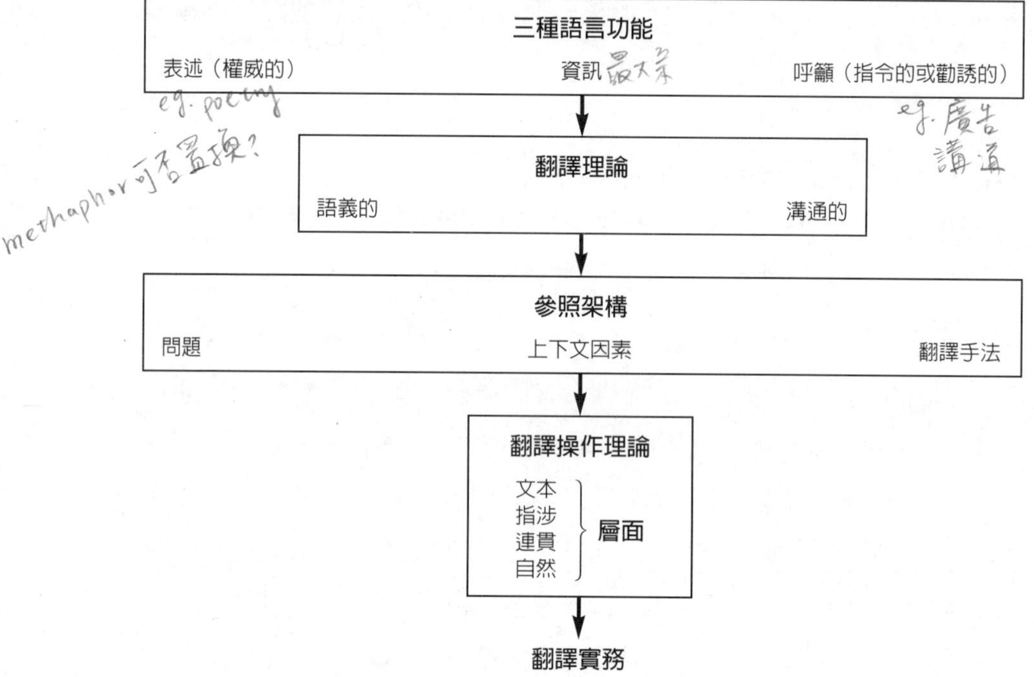

翻譯途徑

THE APPROACH

譯文一定要經過討論。目前仍然有許多學校和大學，將翻譯當作是寫作的練習，譯語愈優美愈好，而疏於討論原文的風格[1]。教師或多或少會提出一個自己翻譯的「範本」，而不是提出學生的作品來討論或批評，殊不知某些學生的譯文可能更加精彩。

翻譯就是要討論。不論是在指涉層面或語用層面，翻譯都有其不變的因素，但這個因素又很難精確定義，因爲永遠都要看某一原作對某一譯文加諸的限制而定。我們所能做的，就是提出翻譯實例作爲佐證。沒有任何事是完全客觀或主觀的。翻譯沒有不變的規則，總是有

1　紐馬克提出的這一點與英語翻譯傳統有關，也就是講究譯語要用道地的英語來表現；但國內的翻譯教育並非如此。我們的翻譯課程多半過於注重原文的理解，而疏於譯語的修辭。

或多或少的變異。每一個廣為大眾所接受的原則背後，都存在著「依慣例」、「通常」或「一般而言」等假設，就如同我先前所提的，翻譯的討論中沒有「永遠」、「絕不」、「一定」等詞。沒有什麼是絕對的。

有了這麼多警語作為前提，以下我要一一解釋我的翻譯操作過程。

步驟一：選擇一種翻譯操作途徑

翻譯的操作途徑有兩種（還有許多介於其間的小路）：

(1) 你先著手逐句翻譯第一段或第一章，抓住原文的感覺和調性，然後停下來好好檢視譯出的部分，再讀完 SL 文本全文。

(2) 先從頭到尾看過原文兩三次，找出意圖、語域、語調，並標示出艱澀的字詞和段落，有把握以後再開始翻譯。

至於應該選擇哪一條路，端視你的個性而定，或是看你相信自己的直覺（採取第一種途徑），還是相信自己的分析能力（採取第二種途徑）。你也可能認為第一種途徑比較適合文學，而第二種途徑比較適合技術性或是一般性的文本。第一種途徑的風險，就是開頭部分可能需要做大幅修改，比較費時。第二種途徑（一般而言是比較多人採用的方法）比較按部就班；為翻譯所做的文本分析可以當作參考，但風險在於限制直覺的自由發揮。變通的作法是，比較簡單的文章採用第一種翻譯途徑，比較艱難的文章則採用第二種。

從譯者的觀點來說，所有那些「譯者進行翻譯的時候大腦（心智？神經？細胞？）究竟在想什麼」的科學研究，不論是統計數字或是圖表（某些語言學家和翻譯理論家很迷戀圖表、圖解和模型），目前都還相當初步，揣測成分居多。心理語言學對於翻譯的貢獻也有限：分辨一個字的語用效果是正面、中性還是負面是有用的，因為「正面」

和「負面」之間（也就是作者同意還是反對）的差異，對於解讀文本相當重要。但是說到底，翻譯理論的核心還是翻譯問題（一個譯者的問題未必是另一位譯者的問題）。廣義來說，翻譯理論包括許多翻譯問題的通則；反過來說，「許多翻譯問題的通則」也可以當作翻譯理論的定義。對翻譯哲學和心理學做理論辨析，對於譯者的問題並沒有直接的助益。你可以透過問卷調查一百位譯者，他們翻譯的時候腦子在想什麼，然後做出一個統計調查；也可以專挑一位譯者，跟著他的心理活動一步步進行。但是我認爲這些方法對任何人都沒有幫助，或許最多只能修正一些怪異的翻譯方法，例如完全仰賴雙語辭典、用百科全書的解釋取代辭典的定義、翻譯文學時刻意挑選音韻悅耳的同義詞、借用所有希臘—拉丁字彙、不斷地換句話說等等。但是到目前爲止，沒有任何明顯的科學證據可以證明這對譯者有用。

步驟二：四種層面的考量

一、文本層面（The textual level）

在文本層面上，你根據直覺自動轉換，將 SL 文本的子句和詞組轉換成 TL 的「現成」對等子句或詞組[2]，然後選擇符合上下文意思的詞彙。

翻譯時的基本層面就是文本。在這個層面上，你照字面將 SL 翻譯成 TL，會出現翻譯腔（你將來必須設法消除），但同時可以矯正老是「換句話說」以及濫用近似詞的惡習。因此，你部分的心思可能在運作文本層面，其他心思則是在運作別的層面。翻譯本來就是一種必須一心多用的工作。

2 紐馬克大部分討論的是歐洲語言間的互譯，因此子句對子句、詞組對詞組的自動轉換是可能的；英漢翻譯之間由於文法差異過大，往往無法做文法上的對應。

二、指涉層面（The referential level）

讀每一個句子都要看它的指涉層面。不論文章的屬性爲技術性、文學性或一般性的文章，你都必須決定文章內容爲何、主題爲何，以及作者的觀點爲何。例如一篇名爲 *La pression quantitative*（數量的壓力）的文章，可能要談的是學校裡學童過多、對優質教育的需求，或如何對每一個人提供適合的教育。你必須能以未經修飾的詞語做出摘要，冒著過度簡化的危險進行簡化，看出哪些是無用的空話，穿透語言的迷霧找出意義。翻譯往往企圖把事情說清楚，因此最後的成品常是文本與事實間的妥協。

遇到一個語意含糊不清、抽象難懂的句子，你必須問自己：到底發生了什麼事？爲什麼？基於什麼原因、什麼立場、什麼目的？你心中有底了嗎？你能想像出畫面嗎？不行的話，就必須「補強」語言層面，以指涉層面補強文本層面，提供必要的額外資訊補充事實層面。在眞實生活中，背景或場景爲何，主角或作用者是誰，目的是什麼？這或許能夠（也或許不能夠）暫時帶你離開文本的詞語。要留意的是，你很容易埋首在語言中，脫離作者所描述的眞實或虛構世界而不自覺。你比作者更清楚地察覺到字詞和指涉對象之間、句子和行動（或步驟）之間、文法和情緒（或態度）之間的落差，畢竟原作者僅需和一種語言搏鬥，而譯者卻必須和兩種語言搏鬥。你的視野必須脫離語言，洞悉文本背後的事實；而且需要爲這個事實負起責任的是譯者，而非作者（除非文章爲表述或權威類的文章）。

指涉層面和文本層面密不可分。所有的語言都有一詞多義的詞語和句子，只能從指涉層面來解決，如多義詞、有多種功能的介系詞和連接詞、不合邏輯的句子[3]與用法很怪的一般字詞。你在指涉層面（從

3 紐馬克舉的例子是英文的 reading the paper, the dog barked loudly（那隻狗一邊看報紙一邊大聲吠叫）。

文本之外的情境去理解文本）必須解決所有語言難題，並從「百科全書」（我對於任何參考資料或教科書的通稱）補充恰到好處的資料[4]。譯者將 SL 轉化爲 TL 時，在心中建立了一個指涉的畫面；身爲專業的譯者，你必須爲這個畫面的眞實性負責。

這是否意味著翻譯就只要譯出意思，完全不必在意語言？如同莎樂絲高維琪所說的，讓「來源語的詞語完全消失」，或是德里斯[5]所謂的「讓觀念『脫離語言』（deverbalize）」？絕非如此。譯者不斷在兩個層面間來回穿梭，眞實和語言之間，指涉和語意之間，但只能在語言層面進行寫作，譯者的任務就是使 TL 和 SL 盡可能達到一致，無論是在指涉層面或是語義層面。儘管你可能會很想用簡單易懂的平常語言來傳達訊息，但身爲譯者，還是必須在讀者能夠容忍的範圍內，回歸來源語的文本意義。

三、連貫層面（The cohesive level）

翻譯操作時，除了文本層面與指涉層面之外，第三個譯者必須銘記在心的就是連貫層面，以連結第一和第二層面。此層面可以從文本結構與語氣著手。結構方面，透過連結句子的關聯詞（連接詞、列舉、重複、定冠詞、一般字詞、指涉同義詞、標點符號等），通常會從已知的資訊（主位）進行到新的資訊（述位）；例如「主題→反面意見→延續→重複→反面意見→結論」或「正面意見→反面意見→結論」[6]。

4 紐馬克舉的例子是法文的 *pour le passage de Flore* 中，當譯者查出 Flore/Flora 是掌管花與花園的女神之後，可以補上 goddess 這個資訊，譯成 for the goddess Flora to pass（讓芙羅拉女神通過），剩下的留給讀者自行解讀，不必把所有資訊「掌管花與花園之女神」通通加入譯文當中。這是紐馬克所謂「恰到好處」的意思。不過，譯成中文的時候，由於 Flora 音譯後會喪失歐洲同源語言的指涉（Flora 與 flower 有明顯的語源關係），我建議中文倒是可以加入「花神芙羅拉」的訊息。

5 Jean Delisle，加拿大渥太華大學翻譯及口譯研究所所長。從這裡也可以看出口譯和筆譯的不同：口譯員必須掙脫來源語的束縛，而筆譯員必須時時回歸文本。

6 中文也有「起→承→轉→合」之説，也是可以參考的結構。

諸如此類，結構會跟著思路發展，決定了文本中的方向（「除此之外」、「更進一步」、「無論如何」）；冒號後面必然還有敘述，「之後」必然還有後話。結構決定了文本中的時間順序、空間順序和邏輯順序。

連貫層面的第二因素是語氣，可以從正面語氣與負面語氣、情緒化與中立語氣之間的辨證關係看出端倪。也就是說，譯者可以透過文本中含有價值判斷與價值中立的段落，追溯文本的思路。這些價值判斷可以表現在受詞或名詞、形容詞或限定詞。我們必須看出「評價」與「評量」、「極佳」與「優良」、「井然」與「整齊」、「過世」與「死亡」、「君主」與「統治者」之間細微的價值差異。愈接近中立，價值差異愈難捉摸。大多數的語言都有類似「還好」、「不錯」、「還可以」、「夠好了」這些字詞，其價值觀有時很難從上下文中判定。

我所提出的第三個層面，試著透過關聯詞和語氣、透過含有價值判斷與價值中立的詞語，去追蹤思路發展。我承認這個層面不是絕對要表現出來的，但也許劣譯與佳譯之間的差別就在於此。連貫層面就像調節器，靠著調整重點來確保連貫性。在這個層面，譯者重新思考段落和句子的長度，要不要重擬標題，以及結論的語氣（例如最後一句的開頭要用「簡而言之」、「總之」、「最後」、「終究」還是「一句話來說」比較適切）。言談分析（discourse analysis）的研究成果在這裡可以派上用場。

四、自然層面（The level of naturalness）

綜觀以上幾個層面，我們必須確認絕大多數的譯本都必須符合以下條件，除了那些「怪異」或寫得不好，但卻具權威、獨創或「特色」的文章，也就是說，該作者寫作方式獨特，非依樣再現不可，例如哲學方面的海德格（Heidegger）、沙特（Sartre）、胡塞爾（Husserl）；小說中的任何超現實、巴洛克或某幾位浪漫主義作家。

(1) 要能讓人讀懂。

(2) 讀起來自然通順，沒有翻譯腔，文法、慣用語和用字都要合乎情境。一般說來，要達到這個層面，譯者必須暫時從來源語中脫離，閱讀自己的譯本時要假裝原文不存在。

我們先來談談何謂「自然」。獨創性很高的文本，例如拉伯雷（Rabelais）、莎士比亞（Shakespeare）、湯馬斯曼（Thomas Mann），甚至黑格爾（Hegel）、康德（Kant），或任何一個權威人士，譯本可能讀起來不太自然，或至少你覺得不太自然；但如果是很好的譯本，多讀幾次很可能會覺得愈來愈自然。

翻譯一個相當具獨創性的文本時，你必須判斷該文本偏離自然及一般語言的程度，然後將這個偏離的程度反映在翻譯上。因此，翻譯任何一種文本時，你都必須注意自然層面，通常目的是爲了再現，但有時候則是爲了偏離自然[7]。在一篇嚴肅的表述文本中，*son regard bleu* 就是得翻譯成 his blue gaze（他的藍色的凝視），而不要改回自然的 his blue eyes（他的藍眼睛）。*son visage était mauve*（他的臉色呈紫色），你也不能把顏色改回自然的 blue（發青），除非是不具名的文本，而且寫得不好[8]。

記住，文法用得自然和詞彙選得自然同等重要（也就是在該文體中，所能找到最合適、最常使用的句法結構、片語和單字），且透過適當的句子連接詞延伸至全文。

在所有「溝通翻譯」中，不論是一則資訊文本、公告或廣告，文句是否「自然」都是極爲重要的。這就是爲什麼 TL 不是母語時，你無法譯得好的原因。這也是爲什麼譯者必須時常從原文中跳脫出來的原因。如果時間充裕，譯者最好在一段時間後，重新閱讀譯文。你必須

7 例如在翻譯小說時，把美國新移民破碎而詞不達意的英文翻譯成自然通順的中文，就是欠缺考量的作法。

8 有趣的是，中文的「發紫」可能是自然的。

問自己（或其他人）：你曾經在重要的報刊雜誌或學術期刊上看過這種寫法嗎？你曾在棋牌遊戲盒底、家電用品、教科書或兒童讀物上看過這樣的警示語嗎？這是這種文體的一般用法嗎？有多常見？千萬不要光問自己：這是英文嗎[9]？不要用愛國主義、語言沙文主義來評斷，這個世界上可是什麼樣的英文都有呢！

「自然」很容易定義，但要具體實現可沒那麼簡單。最能影響慣用語、風格或語域是否自然的，首推文本的「背景」，也就是文本通常出版或存在的環境；其次則是作者、主題與讀者，當然也離不開上述的「背景」。

自然用語不同於「一般用語」（ordinary language，例如牛津的哲學大師在爲一般人做哲學解釋時，所使用的清楚明白、不含術語的用語）及「基礎用語」（basic language，介於正式與非正式之間、清楚易懂、最常使用的句法結構與字詞，是自然語言的主成分）。這三種不同用語（自然、一般與基礎）都是現代語言。然而，不自然的翻譯主要是受到 SL 的干擾，也可能是受到譯者的母語干擾（如果 TL 不是譯者的母語）或譯者通曉的第三種語言所干擾。「自然的」翻譯與「草率的」翻譯形成對比，如果是草率的翻譯，字序、句法結構、字詞搭配與字詞都可以預測。但如果要生產出自然的翻譯，你必須特別注意[10]：

(1) 字序。所有語言中，副詞與副詞子句是一個句子裡最易變動的要素，放在不同的地方，所強調的重點就不同。副詞與副詞子句最能看出譯語是否自然[11]。

9 當然，我們要問的就是「這是中文嗎？」

10 紐馬克在這裡提出的原則，有些只適用於英語或歐洲語言，如第四點和第六點。

11 這裡紐馬克舉的例子是：

He regularly sees me on Tuesdays.（強調 regularly：他固定在星期二見我。）
He sees me regularly on Tuesdays.（沒有特別強調：他每個星期二見我。）
On Tuesdays he sees me regularly.（強調 Tuesdays：每到星期二他都會見我。）

(2) 不經思考的逐字翻譯，會讓常見的句構也顯得不自然。

(3) 同源詞。許多不同語言的字彙有相近的意義，東西方皆然。有些字詞直接借用時聽起來很自然，但可能意思錯誤[12]。有些直接借用很奇怪，意思也不對。但也有許多聽起來很自然，意思相同，借用是正確的。

(4) 動名詞、不定詞或名詞態動詞的選擇（舉例來說，在你的文本中，the establishment of、establishing、the establishing of 還是 to establish 最自然）。

(5) 就詞彙方面而言，造成不自然最常見的原因，或許是雙語辭典的翻譯過時，聽起來年代久遠、咬文嚼字而矯揉造作。注意：（a）原文措辭是否顯得過時或咬文嚼字，並不影響自然原則，因爲你還是要用現代的目標語來翻譯；（b）然而，如果上述的措辭出現在對話中，而說話者是中年人或老年人，那麼翻譯也要用對等的「咬文嚼字」來表現；（c）自然與否，有眾所公認的核心地帶，但週邊則有模糊的品味地帶，而且常常在母語使用者之間引起激烈但無用的爭論。母語使用者常常宣稱一句話是否自然是完全主觀的，這並非事實。身爲譯者，最好要和三位母語使用者討論過。如果你身爲翻譯老師，盡可能找一位 SL 的母語使用者，協助判斷某 SL 字詞是否合乎自然或當代用語（二者是一樣的），以及是否經常使用。

(6) 其他「明顯的」干擾以及不自然用法，如冠詞、進行式、複合名詞、字詞搭配、流行的慣用語及比喻、動詞時態和不定詞。

---

12 這裡所討論的是歐洲同語源文字所造成的「僞友」（false friends）現象，即語言拼法相同或類似，意義不同。中文與日文、國語和台語之間也有「僞友」現象，常見的例子如「勉強」在中文與日文的意義不同、「走」在國語和台語的意義不同等等。

不論是學習外語者或是母語人士，到底要如何學習自然的語感呢？答案很簡單，多讀具代表性的文章，多與母語爲目標語的代表人物交談（多聽多看代表性的電視節目與廣播），而且不要害怕被糾正。要小心提防慣用語手冊，這一類的書鮮少區分什麼是正流行的（例如 to keep my head above water），什麼是過時的（例如 dead as a door nail）。

一般人很容易將「慣用語」的三種意義混爲一談：（a）無法從表面字義解釋其意義的一組字詞[13]；（b）對母語人士而言很自然的語言用法；（c）非常道地的詞彙或用法。使用慣用語的風險在於犧牲字面意義，好像字面的意義不自然似的，其實字面意義可能也很自然。當然，慣用語是一種隱喻，所以可以比直譯更加簡潔、鮮明，但也可能比較老套，會隨著流行而變動、過時而變得咬文嚼字（he was like a cat on a hot tin roof 就是個過時的例子）。最重要的是，使用慣用語可能會避開（字面的）事實。尤其是以慣用語翻譯慣用語的時候，意義完全對應、使用頻率也相若的例子相當少見。

務必使用最新版的字典，如朗文（Longman）、柯林斯（Collins）、簡明牛津辭典（COD）等等，並且交叉查詢字義[14]。任何有疑義的字都不要輕易放過。記住，你的腦中充斥著數以萬計的字詞與專有名詞，其中有許多都是你從小就似懂非懂，但從來沒有查證過的。所以該是查字典的時候了。專有名詞和一般單字都要查。

「自然」並不是靠直覺就能擁有的能力。就像其他按部就班的功課一樣，你必須一小步一小步循序漸進，先從最常見的特徵開始，慢慢處理到沒那麼常見的特徵。

13 原文在此舉的例子是 dog in the manger（牛圈裡的狗）。這個例子典出伊索寓言，故事是關於一隻狗，雖然不吃草，卻霸占了牛圈不讓牛吃草。很類似於中文的「占著茅坑不拉屎」。這種類型的慣用語相當於中文所謂的「成語」。

14 注意紐馬克這裡列舉的字典是給英語母語人士用的。也就是說，我們目標語為中文的譯者，手邊應該有品質精良的現代中文字典。

沒有每一個人都一致同意的自然用語。自然與否取決於作者與讀者間的關係、主題或情境。在某種情況下是自然用語，在其他情況下可能會變得不自然，但是每個情況都有一種自然、「中立」的語言，這在口語和書寫語言或多或少會有共通的部分。我們很容易將自然和下列幾項搞混：（a）口語；（b）陳腔濫調的慣用語，外籍老師很容易誤以爲其爲語言的核心；（c）華而不實的空話；（d）正式語言[15]。

五、四個層面的結合（Combining the four levels）

接下來我要講到翻譯操作的絕活，亦即如何結合以上四個層面，來爲翻譯操作過程做個總結。我建議你要同時顧及文本、指涉、連貫與自然四個層面，這些層面彼此不同，經常互相影響，有時互相衝突。你處理的第一個和最後一個層面都是文本；接下來你必須時時考慮到指涉層面（可能是虛構的、想像的，也可能是眞實的），不過只在必要時，或爲了讓讀者能夠理解，才增補文本不足之處，而且這種作法通常只針對資訊或呼籲類文本。至於自然層面，譯者在翻譯資訊或呼籲類的文本時，原文是否自然並不重要，不過要記住正式文本的自然不同於口語的自然。然而，就表述類和權威類的文本而言，譯者只在原文以一般語言寫作時，才依循自然原則；如果原文在風格或語言上有所創新，應該要對等地反映出這種創新，並在翻譯中表現出原文偏離自然層面的程度。也就是說，即使在翻譯原創性的文本時，譯者還是要把自然層面作爲參照點[16]。

---

15 紐馬克在此舉了兩組法譯英的例子。第一個例子是 *avant tout*，譯成英文中的 first of all 是口語；before you can say Jack Robinson 是慣用語；in the first instance 是空話；primarily 是正式用語。第二個例子是法文的 *plus ou moins*，譯成英文中的 more or less 是口語；give or take 是慣用語；within the parameter of an approximation 是空話；approximately 則是正式用語。

16 紐馬克在此舉的例子是法文的 *sincérité explosive* 一詞。英文中用 explosive（火爆的）來形容 sincerity（真誠）並不自然，也許用 impassioned（激昂的）、enthusiastic（熱情的）、intense（激烈的）、violent（粗暴的）來形容都比較自然，不過由於來源語文本是一本嚴肅小說，所以譯者還是應該翻譯成不太自然的 explosive sincerity（火爆的真誠）。

與一般人想像不同，指涉層面並非是翻譯操作中最需要重視正確性的層面，最後的自然層面才是。到了翻譯的最後一個階段，你（不情願地）了解到直譯並不可行時（不管是因爲不自然或譯文格格不入），便很容易做一些變化，讓行文優雅、自然、賞心悅目一些，這時候就有可能犧牲正確性。

我們必須承認，除了科技術語或共通文化中用來形容常見物體或動作的詞語外，翻譯的正確性並沒有一對一的對應關係，而是在一定範圍內的字詞與結構。沒有「只能用這個字，其他都不行」這回事；正確翻譯並不具絕對性（翻譯不會有絕對性）。正確翻譯表現的是在指涉層面與語用層面上，最大程度的語言對等；一端是文本整體及其不同翻譯單位（通常包括字到句子）的對等，另一端則是非語言的指涉層面的對等，可能是眞實世界，也可能是心靈世界。很明顯地，指出正確的用法遠比挑出不正確的用法困難得多。翻譯宛如愛情：我不知道什麼是愛，不過我知道什麼不是愛。但總會有「尊重秩序、不可跨界」的呼聲，通常會讓你重新檢視字面翻譯，至少讓你知道哪條界線不可跨越。

翻譯操作的單位

THE UNIT OF TRANSLATING

譯者通常是逐句翻譯（而不是按照語氣停頓來翻譯），對於句子之間的接續可能不夠注意。如果逐句翻譯沒有什麼問題，就可以依循直譯的方法，加上可說是自動的換置、變動[17]與改變字序。

17 換置（transposition）和變動（shift，亦有人譯為「轉換」），是語言學派的翻譯學者提出的術語，兩者有重疊的部分，主要都用來描述因為SL和TL的語言結構差異，而在翻譯過程中出現的改變（詳見第八章）。例如英譯中時的量詞轉換就是自動的，a horse 我們不會譯成「一馬」，一定要轉換成「一匹馬」。

翻譯問題首先可能出現在語際間的自動轉換程序上，如果譯者不加思索[18]，就可能不夠恰當。再來就是 SL 字詞該如何選擇的問題——可能是不常見的單字，可能是奇怪的搭配，可能是語意混淆的句組，也可能是指涉問題、文化問題或慣用語問題——不管是什麼問題，SL 字詞與 TL 思維之爭就此展開。你該如何處理此種鬥爭呢？如果你是口譯員，是個天生溝通高手（我不太相信有這種人），你可能會盡量忘掉 SL 字詞，只記得內容而忘記用語，先處理訊息，若行有餘力再將 SL 字詞帶出。但如果你比較像我，就不會把 SL 字詞忘掉，因爲翻譯的出發點總是這些字詞，譯者的創意與詮釋都依據這些字詞而來。

只有在直譯不可行的時候，像是直譯會導致指涉錯誤、語用錯誤、譯文不自然或不知所云時，才能夠放棄 SL 字詞（在我的理論裡，語際間不得不然的變動或字序改變，都包括在直譯的範圍之內）。依照經驗法則，你知道直譯可能是最好也最常用的方式，對書寫語、散文體、半正式和非文學語言來說如此，對創意寫作來說或許也是如此。不過，在日常慣用語上，直譯的效果最差，也最少用。雖然大部分的翻譯論者——從西塞羅到奈達和諾伊貝特[19]等（威爾斯[20]除外），都對直譯不以爲然，其實直譯遠比他們所說的更爲有效。

句子是思維的基本單位，呈現一個對象、其動作、其本質或成因，因此句子是你首先該注意的翻譯單位，即使你後來發現在句子以下的層次中，還可以找到 SL 和 TL 的對等點。你主要以逐句的方式翻譯，先找出每個句子的對象，以及環繞著此對象的訊息。再者，如果

18 巴黎高等翻譯學院稱此為「轉碼」(transcodage)，是一個貶稱。

19 西塞羅（Cicero）、奈達和諾伊貝特（Albert Neubert）都是偏重意譯的論者。西塞羅是羅馬時期的演說家，論及希臘文與拉丁文的翻譯時，最有名的句子就是："Don't translate word for word, but sense for sense."（千萬別逐字翻譯，要翻譯意義。）奈達是聖經學者，重視傳教的效果，主張動態對等。諾伊貝特是應用語言學家，主張語際間的對等可以在深層結構中達成。

20 Wolfram Wilss，德國翻譯學者，從文化、社會、心理制約各方面來探討翻譯行為。

先前已經提到過這個對象，亦即其爲主位，你該把它放在句子前面的位置，而把新的訊息放在後面，以強調出新訊息[21]。

你通常會遇到的問題是如何理解困難的句子。通常會讓你有文法困擾的，是那種又長又複雜、當中帶有一連串圍繞著名詞態動詞的詞組。由於文法比字彙更有彈性，你可以用許多方法來翻譯這樣的句子：你可以維持原來的文法結構，讓讀者自己去猜出意思，也可以把名詞態動詞都轉換成動詞[22]，讓句子清晰易懂。

在句子的層次之下，你接著面對的是子句，包括限定子句或非限定子句。如果你經驗豐富，多半會自然而然地重構這些子句（請見第八章），除非面對的是意義含糊曖昧的句子。接下來，在子句的層次裡，你還得處理意義更爲緊密的兩種搭配組合，即形容詞與名詞的搭配，以及動詞和受詞的搭配，或是其他用法比較固定的搭配。

其他在文法上遇到的困難，通常源自於古老、罕用、有疑義或錯誤的句構。你應該謹記在心，如果長句與複雜結構是文本的重要成分，是作者的個人特徵，而不是來源語的常態用法，那麼譯文就應該亦步亦趨，把文本偏離自然的程度表現出來（例如翻譯普魯斯特的作品）。

詞彙的翻譯
THE TRANSLATION OF LEXIS

不過，翻譯操作中主要會遇到的困難不在文法層面，而在詞彙層面，也就是字詞、搭配詞與固定用語或成語；詞彙層面包括了新詞與「查無此字」的字，我接下來會分別討論。

21 紐馬克用了一個德譯英的例子說明：*Die Vignette hatte Thorwaldsen 1805 in Rom entworfen.* 譯成英文的句子是 The vignette was designed by Thorwaldsen in 1805 in Rome.（這幅插圖是索瓦頓於 1805 年在羅馬設計的。）其中「這幅插圖」是已知資訊，所以放在句首。

22 例如把 "the creation of..." 翻譯成 "...has been created"。

字詞翻譯的困難有兩類：（a）你不了解其意義；（b）你了解意義，但覺得很難翻譯。

如果你看不懂某個字，可能是因爲你不清楚它所有可能的意義；或者是該字的意義是由特殊搭配決定；或文本中其他地方已經提過，而你並不清楚。

必須切記，許多普通名詞都有四種類型的意義：（a）物質意義；（b）比喻意義；（c）技術意義；（d）口語意義。請看下表的例子：

	物質意義	比喻意義	技術意義	口語意義
maison	house（房屋）	family home（家）	(a) home-made（家庭製） (b) firm（公司）	(a) first-rate（一流的） (b) tremendous（巨大的）
élément	element（元素）	(a) individual（個別） (b) component（成分） (c) faith（信仰） (d) principle（原則）	(a) element（元素） (b) cell（細胞）	[at] home (*dans son*) 適合的
poire	pear（梨子）	(a) pear-shaped（梨型） (b) quality of a pear（juiciness）（梨子的性質 [多汁]）	(a) switch（開關） (b) syringe（注射器）	(a) sucker（吸管） (b) face（臉）
métier	(a) job（工作） (b) occupation（職業） (c) trade（行業）	(a) skill（技術） (b) experience（經驗）	loom（織布機）	(a) (man)（人） (b) my line（我的工作）
Zug	(a) pull（拉） (b) tug（用力拉） (c) draught（牽引）	(a) procession（行列） (b) feature（特色）	(a) platoon（排） (b) groove (weapon)（膛膛 [武器]） (c) stop (organ)（[風琴] 的音栓）	(a) streak（條紋） (b) tendency（傾向）
Pfeife	whistle（哨子）	tune（曲調）	pipe (organ)（[管風琴] 的音管）	wash-out（淘汰）

首先要說明的是這只是一個簡表，而且口語意義在搭配詞或固定詞組中才有意義。其次，由於很多人誤以爲術語只有單義，因此技術意義通常是最大的翻譯陷阱[23]。

我的下一個重點是，大部分的名詞、動詞或形容詞都有比喻的用法，因此會有比喻意義——愈是常見的字，愈容易有比喻意義。譯者若是難以判斷出比喻意義，就必須針對句子中的成分，檢測其可能的比喻意義，譬如說在「這人喜歡他的花園」這一句裡，花園可能象徵隱密性、美麗、豐饒、例行的工作或性歡愉等等。

其他「字詞問題」的解決方法有：判斷該字是否有古義或是區域性的特別意義（請查詢合適的辭典）、是否具有諷刺意味、是否是作者本人的特殊用法（個人習語），或者是印刷錯誤。

不過有一件事是肯定的：作者一定知道自己所要表達的東西，他不可能在一片意義的海洋中，隨意丟下一句無意義的話；所以譯者必須用盡各種思考方式，把這個意義找出來，查出究竟是印刷錯誤、誤植、作者語言能力不足、不知道科技術語，或是佛洛伊德式的失言（攝護腺頭骨[*prostate craniale*]；*craniale* 這個字不存在，*crânienne* 聽起來不錯，但是攝護腺跟頭骨有何相干？是頭骨、頭還是頂？上攝護腺？）。譯者必須讓自己的文字（通常是單字）顯現出意義，至少必須找到自己最滿意的一種解釋，再加上一個附註，說明該字位於辭林中不見天日之處，讓人「遍尋不著」，僅能用歸謬法來定位。

至此，我都假設字詞或多或少與上下文無關，這與大多數人的想像不同。不過，很多字的意義的確取決於不同的搭配，不管該字出現於複合名詞詞組（例如：*maison centrale*，監獄；*maison close*，妓院；*maison de culture*，藝術中心；*maison de rapport*，公寓大樓；*maison de repos*，療養院；*maison de maître*，家族府第等等）、成語，

23 紐馬克舉的例子是法文的 *enjoliveur* 一字。雖然動詞 *enjoliver* 是「美化」的意思，名詞 *enjoliveur* 卻不是美化，而是汽車車輪罩的意思。

或是專業詞彙（例如，語言學書籍中出現的「字根」這個詞）。偶爾譯者必須參考這些字的上下文或更遠的段落，才能釐清其意義。任何用「the」限定的神祕字詞，都可能讓譯者到該句之外尋覓良久。

另一項關於翻譯操作的要點是，由於 SL 與 TL 字詞通常不會有完全相同的語意範圍（同一語系的語言或有可能），往往造成超額翻譯（over-translating）或欠額翻譯（under-translating），後者情況多一些。但事實上，就大部分的文本來說，譯者較在意的是文本的訊息（功能），而非豐富的敘述，而且所有的字詞意義（專業術語除外）都會因爲上下文的限制而有所縮減，所以對應範圍也不至於漫無邊際。不過，我們必須謹記，某一特定語言裡的許多詞彙，與另一語言中最常用來翻譯該字的詞彙，兩者語義涵蓋或重疊的程度並不一致。像是 *silhouette*、*discontinuité*、*assurer*、*descendre*、*phénomène*、*évolution*、*également* 等法文字就比與其同源的英文字 silhouette、discontinuity、assure、descend、phenomenon、evolution、equally，更爲常見，語意範圍也更廣。因此在翻譯時，通常並不用同源字，而會選用其他更具體的字來代替。這說明了翻譯中的一項主要問題，也就是被迫以較廣泛的字來取代較具體的字，或以較具體的字取代較廣泛的字。有時是因爲意義上的重疊或涵蓋，有時是因爲兩種語言間有嚴重的詞彙缺口，可能是對某種物體或程序缺乏共通的用詞，甚至連常見的身體部位都可能缺乏共通的具體名稱，例如法文中的 *nuque* 一字指「頸背」，英文中就沒有對應的單字，必須譯成 nape of the neck。麻煩的是，每一種語言都有特異的詞彙缺口及同義字詞，例如法文中的 *visage* 和 *figure* 都可以當作「臉」；德文中的 *Meer* 和 *See* 兩個字都可以當作「海」；而每一種語言對物體的分類方式都不同，法文中的椅子，有扶手的是陽性名詞 *un fauteuil*，沒有扶手的是陰性名詞 *une chaise*；義大利文的 *nipote* 可以是孫子、孫女、孫（不分性別的）、姪女或姪兒。這種語意分歧的情形，得靠譯者努力顯現出來。英語算是世界上詞彙量極大的語言了，但也有詞窮的時候，有時不得不用 bank 、 funny 、 plane 這種意義龐雜的字來形容多種非常不同的指涉對象（英文有許多單音節的字，使其成爲雙關語最多的歐洲語言）。不過，只要你對這些詞彙現象提高警覺，應該不會構成任何問題，除非這些詞彙使用在專門描述語言的地方則另當別論。

任何一個小問題，例如英文中的 etching（蝕刻）和 engraving（雕刻）有何不同？可以直接翻譯成德文裡的 *einschnitzen* 和 *gravieren* 嗎？如果沒有母語人士可以詢問，譯者在這些詞語上所花費的時間，或許會超過翻譯十幾頁文件的時間（考試中最好不要這樣做）。在現實中，譯者爲查明某個說法、追尋某個字頭語、追溯一個「查無此字」的單字所耗費的時間，往往比處理整份文件所花費的時間還多。

專有名詞的翻譯[24]

THE TRANSLATION OF PROPER NAMES

譯者必須把每個不確定的專有名詞都查出來。首先是地理名詞。在現代的文本中，中國的北京是 Beijing 而不是 Peking ；德國的克姆尼茨（Chemnitz）市不再稱爲馬克斯市；辛巴威的木塔雷（Mutare）已改名爲烏姆塔力（Umtali）； 1997 年後的香港不叫 Hong Kong ，改用漢語拼音 Xianggang 。 德國的 *Im Saaletal* 在英文中要用 in the Saale valley 。避免用德文稱呼波蘭或捷克的城鎮，如： Posen（德文）/Poznań（波蘭文）， Breslau/Wrocław ， Karlsbad/Karlovy Vary ， Teschen/Děčin 。（波蘭資訊部長曾對西德人民的此一習慣提出嚴正抗議。）只有英國人用 the Channel 來稱英吉利海峽，好像海峽是他們的。你不妨在讀者可能不清楚的城鎮、山脈或河流名稱加上範疇詞[25] 。

---

24 亦見十八章。

25 也就是加上「xx 鎮」、「xx 山」、「xx 湖」等。

如果是小說中出現的地名，要查查看是否眞的存在；湯尼歐・克羅格（Tonio Kröger）筆下的阿爾斯卡（Aarlsgaard）的確存在，只不過我本來並不知道。切記並盡量用當地人使用的地名（尊重德國人用的 Braunschweig ，不必改成英國人習慣的 Brunswick），但也不需矯枉過正——慕尼黑還是用 Munich 即可，不必非稱 Müchen 不可。對於地名的翻譯，你必須維持中立，不要偏向某一政治立場。

要特別小心醫學文本中的專有名詞；藥品在各國銷售時可能會用不同的品牌名稱，或者像阿斯匹林一樣，只是個化學式。某一個語言社群裡對各種試驗、症狀、疾病、症候群、身體部位也許以某一位「科學家」來命名，而在另一個社群裡用另一位科學家或更一般的名稱來稱呼。查詢所有專有名詞的拼法時，最常發現印刷錯誤。請記住，雖然英文裡不會更動外國人名的拼法，但法文與義大利文卻常常依照該國習慣加以變動[26]，即使當事者還健在。

從翻譯操作到修稿期間，你都不應該忽視文本層面的語言問題（所有的翻譯問題歸結來說都是目標語的問題）。不要一直尋找同義詞來替換，改變字序也許就能解決問題[27]。如果你在查詢的是一件事實而不是字義，譬如說二次大戰卡西諾山戰役的傷亡人數，那麼應在不同的參考資源上尋找，或甚至在記憶中搜尋。我並不是否定神經語言學，或是翻譯有其心理過程，絕不是如此。我只是認爲你無法分析或以圖像呈現這些過程；這些是無意識的，屬於想像的一部分。如果幸運的話，就在你思考之際，解決之道自然會浮現出來。

---

26 例如法譯英的時候，英文會維持法文的 Jacques 不加更動；但英譯法時，有時法文譯者會自動把英文的 Jack 改成法文常用的 Jacques 。

27 紐馬克舉的例子是法文的 *de nouveaux types d'électrodes indicatrices* ，直譯成英文時變成 new types of indicative electrodes ，語意不清，但改變字序後變成 new indicative types of electrodes 就可以解決問題。

修稿
REVISION

在翻譯操作的最後一個階段裡，你不斷讓文字更精簡、更優雅、更有力，但留下一些重複的地方，以利閱讀，並確定意義的重要成分不至於流失。（這是另一種緊張關係——譯者在處理一份困難的文本時，如同走鋼索一般，就像尼采在《超人》中所述。）例如 *le pourcentage de grossesses menées à terme*，譯者不會翻成「成功獲得結論的懷孕比率」，更不會翻成「到期的懷孕比率」，而比較可能翻爲「成功懷孕的比率」；*faire fonctionner* 翻爲「運作中」而不是「運作啓動」。你應該放棄個人喜好，無論你是偏好自然、創新還是舊式的文風；不要一直「換句話說」，破壞文本的完整性與文本背後的指涉。簡潔的優點就在於濃縮意義——及其力道。譯者的作品乃依據另一文本而生，不過與一般人所認爲的不同，在從事溝通翻譯時，你必須採用自然的語言，而在從事語義翻譯時，你必須追隨作者（你愈認同作者，就能翻得愈好；如果你不喜歡一部文學文本，最好一開始就不要去翻譯它）。譯者在移情作用下，應該能夠找到一種寫作方式，雖然不是你一般自然的寫作方式，卻可以「自然」又眞誠地表現出特色。一部偉大的翻譯作品同時也是一部獨立存在的藝術作品，不過譯自一部偉大作品的好譯本卻未必如此。

我最後要提醒你的是：務求準確。當文本明顯可以用簡單的一對一方式翻譯時，你不要因爲「比較好聽」而隨意更動字詞，儘管語意上沒有什麼錯誤；你也不可因爲偏好同義詞，或爲了顯示自己博學多聞而改變用字。要特別注意描述詞語，如形容詞、副詞、名詞和狀態動詞。你雖然得承受語言間的各種張力與壓力，但身爲譯者，不能以此作爲不精確翻譯的藉口。

「可是，作者明明是這樣寫的。」你爲什麼想要改變？你其實沒有明確的證據，可以證明如果作者懂得目標語，也會這樣寫。爲什麼你會把作者寫的 *cigogne*（鸛）翻譯成 migrating bird（候鳥）？如果作者要寫候鳥，爲什麼不用 *oiseau migratoire*（候鳥）？難道是因爲你採用了文本語言學的論點、因爲你的整體文本策略、因爲你採用了原型結構、因爲你對上層結構的看法、因爲跨學科認知科學近來令人振奮的發展，讓你做出這樣的改變？當然不是。

許多譯者認爲不該逐字翻譯，而應該按著句子、想法或訊息等單位來翻譯。我想這種說法只是自欺欺人而已。SL 文本是由字所組成，頁面上除了字以外別無他物。你所要翻譯的終究是字，你在 TL 文本中對每個字都要有所交代，儘管有時交代的方式是刻意省略不譯，或是用補償的方式處理。因爲如果譯者不加思索，常常會造成超額翻譯。

在另一章（第十九章）裡，我將仔細列出譯者在修訂文本時該注意的各種重點。修稿技巧是可以學習的。我建議你花費在修稿上的時間，大概是翻譯初稿的一半到七成之間，依據文本的困難度而定。如果時間允許的話，可在一天或更晚之後，進行二次修稿。每次修訂時，譯者通常無可避免地會不斷「改善」品味；只要你確定每次的修訂無害於句子或文本的連貫，這也無妨。最後的取決應該著重在自然性，自己大聲讀出翻譯的內容看看是否自然。

結論
CONCLUSION

以上是我個人對翻譯操作過程的看法。在此提醒你的是（也是一項警告和但書），我討論的是挑戰性較高的文本。我承認在任何的文本和隱喻用法中，都可以找到翻譯問題。但很不幸地，世上有很多需要翻譯的文本是平淡無奇的，只要你掌握其中的術語，就可輕鬆應付，只是讓你經歷一連串無趣單調的過程。這類文本除非寫得奇差無比，或者必須遷就讀者，也就是需要使用不同（通常是較低）程度的語言及／或主題知識時，才有一點點挑戰性可言。很多文本內容單調貧乏，令人厭倦，風格陳腐，充斥事實陳述而敘述手法極爲貧乏，讓許多專職譯者對此抱怨不已；當然我的翻譯操作過程理論不太適用於此類文本。積極的譯者可以要求他們公司的研究部門提供一些有趣一點的文件，或者自己推薦專精領域裡一些重要的外國出版品來翻譯。有些譯者則可能從國際組織的一般行政部門轉換到人權部門，以找尋人生意義。

雖然許多語言學家與人文學者認爲機器翻譯是不可能的，但其實有極大量的文本十分沈悶、簡單，不但適合機器輔助翻譯（MAT，machine-aided translation），甚至適合機器翻譯（MT，machine translation）。這是翻譯的弔詭之一。雖然其他文本可能偏於學術研究或藝術價值，但這些簡單文本的翻譯仍不可或缺，極爲重要。

因此，如果符合下列條件，我認爲翻譯可以當作學術上的一門科目：

(1) SL 文本具有挑戰性、要求較高，例如文本屬於先進知識領域（科學、技術、社會科學），或者是用具創意、晦澀、艱難或古代語言寫成的文學或哲學文本。

(2) 文本顯然需要一些詮釋，譯者須在序中指出。

(3) 文本需要以簡短的附註加以額外解釋。

我認爲如果符合下列條件，「翻譯作品」可以視同研究：

(1) 需要進行相當學術的研究。

(2) 需要具有相當篇幅的序文，提出研究作品時所根據的證據，並說明譯者對原文所採行的方法。（切記，所有翻譯書籍都應該有譯者序。）

(3) 譯文附有系統性的註解、詞彙表與書目。

以詩譯詩的時候，翻譯的藝術本質最爲明顯。但任何一篇想像作品的高明翻譯也都是藝術的，只要在翻譯過程中能夠巧妙地取得平衡或化解張力。

Memo

第 4 章

語言功能、文本類別與文本類型[1]

Language Functions, Text-categories and Text-types

我認爲翻譯都應以某種語言理論作爲基礎，儘管未必言明[2]。因此，就某些層面而言，翻譯可以說是應用語言學的實踐。我覺得比勒[3]的語言功能理論（經過雅各布遜[4]的修訂），對翻譯最爲適用。

根據比勒的理論，語言的三大主要功能爲「表述」、「資訊」（比勒自己稱之爲「表現」〔representation〕）和「呼籲」（比勒稱爲「懇求」〔appeal〕），這也是使用語言的三個主要目的[5]。

表述功能

THE EXPRESSIVE FUNCTION

表述功能的核心是講者、作者或發話者的想法。他們透過發言表達自己的看法，而不考慮他人的反應。就翻譯角度來看，我認爲典型的「表述」類文本包括：

(1) 嚴肅的想像文學：主要有四種——抒情詩、短篇故事、長篇小說及劇作。其中以抒情詩最爲私密；劇作則較明顯以一群廣大觀眾爲對象，所以翻譯時可以借助一些目標語文化特有的表達方式。

---

1 陳德鴻與張南峰主編的《西方翻譯理論精選》（香港城市大學，2000 年）有收錄本章和第五章的節譯。譯者為魏元良。

2 原註：Jakobson 、 Firth 和 Wandruzska 則反過來說，認為一種語言理論必以某種翻譯理論為基礎。

3 Karl Bühler，二十世紀德國心理語言學家。

4 Roman Jakobson (1896-1982)，二十世紀著名的俄羅斯語言學家，布拉格學派的創建人。

5 亦譯為「抒發」、「資訊」、「呼喚」功能。見《西方翻譯理論精選》第六章。

(2) 權威性的言論：只要本質上有權威性的文本就屬此類，其權威性或來自作者的崇高地位，或來自作者的名聲或駕馭文字的能力。這類文本帶有作者個人的「印記」（stamp），但這種印記一眼就可以知道，並不是隱含的風格。典型的權威性言論包括：政府首長或政黨領袖的演說與公文、法規及法律文件，以及名家的科學、哲學及「學術」著作。

(3) 自傳、小品、私人書信：若作者是在抒發個人情感，幾乎不考慮讀者，這幾種文本就屬於表述類。

圖 3　語言功能、文本類別與文本類型

語言功能	表述	資訊		呼籲
核心	作者	事實		讀者
作者地位	神聖	不具名		不具名
文本類型	嚴肅的想像文學 權威性的言論 自傳、小品、私人書信	（主題） 科學 技術 商業 產業 經濟 其他知識領域或題材	（形式） 教科書 報告 論文 文章 備忘錄 摘要	佈告 說明書 宣導品 公關文件 大眾小說

在表述類的文本中，譯者必須能夠分辨出作者的個人成分：特殊或罕見的字詞搭配；獨創的比喻；「不可譯」的字詞，尤其是與「性質」相關的形容詞，常常得用兩三個字詞才能翻譯出來；不合常規的句法；新詞；奇言異字（古字、方言、奇特的術語）。上述各種文本常帶有「個人風格」或「個人語言」的特色，與「一般語言」不同。一般語言會使用成語、慣用隱喻、常見的字詞搭配、正常的句法、口語表達以及「寒暄用語」（phaticism），這些都是語言的常規。個人風格

構成表述文本中的「表述」成分（文本還有其他成分），譯者不應以常規譯之。

資訊功能
THE INFORMATIVE FUNCTION

資訊功能的核心是外在情境，也就是語言以外的主題內容，包括文中的見解或理論。就翻譯的角度來看，任何與知識有關的文本都是典型的「資訊」類文本。例外的是與文學有關的知識文本，由於往往涉及價值判斷，較傾向於「表述」。資訊類文本常有固定形式，教科書、技術報告、報紙或期刊文章、科學論文、學位論文、備忘錄或議程等，皆是如此。

這類文本的文體通常是當代的，沒有地域色彩，沒有階級特色，不含個人風格，在程度上可分爲四種：（1）正式、專業、不帶情感的文體，用於學術文章。以英文來說，被動態動詞偏多，主要用現在式與完成式，語彙文雅，常用含拉丁文字根的詞彙，華而不實的空話多、複合名詞搭配空義動詞多，不用比喻。（2）中性或非正式的文體，並有明確定義的術語，用於教科書。以英文來說，多用第一人稱複數，主要用現在式，多主動態動詞，並有基本的概念比喻。（3）非正式、較親切的文體，用於科普或大眾藝術書籍（如富含插畫圖片的休閒書籍）。特色是文法結構簡單，用字範圍廣泛，以便釋義或說明，常見慣用比喻，字彙簡單易懂。（4）親切、活潑、大眾化的文體，用於報章雜誌。文體特色是含有許多新奇比喻、短句、偏美式英語的流行用語、不符常規的標點符號，常在專有名詞前加形容詞修飾，好用口語[6]。

6 原註：「請注意比喻可以作為衡量文本正式與否的標準」。譯案：他的意思應該是說，愈正式的文體，比喻用得愈少。而愈不正式的文體，比喻用得愈多。

英語文體中的變化和差異相當多樣，主要的原因有：英語語彙爲多語系的共同產物（薩克遜語、北歐語、法語、希臘語和拉丁語），又與多種語言有密切的接觸。今日世界各地多半已接觸英語，英語也是科技的主要傳播語言，而且基本上英語的成長也沒有受到任何權威的壓抑。

不過這裡要提醒你兩點：首先，國際機構、跨國公司、私人公司及翻譯社的專職譯者，所翻譯的大部分文本都屬於「資訊」類。其次，這類文本文筆不佳的比例甚高，有時還有訛誤，常常得仰賴譯者「修正」內容及文體（詳見第十八章）。因此，儘管古語有云：「翻譯是不可能的」，但現今大部分的翻譯都優於原作，至少應該如此。

呼籲功能
THE VOCATIVE FUNCTION

呼籲功能的核心是讀者，亦即受話者。我用「呼籲」這個詞彙，是指「號召」讀者去行動、思考或感知，也就是照文本的意圖做出「反應」。此一功能有許多其他的名稱，包括「意圖功能」（conative）、「工具功能」（instrumental）、「操作功能」（operative）與「語用功能」（pragmatic ，指對讀者產生某種效果）。我們應注意現今呼籲文本的對象，常是一群讀者，而不是個別讀者。就翻譯的角度來看，我把佈告、說明書、公關文件、宣導品、勸說文章（請求、訟案、論文）列爲「呼籲」類，通俗小說由於其目的在於推銷書籍及娛樂讀者，可能也屬於此類。

所有呼籲文本的第一要素就是作者與讀者間的關係。此關係透過各種取決於社會或個人的語法關係，或是稱呼的方式來決定，例如：「你」、「您」或其他形式；法文中使用 *tu* 和 *vous* 的差別；不定詞、祈使句、假設法、直述、代詞、被動語態；稱呼名字還是稱呼姓氏、頭銜、暱稱；附加語，如「請」等，在在都影響了關係的對等與否，形成權力、平等、命令、要求或說服的關係。

第二要素則是這類文本的用字必須讓讀者一看就懂。因此，譯者須先審視 SL 文本的語言及文化程度，才能達到語用的效果。

幾乎沒有任何文本是純粹表述、純粹資訊，或純粹呼籲的；大部分文本是三者兼有，但著重其中之一。不過嚴格來說，呼籲或資訊類文本中應該不具表述功能，就算有也是無意識、隱而不顯的。多數的資訊文本，或有呼籲的脈絡貫穿其中（譯者必須要能夠掌握），或在某一獨立部分中展現呼籲的功能，如建議、看法，或是價值判斷；沒有什麼文本是純資訊類，亦即完全客觀的。表述類文本通常都帶有資訊，但其呼籲成分則多寡不一，評論家及譯者對呼籲成分的判斷也未必相同，依據之一就是其「普遍性」或「文化特殊性」成分的比重。我採用「表述」、「資訊」及「呼籲」三詞只是爲了顯示文本的要旨或側重之處。

我已提出文本的三種主要類別，在下一章我會提出翻譯各類文本的方法。但現在先來探討雅各布遜的另外三種語言功能：美學功能（雅各布遜自己稱之爲「詩學」功能）、寒暄功能及後設語言功能（metalingual）。

美學功能

THE AESTHETIC FUNCTION

語言的美學功能是用來取悅我們的感官，主要是透過實際或想像的聲音，其次是透過隱喻。韻腳、平衡與對仗的句子、片語和字詞都有其美學功能。聲音的效果包括擬聲法、頭韻、諧音、韻腳、格律、語調及重音，大部分文本都含有其中的幾項：詩、打油詩、兒歌、某些宣傳品，如標語與電視廣告，聲音的效果更不可或缺。要「翻譯」

聲音效果往往是不可能的，但某種形式的補償則通常可行。翻譯表述類文本時（尤以詩爲甚），表述功能與美學功能常相互牴觸（「忠實」與「美感」的衝突），形成笨拙的逐字直譯與優美的自由意譯兩個極端。

描述動作的動詞，往往富含聲音的效果，如英文中的 race、rush、scatter、mumble、gasp、grunt 等，由於所有語言都有這個特色，所以這些詞語不難翻譯，除非目標語中剛好沒有這些字眼（詞彙缺口）。

在打油詩或遊戲詩中，聲音效果遠比意義來得重要，如：A ferret nibbling a carrot in a garret. 及 A weasel perched on an easel within a patch of teasel.[7]。在童詩及十九世紀末的頹廢文學中[8]，悅耳的「美感」遠比「忠實」重要。其他的表述文本中，表述功能雖然比美學功能重要，不過若譯文醜態畢露，雜音處處，也不算達到文本的目的。

隱喻則聯繫了表述與美學功能。透過意像，隱喻也成爲語言與五官間的唯一聯繫。隱喻藉由創造出語言涵括的各式象徵，如嗅覺（玫瑰的味道、魚的味道）、味覺（美食）、觸覺（毛茸茸的、平滑的肌膚）、視覺（所有意像）及聽覺（鳥鳴聲、敲鐘的聲音），連結了語言以外的眞實情境與心靈世界。因此，獨創的隱喻兼具表述與美學的功能，在譯文中必須原封不動地保留呈現。

文本各處都可能有「表述」、「資訊」、「呼籲」、「美學」四種功能，但是下面要提到的寒暄與後設語言功能，通常只出現在文本中的特定部分。

7 這個例子是 Jiří Levy 在 "Translation as a Decision Process" 一文中提出的。原作 "*Das aesthetische Wiesel*" 是德國詩人 Christian Morgenstern 所寫的一句詩，美國譯者 Max Knight 翻譯了五個版本，此處就是其中的兩個版本。

8 紐馬克根據 Levy (1969)的說法，舉出高提耶（Gautier）、史文朋（Swinburne）、魏爾倫（Verlaine）、道森（Dowson）等四位作家為例。

寒暄功能
THE PHATIC FUNCTION

寒暄功能的主要目的是維持與受話者間的友善關係，而不是傳達資訊。除了聲音的語氣外，語言的寒暄功能通常是以慣用語，即「寒暄用語」的方式呈現，例如口語對話中的「你好嗎？」、「你知道」、「週末愉快」、「明天見」、「見到你眞高興」、「你聖誕節開心嗎？」等；英語人士若說「天氣眞不好啊！」、「什麼爛天氣！」、「今天還眞熱啊！」等，往往也是寒暄功能重於資訊。有些寒暄用語是各種語言「通用」的，有些則是依文化而有所不同（譬如提及天氣），翻譯時需要依照 TL 文化慣用的寒暄來表達，不可逐字直譯。

書面語言中使用寒暄用語，有些旨在搏得讀者的信賴，例如「當然」、「自然而然」、「毫無疑問」、「有趣的是……」、「重要的是……」；有些則是要討好讀者，例如「你一定知道」、「眾所皆知」。德語中的語氣助詞，法語中正式書信開頭結尾的陳腔濫調也是如此。翻譯寒暄用語的唯一問題，在於要不要刪去或增強這些語氣助詞，或是如何緩和幾近諂媚的寒暄用語（「可敬的某某先生」是否譯成「某某先生」即可）。

後設語言功能
THE METALINGUAL FUNCTION

最後，後設語言功能是指語言解釋、命名及評論自身特徵的能力。如果涉及語言普遍的特徵（如每一種語言都有「句子」、「文法」、「動詞」等；除非有些語言只有口語，又幾乎不與外界接觸，可能會是例外），翻譯並不難。然而，若是這些特徵是某語言特有的，如拉丁語特有的祈願語態（optative）、第四類動名詞（supine）、奪格（ablative）等，翻譯時就必須考量各種相關的情境因素（如讀者性質、SL 中此特徵的重要性、SL 及 TL 文本、TL 中重複出現的可能性等），而選擇用詳細的解釋、舉例、直譯或用不具文化色彩的詞彙來表達。

譯者須注意來源語中表達後設語言功能的字眼，如「嚴格來說」、「就字義來說」、「字面上」、「所謂的」、「可以說是」、「按照定義」、「有時就是……」、「上一代會這麼說……」、「也可以說是……」等，必須謹慎翻譯；因爲如果逐字翻譯這些字眼的話，後面所接的目標語意思可能會承接不上[9]。

我採用並修改了比勒／雅各布遜的語言功能理論，作爲譯者檢視文本最便利的方法。將文本依主題分爲三大類也是個可行的方法：（1）文學；（2）一般；（3）科學。科學這一類包括所有科學與科技的領域，但是在社會科學範疇內，往往不易與一般文本明確區分。文學文本與其他文本的不同之處，則在於其心靈層面與想像力的聯想比描述的事實更重要。

9 這裡紐馬克舉了一個英文的雙關語為例：For the last four years, I literally coined money. 這裡的 literally（名副其實地）就有後設功能。法語的翻譯是 *Ces quatre dernières annees, j'ai frappé des pièces d'argent et j'ai fait des affaires d'or.* 譯者沒有譯出後設語言 literally，而選擇把 coined money 的雙重含義（鑄錢／發財）用兩句話分開來譯。紐馬克認為這個譯法太冗長。

第 5 章

翻譯方法

Translation Methods

引言

INTRODUCTION

翻譯操作的中心議題一直都圍繞著應該直譯還是應該意譯打轉。至少從西元前一世紀[1]以來，兩派始終爭論不休。直到十九世紀初，許多作家偏好某種「自由」的翻譯：求神似不求形似、求意義而不拘泥於文字、求達意而不論形式、求要旨而不論方式。那些想要讀者讀懂、了解眞理的作家，就常常喊出這些革命性的口號，結果丁道爾[2]和杜雷[3]被燒死在火刑柱上，威克里夫[4]的聖經被禁。十九世紀末、二十世紀初，文化人類學的研究認爲語言藩籬是無法克服的、語言純粹是文化的產物，「翻譯不可能論」的觀點開始占了上風，主張如果明知不可爲而爲之，就必須盡可能地直譯。這種論點在班雅明[5]及納博科夫[6]兩

1 這裡指西塞羅的意譯主張。參見第三章的註 19。

2 William Tyndale，十六世紀英國宗教改革者，違逆教廷禁令，把聖經從希伯來文及希臘文譯成英文，奠定十七世紀欽定本的基礎而被尊為英文聖經之父。1535 年被捕，1536 年殉教。

3 Étienne Dolet，十六世紀法國著名詩人及翻譯家，被指控在翻譯柏拉圖時多增加了三個字，暗示柏拉圖不相信永生而被判處死刑，死於 1546 年。

4 John Wycliff，十四世紀就將羅馬教廷奉為神聖的武加大（Vulgate）拉丁文譯本譯為英文。雖然因為根據的不是原文（聖經的原文是希伯來文和希臘文），而且印刷術尚未問世，只有手抄本，影響力不及後來的丁道爾，但首開風氣，被稱為英文聖經的晨星。1384 年病逝，1428 年教廷下令開棺挫骨揚灰。

5 Walter Benjamin，二十世紀初德國哲學家，1923 年發表〈譯者的職責〉（"The Task of the Translator"）一文（為其翻譯法國詩人波特萊爾著作的前言），主張翻譯的目的並非傳達意義，而另有其追求完美語言的使命。此文對翻譯研究影響極為深遠。

6 Vladimir Nabokov，二十世紀俄裔美籍小說家，曾將十九世紀俄國大詩人普希金（Pushkin）的《奧涅金》（*Onegin*）翻譯為英文，主張絕對的直譯與大量的註腳。

位極端「直譯者」的言論中達到頂點。

當年他們的論點是理論性的，沒有探討翻譯目的、讀者性質和文本類別。作者、譯者和讀者被視為一體，混為一談。現在情況已非如此，不過基本問題卻仍舊存在。

下面我用 V 形圖來解釋我提出的八種翻譯方法[7]：

著重來源語	著重目標語
逐字譯	改寫
直譯	自由翻譯
忠實翻譯	本土翻譯
語義翻譯	溝通翻譯

翻譯方法
THE METHODS

以 SL 為主的四種翻譯方法

一、逐字譯（Word-for-word translation）

通常是以行間譯的形式出現，譯文直接放在原文底下，保留 SL 字序，選擇 SL 字彙最常見的意思逐字翻譯成譯文，不考慮上下文，帶有文化特有意涵的用字也照字面直接翻譯。字對字翻譯主要用在了解 SL 的語言結構，或分析困難的文本，以作為翻譯的前置作業。

二、直譯（Literal translation）

將 SL 的句法結構轉換為最接近的 TL 形式，但是字彙仍舊逐字翻譯，不依照上下文調整。直譯通常也作為翻譯的前置作業，以找出待解決的問題。

7 這八種方法的中譯，魏元良的翻譯是：逐字譯、直譯、信實翻譯、語義翻譯、改寫、意譯、地道翻譯、傳意翻譯。見《西方翻譯理論精選》第六章。

三、忠實翻譯（Faithful translation）

忠實翻譯試圖在 TL 句法結構的限制內，精準重現原文在上下文中的含義。帶有文化特殊含意的用字直接以「外來語」呈現，保留文法與字彙的「異常性」（abnormality ，即偏離 SL 規範的部分），試圖完全忠於原作者的意圖與寫作手法。

四、語義翻譯（Semantic translation）

語義翻譯只有一點和「忠實翻譯」不同：語義翻譯更注重 SL 文本的藝術價值（也就是聲韻的自然之美），在「意義」上適度妥協，以避免譯文中的諧音、雙關語或重複修辭格格不入。此外，對於較次要的文化字詞，可以用文化中立的第三詞或功能上對等的詞彙來翻譯[8]；但不會用文化對等詞來翻譯[9]。語義翻譯也可能爲了讀者著想，而在其他地方做小小的讓步。「忠實」和「語義」翻譯的區別在於前者不妥協、教條意味濃厚；後者較彈性，容許些許創造性，考量譯者對原作直覺上的情感認同。

以 TL 為主的四種翻譯方法

五、改寫（Adaptation）

這是翻譯形式中最「自由」的一種，主要用在戲劇（尤其是喜劇）和詩歌；主題、人物和情節通常予以保留， SL 文化則轉變爲 TL 文化，並重寫文本[10]。常見的方式是先逐字翻譯劇本或詩詞，再由有名

8 紐馬克在此舉了一個法文句子為例：*une nonne repassant un corporal*。英文翻譯可能變成 a nun ironing a corporal cloth（一位修女正在熨燙聖餐布）。由於 *corporal* 是一個文化詞，因此英文中多加了範疇詞 cloth 一字以協助讀者了解。紐馬克認為這就是語義翻譯不同於忠實翻譯之處。

9 所謂用文化對等詞就是以成語譯成語、以典故譯典故，例如用「占著茅坑不拉屎」來翻譯 dog in the manger 。

10 例如把莎士比亞的《馬克白》改編為京劇《慾望城國》，或是把音樂劇《歌劇魅影》改編為歌仔戲《梨園天神》，都是此類「翻譯」的例子。

望的劇作家或詩人重寫，這種方式產生了很多拙劣的改寫文本，不過有時也能「拯救」一些過時的劇作。

六、自由翻譯（Free translation）

自由翻譯只求內容而不管形式。譯文通常是比原文長很多的重述，看起來像所謂的「語內翻譯」[11]，往往冗長做作，根本稱不上翻譯。

七、本土翻譯（Idiomatic translation）

本土翻譯重現原作的「訊息」，但由於偏好使用目標語的口語和慣用語，意思上會有些微扭曲。口譯專家莎樂絲高維琪和文學譯者吉伯特[12]這兩位專家，即使領域如此不同，也都傾向這種活潑、「自然」的翻譯。

八、溝通翻譯（Communicative translation）

溝通翻譯試圖準確地表達原作的情境意義，但使用的語言和傳達的內容，都必須讓讀者容易理解、可以接受。

翻譯方法評析
COMMENTS ON THESE METHODS

要評論這些方法之前，首先我要指出，只有語義翻譯和溝通翻譯能達成翻譯的兩大目的：一是正確、二是精簡。語義翻譯可能比溝通翻譯精簡。一般而言，語義翻譯的譯文是以作者的語言程度爲準；溝通翻譯則是以讀者的語言程度爲準。語義翻譯用於「表述類」文本；溝通翻譯則用於「資訊類」與「呼籲類」文本。

11 intralingual translation，中文裡把文言文「翻譯」成白話文就是標準的語內翻譯，往往冗長而乏味，美感盡失。

12 Stuart Gilbert (1883-1969)，英國譯者，與愛爾蘭作家喬伊斯（James Joyce）友好。翻譯法國文學作品，包括卡繆。

語義翻譯和溝通翻譯處理下列各種語彙的方法很類似：慣用隱喻、死隱喻（年代久遠而不易察覺隱喻意義的隱喻）、正常搭配、技術專有名詞、俚語、口語、標準文告、寒暄語及常規語言。表述文本裡的表述成分（與眾不同的句法結構、搭配、比喻、獨特的用字、新詞），即使不直譯，也要貼近原文；但這些表述成分若是出現在資訊和呼籲文本，就必須常規化或潤飾一下，以免太突兀（除非是想要引人注目的廣告）。至於文化成分，在表述文本中往往原封不動地借用外來語；資訊文本則是外來語加上文化中立的解釋；呼籲文本則是以文化上對等的用詞替換。用字拙劣或不精確的段落，若是出現在表述文本中，譯文須予以保留，不過譯者應適當指出原文事實或道德上的失真之處。但若是用溝通翻譯法，用字拙劣或不精確的段落則應予以「改正」。我認爲表述文本是「神聖的」，而資訊與呼籲文本則是「不具名的」（套用德里斯的說法），作者的地位並不重要。當然這種區分也有灰色和模糊地帶，翻譯的任何一面皆是如此。

雖然在細節上分析了很多，但是語義翻譯和溝通翻譯還必須從整體上來考量。語義翻譯比較個人主義，以作者的思慮爲尊，很容易「超額翻譯」，力追意義上的周全，同時力求文字精簡，以重現原文的語用感染力。溝通翻譯比較重社交功能，考量的是讀者，著重傳遞訊息及文本的要旨，往往「欠額翻譯」，用字簡單、明瞭、簡潔，文體自然、風格富有變化。語義翻譯通常比原文差，在認知和語用方面都有損失（據說波特萊爾翻譯愛倫坡的作品是例外）；溝通翻譯則往往比原文好。一言以蔽之，語義翻譯必須詮釋（interpret）；溝通翻譯必須解釋（explain）。

理論上來說，溝通翻譯的譯者並不會比語義翻譯的譯者更自由，但是實際上卻是如此。因爲溝通翻譯的譯者，服務的是一群假想的、沒有明確界定的廣大群眾，而語義翻譯的譯者，卻要考量一個定義明確的權威，也就是來源語文本的作者。

對等效果
EQUIVALENT EFFECT

這些年來常常聽到，翻譯最終極的目標應該是達到「對等效果」，也就是對譯文讀者和原文讀者產生相同的效果，或是盡可能地接近。這也稱爲「對等反應」原則，奈達自己則稱之爲「動態對等」（dynamic equivalence）。但就我來看，「對等效果」只是一個不錯的結果，卻不能成爲任何翻譯的「目標」。畢竟，如果（1）SL 文本的目的是影響，而 TL 文本的目的是告知（反之亦然）；（2）SL 和 TL 文本間有明顯的文化落差，在這兩種情況下，翻譯都很難達到對等的效果。

不過，以溝通翻譯法處理呼籲文本時，對等效果就不只是不錯，還是非達成不可的結果；因爲文告、說明書、公關文件、宣導品、勸說或議論的篇章，甚至是通俗小說，其價值與效果都是以對等與否爲評斷標準。讀者的反應，例如不踐踏草皮、買了某塊肥皂、參加某個黨派、組裝某個儀器等，甚至都可以量化，來評判譯文是否成功。

對於資訊文本而言，對等效果只有在訴諸感情的時候才需要，但（理論上來說）情感部分在資訊文本中無足輕重。假使 SL 和 TL 文化大相逕庭，就不可能達到這種對等效果；因爲一般而言，翻譯資訊文本時，會以文化中立或通稱的詞語，來解釋帶有文化特殊意含的用語，簡化內容，澄清 SL 的困難處。雖然譯文的效果不一樣，但是期待 TL 讀者閱讀譯文時，能跟 SL 讀者一樣感興趣。然而，處理貫穿大多數資訊文本的呼籲或勸說脈絡時，譯者需要時時考量到讀者，也就是要不忘以對等效果爲目的。

語義翻譯首先要考量的問題是，嚴肅的想像文學作品，其讀者是單獨個體而非一整群；其次，譯者雖不能完全忽略讀者，但主要是力求重現原文文本對「自己」所產生的效果（去感受、認同作者），而不是原作對一群假定讀者產生的效果。當然，若文本愈具「普遍性」，如「要活還是不要活」（To be or not to be），表達的概念愈無文化界線，廣義上的對等效果就愈有可能達成。至於譯者力求再現後設語言的聲音效果，由於發音系統的不同，很難對目標語讀者產生一樣的作用，但是也許可以有所補償。無論如何，讀者的反應是個人的，而不是文化或普遍性的。

然而，除非讀者富有想像力、領悟力高、又對 SL 文化有所認識，否則文本中的文化成分愈高（愈地區性、時空相隔愈遙遠），對等效果就愈不可能達到。舉例來說，濟慈那句「多霧和甜美豐饒的季節」（Season of mists and mellow fruitfulness）和莎士比亞那句「我可否把你比作夏日？」（Shall I compare thee to a summer's day?）[13]，在秋、夏兩季並不宜人的國家，就不適合直接翻譯。如果某個文化用詞無足輕重，對於反映地方色彩並不重要，又不帶有相關隱含或象徵的意義，文化上的讓步（如換成通稱詞語）才可行。因此，如果翻譯的是法國自然小說家巴贊（Bazin）的小說，把 *Il est le plus pélican des pères*（他是最鵜鶘的父親）譯爲「他是最盡責的父親」[14]是不夠的；有所讓步的譯文，會保留文化的元素（*pélican* 鵜鶘），最後可能出現「他像鵜鶘般對子女盡心盡力」這樣的句子。權威性的言論是以廣大群眾爲讀者，而不是個人，若是以「公眾」的語言撰寫，應該要產生對等的效果。佩利克李斯（Pericles）[15]、傑佛遜（Jefferson）、林肯（Lincoln）、邱吉爾（Churchill）、戴高樂（De Gaulle）等，這些名字都代表了普遍性的呼籲，需要以強而有力的現代譯文來表達。

13 Sonnet 18。

14 因為「鵜鶘愛子」這個比喻對這個作家是相當核心的文化詞，所以不能讓步。

15 出現在《伯羅奔尼撒戰紀》中的雅典統治者。

以讀者的語言和知識程度為準的溝通翻譯，比起以作者為中心的語義翻譯，較可能達到對等效果。就幾百年前的文本來說，讀譯文的讀者比原文讀者有利；以現代語言寫成、平易又精簡的譯文，產生的影響可能比原文更大。此所以以前德國的知識份子會認為莎士比亞是「他們的」[16]。

對等效果是一個重要的直覺判斷原則，雖然可以測試，但研究成果往往並不好；不過，對等效果的原則常用於討論翻譯，尤其是在語言的技巧層面（相對於「忠實」、「藝術」與「品味」層面）。翻譯就是要討論，而不是規定；可惜現在仍有許多人把老師的範本或模式，加諸在學生身上。事實上，很多簡單的句子，不管看不看上下文，各種不同語言的專家都可以有好幾種翻法。

我詳細地討論「對等效果」的原則，是因為對等是翻譯中很重要的一個概念，各種類型的文本多少都適用，只是重要程度不一。

翻譯方法與文本類別
METHODS AND TEXT-CATEGORIES

綜觀兩種翻譯方法（語義翻譯與溝通翻譯）應用到三類文本上的情況，我認為一般資訊與呼籲文本太過直譯，而表述文本又不夠直譯。許多旅遊資料和公告中充斥著翻譯腔。在資訊文本中，翻譯腔、詞不達意、措詞失當往往一起出現；字詞看起來很熟悉，但搭配用法不太熟悉，卻照搬過來[17]。另一方面，文學翻譯訛誤過多由來已久，問題在於視翻譯為文體的練習，以求其「趣味」或存其「神韻」；於是只要 TL 詞彙有一點兒像 SL 詞彙，就一定不肯用[18]，甚至不肯以

16 這裡是說現代英國人要直接讀懂莎士比亞並不容易，但德國讀者因為有優秀的譯本，讀者群更廣，影響更大。

17 紐馬克舉的例子是用 hydromineral station 翻譯 *station hydrominérale*，其實這個詞就是所謂的 spa，英譯者不用常見的 spa，卻另外創了一個翻譯腔的新詞。

18 這裡是指避用同源字的習慣。

SL 詞彙的核心意義來翻譯（主要是指形容詞），結果譯文變成了一連串的同義詞，扭曲了原文的本質。

表述文本中的翻譯單位可能很小，因爲包含最細微文義的是字詞而不是句子。此外，這類文本可能較少陳腔濫調的用語（口頭慣用語、固定比喻或搭配字詞）。不過，陳腔濫調不論長短或類型，都必須做對應的翻譯，無須理會這些文字是否有損作者形象。

請注意，我把資訊和呼籲都歸爲適合溝通翻譯的文本，但是兩者可以做進一步的區分。

資訊文本除非寫得很差或不精確，否則譯文都比呼籲文本貼近原文。原則上（僅僅是原則上），因爲資訊文本主要是關乎語言之外的事實，多用第三人稱、過去式以及不帶情感的文體。翻譯敘事的文字，也就是一連串發生的事件，可能比翻譯描述的文字來得簡潔、貼近原文，這是因爲描述的文字更需要心靈上的感受能力，才能翻譯形容詞或意象。

一談到呼籲文本的翻譯，馬上就會牽涉到第二人稱的翻譯問題，這個社會因素在各語言中以不同的文法或詞彙反映出來。此外，呼籲文本體現了溝通翻譯的兩端。一方面，固定或標準的譯法大部分都用在文告；另一方面，原則上，帶點「創意和娛樂」效果的翻譯，對宣傳或推廣文章可能又很適用，因爲這類文字的情境比語言本身更重要。事實上，若是沒有文化隔閡，一流的勸說文字通常幾乎是直譯。

我瀏覽了今日大量的多語言廣告傳單，發現：（1）很難分辨哪一個是原文文本；（2）文本彼此非常貼近；（3）語言愈感性，文本間的差異就愈大；（4）這些差別似乎都有必要。

如果溝通翻譯法譯出來的廣告作品，效果如此絲絲入扣，又能產生對等的實用效果，似乎就沒有必要仰賴「雙語撰搞」（co-writing），也就是把產品的基本事實告訴兩位撰稿者，再請他們分別用自己的母語寫出最動人的文案。

有一點要提的是，我到現在爲止都是以翻譯的成品（也就是最後的譯文），而不是翻譯的過程，來描述翻譯的方法。

翻譯操作

TRANSLATING

談到翻譯的過程，我認爲在讀過開頭兩三段之前，就開始動手翻譯是很危險的，除非譯者快速瀏覽後，認爲文本不會有什麼翻譯的問題。事實上，愈困難的文本，不管是語言上、文化上或「指涉上」（也就是主題），在動筆前要花愈多時間準備，因爲只要誤判文本中的一個關鍵字，譯者就得辛苦地把格格不入的文意擠進一個段落，浪費許多時間後，才意識到（如果有意識到的話）自己根本是搞錯了。這也是另一種看待「字本位」與「句本位」衝突的方式。若是譯者「可以」見樹也見林，知道整體的意思，那麼盡可能要以句子爲翻譯單位，盡可能貼近原文，照字面翻譯，還要確定你已經考量了（未必是翻譯了）SL 文本中的每一個字。有許多字，像語氣助動詞、華而不實的空話或是文法上的功能詞，譯者可能有充分的理由，決定不要翻譯。但若文本是技術性的，實際上應先以字爲翻譯單位，不管是「語言」、「文化」或「指涉」的字，先別考慮上下文。之後再依據上下文調整用字，如果譯者選錯字意，還得隨時準備好訂正之前的錯誤。

現在的研究方向轉向探討人們「如何」翻譯，但是可能還遺漏了許多因素，如心情好壞、交稿期限、職業倦怠而想換種方法翻譯的需求等等。綜觀翻譯前的準備過程，譯者對於文本要闡述的內容，心中要有清楚的輪廓，不過這個輪廓只是一個大前提，必須不斷修正，不管是譯詩或是譯技術性的文章都是如此。

其他翻譯方法
OTHER METHODS

最後，我再加上幾項翻譯方法的定義作爲補充：

(1) **服務翻譯**（Service translation）：亦即從母語譯爲外語。這個術語並不普及，但因爲大部分國家都需要這種翻譯，所以創出一個術語是有必要的。

(2) **語體翻譯**（Plain prose translation）：最早是瑞奧博士[19]爲企鵝出版社以散文體翻譯的詩與詩歌戲劇，通常將詩節變成段落，加入散文的標點符號，保留原作比喻及來源語文化，但不求再現聲韻效果。讀者可以了解作品，但不會有對等的體驗。語體翻譯的譯文常和原作對照出版，讀者可以「詳細地字字比對」，不失爲一種便捷又完整的管道來接觸原作。

(3) **訊息翻譯**（Information translation）：此種譯法傳達非文學文本中的所有資訊，有時候以較合乎邏輯的方式重新編排，有時候則部分摘要，而不是重述[20]。

(4) **認知翻譯**（Cognitive translation）：此種譯法將 SL 文法轉換爲正常的 TL 句構，通常將所有比喻的意思明白譯出。我不知道這該算是理論還是實務的概念，但是就翻譯的前置作業而言，此譯法適合運用在困難複雜的文本。若是加入語用的概念，就會變成語義或溝通翻譯。

(5) **學術翻譯**（Academic translation）：有些英國的大學採行這種譯法，將 SL 文本變成「優雅」、道地、有教養的 TL 版本，採用某種（不存在的）文學措辭來翻譯，消除了作者以流行的口語所抒

19 E. V. Rieu，二十世紀中葉企鵝叢書主編。傳統上，荷馬史詩的譯者都是以詩譯詩，他首開風氣，把史詩翻譯成散文，相當暢銷。

20 這有點類似於編譯。有時是客户要求，把大量資料用條列的方式譯出主旨。

發的情感。這類譯法依舊存在於牛津劍橋，重點是要保留原作的「神髓」。這類傳統的原創者是里奇（R.L. Graeme Ritchie），他是一位傑出的教師和譯者，比其他模仿者精準厲害得多。

最後兩項概念是我自己發明的，對翻譯有沒有參考價值，端看實際運用後才能得知。

第6章

翻譯單位與言談分析

The Unit of Translation and Discourse Analysis

引言

INTRODUCTION

大約十五年前，言談分析開始在語言學的範疇內自成一家，一方面表示句本位的文法有所不足，一方面也是強調溝通，不應排除使用者因素來研究語言與指涉。言談分析可以定義爲超越句子或在句子之上做文本分析，也就是要找出言談中的語言常規。現在言談分析多半納入文本語言學的範疇。言談分析的重點在於「連結」(cohesion)與「連貫」(coherence)，所謂「連結」就是用文法、詞彙將句子串連起來，而「連貫」就是文本的思路、邏輯一致。

現在的翻譯理論家傾向把整個文本當成翻譯單位，這其實頗讓人困惑，也跟文奈與達伯涅[1]原先的概念背道而馳。其實整個文本應該是言談分析的根據，並不是翻譯單位。文奈與達伯涅將翻譯單位定義爲「爲了維持意義的連貫，而絕對不能拆開翻譯的最小語言單位」，簡單地說，就是一定要一起翻譯的最小「單位」。至於翻譯單位該有多長，語言學家哈斯[2]曾經簡單形容：「能多短就多短，該多長就多長。」哈斯的說法反映出長久以來意譯與直譯的爭論：翻譯愈自由，愈偏向意譯，翻譯單位就愈長；反之愈偏向直譯，翻譯單位就愈短，幾乎一個

1 J. P. Vinay 和 J. Darbelnet 在 1958 年發表 *Stylistique comparée du français et de l'anglais: Method de traduction*（法英對比文體論：翻譯方法學），描述法譯英的語言規律。他們提出的研究方法影響深遠。

2 Stephanie W. Haas，語言學家，目前任教於北卡羅萊納大學教堂山校區。

字就形成一個翻譯單位；如果是譯詩，甚至一個語素就可能構成一個翻譯單位。意譯一向是句本位，直譯則是字本位。現在文本語言學興起，意譯的翻譯單位也從句子放大到整個文本。

「以文本爲翻譯單位」是無效也無益的主張，但眞實反映了直譯與意譯之爭。過去十五年間，有些人主張唯一眞正的翻譯單位就是整個文本，於是直譯與意譯爭端再起。這個論點得到廣大言談分析專家的支持（或者應該說文本語言學家的支持），因爲言談分析探究的正是文本的整體、文本內部組成的關係，還有比句子更高層次的連貫。

根據文奈與達伯涅「狹義」的定義，文本顯然不可能是翻譯單位。如果以文本爲翻譯單位，一定會天下大亂。翻譯絕大部分是單字的轉換，再來是詞、搭配、詞組、子句與句子的轉換，很少是段落轉換，從來不是文本轉換。文本可以說是「最高法院」，每一層級、每一單位的翻譯都要服從文本的「統一」，即整合的屬性，德里斯稱之爲「文本有機性」（textual organicity）。但一般文本未必有此種「文本有機性」。

前面已經介紹過文本的一般屬性。所謂文本的一般屬性包括語調、文本意旨、譯者目的、文本類型、寫作品質、作者的永久特性（方言、社群共通語、年代、性別、年齡等等）、讀者的環境、文本內容正式程度、文本的一般性或技術性，以及情緒語調，總而言之就是語域與語用特性。讀者分爲三種典型：（a）專家（SL 文化專家或言談主題的專家）；（b）具備相當知識的非專業人士；（c）外行人——完全不了解 SL 文化或主題，興趣無法得知。

我自己對文本的看法來自比勒的語言功能理論，即把文本分爲表述類、資訊類或呼籲類。此三類文本的譯者任務不同，其一要忠於原文作者，其二要忠於「眞相」，即事實，其三要忠於 TL 讀者。功能區分只是代表最主要的特色，而未必整個文本如是。舉例來說，資訊類的文本到結尾也許提出一些建議，就變成呼籲類，如果這種呼籲是德里斯所稱「不具名」的，譯者可以刪去表述元素（所有文本都含有表述元素）。

我把表述類文本稱爲「神聖的文本」，翻譯時以作者程度爲準；資訊類及呼籲類文本則以讀者程度爲準。

文本語言學其他影響翻譯的層面包括：（a）意念；（b）語彙與文法；（c）標點。

連貫
COHERENCE

文本內容愈有組織、愈公式化，譯者可以掌握的資訊就愈多。首先考慮文類，如果文本屬於希臘悲劇或十七世紀法國悲劇、正式會議的議程或紀錄、一道食譜、一場婚禮或其他典禮，譯者或必須緊貼 SL 習慣，或必須緊貼 TL 習慣。同樣的道理，如果敘述有制式的開場白（例如「很久很久以前」），以及制式的結尾（從此過著幸福快樂的日子），譯者就要找出是否已有標準譯法。其他文類，例如氣象報告、問卷調查、公文、醫學文章，可能都有固定的格式。近來有關對話的研究多半來自格萊斯[3]的「會話隱義」與「合作原則」，傾向樂觀地認爲，沿著「軌道」進行的對話可以作爲翻譯過程的指標。

以翻譯十七世紀法國悲劇爲例，譯者在翻譯之前已經擁有大量資訊：時間、地點、情節服從統一律，主角不出幾位貴族，每一位主角都有各自的心腹，這些心腹通常來自較低的社會階級。劇中的對白由不超過兩千個的「高尚」、抽象詞彙組成；還要加上各種交鋒對白，格式採用六音步詩體（也就是亞歷山大體，英文譯者可能會轉換成無韻

3 Grice, H. Paul (1913-1988)，英國語言哲學家，注意到對話中的習慣規則，對認知語言學有深遠影響。

詩五音步體），對白要講求對仗、押韻。整個劇本長度不超過一千八百行，平均分成五幕戲。語調嚴肅，悲劇收場，往往（也有例外）是主角簡短告白後氣絕身亡，活著的人回歸正常生活。莎翁名劇《哈姆雷》（*Hamlet*）還有莫札特歌劇《唐・喬凡尼》（*Don Giovanni*）皆屬此類。

接下來考慮文本結構。理論上文本結構不外乎「正論、反論、綜論」、「緒論、主題、觀點舉例、結論」、「背景、問題、解決方法、評估」、「定義、正反分析、結論」、「醞釀、高潮、收場」、「回顧、現況、展望」。譯者最好能注意到這些結構的變體以及其他標準結構。另外從文本的某些指標，例如章節、標題、副標題、段落長度，就能看出大概的結構。譯者應該思考是否應該沿用原文指標，是否合乎譯文中此類文章的格式。

標題
TITLES

如果原文的標題相當簡潔，又能充分反映內容，譯文不妨保留，例如：「交際花的年代」（*Un siècle de courtisans*）就很值得保留。但副標題「道德與靈性墮落的時期」（*Période de décadence morale et spirituelle*）就不符合英文的格式（英文報紙通常不用副標題，偶爾才用題字），應該刪去。此外，遇到以「關於」、「一個例子」開頭的標題也要盡量縮短，或者點出大意即可。翻譯小說名稱是另一個問題，應該要很吸引人、具有隱喻、暗示意味，而且要跟原著的名稱有點關係，這樣讀者才能辨識。法國作家馬爾羅（Malraux）的經典小說 *La Condition Humaine*[4] 翻成 *Storm in Shanghai*（上海風雲）就不甚理想，後來改成 *Man's Estate*（人的處境）比較好些，其實直接翻成 *The*

4 此書至少有三種中譯本（簡體字譯本），書名分別為《人的狀況》、《人的命運》、《人的境遇》。

Human Condition（人的條件）最爲恰當，不過重譯作品以保留原譯名爲宜。孟克利夫（Scott-Moncrieff）將普魯斯特（Proust）的 *A la Recherche du Temps Retrouvé* 翻譯成 *Remembrance of Things Past* 是書名轉換成功的例子[5]。

我把標題分爲「描述性標題」，也就是描述文本主題的標題；另一種是「典故性標題」，就是提示或暗喻主題內容的標題。如果文本是比較嚴肅的想像文學，翻譯時最好保留原本的「描述性標題」，例如 *Madame Bovary* 就只能翻譯成《包法利夫人》。典故性標題也可逐字保留，如果有必要，也可翻譯出想像意涵，就像剛才提到孟克利夫翻譯普魯斯特作品。格里爾帕策（Grillparzer）寫的 *Des Meeres und der Liebe Wellen* 翻成描述性的 *Hero and Leander*（西蘿與利安德）[6]不夠理想，應該按照原文翻成 *The Waves of the Sea and of Love*（海潮與愛潮）。

翻譯非文學類的文本，通常會將原文的典故性標題譯爲描述性標題，尤其如果典故性標題牽涉俗語或是文化。因此，如果遇到「僵局」、「誰在敲門？」、「又見克努特大帝」之類的標題，不妨根據文本內容，將標題翻譯成「敘利亞的黎巴嫩政策」。

對話的連結
DIALOGUE COHESION

很多人認爲口語屬於口譯範疇，與筆譯無涉，其實不然。筆譯工作者也經常遇到各種對話，特別是問卷，以及戲劇與小說中的對白。

5 此書原名的 *recherche* 有追尋、探求之意，英譯本並沒有把這個意思譯出來，所以紐馬克說是「轉換」。有趣的是，此書中譯名以《追憶似水年華》最為常見，由於中文的「追」與「憶」正好可以搭配，因此可以呈現出英法兩種語言之長，不過「似水年華」就完全是道地的中文比喻了。2004 年上海譯文的新譯本（周克希譯）改為《追尋逝去的時光》，刻意貼近原法文書名。

6 這是希臘神話中一對著名的戀人，因此譯者如果把兩人名字譯出，讀者一看就知道這個劇本是在重新闡釋這個神話故事；但紐馬克認為嚴肅文學不應如此處理，非文學文本則可以（甚至建議）這樣處理，見下段。

在所有的文本當中，對話與演講最須要講求連結。主要的連結要素是問句，功用包括命令、要求、懇求、邀請（也就是文法上的聲明句、祈使句、問句）。彼此的稱呼則視血緣關係或熟悉程度而定，甚至還要考量社會階級、性別、年齡。除了更動問句結構之外（例如將 Could you come? 翻譯成法文的 *Tu peux venir?* 或德文的 *Bitte komm.*），每一種語言也都有獨特的對話開場白。

"I wish you'd come"（希望你能來）	*Ich hoffe du kommst*
"I wish you could"（希望你可以）	*Si seulement tu pouvais*
"I wish you'd stop talking"（請你閉上嘴巴）	*Tu ne peux donc pas te taire?*
"Would you care to"（你介不介意）	*Voulez-vous bien*
"Would you mind"（你可不可以）	*Ça ne te fait rien si*
"I wonder if you"（看看你可不可以）	*Je ne sais pas si tu*
"See if you can"（請你）	*Versuch's vielleicht kannst du*
"I want you to"（我想要你）	*Ich möchte, daß du*
"If you'd just come here"（拜託來一下）	*Bitte komm her*
"See what happens if"（看看……會怎樣）	*Du weisst was geschieht wenn*

同樣的，每一種語言也有代表對話暫停或結束的用語，例如「就這樣囉！」、「好」、「嗯」、「我知道了」，還有世界通用的「O.K.」。

最後，還有一些讓對話持續的小樞紐，例如「不是嗎？」、「就是！」、「這樣」，而對方應該也有標準化的回應。

譯者必須注意對話與演講有所不同，演講幾乎不用標點[7]，資訊較爲散亂，有許多語意上的空白，需要講者用手勢或其他非語言的訊息來填補。

7 原註：「在演講中，句子並不重要」(Sinclair，1975)。

標點符號
PUNCTUATION

標點符號對文本的詮釋影響很大，然而很多譯者都會忽略標點，我建議最好在譯完之後對照一下原文跟譯文的標點符號。法文連續使用的破折號——可用來顯示項目符號的 a 、 b 、 c 或 1 、 2 、 3 ；對話引號（英文比法文常用）或圓括號（通常會譯成方括號）。分號通常用來區隔一連串同時發生的事件與活動，這些事件、活動互有關連，但沒有必要用句點或驚嘆號隔開。法文、義大利文比英文更常使用分號。遇到分號，英譯者必須決定要保留或是刪去。巴蒂克（E. W. Baldick）在翻譯《情感教育》（*L'Education sentimentale*）[8]的時候爲了講求「通順、自然」，常把原文的分號刪去，把句子連接在一起，非常可惜，因爲這個文本是相當「神聖」的。計較標點會不會太過瑣碎？我在這裡用的問號是反諷的（表示我認爲標點相當重要），而不是質疑或詢問。冒號可以用文字取代，翻譯成「也就是說」、「包括」會更清楚。大量使用驚嘆號或可表達沮喪、多愁善感，或自我表達能力不足。

標點是言談分析的重要成分，因爲標點顯示句子與子句的語意關聯，而每種語言子句與句子間的語意關聯各有不同。舉例來說，法文的刪節號代表暫停，而英文則代表段落省略。德文的驚嘆號是用來吸引讀者注意力，以及強調和營造情緒效果，常用於通知的標題後面（但已經不再用於信件的稱謂，例如「親愛的瑪莉」後面不再打上驚嘆號），還可以連打兩個。分號可以連接句子；而法文則常用逗號代替連接詞。

8 法國十九世紀小說家福婁拜（Flaubert）的小說。

聲音效果
SOUND-EFFECTS

另外，還要考量聲音效果，不只是考慮整句讀起來的效果，也要考慮整段文字的朗讀效果。不是只有詩歌才要著重朗讀效果，一般文字常見的重複韻，就像英文裡面相當拗口的 s ， s 有時可以保留。在小說中，如 *All Quiet on Western Front*（《西線無戰事》）[9] 裡面就有一些聲音、音節一再重複，像是 zer- 與 ver- 的發音，讀起來有一定的效果。有時譯者（A. W. Wheen）會跳脫字面意義，把原文的聲音效果充分表達出來。

連結
COHESION

現在讓我們來探討句子之間的關係。最常見的方式是運用連接詞顯示兩句之間語意的補充、矛盾、對比、因果關係等等。有些連接詞含有多重意義，有些意義還互相矛盾，翻譯起來往往很傷神。例如法文的連接詞包括 *cependant*（同時、不過）、 *inversement*（相反地）、 *par contre*（然而、另一方面）、 *d'autre part*（此外、另一方面）、 *d'ailleurs*（此外、然而）、 *toujours*（總是）、 *encore*（又一次、不過）、 *aussi*（因此、所以、也）、 *tout en* 加現在分詞（雖然、然而等等）。

德文明顯使用大量情態連接詞，例如 *aber*（但是）、 *also*（所以）、 *denn*（怎麼）、 *doch*（是的）、 *schliesslich*（最後）、 *eben*（剛剛）、 *eigentlich*（眞的）、 *einfach*（就是）、 *etwa*（也許）等等，這些情態連接詞出現在對話中的頻率是報紙的三倍、文學作品的六倍（Helbig）。情態連接詞翻譯出來沒什麼意義，所以通常省略不翻。情態

9 德國作家 E. M. Remarque 的戰爭小說。德文原名是 *Im Westen nichts Neues*（西方無消息），1929 年出版，在德國被禁，1930 年美國拍成同名電影。

連接詞的目的是表達感情，也就是抓住讀者或聽眾的興趣。通常看到情態連接詞，就表示接下來的資訊只是提一下，讀者或聽眾應該已經知道了。

譯者必須特別注意，英文通常會把原文的複合句翻成並列句，例如把 *Si tu marches, je cours*（如果你用走的，我就用跑的）翻成 You can walk but I'll run.（你可以用走的，但是我會用跑的。）

指涉同義詞
REFERENTIAL SYNONYMS

句子可以用指涉同義詞來連結。指涉同義詞可以是詞彙、代名詞或一般的字眼。注意常用的指涉同義詞，如 The Emerald Isle（翡翠之島）、the land of shamrock（酢漿草的國度）或 of St Patrick（聖派翠克的）都是愛爾蘭的指涉同義詞。法文的代名詞或指示詞，像是 *le premier*（第一、前者）、*le second*（第二、後者），在英文中經常不用代名詞，因爲一些英文代名詞的語義範圍比較廣，如英文的 they 是沒有性別區分的[10]。要特別注意容易造成混淆的代名詞用法，聖經欽定本以賽亞書三十七章就有代名詞造成的問題：Then the angel of the Lord went forth and smote in the camp of the Assyrians a hundred and four score and five thousand. And when they arose early in the morning, behold, they were all dead.（耶和華的天使出去、在亞述營中殺了十八萬五千人。清早他們起來一看，他們都死了。）[11]

---

10 尤其與其他歐洲語言比較，如法文有 *ils*（陽性）和 *elles*（陰性）之分。中文有「他們」、「她們」、「它們」三個複數代名詞，比英文多，不過使用上並沒有嚴格區分。

11 這裡的問題出在第二句的 when they arose，好像是屍體自己起身，指涉不清。中文和合本的翻譯是：「清早有人起來一看、都是死屍了。」比欽定本清楚；現代英譯本改譯成 An Angel of the Lord went to the Assyrian camp and killed 185,000 soldiers. At dawn the next day, there they lay, all dead. 避開「看」的動作以解決這個問題。

最後，很多字眼都可以連結句子，例如常用的 the thing 、 the object 、 this case 、 that affair 、 the business 等等，還有專有名詞、綽號、常用代換詞與代名詞等。

很多時候採用指涉同義詞是爲了避免重複，而不是提供新資訊（有時會附帶提供新資訊[12]，但不是句子的主要訊息）。如果譯者必須把新資訊表達出來，就不要擔心重複，尤其是專有名詞和特定用字可重複，以避免句意模糊。

列舉連接詞
ENUMERATORS

列舉連接詞的作用也是連結句子。數字副詞通常可以直接翻譯，不過德文 *zunächst* 有「首先」的意思，卻也有「目前」的意思；法文 *enfin* 不只是「最後」的意思，還有「簡而言之」、「至少」、「然而」、「畢竟」等多種意思，英文的 next 、 then 、 primary 也有多種涵義。至於雙重數詞（例如「一方面……另一方面」）的功能通常介於列舉與對比之間。德文 *Unter andern*（among other things）轉成「包括」是很聰明的譯法。英文 or 的含意經常模糊不清，要小心判斷。

其他連接詞
OTHER CONNECTIVES

語義同義詞也可以用來連結句子，避免重複（尤其是在加強句）。舉個例子，一個句子可能第一句用 *Die Linguistik* (the linguistics)，下一句用 *Die Sprachwissenschaft* (the study of language)，在上下文中意義完全相同，只是避免重複，因此第二次出現時就可以翻成「該學科」、「該科目」。

---

12 例如從代名詞（her, his）透露出性別。

表達「相似」的字眼，像是 similarly 、 likewise 、 *également* 、 also 、 *de même* 、 so 、 parallel 、 correspondingly 、 equally 也可以當作連接詞。法文的 *également* 在字典的解釋是 equally ，但其實意思往往只是 also ；譯者常覺得難以決定相似的程度。

功能語句觀 [13]

FUNCTIONAL SENTENCE PERSPECTIVE

功能語句觀是布拉格學派對語言學的重大貢獻。布拉格學派現在由費爾巴斯教授 [14] 領軍。功能語句觀連結了言談、句子，並強調語氣的研究，跟翻譯常見的難題密切相關。功能語句觀從語言、情境與文化三方面，分析句子各元素的排列組合，找出句子在段落裡、以及在整個文本中的功能。一個句子的已知元素、可推敲出的意義，或是溝通的起點（溝通基礎），就是句子的主位（theme）。句子當中傳達新資訊的元素（溝通核心）就是句子的述位（rheme）。英文的述位通常前面有不定冠詞、限定詞或是專有名詞（例如人名「羅伯・史密斯」），主位則是定冠詞、限定詞或是一般名詞（例如姓氏「史密斯」）。「羅伯・史密斯」跟「史密斯」的差別在於前者是一個人的姓名，後者則是相當普遍的姓氏；或說前者是一群姓「史密斯」的族人當中一個叫「羅伯」的人。俄文的格式、義大利文的文體都必須以字序顯示述位，舉例來說，*E arrivato uno dei mei amici*（來了一個我的朋友）這句話的溝通力（communicative dynamism, CD）放在最後，也就是述位通常位於句子的尾端。

主位、述位之外的元素稱爲過渡元素，這些語幹元素的溝通力比述位小。

13 functional sentence perspective ， FSP 。

14 Jan Firbas 。紐馬克原註：他跟我一樣是來自布爾諾，不是布拉格。

一般句子都是由已知開始，進而呈現未知，也就是先從主位開始，所以溝通力最強的元素要放在句尾，例如「他遇見一頭可怕的獅子」。然而每一種語言都有不同的語音、語法、標點來凸顯句子的重點，例如 *C'est X qui*（It's X who...）。任何反常的字序變化，例如 precisely 、 in fact 、 himself 、 only 、 merely 、 just 、 actually 、 really 、 truly ，以及每一種語言的強調元素都可以放在句子的任何部位。一般的「主位—述位」搭配或是「主詞—動詞—補語」組合，溝通力都會放在補語或是句尾。如果句子的某個元素被「反常地」放在句首，那這個元素就是述位的一部分，具有很強的溝通力，同時也把主位吞沒了。翻譯時必須忠實呈現這個有趣的過程，區分「他下來了」與「下來的人是他」。

費爾巴斯提出的「溝通力」凸顯譯出句子重點的重要性。有時候不惜犧牲語法甚至詞義，也要保留「主位—述位」或「述位—主位」的結構。譯者必須協調每個句子的功能、語意（包括認知語意、文體語意）以及語法。舉個例子， He was then allowed to leave.（然後他獲准離開。）翻成法文有四種譯法：

(1) *Puis, il lui fut permis de partir.*（然後，他被允許離開。）

(2) *Puis, on lui permit de partir.*（然後，他們允許他離開。）

(3) *Puis, il fut autorisé de partir.*（然後，他被授權離開。）

(4) *Puis, il reçut la permission de partir.*（然後，他接到可以離開的許可。）

就認知語意來看，第一種譯法最貼近英文；第二種譯法的文體最像英文；第三種的功能最接近英文；第四種則是「協調版」。譯者必須決定孰輕孰重，唯一的辦法就是衡量整個文本。

法文（與德文）的介系詞片語一般放在句首，即使用作述位亦然：

En silence *ils longèrent encore deux pâtés de maisons.*（不發一語地，他們又走了兩條街。）— *Schweigend gingen sie an den nächsten Blocks entlang.* 但英文放在句尾：They walked the next two blocks in silence.（他們又走了兩條街，不發一語。）

德文習慣將從屬子句放在複合句的句首，後面跟著簡短的主要子句作爲述位。英文爲了句意清晰，常反過來把主要子句放在前面，也因爲英文的主要動詞通常不會太晚出現，而德文的主要動詞可以很晚出現。舉例來說，*Alles, was er ihr erzählte darüber ... war ihr schon bekannt* (She already knew ... everything he told her about this.)。

因此，考慮句子的功能、語意以及語法的時候，譯者必須決定作者的功能目的以及語言的字序慣例（不是規則）孰輕孰重。

費爾巴斯提出一個重要觀察：英文的「動詞轉名詞」現象較其他語言明顯[15]。尤其如果原文的動詞組當作述位，通常英文就會譯成無義動詞＋動名詞，例如 *elle rit*（她笑了）就會譯成 She gave a laugh（她露出一個笑容）；*elle les entrevit*（她看到他們）會變成 She caught a glimpse of them（她看了他們一眼）[16]。雖然英文與德文喜歡把名詞態動詞當作術語來用，例如 It doesn't take long to convert the equipment（轉換不用多久），寫成 The conversion operation is of limited duration（轉換的進行所費時間有一定的限度）[17] 這種華而不實的空話，但譯者遇到資訊類文本最好不要保留這些名詞形式，除非是權威類文本（也就是神聖的文本）。因此要不要譯出動詞、強調重點與是否保留空話之間常有緊張關係。以 *La cuisine française apprécie depuis longtemps la*

15 原註：我認為這是各個語言都有的普遍趨勢，原因是人們愈來愈以具象思考取代抽象思考、物質主義、強調實體重於行動。

16 原註：奈達把這個現象稱為「特殊事件化」(particularized event)（Nida，1975）。

17 原註：這個例子取材自 Hudson，1979。譯註：動詞名詞化在中文裡面也有愈來愈頻繁的趨勢，新聞報導中尤其常見，如把動詞「開幕」變成「進行一個開幕的動作」等。

saveur délicate de l'écrevisse（龍蝦的美味一直備受法式料理所好）[18]爲例：

(1) 譯出動詞：The delicate flavor of crayfish has long been appreciated in French cooking.（龍蝦的美味長期爲法式料理所好。）

(2) 強調（法式料理）：With its delicate flavor, the crayfish has long found favor in French cuisine.（由於風味特殊，龍蝦長期爲法式料理所好。）如果把 In French cuisine 放在句首，強調重點就變成風味了：In French cuisine, the crayfish has long found favor with its delicate flavor。（在法式料理中，龍蝦一直備受歡迎的原因在於其特殊的風味。）

(3) 空話：With its delicate flavor, the crayfish has long found appreciation in French cooking.（由於風味特殊，龍蝦長期在法式料理中占有一席之地。）[19]

功能語句觀還有一個地方與翻譯相關，就是各種增加或降低期待的表達方式，可能在各語言中並不相同。舉個例子：There was an uproar in the next room. A girl broke a vase.（隔壁房間起了一陣騷動。一個小女孩打破了花瓶。）[20]譯者必須釐清這兩句是否有因果關係，才能下筆。變換時態可以營造高潮[21]（例如將過去式改爲歷史現在式）[22]，法文比英文更常變換時態。另外，將間接引述改爲直接引述也可營造高潮，很多語言都能找到例子。

---

18 原註：這個例子取材自 Guillemin-Flescher，1981。

19 (1)與(3)的差別在於 be appreciated 和 find appreciation。後者把動詞拆成空義動詞＋名詞態動詞的結構，因此紐馬克視為空話。

20 原註：這個例子取材自 Palkova and Palek (Dressler，1981)。

21 原註：這是 Longacre 指出的，轉引自 Dressler，1981。

22 historical present，在敘述或故事中全部改用一般現在式的用法，新聞中也常見。

如果有「預期鏈」(例如：他殺了雞，放進烤箱，然後……／他希望成功，不過……)，對口譯幫助較大，對筆譯的幫助往往在於新詞：預期鏈可以協助解讀新詞語意。

對比
CONTRASTS

運用「否定—肯定」的對比也可營造高潮或焦點，否定的作用是引進相反的意義及強調的重點。這種對比可以用來判斷新詞以及難以界定的字眼（我的定義就是譯者搞不清楚的字眼），例如：not so much self-confidence as triumphalism（與其說是自信，不如說是趾高氣昂）。

「肯定—否定」的對比較爲少見，這裡的否定是爲了凸顯例外，例如：*Le sous-marin a une forme parfaitement hydrodynamique; seul le gouvernail fait saillie*[23]（潛水艇的外型呈現無懈可擊的流線型，唯一突出的只有舵艙）。這句的對比在於「流線型」與「突出」。

在言談當中，對比與相反是功能相當強大的連結成分。如果是放在子句之前，像是「一方面……另一方面」，通常沒什麼問題，不過翻譯非文學文本的時候必須牢記，法文的 *si* 以及義大利文的 *se* 通常譯爲「儘管」、「而」、「雖然」，而不是翻成「如果」。事物與動作之間也常用對比，以戴高樂的名言 *La diplomatie, sous des conventions de forme, ne connaît que les réalités*（外交雖有種種繁文縟節，唯一承認的只有現實而已）爲例，翻譯必須凸顯 *forme*（形式）與 *les réalités*（現實）的對比：Diplomacy, behind some conventions of form, recognizes only realities.

常見的對比方式還有比較級與最高級。然而某些語言，特別是德文與義大利文，比較可以是絕對或相對的（講究的人會堅持法文不能

23 原註：取材自德里斯，1981。

這樣用），例如 *grösserer* 可以譯爲「相當大」，也可以譯爲「比剛才提到的東西大」。英文的比較不一定要指明比誰大，例如 the larger towns（較大的鄉鎮）[24] 。比較級、最高級還有「類比級」，例如 likewise 、respectively 、 related 、 kindred 、 comparable 、 respective 、 so (just like)都是常見的連接詞，有時候指稱的對象非常模糊，必須參考前段才能了解。這些連接詞都是前溯的。後溯連接詞（冒號、「如下」、「諸如」、「後面」、「下面將提到的」、*dans le chapitre qui suit* 、 *nous y consacrerons une prochaine étude*）較爲少見，也很難譯得通順。

跟其他語言相比，英文較少出現修辭問句（rhetorical question）。修辭問句最好改譯爲直述句，前溯或後溯皆可，因爲修辭問句通常用來歸結論點，或是開啓新主題（有時也用來強調論點）。所以 *Est-ce à dire que l'efficacité chimique du composé sera supérieure? Rien n'est moins certain, et...*（難道這種藥的化學效用最爲優越嗎？不能這樣肯定，……）可以譯爲直述句型： In no sense are we implying that this drug is chemically more effective than the remainder of the group.（我們並不認爲此藥的化學效果比其他類似的藥優越。）

譯者要注意隱含比較級，例如 *majeur*（大多數）、 *mineur*（少數）、 *inférieur*（次等的）、 *supérieur*（高等的），甚至是 *proche*（下一個）、 *lointain*（很久以前），都可用作上溯連接詞，需要格位補充，這就是言談分析與格位語法相關之處。

句子的替代連接（例如 I do 、 I am 、 I think so 、 the same for me 、 I must 等等）或省略（ I have —、— been to swimming）牽涉到句子的結構，屬於比較語言學的範疇，不在翻譯理論的討論範圍。

24 大陸地區的中文有採用這種說法的趨勢，例如「這次的演出是較成功的」這樣的句子。

一些詞彙，如 structure 、 system 、 balance 、 organization 、 list 、 catalogue 、 anthology 、 chrestomathia ，可以用來連結一組句子，例如用在段落開頭： As to structure...（依照結構……）。

以上所言，目的是要顯示將文本視爲翻譯單位可以做到什麼程度，以及這個概念多少可以幫助你的地方。不過我覺得幫助有限，因爲只有在語言的搭配、子句或是句子出現不能克服的問題時，我們才會將整個文本看成一個翻譯單位。這是翻譯的「波紋理論」（ripple theory）。通知、說明類文本強調溝通能力以及語言，翻譯單位較長，自然以文本爲翻譯單位。但大部分的文本屬於描述性，比較沒那麼偏重溝通，所以翻譯單位較短。

次級翻譯單位

THE LOWER UNITS OF TRANSLATION

如果把章、節算成文本（同時承認一個單字、一個句子也構成文本），再低一層的單位就是段落，也就是尼采（還有我）所謂的「思想單位」。典型的段落架構有：（a）開頭先立論，後面跟著兩三個例子、說明、證據支持論點；（b）介紹、描述事件，再說明結果；（c）介紹並描述一個物體或簡短的場景。翻譯資訊類文本時，最好把句子依照這種架構重新整理，但要注意不能偏離 TL 文體的習慣格式。一般來說，德文段落較英文爲長，一個德文段落可譯成幾個英文段落。

句子是「自然」的翻譯單位，因爲句子是理解與記錄思想的自然單位。只要不影響功能語句觀，可以視情況把一個句子的元素重新排列組合。另一方面，除非句子太長，否則通常不會拆開翻譯。極短的句子常是爲了營造特殊效果。譯者應該知道，如果原作者在表述類文本中運用長句表現風格，譯文也應該保留長句。如果句子涉及行動而非描述，法文關係子句經常切割成兩句，例如把 *Vos amis sont là qui vous attendent* 切割成兩句：Your friends are over there. They're waiting for you.（你朋友在那邊，他們在等你。）[25] 這是一種特別的處理方式，很多譯者都採用。一般情形則用現在分詞取代法文關係子句。通常翻譯都是一句一句翻，譯者只有在下面三種情況才會參考較大的翻譯單位（也就是段落與整個文本）：

(1) 句子連接出現問題。

(2) 譯者覺得句子並不構成翻譯單位。

(3) 譯者開始修改譯本。

一個句子可能有五個次級翻譯單位，最小的一個叫作「語素」，也就是意義的最小單位。譯者不用特別在意語素，除非該語素含有目標語找不到對應的字首（post- 或 inter-）、字尾（-ism）。另外的兩個次級翻譯單位「子句」與「字群」都跟文法有關。最後兩個翻譯單位，一個是搭配，一個是單字（包括成語與複合字），都是語彙性的。你必須同時注意文法（時態、語氣、空間、邏輯一致）以及語彙（細節），還要視情況保留句子的功能。這五個次級翻譯單位都必須納入考量。（一個句子也有可能只是一個子句，沒有片語或字詞搭配，就只是幾個字放在一起。）文本愈具有表述性，愈「神聖」，譯者就愈要留意每個字放在上下文的意思，甚至必須犧牲文本的訊息或溝通價值。因此文本愈權威，翻譯單位就愈小。相形之下，一個句子經過標準化之後，就算是一個翻譯單位，不管是長如諺語：*Pierre qui roule n'amasse pas mousse — Wer rastet, der rostet —* A rolling stone gathers no moss（滾石不生苔），還是短如字詞搭配：*un refus catégorique*（斷然否認），這有多種譯法：a flat/categorical/blunt + denial/refusal（直接／明白／直率

25 原註：取材自 *Grévisse*，p. 1041。*Guillemin-Flescher*，1981，pp. 339-40 可以找到更多例子。

的否認／拒絕），另外還有 *diamétralement opposés* — diametrically opposite/opposed 、 poles apart（正好相反、完全兩回事）、 *subir un échec* — suffer/have/undergo + a setback/defeat/failure/hiccup（遭受／歷經打擊／挫折／失敗／打嗝）。最普遍的字詞搭配爲（1）形容詞加名詞；（2）副詞加形容詞或副詞；（3）動詞加受詞。

翻譯特定語言的字句或片語，可以運用重組字句的技巧，這一點很多對比語法與翻譯的書籍都有提到。一種解決方式是轉換詞性（例如將動詞轉換成名詞或副詞），還有一種是將子句轉換成片語甚至單字，舉例來說，把 *Dès son lever* 譯爲 as soon as he gets up ；把 *Au café* 譯爲 when the coffee arrives 。譯者最好把常用的詞性轉換整理出來，可以隨時參考。文法有很多種形式，轉換的空間比詞彙大，就像籠統的詞彙，例如 affair（事情）、 thing（東西）、 quality（品質）、 occasion（場合）的同義字一定比專有名詞多。如果子句的詞彙意涵受文本牽制，能做的轉換就非常有限，不過話又說回來，文本的情境有時也會開創更大的轉換空間。

結論
CONCLUSION

本章說明了在翻譯的過程中，語言無論長短都可以當作翻譯單位。每一個翻譯單位都有一定的功能，包括涉及單字與字詞搭配的詞彙翻譯單位；涉及字群與子句的文法翻譯單位；還有涉及句子、段落與文本的概念翻譯單位。下一章我會從實務分析，證明譯者多半採用較小翻譯單位（詞彙與文法），讓較大翻譯單位（概念）自動到位，除非遇到困難或開始潤稿才會考量較大翻譯單位。表述類或權威類文本通常以單字爲翻譯單位，資訊類文本則是著重字詞搭配與字群。至於文本的呼籲或論述部分（也就是希望引起讀者反應的部分），翻譯單位可以擴大至整句甚至整個文本。最後，雖然這一章一直把文本當成翻譯單位分析，但我認爲近來有些人把翻譯單位說得太重要，尤其是威爾斯、霍姆斯[26]、諾伊貝特這幾位理論家，根本沒有討論這種方法是否可行，德里斯雖然有研究，但也還是太強調以文本爲翻譯單位。我認爲翻譯單位是根據其他因素而浮動的，終究有不足的地方。

26 James Holmes，生前任教於荷蘭阿姆斯特丹，1988 年的論文 "The Name and Nature of Translation Studies"（翻譯學的名稱與性質）首先提出描述翻譯學的概念與範圍。

第 7 章 直譯

Literal Translation

引言

INTRODUCTION

當今語言學過度重視言談分析的結果，也影響了翻譯理論，認爲文本才是唯一的翻譯單位；只要說文本的權威性凌駕一切，任何非直譯的翻譯方法都能找到理由。這個顯學否認直譯是一種可接受的翻譯方法，就如諾伊貝特聲稱， SL 文本中的單字和 TL 譯本中的單字，鮮少在語義上對應，文法上的對應則幾乎沒有。

但我可以隨手舉出反證。以下的這句法文（二十個字）和英文譯文（二十個字）中，每一個法文單字都可對應到一個英文單字[1]。

Les autres pays ont augmenté leurs dépenses publiques relatives à l'enseignement supérieur plus que la Grande-Bretagne pendant les années 1968-1970.

The other countries have increased their public expenditure relative to higher education more than Great Britain in the years 1968-70.

（在 1968-70 年間，其他國家對於高等教育相關的公共支出，增加的幅度都比英國要大。）

我認爲法文譯本已經很理想，雖然換一兩個字總是有可能的，但是這個句子確實是直譯。也許這是特意挑選的例句，但在這種資訊性

1 紐馬克引用的段落較長。見原文 68-69 頁。

文本中也很常見。總之，我的論點是：直譯沒有錯；如果直譯可以忠實對應出原文所指涉，又符合語用場合，沒有必要迴避直譯。

有不少英文動詞來自拉丁語系，一些比較不正式的動詞片語則來自日爾曼語系。身爲譯者，會依照動詞搭配以及語域來決定要不要使用同語源的動詞。舉例來說，*derrière lui un garçon distribuait pommes rissolées et petits pois*（他後面有一個少年在分薯條和青豆）譯成英文時，如果用同源字 was distributing 聽起來太刻意，太正式；用 was doling out 又有太口語之嫌，較恰當的選擇是 was giving out 。不過，我也不會用英文情境中最自然的 was serving ，因爲如果做回譯，這個字會變成 *servait* 。

直譯和其他類似的方法
VARIETIES OF CLOSE TRANSLATION

直譯或許應該和逐字翻譯（word-for-word translation）與一對一翻譯（one-to-one translation）區分開來。逐字翻譯將 SL 文法、詞序及所有 SL 單字的主要意義轉換成譯文，通常只有簡單、中立的短句才行得通，例如： He works in the house now.— *il travaille dans la maison maintenant.*。一對一翻譯比逐字翻譯更有彈性些，雖然每個 SL 單字都有對應的 TL 單字，但是其主要語義可能不同。比如 *passer un examen* — take an exam ，兩組動詞片語可說相互對應，但是，在跳脫文章脈絡之外，兩個動詞（*passer* 和 take）並非語義對等詞，所以不能說是逐字翻譯。通常，一對一翻譯會考慮到字詞搭配（字詞搭配在翻譯上是最重要的上下文因素），所以比逐字翻譯普遍。直譯則又超越了一對一翻譯，例如 *le courage* 可說是 courage 的直譯，雖然一個有冠詞，另一個沒有。

直譯的範圍包括單字對應（hall, *Saal*, *salle*, *sala*, *zal*）、字群對應（*un beau jardin*, a beautiful garden, *ein schöner Garten*）、搭配對應（make a speech, *faire un discours*）、子句對應（when that was done, *quand cela fut fait*）和句子對應（The man was in the street. *L'homme était dans la rue.*），單位愈長，一對一翻譯就愈罕見。另外，單詞隱喻（ray of hope, *rayon d'espoir*）、引伸複詞隱喻（force someone's hand, *forcer la main à quelqu'un*）和諺語（all that glitters is not gold, *tout ce qui brille n'est pas or*）說明象徵語義也可能直譯。我把直譯的定義延伸到像 *après sa sortie*/after going out 這樣的對應[2]，在文法上比較有彈性，同時又保留同樣的「超越上下文」詞彙。此處我的定義仍然是「操作的」，是爲了討論翻譯（而不是理論目的），而不是「精確的」、「徹底的」的語言學定義。

我認爲直譯是最基本的翻譯步驟，不論溝通翻譯或語義翻譯，皆始於直譯。然而，在單字層級之上，直譯愈見困難。翻譯若出現問題，直譯通常（不是總是）不能解決問題。大家總是想避免直譯，但有時又不得不回到直譯，或許因爲一開始覺得生澀、不自然的用法看久就習慣了；這點要小心。*Une tentation cuisante*（灼熱的誘惑），可以翻得比 painful 或 intense temptation 再更貼切一點嗎？最貼近的是 burning temptation ，但還不算直譯。如果 SL 和 TL 有對應詞，而且比任何相似詞更貼切對應，單詞層級以上的直譯是唯一正確的步驟，這表示指涉對等和語用對等。也就是說，字詞不只指涉同樣的「事物」，也會引發相似的聯想（如 *Mama* 與 mum），且在該文類出現的頻率相當；此外還要確定， SL 意義是否會受上下文影響，而出現 TL 所無的意義。通常，一個字愈專門、愈明確，就愈不會受到上下文的影響。而且，如果有文化上的重疊，一個常見的東西，往往可以一對一直

2 *sa* 是所有格，英譯在文法上有所改變，所以紐馬克的直譯定義包括文法上的類似更動。

譯，不過大多數語言間都有奇妙的詞彙缺口。一個常見物品的名稱，常常有其他常用的意思（例如 bank, peace），因此語言看來很沒有效率，尤其是單音節字多的英語。

詩的翻譯

THE TRANSLATION OF POETRY

翻譯詩的領域，通常重點都放在創造另一首詩，所以直譯往往被大加撻伐。因此葛蒂斯（Rose Marilyn Gaddis）1982 年那篇討論班雅明的論文裡，論證格奧格（Stefan George）所譯的波特萊爾組詩 *Recueillement*（集錦），比班雅明來得高明，她認爲：「班雅明的德文譯本比格奧格更容易直譯爲英文，語意層次上與原作的英文直譯散文譯本相去不遠」，並說：「班雅明斟酌於字，但格奧格著眼於詩的整體。」

我同意格奧格譯得比較好，就我所見，他是譯詩中的翹楚，但是我想說明的是，他的版本才比較直譯，不管在字詞或結構上[3]。閱讀格奧格的譯本時，我因爲他堅持直譯而驚豔，他只有在不得已時，才放棄直譯[4]。

不可避免地，仔細閱讀一首優秀的譯詩，總可以發現許多與原文歧異的地方，而且經我評斷爲優秀直譯的詩作也不是只有一種版本。對我來說，翻譯只有不夠正確的問題，沒有太直譯的問題。

如果我們要說翻譯（即使只有部分）是「科學的」，就必須（a）把選擇性降低到只有品味的差別；（b）以正確和精簡爲主要目標，拒絕開放的選擇以及自由翻譯的任意釋義；（c）消弭普世對於直譯的負

3 此處紐馬克深入討論了幾個法德翻譯的語彙和文法例子。見原文 70-71 頁。

4 紐馬克在此處又提了兩個例子，但沒有深入分析：Leyris 的 Hopkins 也是直譯的奇葩；Michael Hamburger 譯 Celan 的 *Corona* 之所以有力，就在於貼近原文，而不受限於音韻或音步。

面看法與偏見。

然而，日常用語或口語應該用日常用語或口語來翻譯，這部分鮮少有直譯。

眞友與僞友

FAITHFUL AND FALSE FRIENDS

不過，我的主要論點是，不要害怕直譯。或更直接的說，不要怕用看似或完全與 SL 用字相同的 TL 字詞。求學時，我總被灌輸不能這麼做，但 theatre 確實就是 *théâtre* 、 *Theater* 、 *teatro* 、 *teatr* 。物體或動作通常比性質和姿態來得容易直譯。很多常見的感覺形容詞有自己的用法，所以我們不能相信 sincere 、 loyal 、 trivial 、 important 、 truculent 、 brutal 等字的直譯；只有少數像 excellent 和 marvellous 這類的字，才沒有模糊地帶。比較籠統及抽象的字眼（如 phenomenon 、 element 、 affair）或許可能，也或許不能直譯；抽象的程度多少會改變（*qualité* 翻成 property），不過這類翻譯還是屬於一對一。整體看來，「眞友」比「僞友」多，在使用時不應遲疑，反正其他的翻譯也可能是錯的。不過前提是原著與譯本的讀者有相似的興趣和語言程度，否則翻譯會相當不同。

許多理論家認爲，翻譯主要是解釋、闡釋、思想再形成的過程，而不是文字的變形；因此語言的角色是次要的，只是思想的載體。這樣一來，所有的東西都可譯，而語言的困難並不存在。巴黎口譯學院的莎樂絲高維琪主要就持這樣的態度。另一種相反的看法是翻譯不可行，因爲不同語言間的所有或大部分的字彙，都蘊含不同的意思，也就是說，所有的字都具有文化獨特性，且每種語言都有獨特的文法。而我的立場介於兩者之間：所有文本都有某種程度的可譯性，但經常會遇到巨大的困難。

上下文中的字詞
WORDS IN THEIR CONTEXT

不管怎麼說，我們翻譯的始終還是字，因爲除此之外也沒有別的可以翻譯；書頁上面能看見的只有字。不過我們不翻譯單獨存在的字，翻譯字的時候，多多少少（有時候少一些，但從來不會都沒有）受到語法、搭配、情境、文化或個人用語的影響。這是看待翻譯的一種角度，認爲翻譯基本上是詞彙翻譯。但其實不然。承載思想的基本元素是文法。不過，既然文法只能透過文字來表示，我們就得把字譯對。只有在思想可能有表達不清的疑慮時，才能延伸字義或放棄字義。

我不是一味爲直譯或一對一翻譯說好話，畢竟，如果成品帶有翻譯腔（市面上已經有太多翻譯腔了）就不對了。但是，翻譯的再創造部分總是被渲染，而直譯的部分卻被低估。這在文學翻譯上特別明顯，其他文類中，很多寫作良好的作品也是如此。

我就摘錄巧克力品牌 Bendicks 公司的廣告作爲例子，我們本來以爲廣告翻譯的歧異一定很大，結果卻出乎意料之外的貼近直譯[5]：

(1A) B are a unique confection, often copied, never equaled.（B 是一種獨特的甜食，經常有人模仿，從來無人能及。）

(1B) *B sont de confection unique, souvent imités mais jamais égalés.*

(1C) *I cioccolatini B sono un prodotto senza eguale spesso imitato, mai eguagliato.*

(1D) *B ist ein einzigartiger Konfekt, der oft nachgeahmt aber nie nachgemacht worden ist.*

---

5 紐馬克引用了兩組例句，這裡用第一組為例。第二組詳見原書 73 頁。

你一眼就看出，這些譯文有多麼接近；要不是因爲講求譯文優美變化，事實上還可以更貼近。例如 1B 法譯本加上的 *mais*（卻）就沒有必要。德文帶入了有效的文字遊戲（*nachgeahmt, nachgemacht*），轉變且提升了英文的語感。

舞文弄墨
ELEGANT VARIATIONS

直譯或一對一翻譯，譯者有時會忍不住做出優美的變化，滿足個人風格所好。然而，通常這種變化讓評論者頗有微詞，因爲這種用法只在顯示譯者對口語或同義字的造詣，即使只用在小地方也沒有必要。在語義翻譯或溝通翻譯中，這種作法都無立場可言；但舞文弄墨的確是譯者要小心的誘惑。

直譯看似沈悶，但與種種詞藻優美的版本相較之下，你會發現直譯顯然更能滿足正確、簡潔的需求。就像 Bendicks 的廣告：

Bendicks of Mayfair have established a reputation respected throughout the world for the manufacture of chocolate confectionery of the highest quality.（Bendicks of Mayfair 以生產最高等級的巧克力甜點著稱，為舉世所矚目。）

"Bendicks of Mayfair" ont établi leur réputation, reconnue dans le monde entier, pour la confection de chocolats de la plus haute qualité.

這句譯文詞彙上、文法上都屬直譯，唯獨 confectionery（甜食）一字必須改，與 manufacture 字義合併是可以的。但 *leur*（their）和 *reconnue*（recognized）二字的改變是沒有必要的，只是在舞文弄墨罷了。

回譯測試

BACK-TRANSLATION TEST（BTT）

直譯是否有效，有時可藉由回譯測試來判斷，大致說來，black frame 應該可以回譯成 *un cadre noir*、*ein schwarzer Rahmen* 等。然而，SL 或 TL 如果有詞彙缺口，回譯測試就無效了，因此 a murky street、a bright vision（或 *une personne maladive*）回譯的效果不彰。另外，注意語言中譬喻的成分，若有文化特殊性的隱喻或成語，則對直譯不利；不過若是普遍性或／及原創性的隱喻，則以直譯為佳。

現行之翻譯

ACCEPTED TRANSLATION

有些機構名稱，至少在西歐語言裡，即使 TL 的文化對等詞彙有許多不同的功能：如：President、Senate、Prefect、Chancellor、Mayor 等，還是以直譯方式處理。注意一些概念詞彙如 radicalism 或 realism 也往往直譯，但含意常常混淆不清，因為在 TL 中會引發不同的聯想；「核心的」表面字意會埋沒在聯想的語用意義之下。和 TL 文化的關係很重要的字，必須要直譯出來，而不是沿用外來語；直譯的字比外來語更容易馬上融入 TL 之內。不過，對於新的機構名稱，譯者在直接譯入 TL 之際，必須注意 TL 文化中，是否已有意義不同的相同字彙。

直譯的限制

CONSTRAINTS ON LITERAL TRANSLATION

我並不認為，所有與上下文或多或少無關的 SL 單字，一定要一對一翻譯或直譯成「常用」的 TL 對等字。SL 單字可能：（a）用得較頻繁（在相同語域之內）；（b）比起對應的 TL 單字，涵蓋的語義範圍更廣。因此，*hardiesse* 可能根據上下文，翻成 effrontery（放肆——負面意義）或 daring（大膽——正面意義）。但是如果使用頻率或語義範圍都符合，則必定要直譯。

如果一個很自然的 SL 單位，直譯出來的譯文卻顯得笨拙拗口，如 *il ne parvenait pas à se dégager de sa surprise*（他驚訝的感覺揮之不去）直譯爲 he wasn't succeeding in freeing himself from his surprise ，這樣的譯文就是「錯誤的」，不管 SL 的表述成分有多少。比較理想的譯法應該是 he was unable to rid himself of his feeling of surprise 或 he couldn't overcome his surprise 。

「一般用語」，在英文通常是中性、不偏向口語的描述語言，在書寫或口說語言中皆宜。其特徵是有片語動詞、常用代換詞（如 bloke 、kids 、 cash 、 job 、 make love）、空義動詞＋名詞態動詞（make his way to），而這些幾乎無法直譯。

自然翻譯
NATURAL TRANSLATION

然而，對於直譯，潛伏的抗拒仍層出不窮。你可能覺得直譯不算翻譯，是機械化的、自動化的、單調的，一點都不高明。學院裡總是叫你不要直譯；對增長你對 SL 、 TL 的知識，一點都沒有用；直譯太不花腦筋了等等。我們得反駁這樣的論點。除了翻譯腔之外（也就是不正確的翻譯），我唯一接受反對直譯的理由就是：翻出來不自然。我相信，除了表述類文本之外，你應該以自己覺得自然的方式翻譯，可以表現出你心目中的最佳風格。這是翻譯的另一道關卡。事實上，只要自己重複幾次原本「不自然」的語言單位，或用溫婉一點的語氣說說看，有時候你就會讓這個句子聽起來自然，說服自己這樣翻譯其實還不錯。但如果你說了幾遍仍覺得不自然，那可要避免了。就這方面來說，譯者的判斷比直譯原則更重要。

另外，要注意若 SL 的字詞含意較籠統，沒有適當的一對一 TL 對等字詞，也建議不要直譯，寧可有超額翻譯之嫌。舉例來說，*Darstellungen* 比 representations 更常用、且更具體，因此在文章中，建議使用 drawings 、 pictures 或 diagrams 來翻譯比較適合。

再創造翻譯
RE-CREATIVE TRANSLATION

直譯是翻譯的第一步，優秀的譯者只有在譯文效果不準確，或原文寫作拙劣（指呼籲或資訊文本而言）時，才會放棄直譯。反而是不好的譯者會盡全力去避免逐字翻譯。再創造翻譯（德里斯稱爲「語境再造」── contextual re-creation）的意思大致上是翻譯言外之意或字裡行間的意思，或潛文本（sub-text）；這是不少翻譯名家與老師認爲的翻譯核心重點（「盡量脫離字詞的羈絆」）。事實卻不然：「闡述意思，而非文字」對我而言，是譯者別無選擇時的最後一招。當然，這一招是必要的，是譯者語言敏銳度與創造力的試金石，更不用說可顯示譯者的警覺性與洞察力，能發現直譯文字有誤導的可能。但是，語境再造比較常用於口譯，尤其當講者隨興演出時；而較少用於筆譯。因爲一旦行諸於文，用字遣詞都比較講究，也可能比較貼近作者的想法，所以大多數的翻譯都不是創造性的。你得樂於在字詞中掙扎，才能進行長篇的翻譯。

文學翻譯
LITERARY TRANSLATION

現代文學反對拘謹與咬文嚼字的風格，就像艾略特在四首四重奏之二〈東寇克〉（East Coker）中所寫：「以陳腐詩體呈現的冗長論述」，因此現代文學的譯者不應該逃避「和文字與意義進行難以忍受的角力」，應該持續追求對他們而言，比原作更自然、更口語、更簡單、更隨性的語言，儘管原作本身也許並不隨性。但事實卻很諷刺，例如，將 *il faisait chaud*（It was hot.）譯成 It was a blazing hot afternoon.[6]，這樣翻譯的理由爲何？當然不是因爲譯者的法文知識不足；譯者通常都是操雙語的，也許很熱切地想要將自己口語、自然、非學術、眞實的法文轉換成英文譯本。因此其理由可能是，譯者喜歡道地、本土、慣用的英語，但卻和原本中性的文本大相逕庭。

潛文本
THE SUB-TEXT

另一個原因可能是爲了尋找「隱藏的意識型態」——找出潛文本。例如，易卜生的《人民公敵》中，市長說：「我們有了豪華全新的公共浴場了。記住我說的話！本鎮的繁榮將會愈來愈倚賴浴場，這是毫無疑問的。」他其實在表達對進步和秩序建立的信念，以及即使知道秩序已腐敗，仍會支持到底的決心，而不僅僅在讚揚新的浴場而已。

梅耶（Michael Meyer）對於潛文本的概念說得很清楚。潛文本就是沒有說出口的意思、文字背後的意思。他寫道：「易卜生是潛文本的大師；他筆下的主角大多性格壓抑，在經歷某些危機後，因恐懼而陷入絕境，說的話難以捉摸，口中說的是一回事，其實另有所指。對於聰穎的讀者來說，可清楚知道言外之意，英譯者所使用的措辭，也必須能夠在英文中呈現原文中的潛文本。」

以上的論點，事實上是在呼籲正確性，暗示譯者譯文不應該超出原文的字詞，不應該讓潛文本浮出水面。梅耶抱怨《小艾芙》（*Little Eyolf*）之前的譯本，認爲譯者「一再譯出字面上的意思，錯失了眞正

6 這是吉伯特翻譯卡繆 *L'étranger*（《局外人》，舊譯《異鄉人》）的句子。

要點；翻譯出文本，但遺漏了潛文本」。然而在我看來，這位譯者錯不在直譯（除非他誤解了那些隱喻、成語、口語、寒暄語、涉及文化之處），而在於把挪威「一般」用語用累贅的、過時的、學究的語言來翻譯（不過有點過時的語言讀來正好頗有喜劇效果）。顯然梅耶在翻譯上勝在精簡，而非勝在正確。（我認爲這兩者是翻譯的目標，不過正確性應該是首務。）舉個例子：阿爾契（William Archer）的譯文是 Yes, you remember. Won't you be good enough to give him a friendly talking to and perhaps you can make some impression on him. 梅耶的譯文是 You remember? Perhaps you'd give him a friendly talking to — that might have some effect. 可見梅耶的對話簡潔多了。正如拉提根[7]對梅耶所說，小說家要寫上一整頁的東西，劇作家五行就可以說完了。

潛文本的概念，對於追索文本的功能或意旨是有用的，也是譯者在翻譯過程中必須追求的線索。但如果潛文本溢於文本，這個概念就很危險，而且容易誤導。換句話說，如果描述被功能所取代，表面文本部分或完全被深層結構所所取代，或是象徵被意義所取代，這就不對了。你通常不會把 When his father died his mother couldn't afford to send him to Eton any more（他父親過世之後，他母親無力再供他上伊頓）這句話中的「伊頓」譯成 *der teuren Privatschulen*[8]（昂貴的私立學校）。我的意思不是直譯伊頓校名對一般的德文讀者來說就夠了（雖然對教育程度高的讀者，這樣應該就夠了），因爲伊頓公學是譯文的重要元素，而其功能（英國最負盛名的學校）在譯文中卻沒有適切地指出，這樣一來，潛文本用來爲原文增色的理由便不成立。

若有人口是心非、意在言外，那是心理上的特徵，必須照樣翻譯；在譯文中，該壓抑處要同樣壓抑，該隱藏處要同樣隱藏；文化層

7 T. Rattigan，英國劇作家。

8 原註：Hönig and Kussmaul，1982。

面有時可以讓讀者猜到，有時不行；但在語言層面，譯文必須不受影響，不能竄改。

「無對應」字詞的概念

THE NOTION OF THE "NO-EQUIVALENT" WORD

直譯的困難，往往不在語言或指涉脈絡，而在於文化傳統。白居浩（Bagehot）在一百三十年前曾經寫到：「語言是國族的傳統……人們不斷重複父執輩所諄諄教誨的用語，雖然在上一代或許還有道理，但如今已不合時宜。」

浮士德試圖翻譯 *logos* 這個希臘字所做的掙扎很有名。*logos* 這個字實際上獨立於上下文，因此必須要單獨翻譯[9]，浮士德猶豫不決，考慮再三，從 *Wort*（字）、*Sinn*（意義、意思、想法）、*Kraft*（力量、能力、力道），一直到 *Tat*（行爲、事實、行動、活動），且對這個字下了他自己的評論，與希臘文或指涉事實無關：「我不可能把那個字作那麼高的評價——我應該要翻成別的，但願我的心智能讓我釐清其義。所以我會用『意義』、『意思』，我得仔細想想，我得把整句話重新思考一遍，不要太輕率，它會是可以製造萬物的『意義』嗎？那我會用『力道』（力量、能力），不過我用這個字的同時，又有什麼在警告我不能就這樣定案了，所以我該用比較安全的字眼：『行爲』、『行動』、『動作』。」——以上顯示在四個關鍵字（*Wort*、*Sinn*、*Kraft*、*Tat*）中痛苦掙扎的情形。其中一個字 *Kraft*，根據詮釋學大師高達美（Gadamer）所說，已經被限定了，倒不是被《浮士德》劇本或是新約的上下文所限定，而是因爲這個字和牛頓物理學的關係，以及過去的哲學家奧廷格（Ottinger）和赫爾德（Herder）把這個字帶進德國大眾

9 原註：Weinrich 惡名遠播的口號「字詞不可翻譯，文本一定可以翻譯」，出自於他精湛的著作 *Linguistik der Lüge*，這個說法很有道理，但實際上有時卻恰恰相反。

意識發展（融合）的關係：「力的概念之所以能夠理解，乃是基於經驗。經驗與概念整合後，這個技術的概念植入德語中，並且獨立發展到不可譯的地步。」

如果字義無法直譯、無法精準地替換成另一個字，就把該字標為「不可譯」，這種作法是荒謬的，特別是當該字至少可以分析成四到五個字時，至少是可勾勒出輪廓的，當然這種分析是以註腳來說明，不是放在劇本中。高達美用理想的方式看待翻譯，指出「沒有譯文可以取代原文，譯者的任務從來就不是複製所說過的話，而是將自己放到所說話的方向中（也就是其意義的方向），這樣才能把該說的話放到他自己說話的方向中。」倚賴「想說的話」和 SL 文本故意留下不說的餘韻，也是危險的作法，只適用於最困難的文本。在這種文本裡，詮釋是必要的，特別是當譯者比較積極時，想要「再度成為文本的發聲者。」此時當下的時間點，加上譯者的個性、在情緒與心智發展上所做的判斷、遇到特殊問題的預設立場及先入觀念（一年後，他翻譯同樣文本的方式會截然不同，這是碰運氣還是個人成長？）這些都很重要，其中有對文法的掙扎，也有字詞、語氣的細微差別（情態動詞）、時間（時態）與持續期間（進行或完成）的掙扎。

但就絕大多數情形來說，高達美對譯者一點幫助都沒有。他所謂「沒有任何譯文和原文一樣能為人所理解」，其實是錯誤的。很多譯文一直能很優良、簡單地介紹，帶領讀者進入原文世界，尤其是德文的譯文，因為德文並非「主詞—動詞—受詞」順序的語言，詞序排列受到作家的個別影響，常將動詞的部分移到命題的結尾。然而，高達美卻說「所說之話語最祕密的意義，只有在原文文本才能真實呈現，其他的發聲都會走調」，因而反對直譯，「因此譯者的任務，不只是重複已說過的話語」。這句話我聽來覺得很危險，表示譯者在翻譯時，必須預期到未來意義的改變。事實上，讀者剛接觸康德、黑格爾、海德格與高達美等哲學家的時候，從譯本下手比較容易了解，從德文原典反而比較困難。

然而，高達美的說法可取之處，在於他堅持保留譯者的個性、譯者有意識的存在，以及公認之上下文類型的限制。

上下文的角色
THE ROLE OF CONTEXT

最後一點，在翻譯上，譯者的確需要意識到上下文所有的變化（變化太多了，此處無法列舉），但這並不代表上下文就是左右翻譯的主因，也不能凌駕所有規則、理論或原始意義。上下文無所不在，但影響有大有小。上下文對於較籠統字詞的影響，大於技術字眼與新詞，它滲入結構性文本中，輕輕連接起鬆脫的文本。而原作故意放入的創意，譯者則必須亦步亦趨，不管上下文。

替讀者著想的譯者，有可能會「欠額翻譯」，因爲講求清楚、簡潔而用比較籠統的字眼，會有所省略，不把所有字都譯出來。（譯者必須考慮每一個 SL 字詞，但不一定每個字都翻譯出來。）若資訊類文本寫得不夠清楚，譯者使用「欠額翻譯」就無傷大雅。如果「欠額翻譯」不是那麼必要，而只是爲了逃避直譯的麻煩，那就不可取了。你不應該低估讀者而翻譯得過於簡單。

好的直譯本身就應該很有效。如果譯文明顯有 SL 的干擾痕跡，那麼必定是譯者有意如此才可以。旅遊手冊上些許的翻譯腔，倒是有幾分魅力，就像外來語的異域色彩。但譯者要是察覺不出 SL 的干擾，就有問題了。愈不受上下文拘束的字詞（例如：名冊、技術用語、原創隱喻、「不被接受的」字詞搭配），愈容易直譯；而愈一般性的字詞搭配、口語、成語、慣用隱喻，就愈不可能直譯。然而，在所有優秀譯文中，直譯總占有一席之地。

在英國，對於翻譯的誤解，一半起源於許多老師告訴學生要盡量避免用和 SL 相似的 TL 字詞來翻譯。因此，學生都努力擴充 TL 詞彙，反而扭曲了譯文。

第 8 章 其他翻譯手法

The Other Translation Procedures

翻譯方法關乎整個文本，而翻譯手法則適用於句子及較小的單位。直譯是所有翻譯手法中最重要的一個，我們已單獨在第七章討論過。現在來看看其他的翻譯手法，其使用原則應視各個上下文的關係而定。翻譯隱喻與後設語言的特殊手法暫不在本章討論。

外來語[1]

TRANSFERENCE

外來語這個翻譯手法，是把一個 SL 的字直接放進 TL 文本。我的定義同於卡特福德[2]，包括按字母音譯，也就是不同符號系統間的轉換，例如把俄文（西里爾字母）、希臘文、阿拉伯文或中文轉換成英文字母。有些翻譯權威認爲這不算是翻譯手法，但我覺得，既然譯者決定把 SL 的字照樣搬到 TL 文本，我們也只能稱其爲一種翻譯手法。例如英文及相關語言之間的互借：*décor*、*ambiance*、*Schadenfreude* 都是；借自法文的外交詞彙有：*coup d'état*、*détente*、*coup*、*attentat*、*démarche*；借自歐洲語言的有 *dachshund*、*samovar*、*dacha*，或是德文借自英文的 *Image*、*Job*。原則上，面對一個 TL 不熟悉的字時，必須是 SL 文化特有的字（見第九章），譯者才會決定使

1 又稱借詞。中文的外來語就是音譯詞。例如「南無」、「貝勒」、「咖啡」、「德謨克拉西」等是。

2 J. C. Catford，二十世紀重要翻譯理論家，著有 *A Linguistic Theory of Translation* (1915)。

用外來語；而且譯者常會和另一個翻譯手法並用，以補其不足，我稱之爲「雙管齊下法」(couplet)。通常只有與特定群體或教派相關的文物或文化概念，才需要用外來語；追求所謂「異國特色」的時尚而一味借用外來語則是不智之舉。如果 SL 是新詞，要介紹所提及的物件、發明、儀器及過程到 TL 時，應有創意地翻譯出來，最好還能具有某種「威信」；不過品牌名稱則必須原封不動地直接借用外來語。譯者沒有義務增進 SL 廣告商的財務利益、國家或個人名聲，不過也不必太教條，反正媒體和專家會不斷使用外來語，不顧譯者的意願。或許當譯者的專業地位提升後，就不會充斥這麼多外來語了。

以下情況通常是直接使用外來語：尚在人世的人名（除非是教宗或少數王室成員)、大部分已過世的人名；地理及地形名稱，包括新獨立的國家，例如薩伊（Zaire ，今已改稱剛果民主共和國)、馬拉威（Malawi)，除非這些國家已有正式固定的譯名（見下文的同化譯法）；報章雜誌的名稱；尚未有譯文的文學作品、戲劇及電影的名稱；私人公司、機構的名稱；公共及國家機構名稱，若有正式譯名則除外；街名、地址等（如 *rue Thaibaut* ，不必把法文的 *rue* 翻譯成英文的 road)。

以上這些情形，都是預設 TL 讀者程度與 SL 讀者相同。如果有必要的話（讀者程度不同的時候)，可以加上文化中立的第三個詞，也就是功能對等的譯法。

在小說、文學散文和廣告中，深具文化色彩的詞彙通常直接用外來語，以顯現地方特色、吸引讀者，並拉近文本與讀者間的距離，有時候音韻或意象效果也很引人入勝，例如在英文中保留法文的 *gîtes*（民宿、小旅館)。但這些文化詞若要留在 TL 文化或語言中，在非文學的文本中（例如談住宿的文章）終究必須翻譯出字義來。

翻譯常會出現問題的是「半文化」詞彙；這是指與某一時期、某一國家或個人有關的抽象心理類字詞，例如「最高綱領派」、「啓蒙運動」、沙特提出的「虛無」(*néant*)、海德格的「此在」(*Dasein*)。原則上你應該先行意譯，若有必要，在後面括號補上原文及功能對等的字詞，直到你確定讀者認得這個字，也了解這個字爲止。很不幸地，許多抽象的外來語不經消化就直接移植到譯文中，或許是因爲「異國風味」很有格調，或許是因爲不可譯。不過譯者的工作是幫助讀者了解概念（東西倒不那麼重要），而不是用一些時髦的字眼，讓讀者根本看不懂。佛洛伊德用的艱深關鍵字也許遭到誤譯，但是至少翻譯出來了。有人主張借用外來語，是表示對 SL 國家文化的尊重，但是話說回來，譯者的工作就是翻譯，就是要解釋清楚。

同化譯法[3]
NATURALISATION

這個技巧是將 SL 的字調整爲 TL 的自然發音，將字母改變，如英文的 attractive 在德文中變成 *attraktiv* 。

文化對等譯法
CULTURAL EQUIVALENT

這是把 SL 文化詞，用類似的 TL 文化詞來比附，例如把 *Palais Bourbon*（巴黎波旁宮）翻譯成「(法國) 西敏寺」[4]。這種翻譯手法並不常用，因爲它不夠精確，不過可用於一般性文本或文宣，或是爲不

---

3 中文在翻譯人名時，比較會用到同化技巧，例如香港習慣把外國人姓名翻譯成中文化的姓名，如前港督「彭定康」(Christopher Patten) 等。台灣在翻譯人名時，也會盡量使用中文原有姓氏開頭，如「柯林頓」、「雷根」等，而大陸則無此習慣，因此會譯成「克林頓」、「列根」。

4 翻譯食物時也常用這種技巧，例如把「蚵仔煎」翻譯成（oyster）omelet。

了解 SL 文化的讀者所做的簡介。這些文化詞比起不具文化色彩的中性詞彙，更具有語用效果。有時候這些詞彙完全只是功能相同，描述上很難稱得上對等，例如 tea break 翻譯成 *café-pause* ， tea（茶）與 *café*（咖啡）就是功能對等，描述上不對等。文化功能對等技巧很少用於翻譯，不過在大眾文學或流行小說中，若該詞不太重要，倒可以偶爾使用。這種技巧在戲劇裡顯得特別重要，因爲可以製造立即的效果。例如在對話中把 He met her in the pub（他在酒吧裡認識她）譯爲 *Il l' a retrouvée dans le café*（他在咖啡店裡認識她）[5]。不過這項翻譯技巧的主要目的是輔助或加強「雙管齊下法」。

功能性對等譯法
FUNCTIONAL EQUIVALENT

這個技巧常用於翻譯文化性詞彙，使用無文化意味的譯文，有時候會造出新詞；如此一來，就淡化了 SL 的文化特殊性，不過有時候會補充描述，例如把法文的 *baccalauréat* 翻譯成 French secondary school leaving exam（法國中學畢業考）。

這個技巧分析了文化成分，是最精確的譯法，但也淡化了文化色彩。

SL 的技術性詞彙如果沒有對等的 TL 詞彙，也可採用類似技巧。例如 cot death（嬰兒床死亡，即「嬰兒猝死症」）可譯成法語的 *mort subite d'un nourrisson*（新生兒死亡），不過法語翻譯就缺少了「突如其來」與「不明原因」的意味。

這種手法的基礎，是 SL 文化與 TL 文化之間有共通之處。如果以一對一翻譯，會造成欠額翻譯；要是以一對二翻譯，又有超額翻譯之虞。因此，翻譯文化詞時，通常也列出原文，例如將法文字 *taille* 的翻

5 這裡紐馬克的著眼點是酒吧在英國文化中的功能類似於咖啡店在法國文化中的功能。

譯寫成 a tax on the common people before the French Revolution, or *taille*（法國革命前，向平民徵的稅，即「塔耶」）。像這樣結合兩個翻譯手法來翻譯一個語義單位，就是我所謂的「雙管齊下法」。

描述性對等譯法
DESCRIPTIVE EQUIVALENT

翻譯時，有時必須權衡描述與功能，孰輕孰重。例如 *Samurai*（日本武士）的描述是「自十一到十九世紀日本貴族階級」；其功能爲「擔任官員及行政人員」。解釋時，描述與功能是不可或缺的要素，翻譯時亦同。以往討論翻譯時常忽略功能，現在則過度強調。

同義字法
SYNONYMY

這裡同義字是指找不到完全對等的 TL 詞彙時，使用近似的語詞來翻譯。主要可用來處理沒有清楚的一對一對等詞或在文本中不算重要的字詞，尤其是形容詞或副詞（一般來說，形容詞與副詞「置身於文法之外」，所以不像句子內的其他組成部分那麼重要）。例如法文的 *conte piquant*（辛辣的故事）可譯爲英文的 racy story（粗鄙的故事）。同義字只有在無法直譯時才能用，而且這個字在 SL 必須不甚重要，不須做成分分析。在這種情況下，簡潔重於精確。

譯者不可能完全不用同義字翻譯。譯者必須知所取捨，才能專注於精確地翻譯文本中較重要的要素，也就是句意的重點部分。不過，許多譯文充斥不必要的同義字，則是敗筆。

字面譯法
THROUGH-TRANSLATION

這是指直接翻譯常見的詞組、機構名稱、複合字的組成字，例如英文的 superman 譯爲德文的 *Übermensch*（*Über* 是「超」，*Mensch* 是「人」），或是法文片語 *compliments de la saison* 直譯爲英文的 compliments of the season（祝賀佳節）。這種譯法稱爲借詞翻譯，我偏好稱它爲「字面譯法」。

理論上，譯者不該先行採用字面譯法，但有時候用字面譯法，其實能填補相近文化間的表達缺口，像是從法文 *Bon appétit*（好胃口——用餐愉快）字面譯成英文的 Good appetite，已經成爲慣用英語的一部分了。字面譯法最明顯的例子就是國際組織的名稱，通常這些名稱包含英語及拉丁語系一看就懂的字，對德語及斯拉夫語者而言也不難懂，例如 EEC（European Economic Community，歐洲經濟聯盟）可以照字面譯成 *Communauté Economique Européenne*。

國際組織通常以字頭語爲通用名稱，可能是以英文作爲國際通用名稱，如 UNESCO（United Nations Educational, Scientific and Cultural Organization，聯合國教科文組織），也可能是法文，如 *FIT*（*Fédération Internationale des Traducteurs*，國際翻譯者聯盟）。但更常見的是不同的語言會轉換字頭語，例如 WHO（World Health Organization，世界衛生組織），法文是 *OMS*（*Organisation Mondiale de la Santé*），德文是 *WGO*（*Weltgesundheitsorganisation*）。

翻譯的小冊子、指南或旅遊資訊，經常誤用字面譯法，造成翻譯腔。通常，只有公認常用的詞組，才會使用字面譯法。

變動或換置法
SHIFTS OR TRANSPOSITIONS

卡特福德所說的變動，或是文奈與達伯涅主張的換置，是指從 SL 轉換到 TL 的文法變化。第一種是譯者別無選擇的強制變動，例如單複數的變動， furniture 變成 *des meubles* ， advice 變成 *des conseils* 。還有形容詞的位置，像是 *la masion blanche* 譯成英文時一定要把形容詞放在名詞前，譯爲 the white house 。

如果 SL 的文法結構在 TL 並不存在，則必須採用第二種變動，這時譯者是有選擇的。例如以中立的形容詞爲主詞時，如法文的 *l'intéressant, c'est que*（有趣的是），至少可以譯成 What is interesting is that...、 The interesting thing is that...、 It's interesting that... 或 The interest of the matter is that...。英文的動名詞也有多種譯法。動名詞（如 working with you）可以用名詞態動詞來翻譯（*le travail*），或用從屬子句（when I work with you），或用不定詞（to work with you），或用某些語言中的名詞不定詞（*das Arbeiten*），選擇很多。

我認爲譯者在換置時，動名詞是最受到忽略的一項。德文有主動及被動的分詞，可譯爲形容詞子句或非限定式分詞子句。所以 *Bei jeder sich bietenden Gelegenheit*（一有機會）可能譯爲 At every opportunity that occurs 或 At every available opportunity 或 Whenever the opportunity occurs 或 At every opportunity（把 *sich bieten* 當作空義動詞）。再舉一例， *Im Sinn der von der Regierung verfolgten Ziele*（根據政府所追求的目標）[6]，可以譯爲 In accordance with the aims pursued by the government 、 in accordance with the aims which the government are persuing 或 in accordance with the government's aims ，這三種譯法呈現的強調重點不同[7] 。

6 原註：取材自 Wilss ， 1982 年。

7 作者在此舉了英、德、法、義等各種語言的例子，請見原文 85 頁。

第三種變動是直譯時，雖然文法上不能算錯，卻頗不自然。文奈與達伯涅率先提出的著作及其後繼者，紛紛提出他們所偏好的譯法，不過卻無法列出其他選擇，以適合於其他上下文的譯法，或是品味不同的譯法。別忘了，比起詞彙，文法是比較有彈性的，處理方式的自由空間較大。

因此，SL 的動詞在 TL 中可以變成副詞，例如 *Notre commerce avec l'étranger n'a cessé de s'améliorer*（我們的外貿沒有停止增長）可譯為 Our foreign trade has improved steadily，或 Our foreign trade has shown continuous improvement[8]。

文奈與達伯涅有時候很獨斷地僅列出一種譯法；他們的譯法並沒有錯，不過至少也該聲明還有諸多其他譯法。譯者必須考慮翻譯是否過時，是否常用。*Dès son lever* 與 as soon as he gets up 差異甚大，*lever* 這個字在英文沒有對應字，所以可能的譯法很多。不過文奈與達伯涅對直譯持有嚴重偏見[9]，就算沒有影響翻譯本身，也危害了翻譯教學。

此外，拉丁語言翻譯成英文時，有多種標準的換置方式值得作為參考，不過要記得譯法不限於此：

(1) SL 的形容詞加名詞，TL 換置為副詞加形容詞（*d'une importance exceptionnelle*，譯為 exceptionally large）

(2) SL 的介系詞片語，TL 換置為介系詞（*au terme de*，譯為 after）

(3) SL 的副詞片語，TL 換置為副詞（*d'une manière bourrue* 譯為 gruffly）

(4) SL 名詞加形容詞，TL 換置為名詞加名詞（*la cellule nerveuse*，譯為 nerve cell）

8 此例把法文動詞 *cessé*（停止）的意思，改用副詞 steadily 或形容詞 continuous 來表示，所以是一種換置。

9 原註：Wilss 對此有精闢的論述，見 1982 年。

(5) SL 的動態動詞，加上 en 及現在分詞， TL 換置爲描述性的動詞加上介系詞（*Il gagna la fenêtre en rampant* 譯爲 He crawled to the window）

(6) SL 的動詞， TL 換置爲空義動詞加上名詞動態詞（*Il rit* ，譯爲 He gave a laugh）

(7) SL 爲名詞加上過去分詞或形容詞片語，再加上名詞， TL 換置爲名詞加上介系詞，再加上名詞（*la tour qui se dressait sur la colline* 譯爲 the tower on the hill）。

(8) SL 的分詞子句（包括主動或被動）， TL 換置爲副詞子句或是副詞片語（偶爾），如下表所示：

SL 分詞子句	→ TL 換置爲副詞子句（或片語）
L'unité française renaissante, l'opinion pèsera de nouveau	As French unity is reviving（或是 With the rebirth of French unity） public opinion will carry weight again（法國重新統一，大眾意見將再度具有影響力）

第四種換置是把詞彙缺口，轉以文法結構來彌補，例如 *après sa sortie*（後於／他的／出去）譯爲 after he'd gone out（他出去以後）。

有些換置方式是在語言差異的範疇之外，可視爲風格考量的譯法。一個複合句可以變換成並列句，或是兩個簡單句，如 *Si lui est aimable, sa femme est arrogante*（如果說他很好相處，那麼他的太太就是很傲慢），譯爲 He is (may be) very pleasant, but his wife is arrogant ，或 He is pleasant; his wife, however, is arrogant 。這種換置方式也可以倒過來，由簡至繁，不過有人說英文受到欽定本英文聖經的影響，偏好簡單句或並列的句子。

不過，也有許多換置是看不出什麼道理的，像 He is a heavy drinker（他喝酒喝得兇）譯爲 *Il boit sec* 。

最後我想提出一點，就是從換置譯法足以看出，文法常和強調點之間有所衝突。舉個例子， *Seine Aussage ist schlechthin unzutreffend* ，你是要譯爲 His statement is (a) completely false (one)（他的話是假的），還是 There is absolutely no truth in his statement（他的話全然不眞）？我唯一的建議是，字序往往不需要更動，有時候可用同義字來維持原有語序，不要濫用換置，盡量保有原文的強調點。

換置是唯一一個與文法相關的翻譯手法，大部分的譯者都是憑著直覺來進行換置。不過，比較語言學的研究，以及語料庫文本及其譯文的分析，或許有朝一日會帶給譯者更多實用的換置方式。

調節法
MODULATION

文奈與達伯涅創造了「調節」一詞，用來表示「改變觀點、角度、思考範疇，所造成的差異」。常見的調節之例列在雙語字典內，例如 *château d'eau*（水塔）不直譯爲 castle of water 而是 water-tower 。譯者若發現「TL 無法直譯」，便經常自由運用調節法，而根據文奈與達伯涅的準則，直譯幾乎總是不能接受的。他們兩位把調節的方法隨意細分爲十一種類型，而我認爲，唯獨重要的那一種沒有討論到，那就是「雙重否定」（negated contrary）。

我認爲，所有直譯以外的手法都可稱爲調節，所以這個概念太過浮泛，並不實用。但是「雙重否定」（我偏好稱爲「負負得正」）倒是很實用的翻譯手法，基本上可用於任何動作（動詞）與特性（形容詞與副詞），例如：

Il n'a pas hésité	—He acted at once
（他沒有一點兒遲疑）	（他立刻行動）
Il n'est pas lâche	—He is extremely brave
（他不是懦夫）	（他非常勇敢）

你會注意到，翻譯是可自由變化的。理論上，雙重否定不像肯定語氣那麼強烈。事實上，雙重否定的強度必須視語氣而論，所以這種調節是否合宜，要依據它的構成及上下文而定。

在少數的例子中，若是反義詞有詞彙缺口，例如 shallow（淺）與 *peu profond*（不深），那麼這種調節是必須的。在其他句子裡，基本上都可運用調節法，但是你應該在譯文不自然時，才進而調節。所以 minor 與 detail 搭配使用時，可以譯爲 *sans importance*（無重要性的）；it will not seem unlikely that（看起來不是不可能）也許最好譯爲 *il est fort probable que ...*（非常有可能的是）。在其他情況下，這種翻譯手法就不是那麼必要了，例如 He made it plain to him 不一定非要譯爲 *il ne le lui cacha pas*（他沒有對他隱瞞），而可以譯爲 *il le lui fit comprendre*（他讓他了解）。

文奈與達伯涅提出的第二種調節方法是「以偏代全」，但他們的敘述不清，容易引起誤解。它包含了我所謂的「常用代換詞」，例如把法文的 *le 14 juillet*（七月十四日）譯爲「國慶日」。

其他調節的方法還有：

(a) 以抽象取代現實：sleep in the open（在野外睡覺）譯爲 *dormir à la belle étoile*（睡在星空下）。

(b) 以原因取代結果：You are quite a stranger（你是個陌生人）譯爲 *On ne vous voit plus*（我對你所知不多）。

(c) 以物代物：from cover to cover（從封面到封底），譯爲 *de la première à la dernière page*（從第一頁到最後一頁）。

(d) 詞彙反說：*assurance-maladie*（疾病保險）譯爲 health insurance（健康保險）。

(e) 以主動取代被動。

(f) 以空間取代時間：as this in itself (space) presented a difficulty（本身呈現出一個困難）譯爲 *cela présentant déjà* (time) *une difficulté*（已經出現了一個困難）。

(g) 間隔與限制。

(h) 符號改變。

在這些翻譯手法中，「主動變被動」或「被動變主動」是常見的換置法。TL 沒有被動說法時，務必要換成主動；若是 TL 通常用反身動詞而不用被動式，例如拉丁語系語言，也要盡可能換置。詞彙反說[10]也是很特別的譯法，通常可使譯文通順自然，例如根據不同的觀點，「買」可以轉成「賣」，「借出」可以轉成「借入」等等。

雖然我不贊同文奈與達伯涅對調節方法的分類，但他們提供的豐富翻譯範例，卻頗能刺激我們思考。

既定的譯法
RECOGNISED TRANSLATION

任何專有名詞，你都應該遵守官方譯法，或是一般公認的譯法。若是情況允許，你可以加上簡短說明，間接表示你不贊同官方譯法。所以 *Mitbestimmung* 一定要先譯爲 co-determination（共同決策）；我個人認爲這種譯法雖然響亮簡潔（比起譯成 employers' and workers' joint management，雇主與勞工共同管理制），卻不是理想的譯法，可惜現在要改成 workers' participation（雇員參與制）爲時已晚，如果你在任何正式或嚴肅的資訊類文本中這麼翻譯，肯定會造成誤解。

10 原註：即奈達所謂的「轉換詞」(conversive terms)。

翻譯標明法
TRANSLATION LABEL

這通常是新專有名詞的暫譯法，第一次必須加上引號，後文可以拿去引號。最好採用直譯，例如 heritage language 譯為 *langue d'héritage*。

補償法
COMPENSATION

若是一個句子裡的意義、音韻效果、隱喻或語用效果，在譯文有不足的情形，可以在句中其他部分或是鄰近的句子裡補述。

成分分析法
COMPONENTIAL ANALYSIS（詳見十一章）

也就是將一個字義單位分成二、三或四個翻譯單位來翻譯。

縮減法與擴張法
REDUCTION AND EXPANSION

屬於不精確的翻譯手法，譯者通常憑直覺使用。不過你可以考慮下面兩種情形的變動，尤其是 SL 文本文筆拙劣時：

(1) 縮減：SL 的形容詞加一般名詞，TL 譯為名詞即可，例如 *science linguistique*（語言的科學）可縮譯為 linguistics（語言學）。

(2) 擴張：其中一種常見的手法常受到忽略，就是 SL 的形容詞在英語中可譯為副詞加過去分詞，或是現在分詞加受詞，例如 *cheveux égaux*（整齊的頭髮）譯為 evenly cut hair（修剪整齊的頭髮）。

重述法
PARAPHRASE

也就是詳述或解釋一部分文本的意義，用於寫作不佳，或是有特殊重要性、但有所遺漏的「不具名」文章。

其他手法
OTHER PROCEDURES

文奈與達伯涅也提供了以下手法：

(1) 對等（equivalence）：這個名稱十分不妥當，容易造成誤解。其實它指的是近似詞，描述同種情境下的不同字詞。根據文奈與達伯涅的例子，它只用在告示、常用代換詞、片語及成語中，也就是陳腔濫調與有標準格式的語言，例如 The story so far（故事發展至此）譯成 *Résumé des chapîtres précédents*（前幾章所述）。

(2) 改寫（adaptation）：使用雙邊公認的對等詞。主要是文化上的對等，例如寫信時 Dear Sir 是 *Monsieur* ；信尾的 Yours ever 是 *Amitiés* 。

以上這兩種例子只說明了翻譯過程有時會發生的情形，並不是有用的翻譯手法。

依我之見，譯者用得上的大概只有十四種翻譯手法。

雙管齊下法
COUPLETS

可以將上述的兩種、三種或四種方法，加以整合，解決一個問題。這對於文化詞特別常用，例如使用外來語合併功能或文化對等詞。你可以把它形容成雙管齊下法，或三管齊下法，或甚至四管齊下法。

四管齊下法只用於後設語言的翻譯，例如當你翻譯 The nominal-*ing* clause, a participial clause, occurs in the subject position ，除了直接翻譯 nominal-*ing* clause 外，你還可以：(a) 直接列出原文；(b)以形容詞片語解釋，現在分詞在英文可當成動名詞使用；(c) 利用翻譯標記（加上括號）；(d) 舉出例子，附上直譯及功能對等的 TL 譯文。

我極不願意將重述列爲其中一種譯法，因爲這個字常用來泛指隨意翻譯。若前提是「把曖昧不明或語意模糊的句子，以更動最少的方式重述，以釐清意義」，那麼我還可以接受。

註解、補充說明及注釋法
NOTES, ADDITIONS, GLOSSES

有關「註解」，或是譯文的補充說明，這裡最後還有幾項建議（何時該使用，何時不該用）。

譯者可能需要補充說明的地方，通常是文化的（考慮到 SL 與 TL 的差異）、技術的（與主題相關）或語言的（解釋晦澀難懂的字詞），並且是依據譯文讀者的需求，而不是原文讀者的需求。在表述類的文體中，這種資訊通常只能列於譯文之外，不過簡短地向讀者說明文化細節並無妨，例如海明威的 at Handley's 可以譯爲 *dans le bar Handley*[11] 等。在呼籲類的文本中，TL 的資訊不只是補充 SL ，甚至常會取而代之。所以若要翻譯 you can pay for ceramic tiles under a convenient credit purchase scheme（買瓷磚可享方便的信貸購物專案），後面一詞或可譯成 long-term payment facility（長期付款辦法），更爲精確。

譯文的補充說明有各種不同的形式：

11 加上 *bar* 一字，讓讀者更易掌握。

(1) 在譯文內：

(a) 以單詞解釋：例如 *la gabelle* 譯成 the *gabelle*, or salt-tax（「迦貝耶」，即鹽稅）。

(b) 以形容詞子句解釋：例如 *la taille* 譯成 *la taille*, which was the old levy raised in feudal times from the civilian population（「塔耶」，是法國革命前，向平民課徵的人頭稅）。

(c) 以同位語解釋：例如 *les traites* 譯爲 the *traites*, customs dues（「特黑茨」，關稅）。

(d) 分詞片語解釋：例如 *l'octroi* 譯爲 *l'octroi*, taxes imposed on food stuffs and wine entering the town（「婁克特哇」，食品與酒品入城時所徵收的稅）。

(e) 加在括號內：直譯外來語時常用，例如 *das Kombinat* 譯爲 the *kombinat* (a "combine" or "trust")〔「康比納」（企業聯合體、壟斷企業聯盟）〕。

(f) 插入語，這是最長的補充說明：例如 *aides* 譯爲 *aides*—these are excise dues on such things as drinks, tobacco, iron, precious metals and leather—were imposed in the eighteenth century（「艾滋」，這些是十八世紀間對酒類、煙草、鐵、貴重金屬和皮革所徵收的消費稅）。

(g) 加範疇詞：*Speyer* 譯爲 the city of Speyer, in West Germany（西德的施佩耶爾市）。

圓括號用來翻譯。若來源文本有誤，用方括號來訂正資料及事實。應盡可能把補充資訊插入文中，爲避免打斷讀者的注意力，譯者常常忽略這點。不過它有個缺點，就是文本與譯者的貢獻會分不清楚，且無法用於較長的補充說明。

(2) 頁尾註腳。

(3) 章節末的註解。

(4) 書末的註解或詞彙表。

(2) 到 (4) 的方法，是根據優先順序排列，不過若是註解太長或太多，擺在頁尾註就很難看；書末的註解應該在上端加頁碼，我就常常讀錯章節而找不到註解。不過若是章節太長，章節末的註解則難以查詢，十分不便。

一般而言，你在工具書上找到的資料，不能用來取代文本的敘述或超出文本範圍（除非文本與事實不符），只能在讀者可能發現不妥、不完整或不清楚時，用來補充文本。若翻譯技術性文本，百科全書中常會有類似重述的說明，但是你只能擷取關鍵字，不能整句搬過來。同理，當你請教專家，必須注意不可讓專家過於炫耀專業知識而改寫了整個文本，就算是改寫成較好的文本也一樣。專家的解釋與詮釋應近乎文本的譯文，或至少與其相關。

若你正翻譯一本重要的書籍，應該撰寫前言及註解，討論作者使用名稱的方法與意義，尤其是你在譯文中爲了精簡而犧牲精確的部分，或是文本中語義模糊不清的地方。若是學術研究性質的文本，讀者更需要譯者的協助，不論是解釋作品還是註釋，都沒有必要刻意製造譯者不存在的幻覺。

Memo

第9章

翻譯與文化

Translation and Culture

定義

DEFINITIONS

我對文化的定義如下：使用某種語言爲表達工具的特定社群，他們的生活方式與表現於外的一切，即稱爲文化。更明確地說，我將「文化的語言」從「普世通用的語言」和「個人獨有的語言」區分開來。「死亡」、「活著」、「星星」、「游泳」，以及普遍存在的人工製品如「鏡子」與「桌子」，都是普世通用的，因此翻譯時通常不會出現問題。「季風」（monsoon）、「（西伯利亞的）大草原」（steppe）、「（俄國的）鄉間宅邸」（dacha）以及「（義大利的）寬扁麵」（tagliatelle），這些則是屬於特有文化的字詞。除非 SL 和 TL（以及讀者）的文化之間有共通之處，否則就會出現翻譯的問題。普世通用的字詞，如「早餐」、「擁抱」、「柴堆」，通常也有共通的功能，但對於指涉並沒有共通的描述[1]。此外，如果我將個人的意思與思想以個人化的方式表達，例如：「你又在畫了（製造對話；打開話匣子）」、「他的『地下生活』（個人特質與私生活）在詩中展露無遺」、「他又在咕嚕（從不把話說完）」，這些表達方式，就非常地個人化，不是社群裡人人能懂的語言。有些人稱之爲「個人獨有語言」（idiolect），這也容易造成翻譯問題。

1 這裡的意思是，各文化的人都吃早餐（功能），但吃的東西不一樣（描述）；例如某文化的人可能以咖啡、麵包和香腸為早餐，某文化的人以稀飯或豆漿為早餐。

但以上這些定義還是太廣泛且不明確。在同一個語言中可存在著數種文化（以及次文化）：*Jause*（「奧地利人的」茶）、*Jugendweihe*（前德意志爲十二歲孩子所舉行的成年禮）、*Beamter*（奧地利、瑞士、德意志聯邦共和國——但不是前德意志所使用的），以上這些都是屬於文化的語言，即使同樣使用德文，也需要翻譯才能了解。不過，方言若指稱通用對象，並不見得特別屬於文化語言；例如：蓋爾語的湖（loch）、英文的曠野（moors）；反觀許多常見的字眼，如法文的 *pain*（麵包）、*vin*（酒）、*insouciance*（不在乎）、德文的 *Gemütlichkeit*（舒適溫馨的）、英文的 privacy（隱私），反而都包含有過多的文化暗示而難以翻譯。有時一個社群中的語言，專注於某特殊的主題（往往稱爲「文化焦點」），就會創造出大量的專有詞彙或術語——像英式英語中用於運動方面的語言，特別是板球運動中所使用的瘋狂字眼，如 a maiden over（未得分的投球）、silly mid-on（往投球手方向擊出十碼）、howzat（出局），法國人用於酒以及乳酪方面的語言，德國人用於香腸方面的語言，西班牙人用於鬥牛上的語言，阿拉伯人對於駱駝的語言，以及愛斯基摩人有那麼多描述雪的字眼；而對於性愛方面的字，英語人士好用法語而法語人士好用英語；此外在許多文化中，窮人及酗酒者所喝的國民酒都有特殊的用詞：俄國人喝 vodka（伏特加）、義大利人喝 grappa（格拉巴酒）、東歐人喝 slivovitz（梅子白蘭地）、日本人喝 sake（清酒）、荷蘭人喝 Schnaps（杜松子酒），還有以前的 gin（琴酒，不過現在已是非常昂貴的酒類了）。每當出現這些文化焦點字眼時，就會因爲 SL 與 TL 文化間的「落差」與「距離」造成翻譯的問題與困難。

請注意，在翻譯操作上，我並不將語言視爲文化的組成成分或特色。因爲如果將語言視爲文化的一部分，那麼就不可能翻譯了。然而，語言的確含有文化的沉澱成分，它們存在於文法（例如無生命名詞的性別）、稱謂（例如 *Sie* 、 *usted*），以及詞語搭配（例如 the sun sets ；日「落」而不是日「降」）中，無論就意識或翻譯的層面，這些詞彙都不被視爲語言世界通用的部分。再者，愈是給予自然現象（例如：植物界與動物界）特定的描述，其語言也就愈具有文化特色，也就造成了翻譯上的困難。更糟的是，其實翻譯極籠統的字詞更不容易（特別是道德與感情方面，這點 1790 年時泰特勒[2]就已提及）——愛、節制、性情、對與錯——這些詞通常比專有名詞還難翻譯。

大部分「文化的」字詞都很容易察覺，因爲這些字往往都是與特定的語言結合，不能直譯，但許多用一般語言描述的文化習俗與慣例，例如 topping out a building（平頂——新建築完工的儀式）、 time, gentlemen, please（先生們，時間到了——酒吧關門用語）、 mud in your eye（祝你眼裡有泥巴——喝酒時祝詞，萬事如意），若照字面翻譯會扭曲原意，翻譯時應在適當的地方加入具描述功能的詞句。與文化相關的物體，可以用不具文化性的中性總稱表達，或只表明其屬性（例如「茶」），再加上各文化不同的特色，因此就必須注意 SL 文本中對這些附屬品的說明，例如「加萊姆酒的」茶、「檸檬」茶、「奶」茶、「配餅乾的」茶、「配蛋糕的」茶，以及其他不同的配餐或飲用時間，如「下午」茶。

文化範疇

CULTURAL CATEGORIES

本章的重點是「異文化」（狹義）字詞的翻譯。我學奈達的作法，先做分類，然後提出典型的例證。

2 Tytler，十八世紀至十九世紀初的愛丁堡學者，著有 *Essay on the Principles of Translation*（論翻譯的原則），是英文中第一本系統性討論翻譯過程的專著。

(1) 自然生態

植物、動物、風、曠野、山丘：honeysuckle（金銀花）、downs（英國南方有草的丘陵地）、sirocco（由非洲吹入西歐的乾熱風）、tundra（凍原）、pampas（南美洲大草原）、*tabuleiros*（低高原）、plateau（高原）、*selva*（熱帶雨林）、savanna（無樹平原）、paddy field（稻田；水田）。

(2) 物質文化（人工製品）

(a) 特有食品：zabaglione（一種義大利甜點，類似加酒的蛋羹）、sake（日本清酒）、*Kaiserschmarren*（一種德國葡萄乾甜煎餅）。

(b) 特有服裝：anorak（連帽禦寒厚夾克）、*kanga*（非洲女子傳統服飾）、*sarong*（紗籠，南太平洋諸島人民繫在腰間的長布）、*dhoti*（印度男子用的腰布）。

(c) 住家與城鎮：*kampong*（馬來西亞的鄉村）、*bourg*（法國有市集所在之城鎮）、*bourgade*（法國小鎮）、chalet（瑞士農舍）、low-rise（五層以下的建築物）、tower（塔）。

(d) 交通運輸：「腳踏車」、「人力車」、「黃包車」、Moulton（摺疊自行車）、*cabriolet*（敞篷車）、tilbury（輕便無蓋雙輪馬車）、*calèche*（雙馬四輪小馬車）。

(3) 社交文化——工作與休閒

amah（阿媽、褓姆、女傭——殖民時期從中文進入英文的外來語）、*condottiere*（傭兵隊長）、*biwa*（日本琵琶）、*raga*（一種印度音樂旋律）、reggae（雷鬼搖擺樂）、rock（搖滾樂）。

(4) 組織、習俗、活動、程序、觀念

(a) 政治與管理

(b) 宗教：*dharma*（佛法）、*karma*（業）、「寺廟」。

(c) 藝術

(5) 手勢與習慣

cock a snook（大拇指按鼻，其餘四指張開）、「吐口水」（有些文化是鄙視，但有些文化是祝福之意）。

一般性的原則
GENERAL CONSIDERATIONS

翻譯文化詞時應該考量以下的原則。第一，認可 SL 文本所提及的文化積累，且尊重所有國家及其文化。通常可用的翻譯手法有兩種，分別位於翻譯尺度兩極：一是外來語，二是成分分析。外來語往往用於文學性的文本，提供地方色彩與氣息；或是專業文章，必須要使讀者（其中一部分可能對 SL 文本有某種程度的熟悉）能辨識指涉對象而沒有困難——特別是名稱或觀念。雖然外來語相當簡潔，但卻會阻礙了解，強調文化而犧牲了訊息的傳達，也就是無法溝通；甚至有人認爲這根本就不是翻譯。成分分析則是最精確的翻譯手法，著重於訊息的傳達而犧牲文化特性。成分分析的基礎在於 SL 和 TL 中共同的成分，以俄國的鄉間宅第（*dacha*）爲例，共同的成分就是房子，但可取決於上下文而加入區別性的成分（「富人住的」、「避暑用的」）。無可避免地，成分分析比較費詞，也缺乏原文的味道。最後，文化詞不若一般的語言，往往與文章前後背景較少牽連，因此譯者要考慮到讀者的動機、文化特性（是否熟悉文本主題）以及語言程度。

自然生態
ECOLOGY

由於地理上的特徵，通常都不含政治或商業價值判斷，因此與其他文化詞不同。但這些詞語的普及性與字詞出處國家的重要性有關，也與這個地理景象的特殊程度有關。因此，法文的「高原」（plateau）並不被視爲文化詞，也長久以來被俄羅斯、德國與英國所借用，但在西班牙及義大利則往往被翻譯出來，西班牙譯爲 *mesa* ，義大利譯爲 *altipiano* 。許多國家都有當地的字詞來形容「平原」，例如： prairies（美國中西部平原）、 steppes（大戈壁）、 tundras（凍原）、 pampas（南美大草原）、 savannahs（非洲草原）、 *campos*（巴西草原）、 veld（南非草原）等等。這些詞都有非常強烈的地方色彩。對這些不同的稱呼是否熟悉，則要視這些國家間彼此在地緣和政治上的關係是否相近。這些字通常可以用外來語處理，再加上沒有特殊文化色彩的短詞。如果你覺得 SL 文本的作者之所以用到 *tabuleiros*（巴西的台地）這個相當專業的詞，是覺得這個詞很重要，你就應該用外來語手法來處理。

同樣的標準也適用於其他生態學的特徵，除非是具有商業上的價値，像是 「柚子」（pomelo）、「酪梨」（avocado）、「芭樂」（guava）、「金柑」（kumquat）、「芒果」（mango）、「百香果」（passion fruit）等，已經成爲常用的外來語，拼法也會有同化現象，如法文的芒果拼成 *mangue* 。

奈達曾說，一些特定的生態特徵——季節、雨、各種不同大小的山丘，如果讀者對這些地理狀況不熟悉，就算翻譯時加入了形容的詞語，也無法讓讀者了解。不過，由於電視日益普及，這個問題應該很快可以解決。

物質文化
MATERIAL CULTURE

對很多人來說，最能代表一國文化的就是食物，因此如何翻譯食物，有各種不同的翻譯手法。在不同的應用場合中，菜單（單語菜單、多語菜單、逐字翻譯的菜單）、食譜、餐飲指南、遊客小冊、報章雜誌等，都有愈來愈多的外來美食名稱。基於強烈的商業與虛榮理由，英文中仍然沒必要地大量使用了法文（自從九百年前諾曼第公爵征服英國以來就是如此），也許只爲了表示廚師爲法國人，或是食譜爲法式，有時造成英法混合的拙劣翻譯：Foyot veal chops with Périgueux sauce（佛耶式佩里格醬羊排）。最奇怪的還是維持著總稱性的稱呼：如 *hors d'oeuvre*、*entrée*、*entremets*，因爲這三個用詞其實很含糊。*hors d'oeuvre* 可以是 salad mixture（沙拉拼盤）或 starter（頭盤）；*entrée* 可以是 first course（第一道菜）或 main course（主菜）；*entremets* 可以是在兩道主菜間的 light course（輕食）或餐後的 dessert（甜點）。原則上，對一般讀者來說，有一對一對應的字可以譯出，沒有對應字的才用外來語加上中性的範疇詞，例如：the pasta dish — cannelloni（麵食——坎內雍尼）。

事實上，所有的法式餐點，如有附註解說，可保留法文。菜單的一致性和顧客的需求應該是最重要的。

在英文中，法文以外的食物名稱另當別論。macaroni（義式通心麵）早在西元 1600 年時就已進入英文，spaghetti（義大利實心麵條、意粉）則是在西元 1880 年才進入英文，ravioli（義式有餡方餃）與 pizza（披薩）則是晚近才成爲英文；許多其他的義大利或希臘用詞可能都還需要解釋。食物的名稱往往是用外來語，唯有法國人還不遺餘力地想將這些詞法文化，硬要把英文的 roast beef 拼寫成 *rosbif*。

傳統上高級的男士服裝使用英文，而高級的女士服裝則使用法文，例如：slip（襯裙）和 bra（胸罩）都源於法文[3]。但若是屬於一國的傳統特殊服裝，則往往用外來語而不加以翻譯，例如：*sari*（印度婦女身上的沙麗）、*kimono*（和服）、*dirndl*（阿爾卑斯山地農家少女裝）、jeans（牛仔褲，這個詞已國際化了，這就像代表美國的「可

3 法文的胸罩是 *brassière*，英文借用時縮短了。

樂」一般）、*kaftan*（土耳其長袍）、*jubbah*（裾巴，穆斯林所穿的長開襟外袍）。

服飾上的文化字詞，可以加入一般性總稱的字或範疇字，對 TL 一般讀者就足夠了，例如：「巴斯克裙」（basque skirt）總是某種裙子。或者，不是特別重要的詞，也可以用總稱取代，直接翻譯「裙子」即可。但要記得，總稱只能代表身體所穿著與衣物覆蓋的部位，而特定的詞往往則還描述了衣著的厚薄種類與製造的材質。

在許多不同的語言中有其獨特的住屋形式，這些詞也往往保留外來語形式不加翻譯，例如：*palazzo*（義大利大宅邸）、chalet（瑞士農舍）、bungalow（平房小屋）、*hacienda*（西班牙大莊園）、*pandal*（印度帳棚）、*posada*（西班牙式旅館）、*pension*（歐洲供膳民宿）。村鎮在法文中是文化焦點（直到五十年前法國都是個小鎮爲主的國家），因此法文中有 *ville*（農村）、*bourg*（有市集的小鎮）與 *bourgade*（小村鎮）之分，這些詞都沒有恰當的英文可以翻譯。法國將 *salon*（沙龍、客廳）一字「外銷」到德國，並「進口」了 living room 一詞。

交通工具的語言以美式英語稱霸，汽車在英文等同雌性寵物，就像 bus 已成爲法文外來語，motor 已成爲德文外來語，在許多國家中已用美式英文稱呼此種私人專用的財物。美式英文中的汽車就有二十六個詞可以表達。這個系統還不斷擴張，不斷依據新的特色來創造新詞：lay-by（避車岔道）、roundabout（圓環、繞行路線）、fly-over（高架道）、interchange（交流道）。除了技術上的新發明創造出許多時髦的字詞外，往往銷售人員和許多英語使用者也在創造新詞。小說中有各式各樣的交通工具：*calèche*（雙馬四輪馬車）、*cabriolet*（中世紀單馬二輪車；敞篷車）、tilbury（輕便無蓋雙輪馬車）、landau（四輪馬車；一種舊式汽車）、coupe（雙座四輪轎式馬車；雙門轎車）、phaeton（二頭四輪輕型馬車；敞篷休旅車）。這些詞除了具有地方色彩外，也表現出主人的身分地位。在講述交通工具的教科書中，譯者必須使用外來語，外加正確的描述。現在，一些汽車與飛機的型號，對稍有知識的讀者而言，已近乎是國際通用的詞語了，像 747 、 727 、 DC-10 、 jumbo jet 、 Mini 、 Metro 、 Ford 、 BMW 、 Volvo 。

特定的植物或動物種類，是各地獨特且有文化性的，通常使用外來語即可，除非這些詞同時出現在 SL 與 TL 環境，如英文中的 red admiral（大西洋赤蛺蝶）在法文中稱爲 *vulcain* ，否則不必加以翻譯。至於技術性的文章，動植物的拉丁文學名是世界通用的名稱，例如：俗名大蝸牛（common snail），學名爲 *helix aspersa* 。

社交文化
SOCIAL CULTURE

在考量社交文化詞彙的翻譯時，必須要先界定翻譯問題是指涉還是聯想的問題。像法文中的 *charcuterie*（豬肉熟食店）、*droguerie*（五金行）、*patisserie*（蛋糕店）、*chapellerie*（帽店）、*chocolaterie*（巧克力舖）、德文的 *Konditorei*（甜點舖），這些店鮮少出現在英語國家中。但這些字都沒有翻譯上的問題，因爲這些字可以直接用外來語表示，也可用其他字詞加以定義與解釋：豬肉店可以用 pork-butcher 、五金工具店可以用 hardware 、蛋糕店可以用 cake shop 、帽店可以用 hat shop 、巧克力舖可以用 chocolate shop 、甜點舖可以用 cake shop with café 。有許多行業都已被超級市場、商店街、大賣場、商業中心所吞併，手工藝或許有復甦的機會。其實在翻譯問題上，指涉問題比較小，聯想問題比較大。例如： the people（人民）、 the common people（民眾）、 the masses（大眾）； the working class（勞動階級）、 the proletariat（無產的普羅階級）、 *la plèbe*（平民）、 the lower orders（低下階層的人），會引發讀者不同的聯想。要注意的是：上述中有些表達已經過時了，現在使用時多是帶有諷刺或幽默的意味，因此多以括號突顯其特殊用法。至於「勞動階級」在西歐的左派中，仍有其效果，在東歐更是如此；「普羅階級」雖然在第三產業的時代已經消失，但這個詞仍有情感的效果，只是現在已很少嚴肅地使用了，因爲在今天大部分已開發國家中，大部分的人民都擁有私人財產，並非眞的無產之人了。至於「人民」與「大眾」可以正面或負面地運用，但也都愈來愈少使用了。「大眾」多半與「大眾傳播媒體」（mass media）以及「大眾市場」（mass market）搭配使用。非常諷刺的是，人民、大眾這些詞本指窮人、勞動者或工廠工人等，但現在無工作的窮人反而是少數，不再是「大眾」了。在政治上則被 *la base*（底層），the grass roots（草根）等詞彙所取代。

歐洲休閒活動中最明顯的文化性詞彙，都與其國家運動有關：英國的板球、西班牙的鬥牛、法國的里昂擲地球（*boule*）、普羅旺斯滾球（*pétanque*）、曲棍球。再加上非組隊型的其他英國體育活動：網球、撞球、壁球、羽毛球，以及大量的橋牌、賭博遊戲等，不過賭場中常用法文字彙。

社會組織——政治與行政方面

SOCIAL ORGANISATION—POLITICAL AND ADMINISTRATIVE

一個國家中的政治生活與社會生活，反映於其組織專有名詞中。如果國家元首的稱謂（總統、總理或國王）或者國會的名稱（*Assemblée Nationale*、*Camera dei Deputati* 或 Senate）是極明顯的，也就是說，含有「國際通用」或很容易翻譯的語素，通常採用字面翻譯，例如 *Assemblée Nationale* 按照字面翻譯成 National Assembly；*Camera dei Deputati* 按照字面翻譯爲 Chamber of Deputies。如果是不容易按照字面直譯的，像是 *Bundestag*（德意志聯邦國會）、*Storting*（挪威國會）、

Sejm（波蘭國會）、*Riksdag*（瑞典國會）、*Eduskunta*（芬蘭國會）、*Knesset*（以色列國會），則在行政上有既定的官方譯法，例如：*Bundestag* 的官方譯法爲 German Federal Parliament ；而 *Bundesrat* 的官方譯法爲 Council of Constituent States（德國聯邦參議會），如果讀者是知識份子，往往保留原文 *Bundestag* 即可，而對一般的讀者則可以譯爲 West German Parliament（西德國會）。至於政府內部的組成，則往往爲 cabinet 或 council of ministers（中文皆譯爲「內閣」），在一些非正式的情況下，可能只以一國的首都代表。此外其他的部會或政治團體，也會以常用代換詞稱之，例如：建築物的名稱—— *Elysée*（愛麗舍宮，法國總統府）、*Hôtel Matignon*（瑪帝涅府，法國總理府邸）、*Palais Bourbon*（波旁宮，法國國會）、Pentagon（五角大廈，美國國防部）、White House（白宮，美國總統官邸）、*Montecitorio*（蒙地奇托利歐宮，義大利國會）、Westminster（西敏寺，英國國會）、Whitehall（白廳，英國政府）；或街道的名稱，如 *Via delle Botteghe Oscure*（羅馬暗店古街，義大利社會主義黨所在地）、Downing Street（唐寧街，英國首相官邸）。

至於部會名稱則往往採取直譯，如果有適當描述的話。因此，Treasury 可譯爲 Finance Ministry（財政部）；Home Office 可譯爲 Ministry of the Interior（內政部）；attorney-general 可譯爲 chief justice（美國檢察總長、英國首席大法官）或其他 TL 中文化對等的名稱；Defence Ministry 也可譯爲 Ministry of National Defence（國防部）；但像 Social Domain 與 Exchange Domain（幾內亞），則應分別譯爲社會局與貿易局。

當一個社會團體有一看就知道的名稱時，如 *Electricité de France*（法國電力）或 *Les Postes et Télécommunications*（郵政與通訊），翻譯時就必須視其場合而不同：在官方文件與重要出版品如教科書中，應使用外來語，或加上直譯。非正式的情況下，也可用文化對等詞來翻譯，例如上述的單位可分別譯爲 the French Electricity Board（法國電力局）與 the Postal Services（郵政總局）。

當政府團體或組織的名字「不透明」，無法從字面了解其功能時，如 *Maison de la Culture*（文化所）、 British Council（英國協會）、National Trust（國家信託）、 Arts Council（藝術協會）、 *Goethe-Institut*（歌德中心）、 Privy Council（樞密院）， 譯者首先必須確定在 TL 中是否已有固定譯法，再來就必須考慮翻譯後是否能爲讀者所了解，以及是否符合場合；如果沒有固定譯法，在正式的資訊類文本中，一定要先列出原文，再以不含文化色彩的功能對等詞補充說明（*Maison de la Culture* 的對等詞可以是 arts center ，藝術中心）；有時這些說明可能是一長串，如英國的「國家信託」翻譯成法文時可能要說明其爲「(英國)保存史蹟與公園的機構」（*organisation chargée de la conservation des monuments et parcs nationaux* (*britanniques*)）；有時採用文化對等詞來翻譯就夠了，例如 British Council 、 *Alliance française* 、 *Goethe-Institut* 這幾個機構的功能相若，可以用來互譯[4]。但如果不能確定讀者是否能夠了解，仍應採用功能對等譯法，例如：英國（文化）協會可以說明爲「國家級單位，職責爲在英國以外地區推廣英國語言與英國文化」；至於對內容的描述（例如：組織結構與組織方式）只有在讀者要求時才提供。對於這種光看名稱不能知道功能的組織，不要直譯，也不要自創新詞。如果要傳達訊息的文章是非正式的或口語的，或許沒有必要保留原名，翻譯時採用文化對等詞即可；如果相對的文化中沒有對等的單位，

4 British Council 的中文官方名稱是「英國文化協會」，*Alliance française* 的中文官方名稱是「法國文化協會」，*Goethe-institut* 的中文官方名稱是「歌德學院」，都是在世界各地推廣英國、法國、德國的語言學習、文化交流和留學事宜的機構。有趣的是，中文名稱都不是直譯，英國、法國都加入「文化」一詞，以彰顯功能；德國則用「學院」來強調與學習的關係。

則可依功能翻譯。以TL中的文化對等詞來譯，效果總是比較好，又比較簡潔，但不夠精確，在翻譯法律名詞時，反而可能造成誤解。以英國高中生的A級檢定考來翻譯法國高中畢業會考（*Baccalaureat*），雖然很有感覺，但兩種考試的差異卻非常大。

各級地方政府的機構與職位，如果名稱是特有的，應維持原名不加翻譯（*région*、*département*、*arrondissement*、*canton*、*commune*），並要維持一致性。各語言的市長── Mayor、*maire*、*Bürgermeister*、*sindaco*，可彼此互譯，雖然功能並不相同。義大利文的*Giunta*或西班牙文的*junta*，通常是指由一群議會會員中選出的執行團體，通常保留原文不加翻譯；英文中較爲接近的翻譯爲board，在法文中爲*junte*，但僅用於非法國機構中。非常諷刺的是，「字典」比「百科全書」更容易出現僞友現象。因此，有首長意義的prefect、secretary與*Conseil d'Etat (consiglio di stato)*，往往在字典中列爲互譯詞，但其實彼此功能是不同的。

含有「希臘─拉丁」詞素的政治黨派，具有語言間互譯的可能，政治概念也是如此。不論是右派、中間或左派，大部分東、西歐的政黨黨名所使用的字彙不出二十個。雖然「自由主義」與「激進主義」的核心思想多少有模糊的共同範圍，但也強烈地受到各國政治傳統的影響，更別提在社會主義與共產主義中有更多有時認同、有時反對的模糊概念。譯者可能有必要解釋較大的觀念差異（例如「義大利自由黨」是右翼，英國的自由派是中間偏左，法國右派是自由派）。

一般而言，愈是嚴肅與專業性的讀者，如教科書、報告與學術論文的讀者，愈會希望保留原文，不止於對文化與專業的術語有此要求，甚至對頭銜、地址與特殊用語中的字詞都希望能看到原文。遇到這種情況時，你必須要牢記：這群讀者對SL可能有某種程度的了解，他們閱讀翻譯的原因，可能是沒有原文文本，可能想要與SL作者聯絡、可能想參考作者的其他作品，可能想寫信給原文編輯或出版者。當然譯文還是要能夠理解，不過翻譯時盡量保留原文，將有助於經驗老道的讀者去了解原文中的含意。因此，在重要文章中出現特殊或少見的字時，認眞的譯者會盡可能適切地去翻譯之後，將原文以括號加在翻譯後面，表明無法尋找到最適切的 TL 字詞，並要求讀者可以運用自己對文章的了解去解釋（例如：海德格、胡塞爾與葛蘭西〔Gramsci〕的翻譯）。無怪乎語言學家穆寧曾寫道：翻譯最可惜之處就在於它不是原文。因此譯者的基本工作，除了翻譯外，在自覺譯文有不足之處時，要協助讀者去靠近原文，了解原文之含意。

歷史性用語（Historical terms）

直至目前爲止，我所談的都是翻譯當代的機構用語，至於歷史的機構用語方面，第一個原則就是不要翻譯。例如：*le Grand Siècle*（偉大世紀／十七世紀）、*l'Ancien Régime*（舊秩序／法國大革命之前）、*Siècle des Lumières*（光的世紀／啓蒙時期）、*Anschluss*（併呑／指德國併呑奧地利）、*Kulturkampf*（文化鬥爭／普魯士與天主教會之爭）、*intendant*、*ispravnik*（十八、九世紀俄國鄉長）、*zemstvo*（地方農民自治會／俄國沙皇時代）、*obshchina*（俄國鄉村公社）、*duma*（俄羅斯下議院）等等，對於這些詞彙，除非已有大眾都能接受的譯名存在，否則不論翻譯出來是否有意義，不論是意義明確或含混不清，都不要翻譯。在學術或教育刊物中出現這些詞時，通常都保留原文（上述例子中唯一的例外是 *Siècle des Lumières*，通常譯爲 the Age of Enlightenment），有必要的話再加入功能性或描述性的翻譯，將必要的細節交代清楚。在一般大眾化的文章中，可以用功能或描述性的翻譯取代原文。

國際性用語（International terms）

國際機構名稱通常都有固定譯名，事實上多半是字面翻譯，有些常使用字頭語，因此 WHO（世界衛生組織），法文中用字頭語 *OMS* (*Organisation Mondiale de la Santé*)，德文中用字頭語 *WGO* (*Weltgesundheitsorganisation*)；ILO（International Labour Organization 國際勞工組織）也是如此，法文用 *BIT* (*Bureau International du Travail*)，德文用 *IAA* (*Internationales Arbeitsamt*)。但也有一些組織，各國都使用英文字頭語，似乎以英文爲標準國際詞，法語竟然也沒有加以排斥，例如 UNESCO（聯合國教科文組織）、FAO（聯合國糧食及農業組織）、UNRRA（聯合國難民救濟總署）、UNICEF（聯合國兒童基金會）等。

諷刺的是，馬克斯主義與共產主義的詞語特別具國際性，所以翻譯問題不大，會造成翻譯困難的只有少數如葛蘭西這樣的作家而已；然而國際性的共產組織卻只有 CMEA（經濟互助協會）、華沙公約，以及國際經濟合作銀行（*Internationale Bank für wirtschaftliche Zusammenarbeit* — *IBWZ*），其他如 WFTU（World Federation of Trade Unions —德國 *WGB*），以及世界和平組織（德國 *RWF*）等，已不復存。

宗教用詞（Religious terms）

在宗教用語中，基督教信仰的幾次改宗活動，特別是羅馬天主教教會與浸信會，都會反映在多重的翻譯中，如梵蒂岡是 *Saint-Siège*、the Holy See 、 Santa Sede 等等。世界上其他宗教的語言，通常保留原文不加翻譯，而最普遍的用字則可能會在拼法上同化。美國聖經學者與語言學家翻譯聖經時，特別在意某些與水果和農事相關的比喻，是否會在 TL 文化中引起不恰當的聯想。

藝術用語（Artistic terms）

關於藝術風潮、程序與組織用語的翻譯，必須視讀者所知而定。對於藝術修養較高的讀者，即使不明確的名稱，如 the Leipzig *Gewandhaus*（萊比錫布商大廈）與 the Amsterdam *Concertgebouw*（阿姆斯特丹音樂廳）都可以保留原文即可，不必加上「管絃樂團」；the Dresden *Staatskapelle*（德勒斯登國家教堂）則有時用原文，有時翻譯出「國家管絃樂團」。明確易懂的名稱，如柏林愛樂、維也納愛樂、倫敦愛樂管絃樂團等，則翻譯出來。建築物、博物館、劇院、歌劇院的名稱，經常保留原文，但由於它們經常成為市區規劃與街道地址的一部分，所以也可以翻譯出來。許多用於藝術與音樂中的術語，仍保留義大利原文；芭蕾中則多用法文，例如：*fouetté*（單腳站立旋轉）、*pas de deux*（雙人舞）等。英文直接借用法文的 *art nouveau*（十九世紀的新藝術），德文則用 *Jugendstil*，義大利文用 *stile liberty* 來翻譯同一個藝術風潮。*Bauhaus*（包浩斯）與 *Neue Sachlichkeit*（新客觀主義〉都語意不明，因此可用保留原文的方式，再加上英文化的 -ism 字尾，像是把法文的 *fauve*（野獸）加上 -ism，構成 Fauvism（野獸派）一詞，不過 *tachisme*（斑點派）倒是保留了法文字尾而沒有英文化。原則上，如果這些詞語被視為文化特色時，傾向於保留外來語；如果具有普遍性，則加以同化。

手勢與習慣
GESTURES AND HABITS

對於手勢與習慣，必要時應該區分描述和功能，以免造成讀者混淆。也就是說，有人在葬禮面帶微笑、緩慢地拍手表示熱烈歡迎、吐口水代表祝福、點頭表示不同意、搖頭表示同意、親吻自己的指尖是打招呼也是讚美、大拇指向上表示同意，這些姿勢都確實存在於一些特定的文化中，但在其他的文化中是找不到的。

總括地說，我對文化與機構用語的翻譯原則是：不像其他的翻譯問題主要靠搭配、語言上下文或情境來解決，翻譯文化與機構用語的主要考量在於讀者（有三種讀者——專業人士、一般知識份子與大眾，這三種讀者對翻譯的要求各自不同）與背景。我嘗試將選擇羅列如下：

翻譯手法摘要
SUMMARY OF PROCEDURES

A. 文化（Culture）

使用某種語言爲表達工具的特定社群，他們的生活方式與表現於外的一切。

(1) 生態學——
動物、植物、風、山、平原、冰雪等。

(2) 物質文化（人工製品）——
食品、服裝、住屋、交通與通訊方式。

(3) 社交文化——工作與休閒。

(4) 組織、習俗、觀念——
政治、社會、法律、宗教、藝術。

(5) 手勢與習慣（通常都以文化中立的語言描述出來）

對比：普世通用的，例如：自然與人類的各種特性、人的身體與精神活動；數目與長度、重量等。

區別：文化焦點、距離（或落差）與重疊。

B. 參考架構（Frame of reference）

上下文因素

(1) 文本的目的

(2) 讀者的動機與文化、技術、語言水準

(3) SL 文本中指涉對象的重要性

(4) 背景（有既定的翻譯存在嗎？）

(5) 字／指涉對象的時代性（歷史的還是當代的？）

(6) 指涉對象的未來趨勢

翻譯手法

(1) 外來語（保留原文）

(2) 文化對等

(3) 功能對等或描述對等

(4) 直譯

(5) 加標籤

(6) 同化譯法

(7) 成分分析

(8) 刪除（翻譯非表述類的文本時，可以刪除語言上不必要的冗贅部分，特別是隱喻或強調語氣的部分）

(9) 雙管齊下

(10) 公認的標準翻譯

(11) 重述、解釋與註解等

(12) 加範疇詞

第 10 章

隱喻的翻譯

The Translation of Metaphors

定義

DEFINITIONS

雖然翻譯的中心問題，在於選擇適合整篇文本的翻譯方法，但其中最特殊的問題就是隱喻的翻譯。我指的是任何象徵性的表達：直接用實質的意義表達象徵字義，例如用「誕生」表示「源起」；將抽象概念擬人化，例如把謙虛擬人化，modesty forbids me（我的謙虛讓我沒辦法這麼做）；用一個字或多個字搭配，產生非字面上的意義，也就是用一件事來描述另外一件事。所有的多義字，例如 a “heavy” heart（沉重的心）與大部分的英文片語動詞，如 put off（放在一邊，表示「拖延」）都可能是隱喻。隱喻可能是「單獨的」——也就是一個字——或「延伸的」，可能是字詞搭配、片語、句子、諺語、寓言，或者一個完全想像的文本。

對於隱喻的解釋就先到這兒。使用隱喻的目的主要有兩個：一是指涉目的，用比一般語言更全面、更簡明的方式，來描述心理的過程或狀態、某個概念、某人、某物、某項特質或某種行爲；二是語用目的，與指涉目的同時發生，即是吸引人、讓人產生興趣、取悅人、使人驚訝、讓人得到更「生動」的意象。第一種目的是認知的，第二種則是美學的。在好的隱喻裡頭，這兩種目的會像內容與形式般融合（而且是平行的）；指涉目的通常在教科書中占很大比例，而美學目的則常出現於廣告、大眾新聞、爲藝術而藝術的作品或者流行歌曲中，藉由聲韻效果來強化其影響。當你選擇要著重字義或著重意象時，需考慮指涉目的與美學目的何者爲重。然而隱喻的兩種目的都涉及假象，就像你在說謊，假裝自己是另一個人。隱喻是一種欺瞞，常用來隱藏意圖。

要注意的另一點是：隱喻會附帶顯示出兩件事（或者兩件事以上）的相似之處，即其共同的語義範圍——意象與對象（image and object）的重疊區域。我會先把這視爲一種過程，而不是一般人認爲的功能。一個特別的隱喻，例如像紙一樣的臉（a "papery" cheek）——指的是皮膚很薄？臉色蒼白？很脆弱？看起來身體很虛？或者是很膽小？可能會讓人意識到臉跟紙的相似處，但這不是它的目的。

在理解並翻譯隱喻時，不管這個隱喻是新的、改寫的，或是慣用的（通常比較沒有理解的問題），有個問題要注意——我們要判斷意象與對象交疊的語意部分有多少，並進一步決定這個區域是：（a）正面或負面的；（b）隱含或明示的。所以在「季辛吉：在電視中的形象有如今日的梅特涅（Metternich）[1]」這一句話中，我們不清楚「梅特涅」指的是：（a）梅特涅身爲一個歐洲政治家的職業；（b）他的詭詐

圖 4　隱喻的翻譯

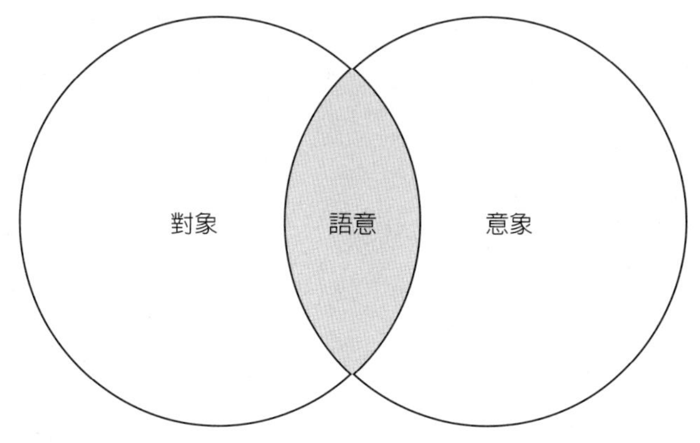

1　十九世紀奧地利政治家及外交大臣。

（負面）；（c）他的精明（正面）；（d）他獨裁專制的本性（可能性較小）。我們可能要由文章接下來的句子才能判斷是那一個。大致來說，譯者有幾種選擇：（a）直譯，把理解的責任留給（知識水準較高的）讀者；（b）保留「梅特涅」的名字，加入自己的解釋，像是「如梅特涅般老成的政治家」；（c）如果讀者根本不認識梅特涅，那就直接翻成「老成世故的政治家」。

我用下列這些術語來討論隱喻：

意象（Image）：由隱喻所喚起的腦中圖像，可能是大部分文化中都有的，如 a "glassy stare"（玻璃眼——呆滯的眼神）；專屬某種文化的，如 a "beery" face（啤酒臉——紅潤的臉）；或者獨創的，如 a "papery" cheek（像紙一樣的臉）。

對象（Object）：藉由隱喻所描述的事物。

語意（Sense）：隱喻的眞正意思；意象與對象的相似處或語意交疊之處；通常是由一個以上的意義要素組成，要不然用平鋪直敘的語言來寫就好了。例如， save up for a rainy day（爲下雨天預作準備）——雨天可以指有需要時、財務短缺時，或者擔心時——或法文說的 *une poire pour la soif*（爲口渴時留的一顆桃子）。注意，這些隱喻多半不是太有表達力。通常在愈創新的隱喻裡頭，意義要素愈豐富。

隱喻（Metaphor）：所使用的文字，可能是一個字，也可能「擴張」延展至語言的任何搭配，從片語到整篇文本都有可能。

換喻（Metonym）：用一個字的意象來取代「對象」。可能是老掉牙的隱喻（用「王冠」代表君主政治）；最近才成爲標準的（用「巨象」來比喻重型卡車）；或者創新的（用「水槽」來比喻大旅行袋的容量）。換喻詞包括了提喻法（synecdoche），即用部分來比喻全部，或用全部來比喻部分，例如用船底來指船或用軍隊來指一個軍人。

象徵（Symbol）：一種專屬某種文化的換喻詞，用實際的物體來表示概念，例如「葡萄」代表了肥沃或者是犧牲。

通常最難處理的是文化性隱喻，普世的或個人發明的隱喻都還比較容易翻譯。我認爲語言不僅是表達某一文化的積累而已，也是表達普世性與個人情感的媒介。

翻譯隱喻
TRANSLATING METAPHORS

當你遇到一句合乎文法，但似乎沒什麼意義的句子時，你必須測試這個句子裡看起來無意義的要素，找出可能的隱喻，即使這個句子有誤也要試試看，因爲不太可能會有人寫了一整篇有意義的文章，卻故意把這個句子寫錯。所以，假設你遇到 *L'après-midi, la pluie tue toujours les vitres* 這個句子，第一件要做的事就是檢查有沒有印刷錯誤。如果這是個權威或表述類文本，你應該翻譯成「下午時分，雨總是殺了窗格玻璃」，可能再加個註解。如果是不具名的文本，你應該試試別的方法：「下午時分，雨總是擋住／遮蔽了窗外的光線；下午時分，大雨總讓窗玻璃一片漆黑。」你不能迴避，要讓一切看起來有意義。一般來說，較常見的字比較會有言外之意，不過必要時，每個字都可以做隱喻，而這個隱喻的意義要從字的本義與上下文、情境及文化來推敲。

隱喻的類別
TYPES OF METAPHOR

我把隱喻分成六類：死隱喻（dead）、老隱喻（cliché）、慣用隱喻（stock）、改寫隱喻（adapted）、新近隱喻（recent）以及原創隱喻（original）。以下我會分別加以討論。

死隱喻（Dead metaphors）

死隱喻，即一般人很難意識到的意象，通常是一些眾所周知的字，與時間、空間、身體的主要部分、一般性的生態特徵以及主要的人類活動有所關連：例如在英語中的 space（空間）、field（田地）、line（線）、top（頂端）、bottom（底部）、foot（腳）、mouth（口）、arm（手臂）、circle（圓圈）、drop（掉）、fall（落）、rise（起）等字。這些字是用來生動地表示某些概念；科學的語言也會用這些字來闡明或定義某些觀念。一般來說，死隱喻並不難翻譯，不過直譯常常行不通，所以要做些選擇。所以，在英文裡的 "(in the) field" of human knowledge 人類知識的「田地」（範疇），法文就不能用「田地」的意象，而要翻譯成 *domaine* 或是 *sphère* 。而英文的 at the bottom of the hill（山的底部），德文只有 *am Fuß des Bergs*（山「腳」）的說法。一些常見的人造物，像是 bridge（橋）、chain（鏈條）、link（環），在某些文本裡也算是死隱喻，通常直譯就可以了。一般性的文字在特定文本裡可能會有特別的意義，像是 dog（狗）、fin（鰭）、element（元素）、Jack（人名，如中文的「張三李四」），這些字在翻譯成外語時往往會有意外的效果，而且它們非常棘手與惱人，因爲它們有時候在主要意義之外，還帶有其他的意義。記住貝羅克（Belloc）的忠告（雖然說的是實話，但我們也不用看得太認眞）：每個字都要查，尤其是你以爲已經知道的字——現在我要幫貝羅克補充一下：先查單語的字典，然後再查雙語的百科辭典，而且要記住，許多語言會把機構用語的首字母大寫「去掉」，寫成小寫。

最後要注意，死隱喻可以再復活，至少在英文是如此；這種情況有時會出現在換喻詞裡，藉由轉換成片語而改變，所以在翻譯的時候要加以解釋。

老隱喻（Cliché metaphors）

這類的隱喻因爲用了太久而失去了原來的效果；常在情緒上用來取代清楚的概念，雖有情緒效果，但脫離事實。例如這段話：The County School will in effect become not a *backwater* but a *break through* in educational development which will *set trends* for the future. In this its *traditions* will help and it *may well* become *a jewel in the crown* of the county's education.（這所郡立學校絕不會成爲*一灘死水*，而將會在教育發展上有所*突破*，引領未來的*風潮*。其傳統將爲其增色，讓她成爲本郡教育*最亮的一顆明珠*。）這是節錄自一篇華而不實的社論，因此是呼籲類的文本，翻譯時（假設是爲個人客戶而翻）就要保留這一連串的陳腔濫調；如果這是政治演說或任何權威式言論的其中一段，也一樣要保留陳腔濫調。

然而，在不具名的文本裡，即事實或理論爲重點的資訊類文本，或者是在公告、說明、宣傳品等文本，譯者和作者一樣都要迎合讀者時，就應該避免任何的陳腔濫調（不管是字詞搭配或者隱喻）。可用的方法是譯出老隱喻的語意，或者以比較不那麼晦暗的隱喻來取代，例如 a politician *who has made his mark*（一個闖出名號的政治家）可以翻成 *ein profilierter Politiker*（一個有名的政治家）。要表達 use up every ounce of energy（用完每一盎司的精力）可以有很多種方式，包括將隱喻化爲簡單而更有效的意義，例如 *tendre ses dernières énergies*（使出最後的力氣），而你要同時考慮到翻譯的精簡以及文本的性質。要記住，確定沒有疑義的時候，文化對等語彙（像是 every *ounce* of energy）會比功能對等語彙（如 *grain d'énergie*[2] 每一點的精力）有更強的情感作用。如果不能確定文化對等語彙可以用，我會把老隱喻或者明喻的語意直接翻出來，或者至少翻成死隱喻：把 rapier-like wit（像劍一樣的機智）翻成 *esprit mordant*（刺人的機智）或 *acerbe*（刻薄的）。翻譯時，許多在翻譯原則邊緣所做的決定，通常是直覺的。

老隱喻和慣用隱喻有重疊的部分，這要靠你來分辨。如果是翻譯資訊類文本，這樣的分辨能力就很重要。依上下文的不同，同一個隱喻可能是「老隱喻」，也可能是「慣用隱喻」。

慣用隱喻或標準隱喻[3]（Stock or standard metaphors）

我對慣用隱喻的定義如下：在非正式的文本裡，能夠有效並精準地傳達實質或心理上的訊息，不管是在指設層面或語用層面。慣用隱喻有種特別的親切感，而且還沒有因爲過度使用而削弱其功效。（你可能會注意到，我並不喜歡常用的隱喻、常用的字詞搭配或者寒暄語，但我得承認這個世界少了它們將無法運轉——它們給輪子上了油[4]。）

慣用隱喻有時候不太好翻譯，因爲在 TL 中，與它們相對應的隱喻可能已經過時了、不自然了，或者成爲另一個社會階層或年齡層的用語了。如果你覺得這個慣用隱喻不太自然，即使字典裡有這樣的用法，也不要用。

翻譯慣用隱喻的第一步，也是最讓人滿意的手法，就是在 TL 裡重現一樣的意象。前提是使用頻率與時代性能夠切合 TL 的語域，譬如 keep the pot boiling（讓壺裡的水繼續燒著，意即維持生計），法文可以

2 中文可能會用「每一滴的精力」，但這樣翻譯又帶進了中文的隱喻系統（水滴的比喻）。

3 類似於中文的四字成語。

4 原文 oil the wheels 是慣用隱喻，意思是讓事情順利進行。法文 *mettre de l'huile dans les rouages*（給齒輪上油）意思一樣。

很自然地翻譯成 *faire bouillir la marmite*（讓大壺裡的水繼續燒著）。這樣剛好的例子，在延伸的隱喻中比較少見（在英德間的翻譯裡可能比英法間的翻譯多一些），在單詞的、普世的隱喻中比較多，例如 wooden face（木頭臉——面無表情），法文也有一樣的隱喻 *visage de bois* ；英文的 rise/drop in prices（價格的攀升／下跌），法文中有一樣的 *la montée/la baisse des prix* ，德文也有一樣的說法 *die Preissteigerung/-rückgang* 。

如果文化之間有重疊的部分，就可以把象徵或換喻詞直接譯出，譬如把英文裡的 hawks and doves（鷹派與鴿派）直接翻成法文的 *faucons et colombes*（鷹派與鴿派）或德文的 *Falken und Tauben*（鷹派與鴿派）。很多動物都可以直接翻譯，但有時要小心，例如龍在西方有負面意義，在東方卻是正面的象徵。感官是由器官來做象徵，像是用顎來象徵味覺，英文的 palate 、法文的 *le palais* 和德文的 *der Gaumen* 皆如此。非文化性的諺語也可以直譯其意象：英文說的 all that glitters isn't gold（發亮的未必全都是金子）可以直譯爲 *tout ce qui brille n'est pas or* 。

不過在翻譯慣用隱喻時，還有個更常用的方法，就是用 TL 語域裡合適且使用頻率差不多的意象來取代 SL 的意象。這種轉變意象的情形在單字隱喻中並不多見，例如 a drain on resources（耗盡資源）在法文中可以翻譯成 *saignée de ressources* ，把本來排水（drain）的意象，轉變成流血（*saignée*）的意象，這說不上是精準的翻譯；英文中的 spice（香料——指「刺激」）在法文中改成用 *sel*（鹽）來象徵。然而延伸的慣用隱喻就常常改變意象，尤其是在某些帶有文化意味的諺語裡，譬如 that upset the applecart（打翻一車子蘋果——壞了大事）轉變成 *ça a tout fichu par terre*（全灑在地上了）。這些例子是慣用隱喻翻譯的特徵，常常失去等效的正確性。英文的說法介於非正式用語與口語之間，強調一種平衡的破壞；而法文的說法更口語化，情感更有力，強調的是混亂局面。

如果隱喻的出處相同，那麼等效的效果更好。例如出自撲克牌的隱喻：hold all the cards（牌都在手上——掌握大局）可以翻成德文的 *alle Trümpfe in der Hand halten*（王牌都在手上）或法文的 *avoir tous les atouts dans son jeu*。注意：法文與德文保留了相同的意象（王牌），所以更爲強烈。

英文的典型文化隱喻往往出於板球，例如 keep a straight bat、draw stumps、knock for six、bowl out、bowl over、on a good/sticky wicket、that's not cricket、I'm stumped、field a question。注意這些隱喻都非常文雅，都是受過教育的中產階級份子使用的，所以你在翻譯時要小心，別把它們翻得太白話或太強烈。

要精確翻譯慣用隱喻，就必須沿用意象，同時用已經約定俗成的搭配字詞（例如 widen the gulf between them 翻成 *élargir le gouffre entre eux, die Kluft erweitern*）。如果你自己創造一個新的意象，不管在目標裡看起來有多好，這個隱喻的意義就不一樣了，而且通常語氣也會改變。因此，*des tas de nourriture*（成堆的食物）也許是 heaps of food 的精確對等詞；而 tons of food 或 loads of food 也可以翻成 *des tas de nourriture* 或 *un tas de nourriture*，不過 loads 的語氣比 heaps 還重一點，tons 又比 loads 再重一些（視想像中的語氣強度來決定）。這些額外的元素無法用幾個字詞搭配就能有效地翻譯出來。翻譯成 *grand tas*（大堆）沒什麼幫助，因爲 *grand* 並沒有參照的標準，所以在上下文的其他部分可能就要做些調整，可能會欠額翻譯。翻譯時千萬要小心，別在某個細節翻得太過，產生不必要的意義，讓整體翻譯失去了平衡。什麼都有可能重現，即使是音效也有可能，只是可能要犧牲譯文的精簡程度。

同樣的原則也適用於翻譯慣用隱喻的第三種手法，即只翻譯出語意或照字面翻譯。但是，如此一來，不只語意的元素會或增或減，在情感或語用層面的力道也會減損。因此，像 I can read him like a book（我可以把他當書來讀，指「我對他瞭如指掌[5]」）這個隱喻要是翻成 *ich kann ihn wie in einem Buch lesen*（我可以讀懂他，就像讀一本書一樣），隱喻的功能就會減半，變成明喻了；法文翻作 *je sais, je devine tout ce qu'il pense*（他在想什麼我全都知道）只有概括的意義，而整個翻譯的重點則從閱讀的整體動作轉移到對內容的理解。即使英文裡這個隱喻是慣用隱喻，還是有令人驚異的可取之處，比較起來，法文版本就普通多了。再舉個例子， a sunny smile（陽光般的笑容）可以翻成 *un sourire radieux*（光芒四射的笑容，它本身幾乎就是個隱喻了），或翻成 *un sourire épanoui*（如花綻放的笑容），但兩種譯法都缺少了英文隱喻的熱情、亮度及吸引力。在慣用隱喻的成分分析中，每個細節的「細緻度」或程度與深度，都取決於你在文本中如何判定它的重要性。有時用同義字就可以了：把 *Notre but n'est pas de faire de la Pologne un foyer de conflits*（我們的目的不在於把波蘭變成火爐）可以翻譯成 It isn't our purpose to make Poland into a centre (source, focus) of conflict ，不翻出「火爐」的意象。

對於 *visiblement englué dans la toile d'araignée des compromis et des accommodements*（顯然身陷於妥協和適應的蛛網當中）這種隱喻，你可能想很生動地翻譯成 visibly ensnared in the spider's web of compromises and accommodation ，不過如果是出現在資訊類文本裡頭，爲了避免過度華麗與顯眼，你可以翻成低調一些的 clearly hampered by the tangle of compromise he is exposed to（因爲糾結的妥協而動彈不得）。再舉個例子， *il a claqué les portes du PCE*（他甩上西班

5 但「瞭如指掌」又是中文的慣用隱喻。

牙共產黨的大門）可能是 he left the Spanish Communist Party（他脫離西班牙共產黨）、he slammed the door on the SCP（他關上西班牙共產黨的大門）、he refused to listen to the SCP（他拒絕聽從西班牙共產黨）或 he rebuffed the SCP（他抵制西班牙共產黨）。像 *claquer*（關門）這個字，可以從指涉層面（斷然離開、突然離開）或語用層面（盛怒、甩門、發出巨響），以及上下文之外或上下文之內等角度來解釋，同時也取決於譯者個人追求的是指涉層面的正確性，還是語用層面的精簡度。

另外你也要記住，將慣用隱喻轉換成語意，可能會讓一項原本有某種偏見的陳述變得較爲明顯、明朗而刺眼。譬如下面的例子中，法文並沒有隱喻上的對應詞來翻譯英文 redundancies 這種政治性的婉轉說法，英文中說 In spite of many redundancies, the industry continues to flourish（雖然有精簡人事的情況，該產業仍持續成長），法文譯作 *Malgré les licenciements (Entlassungen), la mise en chômage de nombreux employés, cette industrie n'en est pas moins en plein essor*（儘管解雇了相當多的員工，該產業仍大步躍進）。慣用隱喻往往用來避免直接說出任何帶有爭議的主題或者某些文化中的禁忌，因此與死亡、性、排泄物、失業等密切相關。它們是用來美化事實的最好工具。無可避免地，某些慣用隱喻轉換成語意之後，意義會變得較爲粗糙，譬如法文的 *disparaître*（消失）是死亡的委婉說法，如果直接翻譯成死亡，感覺就比較突兀：*si je venais à disparaître* 比起 if I were to die 婉轉得多。

翻譯有時還是可以把意象保留住（或者轉換成明喻），再添加語意的成分。這是個妥協的手法，讓內行人可以領略到隱喻的情感及文化效果，而外行讀者也可以從解釋中理解語意。例如 *il a une mémoire d'éléphant*（他有大象的記憶，指他的記憶力非常好）翻譯成 He never forgets–like an elephant（他什麼都不會忘記，就跟大象一樣）；而 *Il marche à pas de tortue*（他以龜步前進）翻成 He's as slow as a tortoise（他走得像陸龜一樣慢）。這種作法（有時稱作「莫札特法」，因爲同時要滿足內行人與外行人[6]）特別適合用在含有人名典故的慣用隱喻或原創隱喻上，例如 *un adjectif hugolesque*（雨果式的形容詞）翻譯成 a resounding（根據上下文而定）adjective, such as Victor Hugo might have used（響亮的形容詞，就像雨果會用的那一種）。如果這個人名的隱喻太罕見，或者隱喻的意象與古典文學有關，年輕一代的知識份子可能不了解，那麼也許只好把它轉換成語意了，例如 *victoire à la Pyrrhus*（皮洛士的勝利[7]）省略典故，翻譯成 ruinous victory（付出慘重代價的勝利）；*c'est un Crésus*（他是個克利蘇[8]）翻成 a wealthy man（他是個有錢人）；*le benjamin*（便雅憫[9]）翻成 the youngest son（最小的兒子）。但要不要省略典故，還是要看這個意象在 SL 文本的重要性，以及 TL 文本的目的而定。

在「不具名」的文本中，累贅的慣用隱喻可以省略。我不覺得 sharp, razor-edge wit（鋒利如剃刀的機智）非要翻譯出剃刀不可。

反過來說，把語意轉換成慣用隱喻，在文學性文本中比較容易見到，但這是不應該的[10]。資訊類文本比較有理由這樣做，尤其是從較正式的語言翻成較不正式的語言，或者要讓文風變得比較生動時可以如此。

這種手法用在動詞上會比用在名詞或形容詞上適合，因爲動詞的隱喻變體，像是 tackle 、 deal with 、 see 、 go into 、 take up 、 look

6 因為莫札特的音樂是出了名的雅俗共賞。

7 西元前三世紀伊底魯斯國王，以慘重犧牲取得對羅馬的軍事勝利。

8 西元前六世紀小亞細亞利底雅國國王，以富裕聞名。英文拼法為 Croesus 。

9 典出聖經創世紀 43 章。

10 以中文的情況來說，就是翻譯小說等文學作品的時候，不該用四字成語，尤其是有典故的成語。

into 等，並不會像其他種類的隱喻那樣明顯[11]。

改寫隱喻（Adapted metaphors）

碰到改寫的慣用隱喻，翻譯時最好要找到等效的改寫隱喻來翻譯，尤其是在「神聖的」文本中，譬如雷根總統的文本（如果照字面翻的話，幾乎是無法理解的）。因此 the ball is a little in their court（球有點在他們的場上）翻成 *c'est peut-être à eux de jouer*（也許輪到他們來發球）；sow division（種下分化）也如實翻成 *semer la division*（種下分化，事實上是正式且自然的法文），而在其他情況中，則要轉換成語意，例如 get them in the door（讓他們進門）翻成 *les introduire*（接納）或 *faire le premier pas*（邁出第一步）；outsell the pants off our competitors（賣得太好，連對手都賣到脫褲子）則翻成 *épuiser nos produits et nos concurrents*（把我們的產品和對手的產品都賣完了）。翻譯這些「神聖」文本的困難之處，就在譯者知道這些文本並不是原來的作者所寫[12]，而想要翻譯得比原文更漂亮。

新近隱喻（Recent metaphors）

我指的是在 SL 中迅速蔓延的新隱喻，而且通常來源不明。如果這個新近隱喻指的是新的對象或事情，那麼它就是個換喻詞，否則它可能只是一個隨著時間演變而不斷「更新」的隱喻，所指的東西是以前就有的，譬如：fashionable（流行的），現在會用 in 或 *dans le vent*（在風中——合乎潮流）；having an orgasm（達到高潮）現在流行的說法是 making it 或 coming 等等[13]。

---

11 這是因為許多動詞片語已經用得太多而變成死隱喻的關係，一般讀者感受不到隱喻的存在。

12 意思是政治人物的稿子是幕僚寫的。

13 例如中文現在流行用「辦事」、「炒飯」來指涉性愛就是第二類新近隱喻：指涉是舊的，隱喻是新的。

如果新近隱喻指涉的是新的東西或新的事情，翻譯原則就跟翻譯其他新詞一樣，但要特別注意其指涉對象的「可輸出性」以及語言的層次。像 head-hunting（獵人頭）這種新隱喻可以照字面翻譯成 *chasse aux têtes* ，只要確定讀者可以掌握語意。 greenback（綠鈔）在美式英語中可作爲美金的同義詞，最近也進入英式英語了。 Walkman（隨身聽）這個字本來是商標，翻譯時也要試著除去其商業性質，翻譯成 *transistor portatif*（可攜帶收音機）。

原創隱喻（Original metaphors）

我們現在來討論原創隱喻；這是由作者創造或引用的隱喻。原則上，在權威及表述文本裡，譯者應該照字面將這些隱喻直譯出來，不管它們是普世的、文化的、還是個人獨創、語意不明的。我把這視爲原則，因爲原創隱喻（以最廣義的角度來看）：（a）帶有原作者要傳達的重點，不管是他的訊息、他的個性、他對生命的看法或他的觀念；這些都或多或少帶有文化的因素，但還是要完整精確的直譯；（b）這種隱喻是讓 TL 更形豐富的來源之一。蒂克與施萊格爾[14]翻譯莎士比亞的劇作，大大豐富了德文的詞彙，不過他們還是省略了很多原本可以照搬到德文的隱喻。又譬如歐文[15]寫的 We wise who with a thought besmirch Blood over all our soul（我們這些聰明有想法的，用鮮血污了我們的靈魂[16]）；邦克[17]翻譯成： *Wir weisen, die mit einem Gedanken Blutbesudeln unsere Seele* 。不管這個翻譯是什麼意思，譯者只能跟著原作的文字走，因爲有格律限制。這樣的隱喻實際上就是照字面翻譯，

---

14 Tieck 和 Schlegel ，前者是十九世紀德國文學批評家及譯者，編輯後者翻譯的莎士比亞。

15 Wilfred Owen ，二十世紀初期的英國反戰詩人。

16 原註：出自'Insensibility'一詩。

17 Gunter Böhnke ，萊布尼茲大學教授。

而英文讀者和德文讀者在解讀時也可能會遇到相同的困難。然而，假設你並不是很了解某個原創的文化隱喻，這個隱喻也不太重要，你可以用描述性隱喻來取代，或者譯出語意即可。渥夫[18]的 Oxford, a place in Lyonnesse（牛津，一個位於雷昂尼斯[19]的地方）可以改成 Oxford, lost in the mythology of a remote, vanished region（牛津，消失在一個遙遠而不復存在的神話中），甚至把雷昂尼斯改成 Atlantis（亞特蘭提斯）也無不可。

最後，我要討論一下不具名的非文學文本中出現的創新或奇特隱喻。贊成照字面翻的人主張這些隱喻還是能夠吸引讀者興趣；而反對的人則認爲這些隱喻會與文本風格不一致。在一篇經濟學者的文章裡有這麼一段：*Quelque séduisante que puisse être une méthode, c'est à la façon dont elle mord sur le réel qu'il la faut juger*（Lecerf）（無論一個工作方法多有吸引力，終究還是要看它在現實中是否能咬得住），可以直接翻譯成英文 However attractive a working method may be, it must be judged by its bite in real life ，因爲這和《經濟學人》或德國《明鏡週刊》（*Spiegel*）的風格差不多。我們也可以把「咬住」這個隱喻翻譯成「事實上的影響力」，或者簡單說「實際效用」。在我看來，譯者要先觀察這種隱喻在整體文本中的數量及變化，才能決定要如何處理。

再舉一篇典型的《衛報》（*Guardian*）社論爲例：這篇談論國家煤礦公司罷工的文章裡充滿了豐富的隱喻，翻譯成歐洲其他語言時，可能就很難看到這些隱喻了，除非翻譯的目的就是爲了展示這種豐富性。 a ton of enforced silence was dumped on Mr. Eaton（一噸不得不然的沉默傾倒在伊東先生的頭上）可能只剩下 Mr. Eaton made no more

18 Evelyn Waugh，二十世紀英國小說家。

19 凱爾特神話中沉入海中的數個神祕國度之一。由於亞特蘭提斯也是傳說中消失的帝國，而且更廣為人知，所以可以代換。

statements（伊東先生不再發言）；dribbling offers, and trickling talks（一點一滴的解決方案，一點一滴的會談）可能變成 insignificant offers and slow talks（解決方案微不足道，會談緩慢）。但這樣的翻譯讓原文隱喻裡的生動、風味及音效都流失了。（隱喻及音效的關係密切，不過常常在翻譯過程中被犧牲掉；隱喻只能從視覺上喚起聽覺、嗅覺、觸覺等感受。）

在大部分資訊類文本裡的原創或奇特隱喻，都可以用各種不同手法來處理，端看譯者要強調語意或意象而定。而在表述類或權威類文本的翻譯，自由度就狹窄多了，通常必須從語義的角度來翻。

然而，原則上，除非照字面的翻譯「可行」或者是必須的，否則任何隱喻的翻譯即爲所有翻譯的縮影，因爲它總是提供選擇，讓譯者決定走向語意或意象；譯者可以改變其中之一，也可以將兩者結合。而這些都要根據上下文各種因素而定，當然還要看隱喻在文本中的重要性如何。

第 11 章

語義成分分析在翻譯的應用

The Use of Componential Analysis in Translation

引言

INTRODUCTION

語義成分分析（CA）在翻譯上的用途不同於語言學。在語言學，語義成分分析指的是將單字的意思，分析或分割成各種語義成分，這些成分可能是普遍的，也可能不是。在翻譯學，其基本程序是將 SL 單字與意義相似、但非一對一對等意義的 TL 單字做比較，以顯示出共同的語義成分與不同的語義成分。通常 SL 單字的意思比 TL 單字更明確，譯者必須添加相對應的語義成分，才能更貼近原意，例如：

stürzen ＝掉落（to fall）（＋突然地＋重重地＋指重要的人物或事物）
élancé ＝纖長（slender）（＋長的＋優雅的＋指涉物品）
portière ＝門（door）（＋火車車廂的門或車門，並有窗）
pruneau ＝子彈（bullet）（＋俚語）
pleurs ＝淚水（tears）（＋「文雅的」風格）
gawky ＝笨拙的（*gauche*）（＋笨拙的＋可笑的）

詞彙單位的語義成分可能是指涉的或語用的。整體而言，SL 單字指涉對象的構成、形狀、大小和功能，可能和 TL 單字不同；另一方面，語用差異包括文化脈絡、聯想、使用頻率、時期、社會階級、正式程度、感情色彩、普遍性或專業性，以及聲韻的效果，例如擬聲詞、重複的音素或聽起來別有意味的子音串。

像「椅子」（chair 、 *chaise* 、 *Stuhl*）這種字彙，只有指涉的語義成分，語用上是「中性的」；但是 jolly good 的 jolly 則以語用成分爲主，強調中產階級色彩，法文譯成 *drôlement*（特別的，出奇的）顯得過度，德語譯成 *ganz*（相當）卻又顯得不足，而且法語和德語都無法反映社會階級的含意。

語義成分又稱爲語義特色（semantic feature）或是義素（seme），不要把義素跟詞的一個完整意義搞混。分析任何一組相似的 SL 和 TL 單字，都會顯示一些共同成分和獨特的指涉成分。許多字也有補充的、比喻的或技術的成分，在特定上下文中會凸顯出來，例如，騾子就具有頑固、固執的比喻成分，而像旋壓機這個詞，技術成分最爲重要。比較普遍的成分有時是相對的，如「±年輕」、「±長」、「±大聲」等等，它們屬於「向度」（dimension）的分類，如「年紀」、「長度」、「聲音」等等，或者人造物的的分法，如：「±有腳」、「±棉製」等等。翻譯時，唯有以語義成分分析辨別一組 SL 同類詞彙時，“±”的兩極區分才有意義，如下面這三個同類詞的分析：

	材質（絲／棉）	長度	光澤	柔軟度
velvet（天鵝絨）	+	-		
plush（厚絨布）	+	+		+
velours（絲絨）	+		+	

在語義成分分析裡，字詞的各種單一意義必須分別分析，儘管這些意義通常是相關的。

如果 SL 字詞跟上下文的關係不大，譯者或許會發現抽離文本脈絡的語義成分分析很有用，或許可以藉此確立 SL 字詞的語義範圍；例如 *fastueux* 意思是「講究排場的」，也許能夠引申爲「奢華」，但又沒有「浪費」的意思。不過譯者通常都會依上下文來分析語詞，因此只取詞的一個意義，而限制 TL 語義成分的選項。通常，他只會針對文本內一個重要的、一對一翻譯時無法足額翻譯的詞進行分析。如果詞的重要性不大，他通常會直接套用 TL 的同義詞，如英文的 kind ，用法文的 *gentil* 或德文的 *gütig* 來翻譯。

語言學中的語義成分分析通常以樹狀圖（針對單字）、矩陣圖或向量圖呈現。在翻譯學裡，矩陣圖適合分析 SL 的詞彙集合，向量圖適合分析 SL 序列詞彙，不過，大多數的語義成分分析都能用等式呈現（如 156 頁），或是在心裡推敲。平行的樹狀圖很適合用於呈現詞彙缺口。（見圖 5 到圖 8）

若翻譯是將兩個語言社群共同的語義成分做規律的重組（這個定義幾乎是不可挑戰），那麼語義成分分析的價值就很明顯了。不僅如此，語義成分分析超越了雙語字典，所有語義成分分析的基礎都是 SL 的單語字典、 SL 的母語人士，以及譯者對自己母語的了解。翻譯上使用語義分析的唯一目的，是達到最佳的正確度，但不可避免地會犧牲精簡性。然而，這個技巧遠比重述或定義更爲精確，限定效果更強。在進行分析時，你可依重要順序找出詞的特性。

圖 5　向量圖（依照從小到大的順序）

英文	德文	法文	（參考中譯）
hillock	*Hügel*	*coteau*	坡
hill		*colline*	山丘
mountain	*Berg*	*montagne*	山

（續下頁）

英文	德文	法文	（參考中譯）
hamlet	*Weiler*	*hameau*	村落
village	*Dorf*	*village* *bourgade* *bourg*	村莊
town	*Stadt*	*ville*	鎮
city	*Grosstadt*	*grande ville*	市
	Stadt mit Bischofssitz	*ville épiscopale*	

英文	德文	法文	（參考中譯）
tone	*Ton*	*ton*	聲調
sound	*Laut*	*son*	聲音
	Schall		
noise	*Klang* *Geräusch* *Lärm*（口語）	*bruit*	噪音
din（口語）		*vacarme*（口語）	喧鬧 吵死了（口語）

圖 6　等式圖

Ton	＝聲音（±人、－震動、－大聲、－長時間）
Laut	＝聲音（＋人、－震動、－大聲、－長時間）
Schall	＝聲音（－人、＋震動、＋大聲、＋長時間）
Klang	＝聲音（－人、＋震動、＋大聲、＋長時間）

圖 7　矩陣圖

	個別的義素					
	能坐的	有腳	一人座	有靠背	有扶手	木質或金屬材質
canapé 長沙發	+	+	−	+	±	+
fauteuil 扶手椅	+	+	+	+	+	+

（續下頁）

	個別的義素					
	能坐的	有腳	一人座	有靠背	有扶手	木質或 金屬材質
chaise 椅子	+	+	+	+	−	+
tabouret 凳子	+	+	+	−	−	+
siège 座位	+	+	±	±	±	±
pouf 軟墊	+	−	+	−	−	−

圖 8　平行樹狀圖

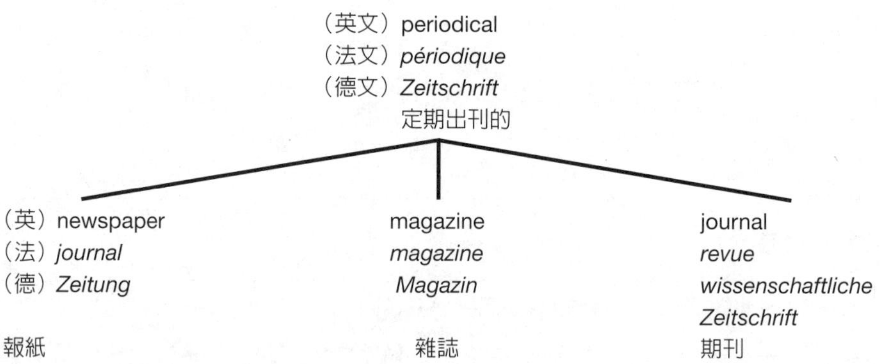

詞彙

LEXICAL WORDS

語義成分分析最明顯、最重要的用途，是處理具有多種特質或結合動作和特性的詞，而且這些詞轉換到 TL 時，會出現詞彙缺口，如英文的 quaint、gawky、murky、loiter、hop、sleazy、dingy，法文的 *rêche*、*renâcler*、*bourru*、*relais*、*filière*、*braderie*、*bricoleur*、*moche*，德文的 *düster*、*bunt*、*knapp*、*schroff*、*pochen*、*knistern*、*Prunk*（這些詞之所以「不可譯」，是因爲它們沒

有明顯的一對一翻譯。）

注意，這些詞有許多詞源不明，或是跟另一個語言的相對應詞沒有關連，但也有少數詞是「僞」同源字。有許多 SL 字詞確實可以透過語義成分分析，與同源的 TL 字詞做對比，但是這只能在有上下文的情況下進行。這些同源詞的語義現在有靠攏的趨勢（如法文的 *contrôler* 與英文的 control 靠攏），語義成分分析或許能用來區分這些詞在上下文中的不同意義。在其他情況， SL 單字與非同源的 TL 單字會有相同的語義成分，反而同源的 TL 單字，意義與 SL 不同或不是主要意義：例如，法文的 *actuel*（現在的、當前的）與英文的 present day 非同源而有共同語義成分；而英文中同源的 actual 則有不同的主要語義。

雖然這些僞友不是文化詞，有些譯者還是想在翻譯時直接借用外來語，因爲這些詞似乎會帶來個別的感受。不過，由於這些字詞表達的是普遍特性，所以還是應該翻譯而不該借用外來語。

聲音成分的語用效果特別適用於德文詞（俄文詞大概也適用），因爲德文具有強烈的聲音元素： *klopfen* 、 *pochen* 都有「敲擊」的意思，在文本上下文之外，它們的差別與發聲的差異有些許關連，*pochen* 的使用頻率也比 *klopfen* 低。在某些情況，重敲用 *klopfen* ，輕敲用 *pochen* 表示，但這多少是受主觀判斷影響。

對於語義成分分析如何使用，我以法文的 *blafard*（蒼白的、暗淡的）爲例，因爲在某些上下文中，一對一翻譯有欠額翻譯的問題。

Blafard 通常用 pale 來翻譯，在比較「典雅」的文本，可能會用 pallid 或 wan 來翻譯。 *Blaford* 的搭配詞通常是 *teint*（臉色）、 *teinte*（色彩）、 *couleur*（顏色）、 *aube*（黎明），補充此詞的意義元素爲：（1）黯淡的；（2）幾乎褪色；（3）不愉快的；（4）單調的。如果 *blafard* 這一詞很重要，或許可以翻譯爲蒼白的（pale）、黯淡的（faint）或灰白（unpleasantly pale），此時的搭配詞可能是色彩。

許多字典，即使是最佳的字典，不管是單語還是雙語的，通常都是列出同義詞，而非一一解釋詞彙的語義成分。柯林斯英法字典（Collins）對於 cringe（蜷縮）一詞的解釋爲 *ramper*（爬行）、*s'humilier*（自辱，卑躬屈膝）等。但 cringe 兼具行爲（「縮回」、「鞠躬」）和負面感受（「屈從」、「懦弱」、「羞怯」）的意思，翻譯成法文中性的 *reculer*（後退）就會不夠準確。

獨立於上下文之外時，許多性質或描述性的單字似乎有兩種比例相當的語義成分，例如，法文的 *épanoui* 同時有「煥發的、綻放的」和「喜樂的」兩義；德文的 *bunt* 同時有「明亮的」和「多色的」 兩義；英文的 bustle 有「忙亂」和「忙碌」兩義，使用頻率也差不多；但在與其他詞搭配時，其中一個成分就可能會比較凸顯，因此，要不要照顧到第二種語義成分，就要看此字在文本中的重要性而定。

許多字的語用意義成分，主要就在於會引起正面還是負面的聯想：因此，*maigre*（瘦、乾癟）、*befremden*（疏離）、brutal（殘暴）在翻譯時必須呈現出負面意義。英文的 favour（喜愛）是正面的，但法文的 *favoriser* 是中性的；*systématique*（官僚的、僵硬無彈性的）在法文中通常是負面的，在英文中， systematic（有系統的）通常是正面的。德文的 *phantasievoll*（想像的）如果是負面的，可以用 fanciful（空想的）來翻譯；如果是正面的，或許可以用 imaginative 來翻譯。

正式程度也可以視爲語用意義成分之一，例如法文的 *frangin*（哥兒）是非常口語的；英文的 tiny tot（小不點）是親密用語。

最後一個不可譯詞的例子是英文的 murky 。其在上下文之外的語義成分爲：黑暗的、多雲的、滴雨的、混濁的、下雨的、骯髒的、陰暗的、看不透的、濃重的、沉重的、陰鬱的，總是帶有負面的含意，例如《馬克白》裡就有 Hell is murky（地獄是陰暗濁重的）。 murky 通常與天空（晦暗的天空）、巷弄（黝黑的巷弄）、過往（不堪的過往）、霧（濃霧）搭配。全文的指涉和語用意義通常不會影響既定的搭配，選字倒是要考慮前後使用的詞彙（避免重複）和音調的影響。再者，murky 的意義部分已經涉入個人品味，因此不同的譯者可以選擇各式各樣的語義成分，因爲這個詞幾乎不可能在回譯測試時出現。

文化詞
CULTURAL WORDS

語義成分分析的另一個用途是翻譯文化詞和組織（institutional）用詞，因爲這些詞讀者可能會不懂。不管語義成分分析是用來補充固定譯法（除了最不正式的譯文之外，幾乎所有譯文都會使用的譯法）、外來語、功能對等詞還是文化對等詞，都會受三個因素影響：一、文本類型；二、讀者或客戶的要求，他們可能會忽略文本類型的一般特性；三、文化詞在文本內的重要性。以上因素會影響語義成分分析的詳細程度或是微妙程度，但分析時通常至少要包含一個描述性語義成分和一個功能性語義成分，因此：

法文的 *gîtes*：法國鄉村住宅（描述）／租給觀光客用的（功能）
德文的 *Konditorei*：咖啡店（描述）／販賣糕點（功能）
英文的 British Council：海外官方組織（描述）／推廣英語和英國文化（功能）

再者，原則上，每個例子的語義成分都是能彼此解釋或是無限的，只是重要性有所不同。這可適用於慣用隱喻和原創隱喻，因此，worn-out（衣物磨損、穿破了）這個隱喻可以分析爲：存在很久、時常使用、不再有用，其補充的語義成分爲：陳腔濫調、無趣、由平凡的詞構成、是庸俗的說話者所使用的等等。在 *Zeit ist Geld*（時間就是金錢）中，「金錢」的語義成分無限多，但重要性依序降低：（a）珍貴的；（b）具體的；（c）可衡量的；（d）可能貶值的。

同義詞
SYNONYMS

語義成分分析可以用於區分上下文之內的 SL 同義詞。這類同義詞通常只是用於強調，例如 worship and adore（崇拜與敬愛），可以用動詞加上加強語氣的副詞或副詞組來翻譯，如 *adorer avec ferveur*（熱切地崇拜）。再者，名詞同義詞有時會構成固定詞組，如 freedom and liberty（此詞組並用日耳曼語系的 freedom 和拉丁語系的 liberty），在翻譯時通常沒有必要用對等的並用詞組。但是，若有原創作家將同義詞組成詞組，譯者則必須嘗試做出相對的組合。例如：

Les courants marins relient ou enchaînent ce roc à la côte du Languedoc.
（海潮讓這顆岩石與朗格多克海岸「相連相繫」。）

（選自樊樂希 *Inspirations méditerranéennes*）

enchaîner（用鏈繫住）不僅與 *relier*（捆在一起）成對比，而且也強化 *relier* 的意思，而傳達出強烈的力道，儘管 *enchaîner* 在許多文本中是高頻率用詞，通常不會這麼有力。同樣地，譯者可能必須區別 appreciate（欣賞）與 value（重視）、assess（評估）與 evaluate（評價）、esteem（自信）與 prize（驕傲）等詞組的意義，儘管這些區分有很大程度是主觀的：

	個人滿足	看重	客觀	報告	推估
appreciate	+	+	+	−	−
value	+	+	+	−	−
assess	−	−	+	+	+
evaluate	−	−	+	+	−
esteem	−	+	+	−	−
prize	+	+	−	−	−

詞彙集合和詞彙序列

SETS AND SERIES

語義成分分析的第四個用途是：分辨 SL 同類文化詞彙集合或詞彙序列，原因是 TL 對等詞彙，雖然名稱相似，但功能性或描述性語義成分極爲不同。這種分析回溯到語義成分分析的起源，一開始語義成分分析關注的是相近詞彙，這些詞彙在開發中社會數量很大，最適合用語義成分分析法來描述。詳盡的語義成分分析能說明 *fauteuil*（扶手椅）不是 *chaise*（沒有扶手的椅子），英文 brown 不一定等於法文的 *brun*，還有德文中沒有 cattle 的準確對等詞等等。

下面舉各種類型的法國麵包當作文化詞彙集合的例子（詞彙集合沒有排序）：

	長度	厚度	長方形	圓形	地區流通度
baguette 長棍麵包	+	–	–	–	
ficelle 繩子麵包	(+)	=	–	–	
flûte 細長形小麵包捲	+	–	–	–	
gros 大塊麵包	++	+	+	–	
miche 圓形鄉村麵包	+	+	–	+	
boule 球狀麵包	+		–	+	(軍用)

譯者可以很快看過這些語義成分，以「條」(loaf) 爲範疇詞，與外來語搭配（或不搭配）[1]。有許多物品都能歸納出類似的詞彙集合，

1 這裡的意思是，loaf 只和長方形麵包（如土司）搭配，所以這些麵包中只有 *gros* 可以搭配，「一條葛洛斯麵包」就可以表明其形狀。

如啤酒、乳酪、釘子、窗戶、襯衫、顏色等等。

語義成分分析可以用來確立普遍詞彙、文化詞彙或層級詞彙的關係，如相近詞、等級、層級、地方政府的行政單位等等。例如圖 9 就是英語餐點的詞彙表。

圖 9　英語餐點詞彙集合

	時間	分類	區域	項目
英式早餐（Great British breakfast）	9:30 a.m. 之前	工人階級	英國	茶、咖啡、麥片、培根和蛋
歐陸式早餐（Continental breakfast）	9:30 a.m. 之前	中產階級	英國	茶、咖啡、土司
早上茶（coffee break, elevenses）	10-11 a.m.	全部	英國	咖啡、餅乾
早午餐（brunch）	11a.m.-12:30 p.m.	—	北美	熱食
午餐（lunch）	1-2 p.m.	中上階級	英國	熱食
午餐（dinner）	1-2 p.m.	工人階級 小孩	英國	熱食
午宴（luncheon）	1-2 p.m.	貴族	英國	熱食
午餐（snap）	1-2 p.m.	工人階級	北英格蘭	便當
茶點（tea break）	3-4 p.m.		英國	茶、餅乾
下午茶（tea）	4-5 p.m.	中產階級	英國	茶、麵包、果醬、蛋糕
晚茶（high tea）	6-7 p.m.	工人階級	北英格蘭	主食
輕晚餐（supper）	8-11 p.m.		英國	輕食
晚餐（dinner）	8-9 p.m.	中上階級	英國	主食

還有很多說法不在這個表裡面，包括兒童用語 brekkers（早餐）和澳洲用語 brakky（早餐）；中上階級的嬰幼兒午餐叫作 dindins；ploughman's lunch（農夫午餐）指的是在俱樂部吃的簡單午餐，包括麵包、酸菜、起司和啤酒；fork lunch（叉子午餐）是指以冷食爲主的自助式午餐，站著進食；wedding breakfast（婚禮早餐）是婚禮過後的早餐，有香檳；harvest supper（收成晚餐）是農作物收成之後在教堂大廳吃的晚餐；funeral meal（葬禮餐），愛爾蘭裔又稱之爲 wake（守靈餐）；Christmas dinner（聖誕大餐）通常是下午 1:00 到 3:00 之間，傳統上有烤火雞和聖誕布丁（用蒸的，味道很重，加有水果乾、香料、白蘭地奶油等）。

概念詞
CONCEPTUAL TERMS

翻譯概念詞的時候，語義成分分析加上格位語法（case grammar，詳見第十二章）分析相當有用。以 liberalism（自由主義）爲例，最明顯的語義成分爲個人自由，而政治光譜或左或右，都會加上其他的語義成分；國家或族群的道德態度或知識圈的看法也會影響語義成分，因此 liberalism 往往是最難以捉摸的詞。若概念詞成爲關鍵詞，也就是說它成爲專業的非文學文本的核心，最好在此詞第一次出現時，在註腳分析其語義成分，並不斷地在之後用到此詞時重複。因此，葛蘭西的 *egemonia* 可以翻譯成「霸權，指知識份子在國家制度中居文化領導地位，並建構共識，與政治領導和政治控制互補或對抗。」在此例子，語義成分分析幾乎等於定義，但是，對譯者來說，語義成分分析主要是分析 SL 單字與其最接近的 TL 對等詞彙之間的差異，這一點就跟定義不同了。

新詞
NEOLOGISMS

語義成分分析對於翻譯新詞也很有用。有些新詞指涉的是最新發明的東西或外來事物；有些則是突然出現的新表達方法，以某種正式或非正式程度來表達人類的思想和感受，填滿了原本的某個語彙缺口。不管是哪一種，都需要依重要性來排列語義成分。

在第一類裡面，以 *Waldsterben* 這個德文新詞爲例，意思是污染造成的森林枯死。雖然這個詞本身沒有包含因果關係的語義成分，但是只翻出 forest destruction（森林破壞）容易造成誤解，所以譯文最好點出因果關係。也許可以譯爲 forest acid death（森林酸死亡），如果未來「酸雨」（acid rain）一詞成爲普遍用法的話。在新事物中， SL 新詞可能是商標，語義成分分析只能作爲補充解釋之用，像 *Magnashield* 的意思就是「能減少散熱的雙層落地窗」。

在第二類新詞中，新片語的語義成分分析，如 get your act together ，呈現出四種語義成分：（1）協力的準備；（2）確保行動有效率；（3）暗示之前的混亂局面；（4）語用上屬於非正式用法。譯者在翻譯時，前兩種語義成分就已很棘手了，更別說第三種語義成分。不幸地，雙語辭典並沒有提供不同正式程度的對等詞。而語義成分分析可以照顧到語用意義，所以能確保譯者不是只有傳達新詞的表面意義，如 downer（鎮定劑）就是非常不正式的俚語。

詞的迷思
WORDS AS MYTHS

語義成分分析的最後一個用途，或許是分析已經成爲不可譯和文化意識象徵的詞，例如「麵包」之於法國人，「板球」之於英國人，「棒球」之於美國人，「義大利麵」之於義大利人，俄羅斯淡啤酒「克瓦斯」（*kvass*）之於俄國人。翻譯的「反對者」，如格雷夫斯[2]、奧爾特加-加塞特[3]和樊樂希[4]，認爲將法文的 *pain* 翻譯成 bread，將 *vin* 翻譯成 wine 等等，是「不可行的」。他們意識到 SL 字詞和 TL 字詞在感受和聯想上的差距，而且他們認爲這個差距是無法塡補的。但實際上，對它們的解釋就是翻譯。語義成分分析是嚴謹地分析指涉相同、但語用成分不同的詞，而不是提供兩種定義。假設英國和蘇聯版本的牛津當代英語學生字典對 capitalism 一詞的定義不同，譯者可能會先注意共同的實質或描述性語義成分：私人擁有生產工具；然後再注意到兩者不同的功能成分：在英國，資本主義是在競爭的環境下，讓人自由運用或管理資產的一種社會制度；在蘇聯，資本主義是人剝削人的基礎。

實際上，這兩種「合法的」國際資本主義定義，並未帶有特殊的英國特質或蘇聯特質，譯者的職責是指出此詞在 SL 文本的意義，語義成分分析則提供最完整的方法，幫助譯者做最貼切的、精簡的和必要的區別。

結論
CONCLUSION

我已經簡短地說明了語義成分分析在翻譯上的七種用途。我認爲語義成分分析能彈性且嚴謹地塡補語言之間的語言和文化詞彙缺口。當然，語義成分分析沒辦法達到完美的境界。語義成分分析爲了避免欠額翻譯（套用同義詞），會偏向超額翻譯。爲了追求正確性，它犧牲

2 Robert Graves，二十世紀英國詩人及小說家，曾翻譯《魯拜集》。

3 José Ortega y Gasset，二十世紀初期西班牙哲學家，著有 "*La Miseria y el esplendor de la traducción*"（〈翻譯的辛酸與榮耀〉）。

4 Paul Valéry，十九世紀末、二十世紀初的法國象徵派詩人。

了精簡，因此語用效果可能不佳，也容易讓人忽略（但是它通常比重述或定義更精簡）。在操作上，它之所以存在（跟翻譯一樣），是因爲人有普世的共通點，文化間也有共同部分；但在理論上，它並未試圖涉入哲學和語言學的辯論。許多人可能認爲這不過是常識，但我希望藉由我的說明，能呈現出許多方法和技巧，使讀者了解語義成分分析不僅是常識而已。

第12章 格位語法與翻譯

The Application of Case Grammar to Translation

引言

INTRODUCTION

文法是文本的骨架；詞彙是肉；詞組搭配則是連接肌肉的肌腱。文法讓我們對文本有大概的了解，並抓到各種基本事實：陳述、質問、請求、目的、原因、狀態、時間、地點、疑慮、感覺、是否為確定的事實等。文法指出一件事的人、事、時、地、原因及過程。詞彙所描述的則比較詳細確切：可以形容人／物（動態、靜態、抽象）、動作（過程與狀態）以及特性。簡單說來，詞彙就是名詞、動詞、形容詞與副詞。文法點明這些詞彙之間的關係，例如透過介系詞或代名詞指示時間或地點。

但文法與詞彙之間存在一個灰色地帶：介系詞片語和擬動詞（semi-verbs）。前者像是法文的 *au sein de*（在……之中），後者如 *je peux*（我想……也許）等等。韓里德[1]曾說過，詞彙開始於文法結束的地方，但我認為這兩者有部分是重疊的，就像大多數敵對的翻譯概念其實也有重疊的地方。自然的字序也屬文法，奇怪的（或「特別標示的」）字序則意在強調，但強調也可以用詞彙來表達，例如使用「正是」、「本身」、「實際」、「甚至」、「無疑地」等詞彙，以及最高級形容詞和標點符號（斜體、大寫、引號）。

[1] M. A. K. Halliday，系統功能語言學家。

身爲譯者，我們只注意文法能傳達意義這個功能。因此，布隆菲爾德[2]學派或「結構學派」的文法，包括哈里斯[3]，都與我們關係不大，因爲這些學派所注重的文法不考慮字義。而索緒爾[4]與杭士基[5]的文法，則是處理語言系統／語言（*langue*）或「能力」，而不是語言行爲／言語（*parole*）或「表現」。也就是說，他們處理的是語言的通則，而非實際的文本，在我看來，對譯者的助益也不大。我們是可以建立一套理論，從 SL 文本表面出發，穿過共通的深處，再抵達 TL 文本表面架構；但這多半只是學院裡的一種實驗而已。然而，奈達運用了轉換生成文法（transformational grammar），特別是在《探究語義結構》（*Exploring Semantic Structures*）一書中，富有洞察力地闡明了英文的奧妙之處，促進了優良的翻譯。自杭士基以降，強調言談分析與社會語言學的語言學，已經愈來愈向「眞正的」言語靠攏，而一些語言學家也變得「語義化」，或是賦予許多文法概念更新鮮、更接近的意義，例如格位語法。然而，大多數使用格位語法的翻譯論者，只關心每一種語言中參與者、過程及情況的正常順序，而非每種「格位」之間不同的結合效力。我認爲這樣的分析有其作用，但是用處是在對比語言學，而不是翻譯理論。

在這一章中，我想顯示格位語法[6]某些層面的知識；這些知識對於譯者來說或許是有助益的，因此可以構成翻譯理論的一部分。格位語

2 Leonard Bloomfield，二十世紀初期的美國語言學家，是美國語言學界結構主義的創始人，著有 *Language*（語言論）一書。

3 Zellig Harris，美國描寫語言學派的重要人物，是布隆菲爾德的學生，杭士基的老師，著重言談分析。

4 Ferdinand de Saussure，十九世紀到二十世紀初期瑞士語言學家，著有 *Cours de linguistique générale*（普通語言學教程），對符號學影響極大。

5 Noam Chomsky，麻省理工學院榮譽退休語言學教授，提出轉換生成語法理論。

6 原註：我覺得「格位語法」比「配價理論」（valency theory）或「依存語法」（dependency grammar）清楚易懂。不過，只要對譯者有用的部分，我都會納入我的廣義格位語法中。

法的重點是動詞與其搭檔之間的關係，所以我首先要討論的是動詞的翻譯，尤其是遺失的動詞；接下來我會指出和動詞關係密切的格位搭檔；最後我會談到和動詞「自由結合」的語義關係，也因此通常稱作「情境、間接」關係。

翻譯「遺失的動詞」（動詞力量）

THE TRANSLATION OF MISSING VERBS, I.E., VERBAL FORCE

我把格位語法定義爲一種工具，目的在於從一個句子、子句或沒有動詞的複合詞中，找出主要的動詞，或含有動詞力量的那個字；這個字可能是形容詞（例如 responsible）、副詞（例如 responsibly）、名詞（例如 responsibility）、集合名詞（例如 group）或普通名詞（例如 windmill 裡面的 wind ，因爲推動力是風）。而且這些動詞可能隱藏在一個名詞化的慣用片語中，如 *D'où la mise au point d'un dépistage systématique*（因此一個系統地篩選病人的單位就設置起來了），其中 *la mise*（設置）和 *un dépistage*（篩選）都是名詞型態。另外，也可能是以驚嘆號結尾的句子，或者以一個生動的名詞或副詞代替。像德國小說家亨利希．曼（Heinrich Mann）就喜歡用一連串沒有動詞的句子，英文翻譯很難達到相對等的效果：

原文：*Der Wagen entrollte dem Tor, und Diederich: Es lebe der Kaiser!*
（馬車迅速出了門，然後迪德里希：皇帝萬歲！）

英譯：The carriage bowled through the gateway and Diederich cried out: "Long live the Kaiser!"[7]

接下來，小說描述迪德里希看到柱子後面有個可疑的人正在藏什麼文件……

7 注意原文中迪德里希後面並沒有動詞，英文翻譯添加了動詞 cried out 。

原文：*Da aber Diederich!*（然而迪德里希！[8]）

這三個字可以翻譯成「但是迪德里希正在等著他」、「然而迪德里希突然現身」。出版的英文譯本翻成「迪德里希的機會來了」。（This was Diederich's opportunity.）

在這些例子中，由於原文爲了呈現一種突然、強烈的動作而省略動詞，因此譯者如果想要使用動詞，那麼他的選擇相當廣泛。譯者的選擇顯然會受到上下文的限制，但是上下文（不像明白寫出的字彙）的語義範圍通常是廣泛而非封閉的。動詞省略後，其語義就無可避免地有不確定性。即使原文省略動詞是爲了句構、風格或語用目的，但如果譯者認爲原文省略動詞的理由不適用在 TL 文本中，那麼就可以置入一個動詞。

我要說的是，有時候譯文必須增加原文沒有的動詞。除此之外，很多時候也可以發現，原文動詞的「溝通力」可以轉變成動名詞或名詞態動詞，以維持其格位的搭配[9]。像是翻譯 *l'inflation s'augmente* 時，述位翻譯成名詞的 there is a rise in inflation 或 inflation is on the increase，會比動詞組合 inflation is increasing 來得有份量。此處隱含的格位搭檔（價格、金錢）未必要寫出來，但有時必須加上。

有時「遺失的動詞」會以詞組、子句、句子呈現。因此，英文中這樣的說法 It's my hope 、 my belief 、 a matter for regret that，法文會還原動詞：*j'espère que* 、 *je crois que* 、 *je regrette*。有時德文中並沒有動詞的，翻譯成英文時反而要加上動詞，例如 *Die Schüsse auf den amerikanischen Präsidenten Reagan*（對美國總統雷根的那幾槍），翻譯成英文時要加上動詞 fire: The shots fired at President Reagan。要注意的

8 此例翻成英文是比較難，翻成中文倒是不難，因為中文動詞空缺的情況很常見，例如「好一個迪德里希！」就可以傳達了，不必要添加動詞。

9 原註：布拉格學派的費爾巴斯曾在許多論文中提過這個英文動詞名詞化的趨勢。

是，英文的標準用法（有動詞的）與非標準用法（往往沒有動詞，像德文的標準用法一樣）有很大的差別，所以德文的 *er will heraus* ，英文的標準用法是 he wants to get out of here ，非標準用法可寫成 he wants out 。

請注意，要從陳述句中「衍生」出遺失的動詞並不難，因爲相較於名詞，基本動詞的數量相當有限。名詞（也就是物體）的數量無限，但是要創造新的動詞，基本條件就是結合人類基本動作與新的物體。大多數的動詞都是由一個或多個具有幾種意義的要件組成的，例如 cause to 、 become 、 change 、 use 、 supply 等，都是結合一個物體或品質。在 First a flower, then a rose, then a dog rose 這個句子中，譯者不難依照上下文置入一個動詞。

我舉上述的例子來表示格位語法應用上最重要的層面，也就是譯者加入動詞。如果譯者進行的是「溝通翻譯」而非「語義翻譯」，那麼置入動詞就更自然了。但是如果動詞省略的風格效果無法在譯文中重現，就像亨利希．曼的例子，那麼就必須以「語義層面」介入。

格位缺口的翻譯

THE TRANSLATION OF CASE-GAPS

格位語法另一個或許較不重要，但更爲常見的層面，就是原文中的格位缺口。我以下面這句法文作爲例句： *Le profit ne peut provenir qu d'un progrès ou d'un effort pour résoudre une carence ou une inadaptation* (Lécuyer ， 1978)。（獲利只能來自於進步或努力提供短缺的或無法適應的）這個句子包含了五個明顯不完整的名詞態動詞：「獲利」、「進步」、「努力」、「短缺」、「無法適應」。事實上，每一個名詞態動詞都有幾個「遺失的」格位搭檔，其特殊內容或許能、或許不能在上下文中得到澄清：誰的獲利？誰的進步與努力？缺乏什麼？無法適應什麼？我們可能會這樣翻譯：Profit can come only from the progress that *a company has achieved* or from the effort *it has made* to make up for a shortage *in supply* or for a failure to adapt *to the economy.*（獲利只能來自於公司的進步，或努力彌補供應短缺、或無法適應經濟改變的商品）。我想說的不是我已經正確地填上了這些缺口，我只想說明一點，那就是大部分的譯者（或一般讀者）會很高興見到至少有一些缺口補上了。如果這一點能讓各位接受的話，我最重視的是這些缺口的重要程度，其次是它們的本質。

我參考赫爾比希[10]的三類格位搭檔（義務的、選擇性的、「自由指定」的），定義出四種格位缺口，重要性依序如下，而且可能會有所重疊：（1）強制的（必須補上的）；（2）隱含的；（3）選擇性的；以及（4）補充的。

一、強制的格位缺口（Mandatory case-gap filling）

這基本上是屬於句法的。譯者自動補上了這些格位缺口，可能是因爲目標語的句法所需，例如：

來源語—I give up

目標語—*j'y renonce*（補上受詞 y）

也可能是因爲 SL 的句子語意不清或不合語法。例如：

來源語—*Die Verhandlungen wurden abgebrochen und berichtet*（協商的破裂與回報）

目標語—It was reported that negotiations had broken down

10 Gerhard Helbig，德國語言學家，提出依存語法學的概念。

二、隱含的格位缺口（Implied case-gaps）

這對譯者來說是最重要的一種格位缺口：基本上這是語義的範疇，但是通常都因句法需要而必須補上格位缺口。例如「成長」、「要求」、「分配」、「投資」等，分別有「經濟」、「薪資」、「財富」、「資本」的強烈暗示，但未必要將這些詞補上。然而，如果是在醫學或地理的文本中，補上這些缺口則是必要的，例如 *Les défauts d'apport et les troubles d'absorption* ，可能是指吸收上的缺陷，即無法吸收（蛋白質），此時可能必須將「蛋白質」補上。。

舉例來說， to happen 和 to behave 就是兩種不同型態的隱含格位缺口。 to happen 通常隱含時間或地點，如果 SL 文本中出現缺口，必須由譯者補上。 to behave 隱含合宜的行爲舉止。如果 SL 文本出現缺口， TL 必須補上。例如：

來源語— Did you behave? [11]

目標語— *Tu t'est bien conduit?*（加入 *bien*）

表示時間長短、生活、居住、坐、站、存在、放置的動詞，全部隱含地點，因此屬於同一種類。在這個種類中，格位搭檔幾乎可以說是強制性的。翻譯 He went on and on 這句話，目標語必須要有一個額外表達時間的訊息 [12] 。這個種類在拉丁語系中，通常必須要由一個反身動詞來表達，如 *se tenir*（保持）。

還有兩種格位關係，在傳統文法中是屬性格位，格位語法中通常不會討論，但翻譯時其實往往也需要補上缺口，例如：

---

11 這在中文也屬於必須補上的缺口。中文無法翻譯成「你有沒有作為」，只能翻譯成「你乖不乖」，有點類似此處法文必須補上 *bien* 的情況。

12 例如中文翻譯可能是「他說個不停」、「他說了又說」、「他說個沒完」，都補上了時間訊息。

(a) *la croûte*（殼——在上下文中指地殼），翻譯時要補上「地球」，成爲 the Earth's crust ；*la crête*（冠——在上下文中指山脊頂部），翻譯時要補上「山脊」，變成 ridge crest ，此種格位缺口必須補上全部的指涉意義。

(b) *le groupe*（群——在上下文中指學生群），譯爲 student group 或 the group of students（一群學生），這兩個名詞（student 和 group）之間的關係是同位的（以……組成，屬於……）；韓里德等學者不討論「組成」、「屬於」這類動詞，因爲他們不想去「語意化」屬性格位，但是譯者必須說明這層關係。

屬性格位（所有格格位）及其諸多「變化形」，在格位語法中並沒有討論。這些變化形會改變此格位的意義，例如使用介系詞 of ——主詞、受詞、組合的（my brother's firm）、數量的（pint of milk）、構成的（rod of iron）、同位的（City of London）。因爲配價理論[13]假定所有格位都依存於動詞，因此不包括屬性格位的語義價值（文法上來說，屬性格位的語義價值依存於其名詞）；然而，在深層的結構中，屬性格位的語義價值其實還是依存於動詞，而且也不再以屬性格位出現。例如：

表層結構： the architect's house（建築師的房子）

深層結構：the house built/owned/mentioned by the architect（建築師建造／擁有／提到的房子）

這種分析也適用於單一或多個名詞複合詞。

顯然譯者比較關心來源語的屬性格位缺口。通常，受詞之後的名詞需要加在集合名詞後面，例如 group 、 party 、 number 、 variety 、

13 這是依存語法所提出的概念，分析哪些成分可以組配成合法的語義單位。

range 等等[14]。在一個法文醫學文本中，省略的敘述法例如 *les séries*、*le fibrinogène*、*la paroi*、*une chaleur locale*，翻譯時最好把缺口補上，譯成「**病患**群」、「纖維素原**方法**」、「**血管**壁」、「**局部地方**灼熱」。

三、選擇性的格位搭檔（Optional case-partners）

這些和語義及文體有關，譯者可以自由決定是否要補充這些資訊。這一部分要看是否符合語用，一部分要看必須說明到什麼地步，或想要表達的風格。要舉出一個好的例子必須從一大段文章來看。我們可以從 hinder（妨礙）、protect（保護）、threaten（威脅）、prevent（預防）、appoint（指定）、supply（供應）、give（給予）等等動詞來看，這些動詞全部都有一個強制的直接受詞（對象？目標？受動的？）搭檔，文本的其他部分也可能會提及、暗示或省略一兩個其他的搭檔。舉下面這個句子來說：「委員會指派史密斯先生」，指派的性質（例如指派爲教授）可能隱藏在文本其他地方；但如果上下文不夠清楚，則譯者可以選擇補上，譯爲「委員會指派史密斯先生**為教授**」。其他的格位搭檔，例如指派的時間、地點、持續時間、其他候選人的人數以及指派的目的（例如在哪裡教授什麼科目），如果已經在文本其他地方出現過，則不一定要補上。

四、補充的資訊（Supplementary information）

補充的資訊是「指涉的」，包含了文本裡面沒有的額外資訊，譯者可以選擇依據自己對於語境與文化背景的知識加以補充。因此，如果要以文化層面來解釋「喝茶」，那麼譯文就會出現補充的搭檔（加牛奶的茶、加檸檬的茶、搭配蛋糕等）。不過這種補充資訊不需要以「格位」的形式出現。

14 即 a group of ...、a party of ... 等等。

不同類型的格位搭檔
VARIOUS TYPES OF CASE-PARTNER

我現在列舉並簡單介紹幾個不同類型的格位搭檔。過去五十年來，一些語言學家主張，有關文法的術語，例如「主格」、「呼格」，「主詞」、「受詞」等等，應該只限於其句法功能，並應該提出一套語義的格位功能。例如韓里德的「施動者」(actor)、「工具」(instrument)、「受動者」(recipient)、「受益者」(beneficiary) 等等。但這些稱呼既不實用又不完整，我認爲譯者不能將自己限制在這麼有限的「缺口」中。譯者在遇到不完整的動詞、名詞態動詞、形容詞時，可能必須考慮到（按照可能的優先順序）：誰做了什麼、爲什麼、對誰做、用什麼做、如何做、什麼時候、在什麼地方？或是更詳細一點：誰爲什麼要對誰用什麼東西做出什麼樣的事，爲了什麼原因、出自什麼立場、以什麼方法、在什麼時間、什麼地點？當然，也有其他的缺口，受限於特定的動詞組合：「對抗」、「支持」、「投票給」、「到／從／去」、「有多久」、「逃離」、「在什麼之下」等等。

這樣的架構對譯者來說可能會過於廣泛而難以掌握。仿照菲爾墨[15]的方法，我們可以爲特定類型的動詞提出特定的格位框架。因此，以「保護」爲例：誰以什麼保護了什麼（誰），對抗誰（或什麼）的侵害（施事者—受事者—工具—敵對者）。在 SL 文本中，施事者和受事者是強制的，工具則是隱含的（也可能同於施事者），但是敵對者一定要很清楚；也就是說，TL 讀者有權利知道敵對者是誰，譯者必須提供資訊。同樣地，在菲爾墨所謂的「商業事件」中，如果甲以五塊錢向乙買了一打玫瑰花，或甲以五塊錢買了一打玫瑰花，或乙賣給甲一打五塊錢的玫瑰花，至少兩個動詞搭檔（誰「買」、「買」什麼）在所有的

15 C. J. Fillmore，美國語言學家，提出「框架語義學」(Frame Semantics) 理論。見書目 (1977)。

組合中都是強制出現，其他兩個（向誰「買」、「買」的價錢）則不一定會出現，而在 TL 文本的上下文中，可能還必須補上購買的地點、時間，以及幣值。（這些是泰尼埃爾[16]所謂的「間接」成分，而非「作用者」。）

最後，在與「招待」相關的動詞中，例如「邀請」、「歡迎」、「請求」，TL 讀者必須知道：誰邀請誰去做什麼（SL 文本在句法上不需要提供最後一項訊息，但應該在文章其他地方指明），也可能有權利知道時間和地點，而且如果場合超乎尋常，也有權利知道理由。因此，這裡就有兩個強制的（誰邀請誰）、一個隱含的（做什麼），以及兩個或三個選擇性的格位缺口需要補上。

我認爲要點在於「誰爲了什麼目的對誰做了什麼」，其中的「目的」連結該句與其前句，也是譯者可能必須提供的資訊（如果 SL 缺少這個資訊的話）。其他的缺口，若依照泰尼埃爾的說法，是由較重要的搭檔，也就是「作用者」來填充。主要的作用者（有生命的）有時候會遺失，例如：

原文：*Ce temps chaud invite à la paresse*（這炎熱的天氣邀來倦怠）[17]
譯文：In this weather I feel lazy

在上述例子中，譯者可能會覺得應該要清楚地表示主詞，即使依照原文翻譯並不是那麼困難[18]。

就我所見，最常遺失的格位搭檔是直接受詞，若用語義學的術語來說，就是直接受到影響的事物。在拉丁語中，有很多動詞如果沒有

---

16 Lucien Tesnière，法國語言學家，是現代配價語法的前驅。

17 比較自然的中文可能也要補入「人」，如「炎熱的天氣讓人發懶」。

18 中文詩詞翻譯成英文時，譯者也常面臨類似的情境。有些缺口比較容易補上，例如「今夕復何夕，（我們）共此燈燭光」；有些缺口則極難補上，例如「叢菊兩開他日淚」，究竟是何人之淚？有時譯者的決定會影響全詩的詮釋。

受詞的話，必須加 “*de*” 或 “*à* ＋原形動詞”，例如 *incite*（鼓勵）、*pousser*（推動）這類的字。翻譯時有兩種選擇，例如

原　文：*Une publicité tapageuse incite à acheter des marchandises même inutiles.*（大肆廣告鼓勵購買沒有必要的商品）

譯文一：Encourage by obtrusive advertising, we buy goods, even unnecessary ones.（補上 we ：鼓勵「我們」購買）

譯文二：Goods that may well be unnecessary are bought (by people) as a result of loud and showy advertising.（暗示 by people ：被人們所購買）

兩種譯法都把受詞改成了行動者。

不過，暗示的或選擇性的受詞最明顯的例子，通常是跟著名詞態動詞。名詞態動詞的風行也讓空話愈來愈多，似乎鼓勵省略大家都應該知道的受詞。

所有的名詞態動詞原則上都有四個意思；例如 establishment（建立）可以是一個主動過程（建立什麼東西），可以是被動過程（什麼東西正在被建立），可以是具體的結果（一個機構的建立），以及參與其中的地點和人員（例如一群有組織權威的人）。這四個意思促進相關格位搭檔的省略，以及增加新的相關意思，如 intervention（干預）和 indexation（物價指數制）等。還有另外一個趨勢是，在名詞態動詞和其他名詞有屬格關係時，省略主詞或受詞格位；例如 the creation of the world, the remission of sins 等等。奈達表示，以上所有的聖經片語，在翻譯時都需要加字說明，例如「上帝」創造世界、「上帝」寬恕「人類」的罪。就連相當具體的名詞 grace（恩典）事實上都暗含了一個動作（賜恩典予人）。在這種情況下，譯者必須補上動詞和附加格位搭檔。

最後，種類愈來愈多的多重名詞複合字（省略掉「of」），例如 keyboard computer（鍵盤電腦，由鍵盤接收輸入資料的電腦），或 cathode ray tube visual display unit（陰極線管直觀顯示部件），也有遺失的格位搭檔。但是由於這些是標準化的術語，所以在翻譯的時候通常維持不變，不必補上缺口。

注意，名詞態動詞在語義學上比較嚴格的替代詞是動名詞（例如 establishing the company）以及動詞名詞（例如 the chasing of the hunters）。但這二者並不存在於某些語言中，因此在翻譯時會需要補上主詞（非作用者的、暗示的）。例如：

原文：establishing the company will be difficult（設立公司將會很難）

譯文：*il sera difficile d'établir la société* (it will be difficult to establish the company)（設立公司這件事將會是困難的）

我們幾乎不必對泰尼埃爾的第三作用者（損益接收者）多說什麼；這通常在 grant 、 accord 、 harm 、 injure 等動詞中會說明或暗示，如果 TL 有缺口的話，譯者可能必須補上。主詞和直接受詞的位置是兩個基本的格位位置，由（有生命的）「接收者」所占據的第三個位置，也就是間接的受詞，在大多數的動詞（泰尼埃爾所謂的三價動詞，例如 offer 、 allow 、 teach 、 ask 、 show）中都會被指出或暗示出來。注意，如果動詞是主動語態，那麼第三作用者一般都會出現，例如： He gave/showed/offered her a book 。反觀，如果動詞是被動語態，例如： She was given/shown/offered a book by him 、 A book was given/shown/offered her by him ，第三作用者就不一定會出現。施動者（by him）只是聊備一格，或許還會指出場所的格位，也就是 She was given a book at the prize-giving 。

翻譯中的對比與選擇
CONTRAST AND CHOICE IN TRANSLATION

翻譯有兩個層面，一個是對比的技巧，一個是可能空缺的位置。泰尼埃爾認爲三價動詞[19]是「高危險」的，因爲它們在不同語言中構造不同，於是他天眞地表示翻譯三價動詞出錯的機率高達 83% 。泰尼埃爾列出約六十個表示「說」與「給」的動詞，然而這些動詞大多數在西歐語言中都有相似的構造。最顯著的例外是會讓第三作用者變成「失去者」（loser）而非「接收者」（recipient），第三作用者在某些語言中仍然保持爲接收者格位的三價動詞有： hide from 、 borrow from 、 remove from 、 take from 等等。許多語言中對於一部分的三價動詞也會形成不同的構造，如 supply 、 provide 、 paint 、 daub 、 splash 、 smear 、 load 、 cover 、 cut 、 fill ，例如： supply him with it 、 supply it to him 。

一般說來，如果 SL 文本有需要解釋清楚的地方，譯者才會塡上三價動詞的缺口。格位語法在翻譯中的主要功用是找出 TL 的空缺之處；與動詞時態相比較，名詞、形容詞、不定詞和動名詞的空缺比較需要補上。其他所提及的格位，也就是泰尼埃爾所說的「間接」格位，例如工具、時間、地點、方法、來源、結果等，如果不是強制性的話，或多或少會依照使用的動詞類型變成暗示性的。例如（以工具）「攻擊」、「位在」（哪裡）、「等待」（多久）、「導致」（結果）等等，這類動詞的「間接」格位通常是選擇性的或補充的。

19 trivalent verb ，就是可以支配三個名詞組的動詞，如 supply (A supplies B with C)會牽動 A 、 B 、 C 三個名詞組，所以是一個三價動詞。

其他相關問題
SOME RELATED ISSUES

句子的排序（Sequencing a sentence）

我認為「目的」是一個特殊的格位，是譯者在排序句子時最重要的因素。任何資訊類文本的目的應該加以突顯，例如：

C'est un travail comparatif, portant sur...
（這是一份對比研究，基於……）

在譯文中可以突顯目的，譯成 The purpose of this comparative study, which is based on...（這份基於……的對比研究，其目的在於……）。

譯者尤其必須決定每個句子究竟是附加、細節、舉例、對比、反對意見、旁白、事後感想、結果等等。排序或多或少會受到連接詞指引，而連接詞通常會有多義，甚至是相對立的意思。例如 *d'autre part* 有 moreover（再說）的意思，也可表示 on the other hand（另一方面）；*enfin* 有 indeed（確實如此）、in short（簡而言之）、finally（最後）等多種意涵。此外，排序也多少是根據下列初步的句子順序而定：

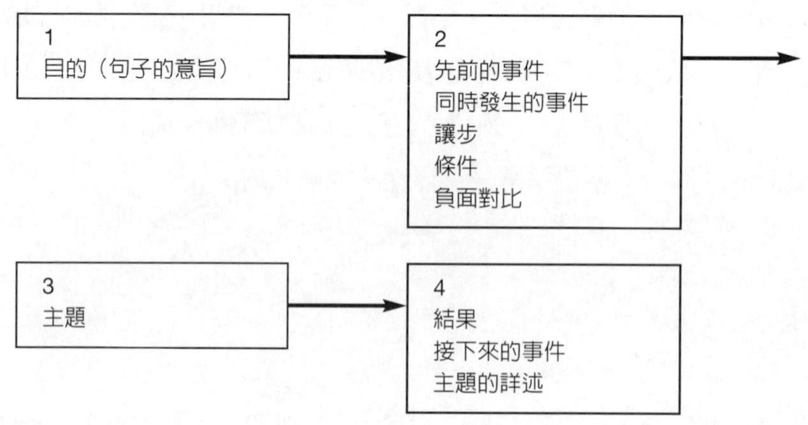

在這裡，所有的附屬子句都取代了動詞搭檔。上面列出的是句子的邏輯順序，但句子的目的和功能卻通常隱晦不明，因此譯者必須將目的放在第一順位。在許多語言中，這些順序都有多種變化；如果主詞相同，將目的放在主題之前是很常見的，例如 *Pour faire cela...il faut*（爲了……，他）；如果主詞不同，目的則會用在主題之後：*Je le fais pour qu'il le sache*（我這樣做是因爲他……）。而且，如果不是一句陳述句，而是命令、請願或疑問句，主題則會放在句首。一種語言的字尾變化愈多，其字序就愈容易改變，以強調各種意義。在此，格位搭檔和觀念會趨於合一，而格位語法和言談分析亦會合而爲一。

形容詞和名詞的格位搭檔

CASE-PARTNERS OF ADJECTIVES AND NOUNS

我接下來要討論的是形容詞可能的格位形成與結合。有許多形容詞是從暗示格位搭檔的動詞所構成的；這類形容詞與現在分詞不同，現在分詞多半用來表示品質或角色，而非單一動作。明顯的例子例如 protective (against)、decisive 、anticipatory 等等，譯者經常會補上遺失的搭檔。

其次，有一些所謂的「等同」(equative) 形容詞，用來表示相似的或相同的對象，例如 different 、equal 、similar 、same 、analogous 、other 、alike 、parallel 、equivalent 、identical 、imitative 等等。這些形容詞通常用來表示先前的句子，有時候也會表示後續的句子，功用就像連接詞，翻譯時的問題常在於指涉的對象是特定的或是廣泛的。

第三，我注意到還有一類形容詞，它們的意義只有在上下文中才會清楚，例如 *Les sympômes sont variables d'aspect* 可能有兩種解釋：「每個病例的症狀都不同」或是「表面症狀的差異很大」。有時則是原文沒寫清楚。例如 *Les couleurs unies ne sont pas limitatives pour des quantités de 1,000 (mouchoirs)*（單色並不限於一千以上的數量）這一個句子，到底是「(訂購）一千條以上的手帕不限顏色」或是「可訂購一千條以上的單色手帕」？到底 *limitative* 是限顏色還是限數量？

接下來，我注意到一些形容詞有隱含的格位搭檔，例如 greedy（饞—食物）、*âpre*（貪—利益）、*acharné*（激烈的—鬥爭），除非另有明確指出的格位搭檔。還有如 *bewandert*（淵博的），一定要有格位關係（例如，在地理知識上很淵博）才會完整。其他許多直接或間接與動詞相關的形容詞（tired 、 experienced 、 ready 、 worse 、 better 、 guilty 、 bitter）則不一定要有格位搭檔。如果沒有搭檔，這些形容詞或許只有一般意義（品質），或許有表述狀態原因的隱藏格位搭檔。如果是後者，譯者可能會覺得有義務補上。

從形容詞形成的名詞（width 、 breadth 等），甚至是從形容詞態動詞形成的名詞（availability 、 translatability 、 dependability 、 incompatibility），並不會有太多問題。譯者通常在翻譯時會拿掉空話，附帶地還原格位搭檔。例如：

原文： ***Sa fiabilité*** *est hors de doute*（他的**可依賴度**是無庸置疑的）
譯文： We can certainly **rely on** him（我們的確可以**依賴**他）

文本如果詞意不清或詞不達意也會產生問題。

應該注意的是，格位關係會超越隱含的名詞或代名詞，還會出現在子句的層面，無論是否在同一個句子中。英文的 it 、 that 、 this 常常不夠精確，尤其是與字尾變化豐富的語言相較。因此，概念也屬於格位關係的一環。

動詞作爲維持「溝通力」的核心元素
(The verb as a central element in keeping "communicative dynamism")

在格位語法中，動詞是子句的核心元素，因此動詞必然會直接影響重點分配（參見 Firbas ， 1972）。例如以下這個例子（出自討論痔瘡的醫學報告摘要）：

原文：*Une douleur sourde plus ou moins localisable à la pression: abcès possible*（局部壓下時多少會有隱痛：可能有膿瘍）

由於冒號取代了指示動詞（表示、指示），所以強調重點落於膿瘍上。由於膿瘍是語義上的主詞，所以可以用這樣的結構翻譯：

譯文一：A possible abscess is indicated by a dull pain...（可能的膿瘍由……的悶痛表示出來）

但這樣的譯法太強調疼痛，因爲用被動語態，而降低了動詞 indicate 的強度。所以應該維持原文的字序，用等同動詞強調補語：

譯文二：A dull pain which can be detected (depending on the amount of pressure applied) may be indicative of an abscess（可以覺察出來的悶痛——視按壓力度而定——或許表示有膿瘍）

原文中的 possible 在譯文中轉變成另一個動詞元素 may 。

一個句子的字序會受到邏輯、文法及上下文重點的影響；但譯者的首務是要重現核心元素同等程度的溝通力[20]。

---

20 以下紐馬克插入一個短段落，專門評論泰尼埃爾的學說。大致上，他承認泰尼埃爾是第一個談論格位語法與翻譯的前輩（1959），但認為對解決翻譯問題的助益不大，並指出其引證上的缺失。見原文 138 頁。

結論
CONCLUSION

我在一篇論文中（1982）說過，語義成分分析對辭典學是不可或缺的，也可以應用在翻譯上。我現在認為，語義成分分析在翻譯上所扮演的角色與應用，不只是「可以用」，而是「極為重要」。我現在還相信，格位語法在高階外語教學上是不可或缺的（也應該會影響辭典學）。格位語法也可以應用在翻譯上面，可以是「機械性的」，用來比較兩種語言如何操縱各自的格位；也可以是「技巧的」，在相關的文本中用來偵測各種不同的遺失動詞或格位缺口。然而，在翻譯上，格位語法的功能只是使譯者對這些格位缺口更加敏銳，有時能讓譯者在非權威性的文本中捨棄空話過多的句構。我們甚至可以這麼說，一個很擅長翻譯的譯者可能根本不知道格位語法，就能靠直覺察覺到這些缺口。即便如此，也即便我承認語義成分分析對譯者助益比格位語法更大，但我還是覺得：格位語法所提供的系統性知識，比「直覺」更能讓人心服口服；而且，結合赫爾比希洞見的格位語法假設，比起任何轉換生成語法或奈達的結構及核心論點（不過他處理屬格的方法差不多一樣有用）對譯者更為實用，也比其他競相發展的語法理論或把語言簡化為邏輯語言的理論來得有用多了。

Memo

第13章 新詞的翻譯

The Translation of Neologisms

引言

INTRODUCTION

新詞對從事非文學翻譯的專業譯者來說，也許是最感困擾的部分。科技界不斷出現新的產品與製程；媒體上不斷出現新的概念與表達情感的方式；社會科學、俚語與方言中的詞彙持續進入主流語言之中；其他還有來自外語的外來語。幾年前，有人統計過法國在連續四期的《快報週刊》（*L'Express*）中，共出現了三百個「新」字。也有人計算過，每一年每一種語言大概會增加三千個新字。事實上，新詞的數量並無法正確估算，因爲有許多字會徘徊在爲人接受與消亡之間，有許多字詞純屬個人用語，壽命十分短暫。不過很明顯地，新詞的數量正快速攀升，並且當我們對語言與自我的意識更形提升的同時，討論新詞的文章、書籍、一般與專門的辭典也就愈來愈常見。由於新詞的出現主要乃是針對某一項特殊需求，因此大部分的新詞一開始只有單一意義，即無須上下文的協助，也能加以翻譯，但是很多新詞卻很快在 TL 中獲得新的意義，有時還失去了其本義。

我們可以將新詞定義爲：新創生的字詞或是獲得新意義的現有字詞。除非新詞的詞義不明、隱晦或者發音不易，大多數人都喜歡新詞。有些語言純淨派的人士仍執著於「希臘—拉丁」語言的構詞原則，因此對所謂「不合文法」的英文不表認可（「你這字是哪來的？」）。其實英國人不同於法國人，沒有什麼立場可以對新字詞大加撻伐[1]。媒體與商業團體喜歡用新詞，就是因爲新詞富有吸引力，大多數的人都喜歡。跨國企業的廣告手法新鮮動人，對於將自己的品牌（像是 Coke）轉換爲常用詞（例如，專有名詞衍生的任何字詞，包括字頭語）不遺餘力；但譯者在翻譯時，如果可行的話，應該避免此類源於品牌的常用詞。

我建議檢視十二種新詞（請看 208 頁的參考表），並且依照不同的上下文來討論一些特殊的翻譯例子。

舊詞新意
OLD WORDS WITH NEW SENSES

我們先看看表新意的舊詞[2]。通常，這類的語彙所指涉的並非新物品或產製方式，因此鮮少是科技語彙。我將讀者區分爲三類：（1）專家；（2）高知識份子讀者，對此主題或 SL 文化可能需要額外的解說；（3）所知有限的讀者，因此需要在語言、專業（與文本題目的關係而定）與文化方面，提供不同程度的解說。不管該語彙獨立於上下文的程度有多大，對於一項 SL 的新詞來說，很難有單一正確的翻譯。*Bavure*（印刷的墨污）在 1960 年時的新意義是「可大可小，但總是會帶來令人不悅與遺憾後果的行動」，而柯林斯字典將之翻譯爲 unfortunate administrative mistake（不幸的行政錯誤），語意較爲委婉。但是，任何進一步的語義成分必須依據上下文而定，例如，警方開槍射殺無辜平民時，就應該翻譯爲 disastrous blunder（災難性的錯誤），而不只是不幸而已。

同性戀者似乎有意用 gay（舊字義是快樂、光鮮的）這個詞來強調他們的正常。這個字已不再是俚語，不管是翻爲法文的 *pédale* 、德文

1 因為法語是拉丁語系，語源比較單純；而英文本來就是來源混雜的語言，日爾曼語和拉丁語都有。因此紐馬克認為英語人士沒有立場要求所謂「純淨的語言」。

2 例如中文的「同志」、「車床」都是舊詞新意的例子。

的 *schwul* 或者是 *homo* 都不適合。或許當同性戀一詞不再具有任何負面含義時，才不會再需要有 gay 的字義，不過這個字義很可能會繼續留存——它已經以外來語姿態進入了法文與德文。你無法回到語言的過往；口語詞彙不一定被正式詞彙所取代。

總結來說，具有新意的舊詞比較不屬於文學或專門技術領域。通常，這些字可能會以 TL 中已有的字詞來翻譯，要不就以一簡短的功能詞或描述詞來翻譯。請注意，有些專門術語會在日常語中風行起來，例如 exponential（指數的、指數型）這個數學術語[3]在日常語中指 *en hausse rapide*（快速增加的）； parameter（參數）在日常語中表示 *facteur permanent*（固定因素），有許多這類的詞彙迅速地在西方世界流傳。具有新意義的搭配字詞是譯者的陷阱，也就是一些貌似平常的描述詞突然具有專門術語的意義，例如 open shop[4]（開放企業）意思爲「可雇用非工會成員的企業」； token woman（樣版女性）意指男性爲主的委員會裡唯一的女性代表； real time（即時）是電腦用語等等。

具有新意義的搭配詞可能有文化特殊性，也可能沒有；如果 TL 中有同樣的指涉物體或觀念，通常會有公認的翻譯或字面翻譯。若是該觀念不存在的話，例如 tug-of-love（愛的拔河，專指子女監護權的爭奪），或是說 TL 讀者還不知道這種觀念，譯者必須以一段精簡的敘述文字來說明。或許可以發明新的搭配用法來作爲另外的解決方式，並在第一次出現時用引號，如 "*lutte d'amour parental*"（父母間的愛之爭），然後在接下來的文句裡可以巧妙地將引號去掉。

譯者也必須體認到相反的發展趨勢，就是使用專業的搭配詞來表示平常的意義，例如 critical mass（關鍵多數）或 specific gravity（比重）等等。這種作法常導致空話過多，翻譯資訊類文本時可以加以「矯正」[5]。

3「指數」一詞在中文媒體上也有流行的趨勢，氣象報告也會用上「曬衣指數」等詞。

4 open shop 現在又有更新的流行用法，指工廠開放參觀。

5 也就是翻譯時不須再以空話翻譯，直接描述即可。

新造字
NEW COINAGES

一個眾所周知的假設是：不可能有「全新」的字詞。一個字如果不是由種種詞素所組成，那麼這個字或多或少具有音近假借的味道，也就是說與語音相近的字有某種關聯。所有的聲音或音素都是意義的載體，具有某種意義。雖然如此，很多字的字源並不可考，特別是方言的字，而且很難比附到有意義的近音字。

這項假設最有名的例外為 quark（夸克），這是喬伊斯（James Joyce）在《芬尼根守靈》（*Finnegan's Wake*）中所造出的國際通行字（德文中亦有此字，不過是「凝乳」的意思），其意義為物理界中最基本的物質。電腦詞彙中的 byte（位元），有時候拼作 bite，也是一個國際通行字，其中的字母 y 來源不明[6]。這兩個字都有借音現象，夸克的音會讓人聯想到鴨子的呱呱聲（quack）。

現今，主要的新造字為商品與商標名稱（Bisto、Bacardi、擬聲字的 Schweppes、Persil、Oxo），這些字通常就以外來語的方式處理，除非該產品在 TL 文化圈行銷時是用別的名稱。而如果商標名稱不具文化上的重要性或者不好辨認，這些專有名稱也可能為功能性或通用性的詞語替代。因此，Revlon（露華濃）這個字在翻譯時可以選擇不同的語義成份（露華濃、唇彩、時髦的美國人）。

原則上，任何在小說中出現的新詞都應該加以重造；如果該字是個衍生字，那麼就應用相同或近似的詞素來重造；假如在發音上也有以音載意的效果，也該使用可以產生相近聲音效果的音素。就是因為如此，《芬尼根守靈》或《尤里西斯》中使用的新詞（英文的 tautaulogically 變成法文的 *totalogiquement*；riverrun 成為 *courrive*）必須

6 bi-是「二」的字頭，bit 是二進位制，所以 byte 與 bite 為同音假借。

系統性地重造爲本國字。不過，譯者在此一過程裡需時時以產生相同的自然程度爲念，顧及到字形（字根與詞尾變化）與聲音（押頭韻、擬聲與類韻）效果。

巴贊有一本小說以新造字 *Le Matrimoine*[7] 爲名，這個新字象徵了女性對婚姻的一切想望，女性也想要獨攬家產，分到「母獅子的一份」[8]。這個標題很不好翻。原則上，應該從英文中已有的詞素來翻造新詞。Matrimone 是一個可能的選項，不過法文 *Matrimoine* 正好補上 *patrimoine* 造成的詞彙缺口， matrimone 沒有相等的功能。我能想到的最好辦法是挖出一個罕見字來用，或加以變化，例如 The Matriarchate（母系氏族）或是 The Matriarchacy 。荷籍翻譯家李斯羅特・德瓦（Liselotte de Vaal）曾建議可翻作 Matrimonia ，這個翻法比我的好。

衍生字
DERIVED WORDS

大部分的新詞都衍生自古希臘語（有增多的趨勢）與拉丁語詞素，這類字的字尾多半是 *-ismo* 、*-ismus* 與 *-ija* 等等，語尾會因應目標語的正常拼法而變。在某些國家（例如戰前的德國和阿語系國家），在此過程中有不少爭論，最後的方式偏向於採用目標詞素的字面翻譯，例如 television 在德語中爲 *Fernsehen* ，就是 *Fern* (tele)加 *sehen* (look)[9]。不過，因爲此一造字的程序大部分都應用在科學與技術詞彙上，而非文化詞彙，所以常會變成國際通行語彙，不過字尾常有同化的傾向，《巴別塔》（*Babel*）期刊可以看到許多此類的字。非歐洲語系的語言

7 此字係模仿法文中的 *patrimoine*（家產、家業、遺產）而造，把父系字首 patri 改為母系字首 matri 而構成。這種新字的出現反映了女性意識的提升。中文在民國初年時所造的新字「她」，就是反映了中國女性終於被視為獨立個體；中文也有仿「英雄」而新造的「英雌」。

8 lioness's share ，仿 lion's share（最大的一份）而造的新詞。

9 中文翻譯也是字面翻譯： tele-電＋ vision 視。

中，史瓦希利語似乎是採用這類語彙的最主要語言。

不過，這並非意味譯者可以把這些新詞自然地用外來語方式處理。對於諸如以下這些詞彙，像是 reprography（複印）、*gazinière*（瓦斯爐）、*télévidéo*（錄影帶）、*monétique*（塑膠貨幣）等，譯者首先必須查查這些新詞是否有別的說法。 Bionomics（生態學）已爲 ecology 所取代。譯者必須查詢專門的 ISO（International Standards Organization 國際標準組織）語彙表，第一要確認該語彙是否已有固定譯詞；第二要確認 TL 文化中是否已有該指涉物，第三則要判定該詞的重要性，評斷是否有必要以外來語方式將之移植到本國語中。如果譯者覺得理由充足，也覺得自己是首位移植該詞入本國語的譯者（譯者本人是否有足夠權威如此做？），他應該要加上引號。這樣來看，法文可以借入 *réprographie* 這個字，因爲該字的地位很重要，且有持續性； *gazinière* 是 *four à gaz* 的常用代換詞，英文譯者要考慮到英文中已有 gas stove 、oven 及 cooker 等詞（我猜最後一詞會勝出），所以無須借用。 *Télévidéo* 似乎是 *vidéo* 這個字（此字有多種意義，如卡帶、錄音機及卡匣）的早期寫法。不過請注意，這些字的字義大部分都無須上下文就可判定。

法文 *monétique* 的字義爲以塑膠卡片來償付商品與服務，也許英文可以借用，成爲 monetics ，但是這樣的一個新造字（！）應該由銀行界來訂定，而非由譯者決定。 *télématique* 這個法文字（電子通訊及資料處理）可能是 *téléinformatique* 一字後來的寫法。至少有一段時期，*téléinformatique* 出現在歐洲共同市場官方英語中的寫法是 tele-informatics ，現在也許可以用 teleprocessing ，不過 telematics 卻勝出，成爲比較常用的字。

譯者必須分辨哪些新詞是產業界以嚴肅態度創造出的（可能是永久的），哪些是媒體界，包括廣告商等，爲了吸引讀者而創造的（可能壽命短暫）。所以，對於 oillionnaire（石油百萬富翁）、 steelionnaire

（鋼鐵百萬富翁）、daffynition（荒誕的定義，亦即法文的 *définition farfelue*）、德文的 *Abküfi*（*Abkürzung-Fimmel*，即縮字狂）等新造字要特別小心。不管這些字能不能長久，譯者應該先考慮到它們的功能，再決定要不要另創新字，或者將這些混合字的成分（oillionnaire 來自 oil millionaire）一一翻譯出來。

請注意，醫學上的新造字，例如 chronopharmacology「慢性藥理學」；somatomedin「生長激素」，一種荷爾蒙，又名 prostaglandin「前列腺素」，以及獲准上市學名藥（藥物成分相同）的化學名稱，通常會直接借用，冠上本國語字尾（法文的 *-ite* 等同於英文的 -itis，而 *-ine* 成為英文的 -in）。不過，由於語出同源，這種作法在拉丁語系中較常見。日爾曼語系中，譯者就不應該自動把德文裡 *anatomopathologie*（解剖病理學，1960 年出現的詞彙，英文為 anatomic pathology）這類的詞隨意改為本國拼法。

偶爾法文會加上字尾，例如 *mégot*（煙頭）＋ *er*（動詞字尾）＝ *mégoter*（斤斤計較），這種字要把意思翻譯出來。同樣地，拉丁語系的語言會將兩種或兩種以上的學科名詞合併，成為單一形容詞，所以會看到像是法文裡的 *médico-chirurgical*（醫學外科的）、*médico-pédagogique*（醫學教育的）等合成字[10]。這類的合併詞在翻譯時，通常應該將其分為兩個形容詞來處理，例如，medical and surgical。不過，physio-（來自 physiology「生理學」）、physico-（來自 physics「物理學」）及 bio-等字首，在跨學科的學門中，這種合併用法倒是很常見的。

譯者對於所有的衍生字，必須清楚區分指涉明確、國際通用的 *écosystème*（生態系）與 *écotone*（生態交替區），以及 ecofreak（保育

10 原註：莎士比亞在《哈姆雷》第二幕第二場中，就曾經諷刺過這種作法，造出 pastoral-comical（田園式喜劇的）、tragical-historical（歷史性悲劇的），甚至 tragical-comical-historical-pastoral（歷史性田園式悲喜劇）等詞彙。

狂，eco + freak）與 *écotage*（生態破壞，eco + subotage）這類前景不明的新詞。最後這兩個新詞，現階段還不需要在 TL 裡新創對等的詞彙。

縮寫
ABBREVIATIONS

縮寫一直都是一種常見的僞新詞，法文可能比英文更常見，如用 *philo* 來表示 *philosophie*（哲學）。除非拼法正好相同（*prof*、*bus*），否則在 TL 中通常都會將縮寫字完整寫出來。

新搭配詞
COLLOCATIONS（也請看 295 頁）

新的搭配詞（名詞詞組或形容詞加名詞）在社會科學與電腦用語特別常見。因此就有諸如 sexual harassment（性騷擾）、lead time（前置時間）、domino effect（骨牌效應）、cold-calling（冷叩，指登門推銷）、acid rain（酸雨）、norm reference testing（常模參照測驗）、criterion reference testing（標準參照測驗）、rate-capping（稅率上限）、jetlag（時差）、machine-readable（機器可讀／機讀）、sunrise industries（黎明產業）、narrow money（狹義貨幣，即 M1）。

上述這些詞的翻譯有不同的問題。電腦詞語應該要採用公認的翻譯；若未有公認翻譯，譯者必須直接用外來語（如果該詞具重要性），然後附上功能或描述性的詞，譯者沒有權力自行創造新詞。

Sexual harassment 的概念具有普遍性，至少在任何女權運動盛行而女性有較大性自由的文化裡，這個概念相當普遍，譯者對這種詞的翻譯可以試著自行發揮。對德文來說，我覺得應該會翻成 *Sexualschikane*，法文翻譯成 *importunité sexuelle*（性糾纏）比較好，可惜法文已有

assiduités abusives（過度殷勤）這個詞了[11]。在 TL 中還沒有標準的詞語時，這種詞要先用描述詞來翻譯。Lead time 是指設計與生產階段之間、或者是訂貨與出貨之間的時間差距，譯者需要依據上下文來定奪；domino effect 可能會是（政治方面的）一個通用詞，既可用來形容蘇聯，也可形容薩爾瓦多或越南的情況，也許還要加以解釋；除非 TL 文化對骨牌這個概念很熟悉，否則直接以加上括弧就帶過的字面翻譯會有危險；cold-calling 可能不會成爲一個常用詞，不過這種行爲倒是會延續下去；jetlag 在法文裡應該會固定稱爲 *décalage horaire*，不過在德文裡應該會直接用外來語；acid rain，很不幸地是一種普遍現象，而由於這個詞概念清晰，很可能在各地都會採用字面上的翻譯；sunrise industries 指的是電子與「高科技」產業，很可能維持不久，因此這裡的比喻用法可以不管，或者翻出意思就好；Walkman 是商品名稱（專名衍生詞），因此不應採用外來語方式翻譯；rate-capping 是文化專有詞，英國之外的地方不太會通行，因此必須依據專家或一般讀者不同的要求加以解釋，沒有必要用外來語，除非譯者面對的是高度專業的 TL 讀者；norm 及 criterion reference testing 兩者都是教育評估方面的新詞彙，在還不十分通行前，需要加以解釋；machine-readable，法文爲 *lecture automatique*[12]；narrow money（主要用以融通消費的貨幣），法文大致爲 *disponibilités monétaires*，乃是相對於 broad money（廣義貨幣，可用於消費及價值儲存），也就是法文的 *masse monétaire* (*au sens large*)。

以上的簡短探討也順便提到了英文搭配詞翻譯上的困難，由於搭配詞組成往往是兩種意義重要的成分，即名詞和名詞態動詞，兩者關係多變，格位關係有時又十分難解，使得在搭配上顯得沒有定則。無

11 這與中文的情況有點類似：騷擾一詞本來有邊境小事的含意，雖然討厭但威脅性不大；性騷擾卻可能對當事人造成很大的威脅。但此詞通行已久，改變不易。

12 原註：這是 *Le Petit Termophile* 月刊（1984 年一月號）提出來的詞。

法將動詞轉為名詞的語言，或者至少像是拉丁語系這樣無法悍然不顧介系詞的語言，就無法產生固定的詞類搭配方法。由於這個原因，英語搭配詞的翻譯很難有簡潔的方法，而只有在指涉物重要性大增（通常是成為一普遍詞，不過有時是具有 SL 文化特色），使得較冗長的功能或描述詞彙不可行時，才會出現一個固定翻譯。請注意，在翻譯 British Council（英國文化協會）這個機構的名稱時，由於這個歷史長遠的單位，其功能或體制很難從名稱上看出來，會造成翻譯上特別的問題，因此，這個名稱就經常以外來語方式來取代翻譯，再根據不同的讀者，加上一些註釋，說明該組織為「提升（a）對英國與英文的理解及（b）與外國文化與科學關係」的政府組織。

非英式英文的搭配詞，由於組合比較有規律，所以比較容易翻譯，不過搭配詞的本質就在於至少有一個搭配字的字義會從第一義轉到第二義，因此，對已有固定標準說法的詞語來說，直譯通常不可行，例如，德文 *Schattenwirtschaft*（黑市經濟）無法直譯為英文 black economy，必須用另外的搭配 parallel economy（平行經濟）來表示；法文 *solution de facilité*（容易的解決方式）也無法直譯為英文 easy solution，而須譯為 easy way out（不過英語的語域變得通俗一些）；法文的 *bassin d'emploi*（就業盆地）也不能直譯為 basin of employment，而必須譯為 employment area（就業區）。

專名衍生詞

EPONYMS（也請看 **275** 頁）

在我的定義裡，專名衍生詞是所有從專有名詞衍生的詞，在拉丁語系裡有大幅增加的現象，而在英語媒體中，增加的趨勢比較緩和。由人名衍生出的詞，像是 Audenesque（奧登的）、Keynesian（凱因斯理論的）、Joycean（喬伊斯迷）、Leavisite（李維斯派）、Thatcherism

（柴契爾主義）等，會因爲該詞指涉對象的風行程度以及組合的難易，而左右該詞的使用頻率。當該詞的指涉是某個人，翻譯上不會有困難，例如 Leavisite ，法文可以譯爲 *partisans de Leavis, critique littéraire britannique*（英國文學批評家李維斯學派的），但如果所指涉的是那個人的觀念或特質，譯者就必須加上所指涉的觀念與特質，例如 Keynesian ，就得翻譯成 *idées favorisant l'économie mixte ou concertée de Keynes*（凱因斯提出的混合經濟理念或實體）。在義大利文裡，Thatcherism 這個英文詞有時可不多加解釋就直接借入成爲義大利文的 *il Thatcherismo* 。 Fosbury flop（ 背滾式，以美國選手 Richard Fosbury 爲名）是跳高運動裡的專門詞彙，對專業的人士來說可以直接用外來語，而對非專業人士來說，就要加上簡潔的定義。

衍生詞若是引申自物體的名稱，通常都是品牌名稱，只有該品牌在 TL 中具有相當的知名度，且十分風行時，才可以用外來語的方式，借用有時會有風險，例如 Durex 這個保險套品牌名稱，在澳洲卻是膠帶的品牌。而像是 Parkinson's Law（帕金森法則：你有多少時間完成工作，工作就會自動變成需要那麼多時間）及 Murphy's Law（莫非定律：事情若有出錯的可能，則必然會出錯）這樣具一般性的詞，應該要將其「縮減」到意義層次[13]。品牌名稱的衍生詞通常都要以說明方式來翻譯，例如 Tipp-Ex 是一種 *blanc pour effacer*（修正液）。一般來說，譯者應該減少使用品牌名稱的衍生詞[14]。

來自地理名稱的新衍生詞，例如以太平洋上比基尼環礁（Bikini Atoll， 1946 年原子彈試爆地點）命名 bikini（三點式泳裝， 1946 年推出），不過還好這種品味低劣的事情不再發生了。最常用的地名衍生詞，還是指某地生產的產品（葡萄酒、起司、香腸等），翻譯此類名稱時，

13 但這兩個「定律」在中文裡既已廣為人知，可以視情況直接用「帕金森法則」及「莫非定律」或加上簡單的解釋。

14 也就是說，應該用「修正液」而少用「立可白」。

若是該物產還不是很有名，應該加上一個範疇詞。許多地理詞彙具有內涵意義，英文裡最晚近的例子大概就是 Crichel Down[15]，翻譯時要依據上下文進一步解釋。此類的衍生詞都有隱喻的意義，因此也失去了他們的「原生地」，因此翻譯時可以不譯名稱，直接譯出語意即可。

片語詞
PHRASAL WORDS

英語將動詞轉化爲名詞相當便利，因此出現許多新的片語詞，例如 work-out（健身）、trade-off（得失）、check-out（計分／結帳處）、lookalike（相似的人）、thermal cut-out（過熱斷路器）、knock-on /domino effect（傳遞或骨牌效應）、laid-back（輕鬆自在）、sit-in（靜坐抗議）等等。這些詞的翻譯必須譯出對等語義，而不是以 TL 的片語來譯。例如，法文該翻爲 *séance d'entraînement*、*échange* (*avantage mutuel*)、*caisse*、*semblable*、*disjoncteur*、*effet de domino*、*détendu*、*sit-in* 等。請注意，片語有以下的性質：（a）原文通常比譯文精簡；（b）語域通常介乎「非正式」及「口語」用法之間，不過翻譯後會變得較正式。片語數量極多，而且有根深蒂固的封閉核心意義，因此英文片語有很大的感染力，超過希臘—拉丁字源的英文詞彙，以及其他拉丁語系的片語。

外來語
TRANSFERRED WORDS

新出現的外來語語彙只會採用其在原語中的一項意義；外來語是最不需要靠上下文來定奪意義的新詞。如果外來語的使用頻繁，他們

15 Crichel Down 是英國 Dorset 郡內一處地名，二次大戰時以國防安全理由被國家強制徵收，戰後原地主申請以兩倍價格購回，卻遭到政府重重阻撓；現在此字泛指官僚阻礙。

的意義會改變或衍生出額外的意義[16]，有時候竟會無法「直接」回譯爲原文。外來語的來源比較可能是「媒體界」或「產品界」，而比較不是得自科技界。由於媒體的無遠弗屆，外來語不管是屬於單一文化或者是屬於重疊的文化，可能在多種語言裡都很普遍，如源於俄語的 *samizdat*（地下出版品）、*nomenklatura*（幹部私有化——利用特權營利的前共黨幹部）等等；不過對於一般讀者，譯者還是需要加上一些功能描述詞來解釋。新傳入的食品衣物，像是 cagoule（連帽風衣）、Adidas（愛迪達）、sari（沙麗）、Levi（李維牛仔褲）；烹調方式，如 tandoori（印式燒烤）；文化表現，如印度的 raga 音樂及中國的 kung fu（功夫）等。這些詞在翻譯時等同於文化詞彙，因此通常會加上一個範疇詞，而且需要視讀者與場合加上必要的解釋。

字頭語

ACRONYMS（也請看 275 頁）

對非文學的文本來說，字頭語的出現愈來愈頻繁，因爲它們比較簡短，發音容易，而且可以引起讀者好奇，去查清楚該字頭語所指涉的對象，提高指涉對象的地位。在科學文本中，有時字頭組合後會形成國際通用詞，如 laser（雷射）[17]、maser（微波發射器）[18]，只有面對教育程度較低的讀者時，才需要加上解釋。有些酵素名稱也是國際通用的，例如 SGOT（麩草酸轉氨脢）[19]、SGPT（麩丙酮酸轉氨脢）[20]，

16 例如中文裡的外來語「拖拉庫」就衍生出獨立語義，與原來的指涉 truck（卡車）無甚關係。

17 light amplification by stimulated emission of radiation 。

18 microwave amplification by stimulated emission of radiation 。

19 Glutamic Oxaloacetic Transaminase ，肝細胞中的重要酵素。

20 Glutamic Pyruvic Transaminase ，亦為肝細胞中的重要酵素，與 SGOT 同為檢驗肝功能的指標。

但注意 ACTH（促腎上腺皮質激素）[21] 等則不是字頭語。依據不同的重要性，產業界裡的專題研究、未定名產品、各種用具與產製方式，常常會用字頭語來指稱。翻譯時，業界對此通常都有標準用語，而若尚未有標準用語，也會有描述詞。機構與公司名稱的字頭語，通常直接採外來語方式處理。若指涉物已經存在很久，已有的字頭語也可能成爲一般用語，例如「我們要在 TCR[22] 轉車」，翻譯時要將字頭語「解碼」。另外，譯者必須特別注意單一文本中自創的字頭語，如果只翻譯該文本的摘要時，很難查得出來這種字頭語的意思。在 SL 與 TL 文本中，若字頭語的使用有相同的重要性，可能會在兩種語言內出現兩種不同的字頭語，例如 MAOI（單胺氧化酶抑制劑）[23]，在法文裡的字頭語是 IMAO。

國際組織的字頭語，雖然常常會將全名翻出來，但通常在每種語言中會使用不同的字頭語。不過有些字頭語，像是 ASEAN（東南亞國協）、UNESCO（聯合國教科文組織）、OPEC（亞太經合會）等詞卻是國際通用，寫的時候不另加標點。當一個國家的政治或社會組織（例如政黨）的重要性上升時，現在的趨勢是將該組織字頭語保留下來成爲外來語，並將其名稱翻譯出來，不過這要考量 TL 讀者的興趣。請注意，如果一個組織的全名意義不明時，例如 OU（公開大學）[24] 與 CNAA（國家學位授予委員會）[25]，把功能解釋清楚比把字頭語的字母解譯出來更爲重要。阿拉伯語很抗拒字頭語，多半會詳加解釋。翻譯時通常會保留 SL 的字頭語，以便在譯文再度出現時使用。

21 Adrenocorticotropic hormone。

22 Tottemham Court Road，倫敦市區的一條路。

23 monoamine oxidase inhibitors。

24 Open University，英國最大的遠距教學大學，招收大量非全日制的在職成人學生。

25 Council for National Academic Award，英國教育機構，頒發美術及技術學院的學碩士學位。

僞新詞
PSEUDO-NEOLOGISMS

最後，譯者必須注意的是僞新詞，即以通稱詞來取代特定詞，例如法文用 *humérale*（肱骨的）取代 *artère humérale*（肱動脈）；用 *la Charrue*（犁）取代 “The Plough and the Stars”（犁與星）[26]；還有美歐日民間代表成立的三邊委員會 *la Trilatérale* 。這些不是眞的新詞。

在本章中，我試圖針對遊走在語言邊緣的字詞，提供一種全面而不獨斷的看法。這些詞可能成爲固定用詞，也可能消失不見，要看使用者的需求是眞實的，還是刻意製造出來的。當中有許多詞尚未經過本國語言的洗禮，因而會獨立於上下文之外；而其他用來替新物品與方式定名的新詞，則會有一定的地位。我唯一能總括的重點是：譯者對新詞的看法不應該摻雜個人喜好。譯者的責任應該將人們所身處的心靈與物質世界，以精確及精簡（如果可行的話）的語言表現出來。這種想法應該淩駕本章裡大量討論的上下文因素之上。

新詞的創造
THE CREATION OF NEOLOGISMS

翻譯非文學文本時，譯者通常不該自己創造新詞。只有在下列情況時例外：（a）譯者有此權威；（b）譯者利用一看就知道的希臘—拉丁詞素來組成新詞。譬如說，在一篇法文的醫學文本中，譯者遇到 *floraline* 這個字，只知道是給傷寒病患的清淡飲食中的一種食物，卻無法查出其意義；此時實在沒有必要將此字當成外來語處理，創造一個新詞出來，因爲很可能這個字只是一個商標名稱（從字尾上可以判斷出來，雖然這個字不是大寫），另外這個字也可能只是（機率較小）某地區的用詞，而且該商品可能已經下市了。作爲譯者，你的工作是考

26 愛爾蘭劇作家歐凱西（Sean O’Casey）1926 年的作品。

慮每個 SL 字詞（不一定是翻譯出來），因此你必須猜測這個字的意思：外部證據（即語言與上下文）顯示此字是一種清淡食品或調製物；內部證據（此字的拼寫方式）顯示此產品是由精緻麵粉製成（參考 *fleur de farine* 爲精白麵粉之意）。因此，譯者也許可以把 *floraline* 譯爲「清淡的麵粉調製物」，並替客戶加上一筆附註：「SL 中查無 *floraline* 一字，或許爲產品名稱。」

爲本章作結，我想討論一下譯者創造新詞的權力。首先，在文學文本之中，譯者有義務創造在 SL 文本中遇到的任何新詞；對其他權威性文本，譯者通常也該採行此作法。第二，在翻譯流行的廣告文本時，若是有辦法遵循 SL 文本的文意，而且語用效果相符時，譯者可以創造具有強烈同音假借的新詞[27]。第三，如果譯者認爲來源語的文化詞很重要，可以將此字引入 TL 中，形成外來新詞[28]。不過，對電腦科技詞彙來說，如果該詞彙顯然是新創造或者是爲特定 SL 文本創造的話，如法文的 *progiciels*（套裝軟體）和 *tableurs*（試算表），譯者不該用外來語處理，至少要將自己創造的新詞加上引號。文本的語言愈正式，譯者對待新詞應該愈保守。對於科技文本，譯者不該侵占詞彙學家的領域，畢竟他們是一個團隊，而且與 ISO 保持聯繫。

新詞翻譯上更廣泛的問題，關係到語言規劃、政策與政治。由於英文在世界上的優勢地位，大部分的國家所面臨的英文新詞有兩種：（a）與希臘—拉丁字源有關；（b）單音節的搭配詞。對第一種新詞，歐洲國家大都以本國拼法語尾處理，但是阿拉伯文、日文及其他亞洲語都將其組成詞素翻譯出來。法國十分排斥單音節的搭配詞，例如 pipe ＋ line（管線）翻成一個字 *oléoduc*（油管）。很明顯地，德文（不

27 此種新詞在中文的廣告語中很多，有些混用各種語言，例如信貸廣告「貸 me more」借用影星黛咪摩爾的名字。

28 例如近年來開始風行台灣的猶太麵包「貝果」或「焙果」（bagel）。

同於先前的傳統）與俄文並不排斥採用希臘—拉丁詞素，德文並接受了許多單音節的英文字及搭配詞。

新詞的翻譯參考表

A FRAME OF REFERENCE FOR THE TRANSLATION OF NEOLOGISMS

類　型	上下文因素	翻譯手法
A. 舊詞新意 1. 新字詞 2. 新搭配詞 **B. 新形式** 1. 新造字 2. 衍生字（包括品牌名） 3. 縮寫字 4. 新搭配詞 5. 專名衍生詞 6. 片語詞 7. 外來語（新與舊的指涉對象） 8. 字頭語（新與舊的指涉對象） 9. 偽新詞 10. 國際詞	1. 新詞的價值與目的 2. 新詞的重要性，分為： (a) SL 文化 (b) TL 文化 (c) 一般 3. 新近與否 4. 使用頻率 5. 可能的持續時間 6. 譯者的權威 7. 公認的翻譯 8. 指涉對象在 TL 文化中是否存在 9. 新詞是否有明顯的語素 10. 文本類型 11. 讀者 12. 背景 13. 流行；團體用語；商業用語 14. 發音 15. 新詞是否有競爭詞語？ 16. 新詞是否有語言上的根據？ 17. 新詞是否可能成為國際通行詞？ 18. 新詞（字頭語）的翻譯是否是因為聲望因素？ 19. 環境因素 20. 新詞在 SL 中的地位與是否常用	1. 外來語（加上引號） 2. TL 新詞（具組成詞素） 3. TL 衍生字 4. 同化法 5. 既定的譯法 6. 功能詞 7. 描述詞 8. 直譯 9. 併用翻譯手法（採用雙管齊下法） 10. 字面翻譯 11. 國際通行詞

Memo

第14章 科技翻譯

Technical Translation

引言

INTRODUCTION

科技翻譯屬於特殊的專業翻譯，與一般專業翻譯，如政治、商業、金融、政府文件不同。我假設科技翻譯可能（但不是百分之百）與文化沒有關係，因此是比較全球化的：科技帶來的好處並不會只侷限於某一語言社群。原則上，科技的專有名詞必須意譯。一般專業翻譯（除了國際機構之外）通常都會跟文化有關，所以專有名詞多少都是用外來語方式來處理。一般而言，ILO（International Labour Organization 國際勞工組織）這種國際組織可以翻譯，但 RSPCA（Royal Society for the Prevention of Cruelty to Animals 英國皇家防止虐待動物協會）這種單一文化的組織，在官方與正式文本都是原封不動的用外來語處理，只有出現在非正式文本，才會意譯成類似 *société britannique pour la protection des animaux*（英國保護動物的協會）。

翻譯專業是隨著科技而興起的，受僱於產業界（但不是國際組織）的翻譯人員通常稱爲科技翻譯工作者，雖然科技翻譯也都會涉及一般專業和商業術語。

科技翻譯與其他種類的翻譯最大的不同在於術語，其實術語通常僅占文本百分之五到十左右。科技翻譯的特色、文法（以英文爲例，包含被動語態、動詞的名詞化、第三人稱、空義動詞、現在式）與非科技的語言是共通的。科技翻譯的特殊格式[1]就是科技報告，但也涵蓋

[1] 原註：可以參考 Sager、Dungworth、McDonald (1980) 對科技寫作的傑出評論。

操作說明、說明書、通知、公告等等，必須著重稱呼形式與第二人稱。

科技文體
TECHNICAL STYLE

寫作良好的科技文體通常不會用到情緒語言、言外之意、聲音效果與原創隱喻，除非刻意要普及化。但法文的醫學文本卻常充斥情緒語言、言外之意、聲音效果與原始隱喻，因此譯者的任務就要消除這些成分。因此，*le triptyque de ce traitement*（治療的「三部曲」，還押了頭韻）直接譯爲 the three stages of this treatment（治療的三個階段）即可。細心的譯者往往還要修飾品質不佳的文本，把隱喻的意義直接表明清楚。

術語
TERMS

科技翻譯最大的困難通常是新術語（請參考第十三章關於「新詞」部分）。遇到複雜難懂的科技術語，我建議在第一次閱讀時標出其中的關鍵詞，再查閱《大英百科全書》簡編或企鵝版專業科技辭典（就算知道意思也要查，我腦海中有很多一知半解，或者根本不懂的字彙）。

即使查了參考書，有些問題還是很難解決，比方說某些新詞在文本中只出現一次，而且看前後文也很難判斷意義。如果能從前後文判斷，應該還可以用消去法排除較不可能的意義。比方在一篇提到酒精肝硬化的文章，提到一種常見的治療法是 *un cocktail hépatique toujours appliqué et toujours discuté*（一種「肝雞尾酒」，一直都在使用，一直都有爭議），又沒有其他線索，就可直接譯爲 a drug mixture which is still administered and still much debated（一種混合藥劑，雖然備受爭議，但是至今仍在使用），譯者僅需確認藥品（利尿劑）是否會用於治療酒精肝硬化。

很多人不知道，即使經過英國標準協會（BSI, British Standards Institution）統一的專有名詞，即使在同一領域也可能有一種以上的意義，更別說是不同的領域了。例如 ply 就有「雙層紙」和「膠合板」兩種意思。在同一領域，sort（out）的意思可能是「個別檢查」，也可能是「一個一個分開」。統一新名詞的目的，總是希望能確定指涉對象與名稱的一對一關係。指涉對象愈不重要，這種一對一關係愈有可能維持下去。指涉對象愈「流通」（使用次數增加，重要性變高），名稱就愈有可能衍生出象徵意義。

觀念詞在不同科技領域有不同意義，很難處理。例如 *Kraft* 可譯為力量（force）、動力（power）、強度（strength）、驅動力（thrust）。*capacité* 可譯為容量（capacity）、電容（capacitance）[2]。有些名詞搭配不同字詞就會產生不同意義，如 *puit*（井）這個字，可以有 *puits de mine*（礦坑）、*puits à ciel ouvert*（露天礦）、*puits perdu*（污水坑）、*puits artésien*（自流井）等搭配。

各種科技文體

VARIETIES OF TECHNICAL STYLE

就像其他領域的專家一樣，科技專家對於科技翻譯的「基本」、「草根」的工具名稱有非常不一致的看法。佩克[3]曾將科技翻譯分為四種等級：（一）科學用語，如 *chambre de congélation*（低溫凝結室）；（二）工廠用語，如 *compartiment réfrigérateur*（冰凍層）；（三）日常用語，如 *congélateur*（冷凍庫）；（四）宣傳行銷，如法語中使用英語借詞 *freezer*（冰庫）。但是這種分類太細了，某些領域可能只有一

2 原註：更多例子請見 Maillot (1981)。

3 原註：Paepcke, F. (1975)。

兩個術語適用。我建議以下比較簡單的分類法（以醫學詞彙爲例）。

(1) 學術類：包含學術文件經常出現的拉丁與希臘字詞，如 phlegmasia alba dolens（髂股靜脈血栓）。

(2) 專業類：學者專家使用的正式詞彙，如 epidemic parotitis（流行性腮腺炎）、varicella（水痘）、scarlatina（猩紅熱）、tetanus（破傷風）。

(3) 一般類：非專業人士使用的字眼，包括常用代換詞[4]，如 mumps（腮腺炎）、chicken-pox（水痘）、scarlet fever（猩紅熱）、lock-jaw（破傷風）。

不過，有時要把某個詞彙歸類有點困難。某些領域的術語含有過時、廢棄不用的語言或方言[5]。一種愈來愈常見的趨勢是，用最新的品牌名稱取代以前的名稱，例如 bic（比克，原子筆品牌）逐漸取代較早的 biro（原子筆的發明者與第一個品牌專利）。此外，有些人名衍生詞顯示發明者或發現者與指涉對象的關係，但是其他語言讀者可能無法理解，這種例子不勝枚舉，像 lesser pancreas（小胰臟癌）又叫作 Willis's pancreas（威利胰臟癌）或 Winslow's pancreas（溫思婁胰臟癌），不過換成其他語言就沒有什麼意義。

科技詞彙與描述詞彙

TECHNICAL AND DESCRIPTIVE TERMS

科技翻譯的另一個難題，在於區分科技詞彙與描述詞彙。SL 作者用描述詞彙形容科技對象的原因有三：

4 病名的俗稱屬於文化詞，這段所舉的例子中，中文只有流行性腮腺炎有俗稱（豬頭皮），其他如水痘、猩紅熱、破傷風，專業詞與俗稱是一致的。不過中文有其他俗稱的例子，如「血液透析」俗稱「洗腎」。

5 原註：看看愛思唯爾（Elsevier）多語字典的混亂程度就可略知一二，只能當作參考，對翻譯幫助不大。（譯註：愛思唯爾是荷蘭大出版商，出版許多重要科技學術期刊。）

(1) 新技術或新產品，還沒有正式名稱。

(2) 以描述詞彙當作常用代換詞，避免重複。

(3) 以描述詞彙，與另外的對象營造對比效果。

一般來說，科技詞彙就翻譯成科技詞彙，描述詞彙就翻譯爲描述詞彙，尤其不要爲了炫耀專業知識，而把描述詞彙譯爲科技詞彙，犧牲了 SL 描述詞彙的語言涵義。但如果 SL 的描述詞彙是因爲 SL 作者的無知或疏忽，或是因爲 SL 找不到適當的科技詞彙（尤其是 SL 讀者沒聽過但 TL 讀者熟悉的詞彙），那麼譯者才可以將描述詞彙轉換爲科技詞彙。

專業科技譯者常常喜歡賣弄專業知識，只要 TL 能找到科技詞彙，就絕對不會用描述詞彙。與描述詞彙（非標準詞彙）相比，科技詞彙（標準詞彙）的語義更爲精確，語義範圍較爲狹窄。譯者常常堅持，科技翻譯就是要用礦工在礦坑的用語、教師在教室的用語、農夫在農場的用語，但有時會因此忽略了口語與書面語的差異，而違背了良好翻譯的原則。

如果原文採用描述詞彙該怎麼處理？拿機器操作說明爲例，*Dans ce cas il est très rentable d'utiliser les machines courantes . . . sans rien créer mais en prévoyant en détail leur adaptation et leur montage*（在這種情形下，使用一般的機器較爲有利……因爲還未能預見改裝與配置的細節）。從 *leur adaptation et leur montage*（其改裝與配置的細節）推敲，*les machines courantes*（一般機器）可譯爲半技術詞彙 general-purpose（非特定用途的機器），取代原文的描述詞彙。其實原文的 *courantes* 與 *sans rien créer* 形成對比，所以也可以譯爲描述詞彙「標準」、「正常」、「現正使用」等等。

雖然譯者往往花了不少功夫去尋覓科技詞彙，專業讀者看了也比較習慣，但我覺得沒有必要非用科技詞彙不可。譯者必須注意，原文的描述詞彙也可能具有某些溝通功能。但如果 SL 使用描述詞彙（也就是較爲普遍、廣泛的詞彙）的理由，顯然是因爲該科技詞彙在 SL 中相當罕見，或者根本不存在， TL 譯文當然還是採用科技詞彙爲佳。

反過來說，如果原文的科技詞彙在譯文中找不到對等詞彙，就應該採用描述詞彙來翻譯。例如 *dismicrobismo murino* 一詞，你知道 microbism 的意思是「細菌感染」，字首 *dis-*（即英文的 dys-，有病的）就語意而言是多餘的。如果不敢直接譯爲技術詞彙 murine microbism（鼠源感染），可以採取描述方式翻譯比較安全，例如譯成 acute infestation by microbes, due to rat fleas（由鼠蚤引發的急性細菌感染）。

開始從事科技翻譯
BEGINNING TECHNICAL TRANSLATION

我認爲基本的科技就是工程，而工程中的基本科目就是機械，所以如果你想成爲一位科技翻譯工作者，就可以從機械開始。但是，你不應該一開始就非常專門化，而應該像在研究所階段的翻譯課程一樣，盡量廣泛接觸各種類型的科技，尤其是新興科技，以目前來說，就是商業界（特別是第三產業）與產業界的電腦應用科技。再次提醒你，你應該注意的是一個概念的描述、功能與效果，而不是相關的原理、定理、理論、系統等。可以說，你是在學習專業「語言」，而不是在學習該科目的內容；但當我說功能和描述一樣重要，而且功能也比較容易掌握的時候，就又要把你拉回原理的運用層次了。你在翻譯科技文本的時候，必須能夠退後一步，大致了解發生了什麼事，而不能只是說服自己，你所翻譯出的句子好像言之成理。科技文本中如果出現「法國國王已死」，你一定要從文本找到來龍去脈。雖然許多科技語言可以逐字翻譯，最近發展的科技領域也含有不少全球通用的詞彙，同源字的僞友陷阱比較少，但譯者還是要確認自己使用的專有名詞，是否合乎現在的語域與語系（即英式英文或美式英文）。處理術語也有優先次序。一般來說，出現在文本「邊緣」（如列表、註腳）的術語比較不重要，出現在文本「中心」的關鍵詞就很重要。邊緣術語的譯名可以直接查閱參考書，譯者不需了解詳細的功能或描述。總而言之，翻譯科技文本並不需要專精該科技，但你必須了解文本內容，暫時掌握文本中的相關詞彙意義。

科學語言以觀念爲中心，科技語言則以物體爲中心。比方說產品工程，譯者必須了解基本詞彙的譯法，如車床、離合器、螺絲鉗、螺栓、銑床、軸、曲軸等等，這些在《維思特機械工具辭典》[6]或《牛津圖解辭典》的圖表都可以查到，譯者可以得到大概的資訊，包含機械組成、運作方式、功能等，也可以查到與這些名詞搭配的動詞，如 *une came tourne*（凸輪轉動），英文動詞通常要用 rotate，就是 a cam rotates。

翻譯方法
TRANSLATION METHOD

文本與翻譯都要言之有「物」。富卡特[7]曾經提到：「譯者的發揮空間，只受語域和文本連貫的限制。」這個說法不盡正確，因爲不只是「東西」，SL 文本仍然是譯文的根據。但有許多譯文都和 SL 原文差距甚大，有兩個原因：一是兩者習慣用法不同，二是譯文必須比原文說的更清楚，讀者才能看懂，尤其是動名詞和名詞態動詞，譯文往往必須補上格位搭檔（見第十二章）。

雖然富卡特主張「以東西爲中心」的翻譯方法，有時會脫離 SL 原文，但她提供的例子卻都非常貼近原文，除非（a）受到 TL 句法限

6 *Wüster's Dictionary of Machine Tools*。

7 原註：見書目 Folkart（1984）。

制；（b）提供解釋資訊。重點在於，如果一個東西或一個情況在 SL 原文中已經「界定」（尤其原文品質很好時），就已經有很精確的描述。譯者如果僅僅著重東西或情況，忽略原文的語言細節，就容易造成誤譯。所謂的「同步寫作」，就是將產品外型與功能資訊提供給兩種語言的廣告文案作家，請他們根據讀者文化（包括當地條件、讀者性質、特殊幽默）撰寫文案，效果應該不錯，不過「共同」的科技訊息還是透過翻譯較能表達。

翻譯科技文本，最好先從頭到尾瀏覽一遍（先標出難字），再評估文本性質（說服成分居多？還是資訊成分居多？）、正式程度（學術／專業／一般）、意圖（對主題抱持的態度），以及考量原文與譯文之間文化差異與專業差異。接下來，譯者必須決定譯文的文體，可能是客戶採用的科技報告格式，也可能是科技期刊的格式。

譯者必須翻譯原文所有部分，包括每個單字、每個數字、每個字母、每個標點符號，就算沒有翻譯出來，也要考慮進去。期刊名稱直接用外來語處理，但期數（如第一卷第五期）與日期要翻譯出來。標題要用對應的英語期刊格式翻譯出來。保留作者的姓名、資歷、服務單位的地址不必翻譯（例如 *Ecole des Hautes Etudes* 通常會保留原樣，不會譯成「高等研究學院」），因爲讀者可能會想寫信與作者聯絡。不過，如果格式允許，你可以在註腳中同時寫出外來語和翻譯，以方便客戶或讀者理解，尤其是不容易一眼看出意義的字詞。

標題
THE TITLE

譯者通常可以改變原文的標題。所有的標題不外乎分爲描述與典故兩種。非文學文本，適合採用描述標題，直接點明主題，並表明全文宗旨。典故標題適合想像文學與新聞寫作，可能非改動不可。

科技文章的標題有個好處，就是通常會直接點明主題，不過未必會說明目的或意圖。舉例來說，譯者可能需要掌握的重點在於「閃爍的功能是偵測器官或生物體內的放射現象」，至於「閃爍是磷光水晶釋放的微小閃光，以閃爍計數器測量」就比較不重要。標題的功能在於提出科技的重點，而不是列舉文章裡面的細節步驟（步驟在文本中有連貫功能和邏輯功能，可以幫助讀者理解）。

原文標題以英文的標準來看經常顯得太長，以 *Utilisation et intérêt de la scintillation liquide en biologie*（有機物質液態閃爍技術的應用與價值）這個標題爲例，*en biologie* 可以省略。*utilisation* 在翻譯時最好更動爲 application ，因爲 *utilisation* 通常用來形容物質，而不是技術程序。*intérêt* 這個字經常出現在醫學文章，至少有兩種英文意義，比較不可能是同源的 interest（利益），而是「價值」或「重要性」[8]。這個標題的最後一個重點在於明顯的字詞搭配，也就是 *scintillation liquide* 。這裡可以直接字面翻譯（一點也不困難，因爲參考書目資料裡面就有好幾筆標題中有 liquid scintillation 這個詞）。

科技翻譯最常見的錯誤之一，就是用容易誤解的形容詞與名詞搭配來翻譯標準化的術語。至於非標準化的術語，字面直譯動詞與受詞搭配，或是主詞與動詞搭配，同樣容易造成誤解，但這可以視爲專業「字形變化」。例如 *qualende Insekten* 可以照字面直接譯爲 tormenting insects（折磨人的昆蟲），即使譯者沒聽過這種英文搭配；因爲這是描述詞，不是專業術語。

翻譯科技文章標題還有一個要注意的地方，就是作者姓名與單位名稱和地址。通常這些可以直接援用原文不必翻譯，除非是：（1）有固

8 紐馬克在此列出許多僞友詞：包括 *altération* 通常是指 deterioration（惡化），而不是看起來很近似的 alteration（變更）；*dosage* 是 measurement（測量）或 quantity determination（計量），而不是 dose（劑量）；*biologique* 通常是指 organic（有機）、laboratory（實驗室），而不是 biological（生物）。

定譯法的職銜，如 *Pr.*（教授）、*Chefarzt*（部門主治醫師）、*Privatdozent*（診所主任）、*Primarius*（初級大學講師）。（2）已有通行英文拼法的外國城市名稱。注意奇怪的「英文」地名，例如德國 Basel（巴賽爾）在英文中拼成 Basle 。另外，某些機構名稱很難一眼看懂（如德文 *Nervenheilanstalt*），翻譯時除了直接用外來語之外，最好能加上語義翻譯（hospital for nervous diseases——神經疾病醫院），讀者比較容易理解。國名也要翻譯，以便專業讀者可能需要寫信給原作者。

瀏覽文本

GOING THROUGH THE TEXT

翻譯之前應該將整個文本看過一遍，在有問題的單字與結構畫線，下面幾個地方可能需要畫線：

(1) 不熟悉的字彙，但帶有可辨認的希臘文或拉丁文語素。例如 *radioéléments*、*leucine*、*photomultiplicateurs*、*photocathode*、*radioluminescence* 等等，譯者不能逕自根據語素創造新詞，而必須查證，除非另外用引號或註腳註明。不過有時候遇到可拆開的字首，如 anti-、pre-、post-，也許可以不經查證直接翻譯。化學名詞的字尾要特別確認。scintillator（閃爍體）是可以接受的，不過比較普遍的譯法是 scintillation counter（閃爍計數器）。

(2) 數字與符號。譯者必須確認 TL 的對等數字與符號的順序。

(3) 固定用字，如 *représenter*（表示）、*résider*（在於）、*dans le cadre de*（在這框架之下），也許這些詞是半無義詞，在英文中可以用 is 、in 等字帶過即可。

(4) *faciliter*（使方便、俾便於）、*permettre de*（使有可能）、*inciter*（促使）、*obliger*（使承擔）、*empêcher*（妨害）、*pousser*（促使）

等動詞，在譯文往往需要靈活重組句子，如用 have to be prepared 、 with the help of 、 can be 等詞組。

(5) 可能多義的字，如 *séduisant*（attractive）同時有「有吸引力的」和「複雜困難的」兩種意思。

接下來你可以開始逐句翻譯，轉換文法讓行文更通順自然，如把名詞改成動詞；刪去「空洞」的過去分詞；注意插入語。眞正的重點在於放鬆語法，讓行文自然流暢、在譯文放入英文專有的動名詞、以及尋找自然的字詞順序，甚至還要找出適用的「空話」（如「低層」low-level），但不要把每個名詞或動詞都加上諸如 -isation 、-bilisation 、-ualise 、-ality 、-ility 、-atise 、-ivism 、-fiable 、-tialism 、-ism 、-istic 、-isticity 、-istically 、-tionism 、-ology 、-ibility 的字尾。動詞 *posséder*（擁有）、*contenir*（包含）、*apparaítre*（屬於……所有）等，在英文中往往都可以用萬用的 to have 來翻譯。名詞型態的動詞如 *par la détection* 可直接轉爲英文動名詞 by detecting 。還要注意特殊的法文介系詞 *par*（透過），在英文反而要譯爲 due to 、 by means of 等語義成分較強的片語。拉丁語系的詞彙若改用日耳曼語系表達，可以省掉不少空話。

如果 SL 文本有瑕疵，科技翻譯的譯者可以大膽重組文法結構（切割句子、移動子句、把動詞轉換成名詞等等），就像其他資訊類或呼籲類的文本。你是專業的寫作者，而原作者不是，因此譯作品質應該比原文好。不過碰到專業名詞還是要小心爲上，不要冒險。

科技翻譯的文體應該隨客戶需求調整。如果客戶要求譯文「從頭到尾」都要與原文一致，譯者就要沿用原文文體。翻譯期刊文章就要沿用該期刊的文體，翻譯前要先翻閱過期期刊以確認。《英國醫學期刊》（*British Medical Journal*）之類的刊物通常有明顯的文體風格，包含大量被動語態（如 examinations are done 、 a decision was required）；拘謹的雙名詞複合字（如 endoscopy plan）；經常使用動詞衍生的名詞（帶有詞綴或無詞綴）搭配萬用動詞，例如 the answer is 、 the outcome was 、 take action 、 have effect 、 medication was given 、 management was changed 。另外偶爾也會用「我們」——這些都是爲這份期刊翻譯時可以採用的特色。

科技語言最大的特色在於詞彙豐富，而且發展無窮，因爲永遠有未知的化石與石頭等著命名。許多科學領域都採用希臘—拉丁詞彙分類，因此可以視爲國際詞。如果 SL 的自然物質詞彙（動物、植物、新物質都是由國際術語委員會命名）在 TL 中缺乏對應詞彙（因爲 TL 環境中沒有這種動物或植物），可以用希臘拉丁詞彙（即學名）作爲功能性對等詞。例如蛺蝶科的 white admiral（白蛺蝶）可譯爲 *Limenitis camilla* ， red admiral（大紅蛺蝶或大西洋赤蛺蝶）可譯爲 *Vanessa atalanta* ， gypsy moth（舞毒蛾）可譯爲 *Lymantria dispar* 。其他昆蟲、植物名大抵類此。依據正式程度不同，譯者有時直接借用標準的拉丁希臘字彙，有時用英文拼寫的希臘拉丁字彙，除非（或是直到）字彙相當常用，發展出常見的日耳曼語系型態，如 bleeding（流血）、 heart failure（心臟衰竭）、 stroke（中風）、 chicken-pox（水痘）、 mumps（腮腺炎）等。譯者必須注意，英文因爲常用動詞片語、名詞片語、單音節詞，比拉丁語系和德文都更不正式。

結論
CONCLUSION

科技翻譯主題繁多，語域又多變，加上寫作品質往往不理想，要綜合歸納出有用的建議相當不容易。科技文本的寫作最接近物質現實，與心靈距離最爲遙遠。科技文本包含圖表、圖解、圖說、照片、數據、公式、計畫、參考文獻、書目資料等。在學校參加翻譯考試的譯者，往往疏於仔細瀏覽這些資訊，忽略書目資料尤其可惜，因爲許多關鍵字的譯名往往可在書目資料中找到。其實一開始就該先看書目資料與圖表。雖然我不贊成「保留原文風格並不重要，尤其是品質不好的原文」，但富卡特的說法也的確能糾正字面翻譯，鼓勵比原文更清楚明白的表達（塡補格位缺口）。

我最後一個建議是顯而易見的。在科技爆炸的時代，新科技不斷以等比級數成長，科技是知識的前線，所以譯者必須掌握最新資訊。不管是資料庫、術語資料庫、專業人士、所有文本和參考工具的最新版本，缺一不可。譯者應該請客戶／翻譯公司或圖書館員，盡可能協助準備這些資料。可以主動聯繫相關單位、公司的資訊部門索取資料。如果有機會，不妨多多參與短期課程或研討會，或是參觀工廠。

如同本章一開始提到的，術語占科技文本約百分之五到十，其餘部分都還是「語言」，通常是自然風格的語言。譯者常常會發現，權威性文本也都希望能寫得優雅自然；如果 SL 作者沒做到，譯者可以不著痕跡地幫他轉化爲自然而優雅的語言，作者應該會感激不盡。所以好好翻譯吧！

第 15 章

嚴肅文學與權威性言論的翻譯

The Translation of Serious Literature and Authoritative Statements

引言

INTRODUCTION

有些理論家主張認知翻譯（純資訊的翻譯）絕對可行，也有可能完美——這是核心、不變因子；唯一的障礙只有在下列兩種情況下出現：（一）同時強調訊息內容與形式；（二）SL 和 TL 間有文化缺口（思考方式或感受方式不同、物質上的差異等）；或是作者與譯者及／或讀者間有微妙的語用關係。這種概括的說法有其道理，但卻遺漏了一個要點：基本上一篇文本是否能夠足額翻譯，主要決定因素在於其困難度、複雜度、隱諱程度，更勝於其他因素。另外，任何著重 SL 形式的文本也都完全可以解釋，只不過譯入 TL 時會形成超額翻譯，失去了原作直接的衝擊。然而，如果一定要說的話，我認爲嚴肅文學與權威性言論的翻譯是最難的，因爲闡明意義（單字）和維持形式（句子，在詩的翻譯中就是詩行）一樣重要，而且要讓單字、句子、文本三者連貫，需要不斷的折衷與一再調整。

比勒提出的語言抒發功能，就是內容和形式一樣重要的文本，主要分爲兩大類：一是富創造力的嚴肅文學，二是權威性言論，不管是政治、科學、哲學或法律類。

這兩類明顯的差別在於：（一）權威性言論往往有明確的讀者對象，文學則不一定；（二）文學在某種程度上是譬喻；權威性言論通常是字面上直接的意思，只有在特別的段落中才採用譬喻，如訴諸大眾情感時（像是整篇直敘語言中的「孤島」），例如「改變的風正在吹起」（慣用隱喻）；「除了血、汗、淚水與勞動之外，我沒有什麼可以貢獻。」[1]（譬喻語言，但這些都是象徵符號，必須同時從字面與比喻意義上去理解）；「軸心國的下腹部」[2]（不用弱點而用下腹部，屬原創隱喻）。此外，在權威性言論中自我抒發的元素不是主要重點，但譯者必須對個人習語中的怪異處給予同等尊重，如同在翻譯奇幻文學一樣。

方便譯者的進一步分類是：廣義的文學橫跨四個等級，分別是詩、短篇故事、小說及戲劇。

詩
POETRY

詩是四種文學形式中最私密、最濃縮的一種，沒有贅字、沒有寒暄語；同樣是意義單位的詞彙，若出現在詩裡，其重要性就遠勝於其他形式。而且，如果字是第一級意義單位，第二級卻不是句子，反而通常是詩行，再次顯示出意義單位的獨特稠密。

因此在下面這段中：

... But Man, proud man
Drest in a little brief authority,
Most ignorant of what he's most assured
His glassy essence, like an angry ape,
Plays such fantastic tricks before high heaven
As make the angels weep ...

（Shakespeare, *Measure for Measure,* II. II. 117）

1 原註：邱吉爾，1940 年 5 月 13 日。

2 原註：邱吉爾，1943 年 1 月。

（可是人，驕傲的人類

掌握到暫時的權力，

渾然不察自己本來面目

係如琉璃般易碎，而像一頭盛怒的猴子，

在天堂之前使出種種花俏的把戲，

讓天使們流淚；）

（莎士比亞，《一報還一報》，第二幕第二景117行）

詞彙單位和詩行的完整性必須由以下兩方面來保存：（一）對應的標點，對於重現原作的風格不可或缺；（二）隱喻的正確翻譯。

以德文譯本爲例：

... doch der Mensch, der stolze Mensch,

In kleine kurze Majestät gekleidet,

Vergessend, was am mind'sten zu bezweifeln,

Sein gläsern Element — wie zorn'ge Affen,

Spielt solchen Wahnsinn gaukelnd vor dem Himmel,

Daß Engel weinen...

（蒂克與施萊格爾合譯，*Maß für Maß*）

此處字與詩行的單位都依原標點保留下來，大部分的意象也都保留了。除了 plays such fantastic tricks（使出花俏的把戲）這個意象變成了 plays such madness, conjuring（瘋狂行徑，使得）；而 most ignorant of（渾然不察）變成了 forgetting（忘卻），而正面的 most assured（最確定的）變成了雙重否定的 least to be doubted（最沒有疑問的），不過這是常見的調節。此處最大的佚失，還是 fantastic tricks 這個隱喻。原創隱喻在所有創意語言中，占有最重要的地位，是透過視覺意象來挑起情緒（即使正義或憐憫這類抽象詞彙，都可以擬人或擬物而形成意象）。這些意象（知覺的、感官的、肉慾的、敏感的，甚至煽情的，以活絡語言）可以製造出的不只是視覺，還有其他四種感官知覺（觸覺如摸毛皮、味覺如嚐食物、嗅覺如聞花香、聽覺如聽鐘聲與鳥鳴），加上共存於人類的特質（善惡、苦樂）等。詩呈現事物，特別是爲了要傳達感情，不論語言多麼具體，每個物件都代表其他東西，可能是一種感覺、一種作爲、對生命的看法，以及生命本身。譯者必須盡可能複製原創隱喻，即使有可能造成文化衝擊。諾伊貝特曾說：莎士比亞的「我可否把妳比作夏日？」會讓阿拉伯或愛斯基摩讀者感到寒冷，但是這兩地的讀者應該努力去找出比喻的原意，至少在詩的下一句有跡可尋：「妳比夏天更可愛、更溫婉」。文化隱喻（例如：技術性字眼「（暑假）租屋」）就沒有原創隱喻那麼重要。

如果隱喻的意象在 TL 文化中也存在的話，譯者可以大膽地轉換過來。但是，如果像艾米斯（Kingsley Amis）的詩：

Should poets bicycle-pump the heart
Or squash it flat?

(*Something Nasty in the Bookshop*)

（詩人應該要為心打氣，
還是把心壓平？）

（〈書店中的醜事〉）

如果譯入的 TL 文化中，沒有腳踏車充氣這樣的意象，那麼讀者感受到的就不是文化衝擊，而是困惑了。遇到這樣的詩，可以創造一個在 TL 文化中對等的隱喻，或直接把 SL 的隱喻說開，或如果字數允許，可以翻譯隱喻再加解釋；但如果譯者認爲隱喻非常重要，就有責任把隱喻帶到 TL 的語言、文化裡。

我認爲所有的意象都有普遍的、文化的和個人的來源，詩的譯者卻不能對讀者讓步，用本國對等詞彙去替代異國文化。如果中國的秋天，不是濟慈筆下「多霧與甜蜜豐饒」的時節，而是秋高氣爽、水波不興、萬戶擣衣聲，那麼讀者就得接受這樣的背景，如果讀者想要親自感受，重複閱讀就能心領神會，不需贅述、不用對暗喻多加解釋。然而，歐洲人得注意，中國文化中的玉不是綠色，而是白色（白如玉、玉簾、玉階）；鳳凰不會浴火重生；龍是很友善親密的；柏樹表示墓園，和西方一樣[3]。

上述的玉、鳳、龍、柏樹等，中譯英並不困難，因爲這些意象對英文讀者來說並不陌生。如果用到中國本土花草作爲隱喻時，就眞的很困難了。

我不贊成譯詩者主要任務在於溝通。我不認爲譯詩者，應在傳統溝通翻譯的定義下，努力創造出與詩人創造給 SL 讀者一樣的效果給 TL 讀者；他的主要努力目標在於，「翻譯」出詩對他自己個人所造成的影響。其實，譯者幾乎不可能譯出詩的同等效果。因爲詩動用到所有的語言資源，不像其他文學或非文學媒介，因此兩個語言距離遙不可及。章法、語彙、音調、文化（而非意象），全都彼此衝突。

以凱恩克洛（John Cairncross）爲例：人家說法文、或詩、或法文詩、或拉辛（Racine）是不可譯的，他並不加駁斥；也不把英語讀者「帶到」拉辛面前，或把拉辛「呈現」在英語讀者面前[4]。他翻譯，只是因爲英文字開始自動在他的耳邊成形，所以他的拉辛：*Ce que j'ai fait, Abner, j'ai cru le devoir faire*，便是 What I have done, Abner, I had to do（我做的，艾伯納，都是我得做的）（*Athalie*, 1.467）這句本身又讓

3 原註：根據 Graham 翻譯的 *Poems of the Late T'ang*（晚唐詩選）。

4 此處是用了德國哲學家施萊爾瑪赫（Schleiermacher）在 1813 年〈論翻譯的方法〉（*Methoden des Übersetzens*）提出的說法：翻譯的方法有兩種，第一種是把讀者帶到原作者面前（異國化作法），第二種是把作者帶到讀者面前（本國化或道地化作法）。

人想起聖經中羅馬總督彼拉多說過的話：「我該寫的我都寫了。」要不要讀，悉聽尊便。

我認爲，多數譯詩的例子中，譯者首先會決定一個和 SL 盡量接近的 TL 詩形式（也就是，十四行詩、民謠、四行詩、無韻詩體等）。雖然押韻也是形式的一種，但其重要性卻得先擱一旁。再來，譯者將重現譬喻的意義，也就是詩的具體意象。最後才是時地背景、思想用字，還有製造音效的各種技巧，以便製造出個別效果，這些要在重寫階段才考慮[5]。在情感上，不同的聲音創造不同的意義，不是根據大自然的聲音，也不是溪流、森林裡勾人的噪音，而是人類喉嚨發出的共同聲響：哈姆雷的 To be or not to be — that is the question ，逐字翻譯成德文之後（*Sein oder nicht sein — das ist hier die Frage*），聽起來卻多了一種哈姆雷本無的信心及挑釁，或許是雙母音的 *ei* 音之故？開啓了聲音的普遍象徵這個大問題[6]。儘管是逐字翻譯，原文所有的鳴響、開放性還是都佚失了；而德文加進 *hier* 一字，從 that is the question 變成 that is here the question ，又顯然強調了莎士比亞原文中沒有的挑釁意味。事實上，不管譯文有多好，意義和原文都會有許多出入，都只是原作的回音[7]，沒有穿透玻璃窗[8]——且譯文也會有自己獨立的力量。成功的譯詩，永遠是另外一首詩。

譯者注重的是內容還是形式，形式之中又以何者（音步、韻腳、音調、結構）爲最優先，不只依該首詩的價值而定，還要看譯者對詩持有什麼樣的理論。因此，沒有一體適用的譯詩理論，翻譯理論家唯一可以做的，只有注意不同的可能性，指出成功的實例，除非他輕率

5 原註：Beaugrande 在他精緻的里爾克譯文中亦如此說。

6 中文古典詩詞對此也有不少研究，例如下平七陽韻（-iang）特別悠長，適合作離別之聲等等。

7 原註：這個隱喻是 Borrow 說的。

8 原註：這個隱喻是 Gogol 說的。

地想把自己的翻譯理論，併入他的詩論。刻意也好、直覺也好，譯者得決定詩中語言（或詩中某一處語言）的抒發或美學功能何者重要。濟慈對「美與眞實」的論點是：「美即眞，眞即美——我們只知如此，也只需知此」，也就是兩者相互定義、兩者對等，而這顯然在此遇到挑戰；之後又有法國兩派詩學運動——「藝術反映人生」（Matthew Arnold）與「爲藝術而藝術」（Théophile Gautier）——的論爭以及二十世紀初王爾德所寫的「藝術無用」論（王爾德自己的藝術卻背叛此說法）。顯然，濟慈沒有想到翻譯，而過份簡化了這個論證。如果在譯者的字典上，「眞」代表直譯，「美」代表雅譯，那麼「眞」是醜陋的，而「美」一定是謊言。很多人會說：「人生如此。」但翻譯理論家會指出，這兩種版本，直譯或雅譯的詩，通常都一樣令人不滿意。在語言抒發與美學功能之間，需要一些融合、一些近似值，無論如何，詩人偏離 SL 常態的個人語言，很有可能在 TL 中會更加偏離。因此，奧地利作家克勞思（Karl Kraus）抱怨德文譯者格奧格，對莎士比亞十四行詩的英文語感「橫加暴力」，又扭曲德文字彙與文法用法，造成「獨特的墮胎」！但是，在我看來，所有譯者中，就屬格奧格譯得最貼近、最成功。

例如：

Lebwohl! zu teuer ist dein besitz für mich
Und du weißt wohl wie schwer du bist zu kaufen
Der freibrief deines werts entbindet dich
Mein recht auf dich ist völlig abgelaufen.

回譯成英文是：

Farewell! too dear is your possession for me
And you well know how hard you are to buy

The charter of your worth releases you

My claim to you has fully run its course.

（再會！要擁有妳實在太貴

妳也深知自身難買

妳的價格從此放妳自由

我對妳從此再無權利可行。）

原詩是第八十七首十四行詩：

Farewell! thou art too dear for my possessing,

And like enough thou know'st thy estimate:

The Charter of thy worth gives thee releasing;

My bonds in thee are all determinate.

(Sonnet 87)

（再會！妳太昂貴，我負擔不起，

妳也清楚自身價高何許：

妳價值的特許狀給了妳自由；

我對妳的合同就此中止。）

格奧格的譯本向以簡潔、有彈性著稱，特別是他對對應主題字的強調（昂貴、特許、停權、合約、中止等等）。他無法傳達莎士比亞精義的是多義字，如 estimate（估價；評價）、 releasing（棄權；釋放）、bonds（合約；束縛；奴隸；關係）、 determinate（終止；決心）等字，因此他把這四行詩的意義縮減——尤其是在莎士比亞的開頭有漂亮的邏輯陳述，加上 possessing（擁有）該字的溝通動能，格奧格被迫用了倒轉法，把 my possessing 轉成 your possession 。

葛瑞漢（Angus Graham）在討論中國詩詞的翻譯時，指出傳遞效果最佳的詩元素是具體意象。隨便拿兩句中文詩來看：

Kuang Heng write frankly memorial. Success slight.
Liu Hsiang transmit classic. Plan miss.
（匡衡抗疏功名薄，劉向傳經心事違。）[9]

可以重寫爲：

A disdained K'uang Heng, as a critic of policy,
As promoter of learning, a Liu Hsiang who failed.
（我像匡衡一樣批評時政，卻遭到漠視；
我像劉向一樣授徒傳經，卻事與願違。）

詩人悲慘地將他的失敗與兩位政治家的成功相對照，但和以下詩句對照：

Tartar horn tug North wind,
Thistle Gate whiter than water,
Sky, hold-in-mouth Koknor Road,
Wall top moon thousand mile.
（胡角引北風，薊門白於水。天含青海道，城頭月千里。）[10]

我注意到，即使在《泰晤士報文學評論》（*Times Literary Supplement*）中，希格爾（Erich Segal）也直言批評多數譯者的「隱喻恐懼症」（metarophobia），也就是譯者面對隱喻時的不安。品達（Pindar）說到人是「影之夢」（*skias onar*—the dream of a shadow），但譯者拉提摩爾（Richmond Lattimore）卻把它反過來變成慣用的「夢之

9 杜甫《秋興八首》之三。典故是漢匡衡直言時政作了宰相（而作者直言卻遭貶）；劉向傳經而當上九卿（作者欲傳經卻逢亂世而不得）。

10 這是李賀的樂府。紐馬克的意思是，像李賀這幾句具體意象的詩，直譯效果就很好；但像杜甫那兩句抽象典故的詩，直譯效果就很差。

影」（shadow of a dream）。根據伊斯奇勒思（Aeschylus）所言，普羅米修斯是「偷了火之華」（*anthos/pyros*， blossom of fire），但是在半數譯者詮釋之下變成他只「摘了花」（plucked the blossom）。

詩的原作本身沒有贅字、沒有寒暄語，但譯者通常需要多一點空間，他要靠贅字來「超額翻譯」，例如，*veule* 要譯成「鬆垂」或「無力又柔弱」，還要考慮音步的限制。拉辛的絕妙詩句 *Le jour n'est pas plus pur que le fond de mon coeur* 可能變成：My heart is candid as the light of day[11]（我的心如日光般坦蕩）或 The daylight is not purer than my heart[12]（日光亦無我心純潔），後者比較貼近法文，譯得較好，但還是無法和原作的豐富與柔軟相提並論；頭韻、單音節字、重複的 r 音、深情的 *fond*（心「底」）也在譯文中不見了。

我說過，原創隱喻一定要譯得正確，即使在 TL 文化中該意象顯得怪異、且其所傳達之意只能憑猜測。音效一定是譯者最後考量的部分，也許只有那種打油小詩例外；不過，還是必須盡力去傳達聲音的效果，或至少設法補償，或許是把音韻放到別處，或用別的聲音效果來代替[13]。德文中的形容詞加名詞，如 *fremde Frau*（異鄉的女人／陌生的女人）；*laue Luft*（溫熱的空氣／不熱烈的氣氛），連兄弟語英文都常無法複製；不過較長的頭韻通常可以找到還可算對等翻譯：

Und schwölle mit und schauerte und triefte

(G. Benn, *Untergrundbahn*)

To swell in unison and stream and shudder

(M. Hamburger 譯)

11 原註：Dillon 的翻譯。

12 原註：Cairncross 的翻譯。

13 例如原詩的頭韻改用行中韻或韻腳等等。

法文譯者維特曼[14]曾說，法文詩無法譯入英文。這點我無法苟同。原因之一是，很多法文詩人如維庸（Francois Villon）、藍波（Arthur Rimbaud）、樊樂希等，他們的作品已經或多或少成功地翻譯成英文；原因之二是，雖然有明顯瑕疵（如語法差異；和相對少量的法文詞彙相較之下，英文詞彙數量極爲龐大，因此很多法文字顯得較一般性，一個字可以涵蓋許多英文具體、明確的詞彙，例如法文的 *noir* 一個字就可以翻譯爲英文的 black 、 dark 、 dim 、 dull 、 dusky 、 deep 、 gloomy 、 murky 等等，因此法文顯得「抽象」且「知性」，而英文則具體而實際），但在實際的個別文本中，英文有源源不絕的創意資源、英文有雙音節字與單音節字、十八世紀的英文接收了許多法文資產，而且還有同理心與同情心，即使拉辛有朝一日應該也能找到雖有不足、但挑戰性十足的英文譯者。

凱思克洛對於翻譯拉辛作品列出三項考量：（一）譯者必須採用十音節無韻詩體；（二）拉辛作品一定要精確翻譯；（三）拉辛的詩作特別難以翻譯，因爲他能從最不起眼的地方喚起音樂性。我還能列舉更多翻譯難處[15]。事實上，我覺得拉辛眾譯本的最大佚失，是拉辛十二部劇作中只用了一千八百字，而英文讀者卻無法聯想到其他劇作所使用過的同樣字彙。

短篇故事／小說
THE SHORT STORY/NOVEL

從譯者的觀點來看，文學形式中的短篇故事是第二難翻的，不過至少已經可以擺脫詩的明顯限制（音步和音韻），音效的變化已經不再

14 John Weightman，翻譯過人類學家李維史陀（Claude Levi-Strauss）的《生食與熟食》（*Le cru et le cuit*）。

15 紐馬克在此討論了拉辛劇作 *Phèdre* 第二幕 524-60 行，比較了 Cairncross 和 Dillon 兩人的英譯本，以及詩人 Robert Lowell 的英文仿作。詳見原著 168-70 頁。

那麼重要。而且，因爲意義單位不再是詩行，譯者可以稍稍伸展一下，所以譯作可能比原作長一點，不過，還是愈短愈好。譯者可以在文本中稍加幾個字作爲文化解釋，而不必像詩或戲劇的翻譯那樣，一定不能有文本中的解釋，解釋只能放在註解或詞彙表中。

短篇故事和小說的分野，在於短篇故事的形式、主題比較濃縮，因此譯者在翻譯時，要注意保留這樣的凝聚效果。

我用湯瑪斯曼的短篇小說《東尼・克呂格爾》（*Tonio Kröger*）來解釋我想定義的兩種關鍵字：第一種，主題（leitmotifs）是短篇故事特有的，表現人物或場景的特徵。主題重複的時候，應適當地在譯文中突顯和加以重複，例如：*Zigeuner im grünen Wagen*（綠蓬車上的吉普賽人）是藝術家；*die Blonden und Blauäugigen*（那些金髮藍眼的）是普通人等等。現在小說中的對話愈來愈重要，某些用語和小說人物密不可分，例如《櫻桃園》（*The Cherry Orchard*）中，葛瑞夫（Grev）對撞球的評論；狄更斯（Dickens）筆下人物好用口頭禪；沙林傑（Salinger）筆下的艾思梅（Esmé）常說 extremely[16] 等等，這些用詞都必須加以突顯。

第二種關鍵字是作者慣用的字彙或用語，而不是只在某些文本出現的：看到 *sich verirren*（迷路）、*jagen*（狂追）、*beirrt*（誤導）和一堆與 *Beamte*（小公務員）有關的字彙，或許就是卡夫卡；而強烈的動詞如 *entraîner*（「如洪流般」捲入）、*épier*（窺伺）、*frémir*（「簌簌地」微震）、*exiger*（苛求）等等，大概是莫里亞克的風格。其中有些字，已經可以一對一翻成英文，而且可以從重複與上下文（情境的和語言的）中，凸顯在文本中的重要性，這些譯者或多或少可以做到。但像 *jagen* 和 *entraîner* 這樣的字就比較困難：*jagen* 代表瘋狂、不中止的追索，而 *entraîner* 代表無法抵擋的強迫力量。

16 原註：現在大家都用 totally 了。

譯者對關鍵字的態度是，必須嚴謹評估文本；必須判定哪些詞彙單位位於中心、功能最重要，而哪一些詞彙比較邊陲；因爲譯文中的得與失會依照譯者的評估而決定[17]。

嚴肅小說的翻譯不可能有通則可循。一些相關的問題，例如：SL文化的相對重要性，和作者對讀者的道德目的，反映在專有名詞的翻譯上；SL 習俗與作者個人習語的翻譯；方言的翻譯；個人風格的翻譯、文學時期和／或運動的流行模式；SL 規範的翻譯等等，每個文本都必須處理這些問題。

一些小說的翻譯具有非比尋常的重要性，因其引介新的觀點，將不同的文學風格注入另一個語言文化中。在這個意義下看世界文學（*Weltliteratur*）翻譯（我想到法文的普魯斯特和卡繆，德文的卡夫卡和湯瑪斯曼，義大利文的帕韋澤[18]），顯然譯者通常都不夠大膽，也就是不夠直譯：無數例子證明，直譯在美學價值上並不亞於自由翻譯——或說翻譯「潛文本」（時髦用語），之前的說法是「譯出語言或作者的精神或特質」。

戲劇
DRAMA

翻譯劇本的主要目的，通常是要把劇作成功搬上舞台。因此，劇本的譯者顯然要將潛在觀眾考慮進去；雖然，跟其他文類一樣，文本寫得愈好、愈重要，譯者可以爲讀者做調整的地方就愈少。另外，劇本翻譯時還有幾個限制：不能像小說的譯者還能加字、解釋雙關語、含糊處或文化典故，也不能爲了保有異國風情而援用特殊拼法：劇本譯者的文本是戲劇性的，強調動詞、而非描述或解釋。梅耶在一篇文

17 原註：當然，我知道很多譯者會說，他們憑直覺行事，可能出於本能，可能出於常識，他們不需要翻譯理論來知道什麼是相對重要的。

18 Cesare Pavese，二十世紀義大利小說家。

章[19]中，引用了英國劇作家拉提根的說法，表示口語蘊含之力道是書寫文字的五倍——小說家寫三十行，劇作家只要寫五行就夠了。上述算數顯然有誤，我相信這種觀點也有問題，但也表示了劇作翻譯必須精簡——千萬不要超額翻譯。

梅耶區分出戲劇文本和潛文本，或說「字面上的意義」和「眞正的重點」——也就是言外之意。他相信，若在有複雜情感的主題上遭到質問時，一般人的回答必定閃爍逃避（且態度迂迴）。易卜生筆下的人物都是心口不一，譯者必須讓英文讀者也能讀出潛文本。很可惜，梅耶並沒有舉例。通常我們會覺得單句的語義翻譯會比溝通翻譯更能揭示隱含的意義，因爲語義翻譯接近直譯，讓其暗示更清楚，而溝通翻譯的目的是讓對話比較流暢。對話如：「你不覺得冷嗎？」和「我覺得你先生對你很忠心」，在任何語言中，都分別影射逃避與懷疑，如果當中有文化重疊的話。（如果 SL 和 TL 文化中，對於天氣和性倫理的觀念大相逕庭，則不會有相同的影射。）

最後，如果譯者希望筆下的人物「活生生」的話，就要譯成 TL 的當代語言，要記得當代用語時間大概涵蓋七十年。如果五百年前所撰寫的原作中，某角色本來就用文謅謅、過時的語言講話，在譯本中，他就要用一樣文謅謅、過時的語言，但是每個角色不同的用語、社會階級、教育程度、特別是個性，都要恰如其分地保留下來。這樣對話才會維持戲劇性。雖然譯者不能忘記潛在觀眾，但也不能爲他們而做太多妥協。由於戲劇的語言形式很重要，加上原劇作的精巧，譯本不可避免地略遜於原作，但同時也有比較簡單的優點，而且也是一種介紹原作的方式。用法文讀康德比用德文來得簡單，也許甚至連德國人都這樣覺得[20]。

19 原註：收錄在 *Twentieth Century Studies* 中，注意到的人不多。

20 一些中國古典作品，如書經、老子等，或許連以中文為母語的人都覺得英文譯本比較簡單易懂，至少可以作為導讀。

偉大的劇作被翻譯的原因，可能是爲了讀者的閱讀樂趣，可能是爲了學術研究，也可能是爲了在舞台上演出；但譯者應該永遠設想後者是他的主要目的（演出版本和閱讀版本不應該有別），只在註解的部分關照讀者和學術研究者。即使如此，譯者應該盡量在文本中，詳述文化隱喻、暗喻、專有名詞，而不是把暗喻直接以意思取代，例如把泰坦族中的老太陽神海波利昂（Hyperion）和半人半羊山神獸薩堤（satyr）簡單翻譯成「太陽神與怪物」[21]。

劇本一旦從來源語轉成目標語之後，往往已經不是譯作，而是改編了。

結論

CONCLUSION

最後，在討論嚴肅文學的翻譯時，我必須說明自己試圖要放眼未來。毫無疑問，像吉伯特這類的譯者活絡了翻譯：針對二十世紀初，把俄國文學翻譯搞糟的生硬、文學翻譯風格，進行反動。吉伯特深受海明威的影響：海明威主要的貢獻在把小說拉近日常語言，而吉伯特則譯出了同樣生動的文句：*Aujourd'hui, maman est morte ou peut-être hier, je ne sais pas*（今天，媽媽死了，或許是昨天，我不知道）變成了Mother died today, or maybe yesterday, I can't be sure.（媽媽今天死了，又也許是昨天，我不確定）[22]。吉伯特往往比原作更口語，但他也可以說潛文本比書面語言更爲口語，他只是把原作意味或暗示的翻譯出來。不過，他還是沒有理由把 *Il faisait très chaud*（天氣非常熱）翻成

21 原句出自莎劇《哈姆雷》第一幕第二景，是哈姆雷說他父親與叔父，就像希臘神話中的凜凜巨神 Hyperion 與山林醜怪妖精 satyr 的對比。紐馬克說，在中文的翻譯中沒有保留原來文化的典故。但此劇有許多譯本，也有譯出名字的，卞之琳的譯本是「簡直是海庇亮比薩徒」；的確多數選擇意譯，如「恰似太陽神和羊怪之比」（梁實秋），「簡直是太陽神對半人半獸的精怪」（方平），「猶如天神之於色鬼」（彭鏡禧）。

22 這是卡繆《局外人》的第一句話。

It was a blazing hot afternoon（那是個令人炫目的炎熱下午），況且還有成千個其他類似的「歧異」，顯示出譯者目標在於追求本能的自然（通常是因爲疏忽、大意，從德文翻譯過來時也常有的毛病），而非任何程度的正確。我希望，一定的正確性是未來良好翻譯的唯一判準（至於哪一種正確性，首先視文本類型、再者視被翻譯的特定文本而定），而不要再用「潛文本」或格萊斯的語用邏輯等等，來掩飾錯誤的翻譯。

第 16 章

工具書的用法：如何追蹤「不明」字詞

Reference Books and their Uses; Tracing the "Unfindable" Word

引言

INTRODUCTION

這是個工具書的時代[1]。由於大眾需求提升，加上資訊科技進步，工具書不僅種類愈來愈多，出版量也不斷增加，每年修訂更新也很容易。目前工具書包括地名辭典[2]、象徵辭典、慣用語辭典、罕見字詞辭典、動詞片語辭典、陳腔濫調及委婉語辭典等等。優良的辭典有增加搭配詞的趨勢，不過目前還有待改善。這些工具書很有幫助，但是切記對語言學習者與譯者有兩大缺點：一是沒有說明詞條是否過時，二是有時描述與功能混淆，或是缺乏功能的解釋。例如刀子的功能是用來吃東西、切東西；描述則是有金屬刀刃與把手的工具。

身爲譯者，必須知道在哪裡以及如何找資料。再差的工具書也有可取之處，只要知道其限制所在，例如出版日期。所以要翻譯十九世紀德國哲學家洪堡（A. von Humboldt）的作品，舊的 *Muret-Sanders*

1 現在的譯者多半依賴網路搜尋工具，但網路搜尋到的資訊未必可靠，譯者必須謹慎判斷。本章所提的工具書，可以一窺英文專業譯者的資源；讀者亦不妨留意各種中文資源。

2 中文有字典與辭典之分，但字典屬文字學領域，一般用的都是辭典。歐洲語言無此分別，都是 dictionary，本來都稱字典即可。但近年來「辭典」似乎比「字典」常見，因此本書亦多採辭典用法。

（德英辭典）倒是剛好合用。多語言辭典提供的搭配詞組很少，所以只適合初步搜尋；雙語辭典是不可或缺的，不過通常還需要查證至少兩種 TL 的單語辭典，甚至要查找 SL 的單語辭典，以確切掌握字詞的狀態（例如是否過時、頻率及聯想）。貝羅克曾寫道，譯者應該查詢每一個字（應該是指 SL），特別是譯者所熟悉的字詞。也有人主張，譯者不該信任任何辭典，有些人的理由是文本的主題及知識比語言對等更重要，有些人的理由是不可逐字翻譯，只能逐句譯（或以整個文本爲翻譯單位），所以單字是沒有意義的。

這些主張與大部分有關翻譯的評論一樣：只說對了一部分。雙語辭典通常包含太多「辭典字」，這些字很少見於辭典之外，例如 posology（藥量學）、physiological solution（生理溶劑）、compass declination（磁針偏差）這類的字。

有些你多年來從上下文領會的字，若能查找辭典，會有很大的幫助，因爲你通常會發現自己忽略了一部分的重要字義[3]。維根斯坦（Wittgenstein）曾說：「在大多數情況下（雖然不是絕對）……字義等於字在上下文的用法」，這被許多譯者拿來作爲模糊與不準確翻譯的藉口；然而從經驗即可知道，這種說法並不正確。你從上下文只能推知字的功能，而不知它的描述。沒錯，我們無法否認，功能是語義與翻譯的首件要素，但是 fork（叉）的本質是指把手末端有二至四個分支的器具，而不只是進食的工具。

3 原註：例如，長達四十年的時間，我一直以為 mercenary（貪財）是指 mean（小氣）。

資源
RESOURCES

首先你必須有好的英文辭典[4]：一、柯林斯，因爲它不僅清楚、編排分明，而且收納許多專有名詞。若可行，也建議使用簡明牛津及朗文出版的 *Dictionary of the English Language*（1984）。二、再來你必須有本 *Roget* 同義詞辭典（*Thesaurus of English Words and Phrases*），至少要有企鵝版（Penguin）的同義詞辭典；同義詞辭典是不可或缺的工具書，因爲它可以：（a）提醒你一些你自己不常用到的字；（b）提供 SL 有詞彙缺口的描述性字詞；（c）增加你的字彙。

第三，你必須能夠很方便查閱大本的韋氏辭典[5]（三冊）。通常你應先在英文韋氏辭典找到 SL 的專門詞彙，再找 SL 單語辭典或雙語辭典。你還要能查閱大英百科全書，其簡編（Micropaedia）收錄許多辭典及百科全書的詞條與名稱[6]。若是新字，可以使用巴恩哈（Barnhart）父子的兩冊《英語新詞辭典》（*Dictionaries of New English*）[7]及《牛津英語辭典補編》（The Supplements to the *OED*）。若要查不同時期的字義，可查 *OED*（不過舊版的 *OED* 與補編合併，是不智之舉）。不同領

4 這一節是針對目標語為英語的譯者而言，對於中翻英的譯者很有幫助。目標語為中文的譯者可以參考類型，準備優良的中文辭典。例如大型辭典可找《遠東漢語大字典》（八冊）、罕見字要找《康熙字典》、古典中文要查《辭源》，當代中文以教育部的《國語辭典》光碟版最為便利等等。

5 *Webster's Third New International Dictionary*，蒐錄四十七萬多條詞條，有光碟版本。

6 《簡明大英百科》有中文版，以 1988 簡編為藍本，有二十冊，中華書局出版。但我個人覺得比較好用的是光復書局在 1990 年出版的《大美百科全書國際中文版》，根據 *Encyclopedia Americana* (1989) 編成，有三十大冊，因為中英對照容易，所以對譯者幫助很大。可惜卷數龐大，前後譯名時有不一致的地方。

7 這裡紐馬克應該是指 1973 年的第一版和 1988 年的第二版，各收前十年的新詞詞條約五千條。第三版已於 1990 年出版。巴恩哈父子還主編了一份叫作 *The Barnhart Dictionary Companion: A Quarterly to Update General Dictionaries* 的季刊。大陸及香港在 1980 年代以後出版了多種漢語新詞辭典，較著名的有商務出版社和上海辭書出版社的新詞辭典。

域則可以選擇相關領域的企鵝版專業辭典（共超過三十冊）[8]。目前市面上沒有好的搭配辭典，只有 1920 年的《英文文體辭典》[9]可參考。若要查關鍵字，可參考《楓丹娜現代思潮辭典》[10]及同系列的《人物指南》[11]、《政治思想辭典》[12]、《關鍵詞》[13]第二版、《字彙力》[14]、《哲學辭典》[15]（內容包括邏輯表、集合論及形式語言符號）。要注意許多關鍵詞雖然「國際通用」，但在不同語言有不同的意義[16]，而且不只是政治性的關鍵字如此。若要查詢英國機構名稱，可用每年官方出版的《英國年鑑》[17]。《惠克特世界年鑑》[18]這本書有階級歧視的意味，但是數據相當實用。當代大事可以參考《紀星世界大事紀錄》[19]，人名地名方面，《裴頓專有名詞辭典》[20]十分精采而實用，可媲美於

8 中文也有許多專門辭典，如牛頓化學辭典、物理辭典、華杏醫學辭典、五南法律辭典等等。

9 *Dictionary of English Style*，編者為 A. Reum。

10 *Fontana Dictionary of Modern Thought*，編者為 Bullock 及 Stallybrass，北京社會科學文獻出版社有中譯本。

11 *Biographical Companion*，編者為 Bullock 與 Woodings。

12 *Dictionary of Political Thought*，編者為 Roger Scruton。

13 *Key Words*，作者是著名的社會學家威廉士（Raymond Williams）。本書台灣有中譯本，書名為《關鍵詞：文化與社會的詞彙》，譯者為劉建基（巨流）。

14 *Word Power*，作者是 Edward de Bono。

15 *Dictionary of Philosophy*，作者是 Antony Flew。

16 例如第九章提過的「自由派」一詞，在不同國家有不同的政治屬性，有的偏左，有的偏右。

17 最新版是 *Britain 2004*。由 Central Office of Information 出版。各國機構的名稱，也可查各國的 Year Book。如台灣機構名稱的英譯可查新聞局出版的 *Taiwan Yearbook*，2003 年以前稱為《中華民國年鑑》，2003 年以後稱為《台灣年鑑》。

18 *Whitaker's Almanack*，從 1868 年開始發行至今，最新版本是 136 版的 *Whitaker's Almanack 2004*。

19 *Keesing's Record of World Events*，從 1931 年開始發行至今的月刊，紀錄當月全球發生的大事。現在已有網路版本，為 Kessing's Worldwide Online。

20 *Payton's Proper Names*（Warne 出版）。

《假朋友與關鍵詞》[21]，對英文或法文都很好用。查動詞片語要用朗文辭典，查諺語、格言可以找《布魯爾成語寓言辭典》[22]（修訂版）。英文的工程語言，從 1971 年的《工程及其語言》[23]之後就沒有好書了。行話俚語可查《新語：行話辭典》[24]及《英語病句辭典》[25]。

「不明」字詞
"UNFINDABLE" WORDS

找尋「不明」字詞與片語的意義，不但困難也很耗時。翻譯理論不討論這個難題，認爲它超出了理論語言學與應用語言學的領域。然而，我覺得翻譯理論學家仍應提出一套參照或指導原則的架構——非圖解式的流程圖。目的在於讓譯者找尋不明字詞的過程，有一定的次序可以遵循。

不明字詞的種類（Types of unfindable word）

來源語的不明字詞至少有下列十八種：

(1) 新詞，包括最近創造及原有的語彙，有新造的字形、新造的片語、新的搭配詞、新複合字、新的術語、舊詞新意、字頭語、縮寫、混合字、專名衍生詞、新合併的詞素。每年有數百個這類的

21 *Faux Amis and Key Words*，編者為 P. Thody 與 H. Evans（Athlone 出版）。

22 *Brewer's Dictionary of Phrase & Fable*，1870 年由 Brewer 博士編輯，2000 年出了第十六版。另外，編輯十六版的同一個編輯團隊還出了一本 *Brewer's Dictionary of Modern Phrase & Fable*（2001），專收二十世紀後半出現的詞條，包括 Falun Gong（法輪功）。

23 *Engineering and its Language*，Bedrich Scharf 編（1971）。但此種參考書籍要注意年代。

24 *Newspeak: A Dictionary of Jargon*，Jonathon Green 編輯（1984）。順帶一提，newspeak 這一個字是小說家歐威爾在寓言小說《一九八四》中所創的。Green 又繼續編了幾本俚語辭典，包括政治俚語，如 watergate（水門）。較新版本可查他的 *Cassell's Dictionary of Slang*（2000）。

25 *Dictionary of Diseased English* (1977)，作者是 Kenneth Hudson。作者在 1983 年有新版 *The Dictionary of Even More Diseased English*。

新詞出現在一般性的刊物及報紙，介紹給高教育程度的讀者群，很多可能只是曇花一現。每個知識領域會創造好幾萬個這樣的詞彙，以形成專業術語。

(2) 方言、土語或特殊語言，通常以口語爲主，較少出現於書面文字。

(3) 口語、俚語、禁忌詞，雖然現在通常有書面紀錄，但是不會詳述所有意義。包括「鄉下詞彙」，例如加拿大法語（或稱爲 *joual* ，加拿大法語的口語）；常使用於偏遠英語地區（非英國）的語言（例如福克蘭群島居民 kelper 的語言）。

(4) 不知如何引入 SL 文本的第三語言或甚至 TL 的字[26]。

(5) 新出籠或已過時的地理[27]、地形名稱及別稱。例如福克蘭群島就是西班牙語的馬爾維納斯群島（Malvinas）、南非在當地人語言中叫做阿札尼亞（Azania）。

(6) 小村莊、小地區、小溪、小山丘及街道的名稱。這些地名可能出現在小說，可能是虛構的，或是眞有其地，或許有指射當地的意味；可能必須查看街道圖。

(7) 不明人士的名字。

(8) 品牌名稱、專利發明的名稱、商標，通常大寫，而且多少有規律的詞尾。

(9) 新成立或不重要機構的名稱。

(10) 印刷錯誤、抄錯、拼錯字，尤其是專有名詞（人名及地名）及怪異的字母直譯。

(11) 來源語、目標語及第三語的古語。

---

26 以英譯中為例，可能是英文中出現日文、韓文的拼音，或甚至是中文拼音，如十五章出現的 Kuang Heng 。這種字在英文辭典裡當然是找不到的。

27 地名更替或有別稱的例子很多，例如高雄舊稱「打狗」，南港舊稱「錫口」等都是。

(12) 字詞與專有名詞的不常見含意與象徵意義。

(13) 常用代換詞或名稱[28]。

(14) 代碼、代號。

(15) 一般字彙，但具有 SL 或第三語特別的文化含意。

(16) 個人用語或「潛生活」的表徵（「潛生活」表明了作者的個人特質與私下生活，可以從閱讀 SL 文本間接或稍微推斷出來）。

(17) 外部指涉。「不明」字詞可能指涉文中先前出現的物品或活動，可能在文本內，可能在文本外[29]。所以 *Razmishlenya prodolzhajutsja* 似乎是指「我還在想這件事」，但是在上下文是指「抽象冥思的講課仍在繼續」。在此 *razmishlenya* 這個字，有省思、思考、冥思等意義，作者用來代指抽象冥思的課程。由於缺乏定冠詞與不定冠詞，所以使翻譯更爲困難。外部指涉的距離會決定翻譯的難易程度。

(18) 辭典的字彙。這些字很少用，但是在辭典有悠久的地位，例如 spasmophilia（痙攣體質）。好的辭典會提供讀者更常用的同類字或相近字詞，例如 proneness to spasms（容易痙攣的）。

查證技巧（Search procedure）

譯者在搜尋「不明」字詞時，偶爾會去請教 SL 文本的作者；如果不行的話，去找合適的專家或 SL 爲母語的人士，但這些人的意見不一定會有共識。爲了說明查證技巧，我假設上述方法都不可行，因爲作者已故或無法聯繫，又找不到專家與母語人士，或母語人士也不知道答案，或是（最常見的狀況）根本沒有足夠時間來請教專家。在這樣的情況下，我要帶領各位了解譯者如何自己找答案，並假設英語是來

28 例如以「大蘋果」稱紐約。

29 譬如一篇小說中出現「小男孩把亡姐的鞋子藏在口袋裡隨身攜帶」這樣的句子，很難理解；原來在前幾章提過這隻「鞋子」是姐姐每次玩大富翁遊戲時所用的棋子。這裡的鞋子就是外部指涉。

源語。

首先，可查一般或專業的雙語辭典；不管是否找到答案或線索，都必須仔細查證並反覆核對 SL 及 TL 的單語辭典，以確保 TL 詞條的意義及語用功能與 SL 對等，並符合 TL 常用用法。查到的可能是個「辭典」上才有的字詞，尤其若辭典是來源語的母語人士所編寫，更常有此現象。查英語字彙時，可以找：（1）《韋氏大辭典》。這本辭典是最新，收納最豐富的英語辭典，囊括許多專業詞彙、新的搭配詞、字頭語、搭配詞、口語用法及外來語（例如 *Luftmensch* ，是意第緒語的「做白日夢者」）；（2）古字或方言可查二十巨冊的《牛津大辭典》及其補編（相當於法語的 *Littré* 辭典）；（3）專有名詞、概念與技術詞彙可查《大英百科全書》的《簡編》；（4）各種語言的地理名稱可查《泰晤士報世界地圖集》[30] 及《哥倫比亞平科特世界地名辭典》[31]；（5）現代英式英語的口語及俚語自然要查《柯林斯英語辭典》。

再來，譯者必須考慮 SL 文本是否有印錯、拼錯或不同拼法：從古希臘字衍生的字有時因美式、英式英語拼法有異，ch 、 c 與 k（例如 calli 與 kalli）；f 、 ph 與 th ；oe 或 ae（或 e）等；y 、 u 與 j 也可能互換。印錯字可能讓人誤以爲是新詞，例如 astrolabe 可能印錯成 astrolobe 或 astropode ；*Kern* 很明顯是 *Keim* 印錯了。假設一個看起來像英文的字 *autochemist* 出現在法文的文本，當成 *auto-analyseur* 的對等字，譯者也不能使用 autochemist ，而要改爲 auto-analyser 才可以。這也再次提醒譯者，不要認爲只要出現在 SL 文本，每個字都是理所當然（即使是譯者自己的母語），除非譯者對這個字很熟悉。面對印刷疏漏或拼錯字的問題，譯者必須用上推理技巧，並以克漏字的技巧解決。

30 *The Times Atlas of the World* ，已出到第十版。

31 *Columbia Lippincott Gazetteer of the World* ，哥倫比亞大學於 1952 年初版，1998 年更名為 *Columbia Gazetteer of the World* 。有網路版本。

新詞最多的種類就是專業術語，這些是以古希臘及拉丁文的詞素所構成的字，現代的辭典有列出其意義（以及字頭語）。複合字的字義通常不難判斷意義，例如 ambisonics（環繞音響）是 ambi（四周、環繞）＋ sonics（聲音）。新詞通常以類比的方法造字，例如 endorphine（腦內啡）就與 morphine（嗎啡）很像。法文刊物 *La Banque des Mots*（字彙銀行）或是 *Dictionnaire des Mots Contemporains*（當代字彙辭典）[32]，力求收納新字詞，很可惜目前英文（或德文）還沒有對等的刊物；只有歐洲議會出版的 *Le Petit Termophile*（字彙通）（由 Martin Weston 編撰）及 *Verbatim* 是最接近的。最難找的「不明」字詞通常是單音節的俚語，可能是縮寫、譬喻或擬聲字，不過這些只是線索，必須進一步查證才行。

譯者若對歷史語音演變有大略了解，也有助於追查俚語的意義。

一個字找不到的拉丁語系字詞（例如義大利文的 *nictemerale*），改變拼法後（*nycthéméral*）可以查法語辭典（*Robert*、*Lexis*、*Quilllet-Flammarion*、*Larousse*）或是《韋氏辭典》（nychthemeral 或 nycthemeral）。再舉一例，panchronic（出現在索緒爾的《普通語言學教程》的譯本中）在 *Lexis* 法語辭典列爲 *panchronique*（演變緩慢的）。

辭典編纂者已逐漸了解到法語辭典也必須重視前宗主國地區用語、加拿大法語、瑞士法語及比利時法語[33]；德語辭典也要納入西德、東德、奧地利及瑞士等地的德語字彙（尤其法律語彙在各德語地區常有差異）。出版辭典的卡斯爾出版公司（Cassells）在 1959 年宣稱其西班牙辭典首開先例，收入拉丁美洲的西班牙語。照理來說，英語辭典應該包括更多的威爾斯字詞（例如 *fawr*）；許多英語辭典及西德的德語工具書，都沒有解釋前東德德語如 *Intershop*（東德專兌強勢貨

32 原註：這是 *Dictionnaire des Mots Nouveaux*（新詞辭典）的修定版。

33 台灣出版的中文辭典可能也必須收錄香港字彙、大陸字彙或台語字。

幣的商店）的意義，《柯林斯辭典》竟把 *Intershop* 誤解爲「國際商店」（international shop）！

新的複合名詞最常見於近代的科技領域，通常必須從字彙的成分推斷意義。

混合字出現於科技領域，合併兩個名詞，如 biostatics（生物統計學）；這些字通常是國際通用，不過有些可能必須拆開成分翻譯，如 stagflation（停滯性通貨膨脹）、ecocide（生態滅絕）[34]。

許多地區方言已經瀕臨消失，才開始被記載下來，有些方言與相關的產業同時瀕臨消失。這一類的英文字應該查《英國產業語言》[35]。

譯者應該可以運用類比的方法，包括社會方面及心理方面，推斷出舊詞的新意。所以 thankfully（感謝地），根據 hopefully（但願）與 mercifully（幸運地）等，是「謝天謝地」之意，有時候帶有宗教意味（感謝上帝）；sophisticated（精密的；先進的）原多用於無生命的形容詞，現在的用法卻以有生命的形容詞爲主（高明的；巧妙的；機智的）。

曇花一現的新詞最讓譯者頭痛。五十年後若要查出 1980 年代保守黨 wets 是什麼意思，可能必須查 1980 年代的報紙檔案，推斷出 wets 是指「微弱、愚昧、沒有立場」，用來指「保守黨黨員反對柴契爾夫人的貨幣政策」。

譯者通常必須謙卑地查證文本的每一個字，才可能發現舊詞新意，因爲字彙或搭配詞組，例如 intercity（城市間的／連接城市的公車或火車）、playgroup（遊戲組／父母發起的同齡幼兒聚會）、militant（軍事的／國際性社會組織／激進的）等字，在上下文裡，可能原意很合理，稍微比喻性的用法也行，新意也說得通。「機構」用的字詞若

34 無論是否為國際通用詞，翻譯成中文是一樣的：都是按照組成成分翻譯。

35 *The Language of British Industry* (1974)，編者為 Peter Wright。

有舊詞新意的情形，例如 listed building（登錄建物——英國受政府登錄保護的古蹟或有特殊藝術價值的建築物，業主不得擅自裝修或拆毀），應向機構詢問或證實。新的語意最好詢問熟悉媒體及流行趨勢的母語使用者，尤其要熟悉青少年次文化[36]。

字頭語是機構名稱的第一個字母所組成，比起縮寫（較長久不變）、混合字（主要限於經濟學及電子學？）以及首音節縮寫（自蘇俄革命後風靡一時，例如 *univermag* 、 *sovkom* 等）更爲常見。字頭語常常只用於一篇文章內[37]，或是專指某學科中的一個學派，所以譯者可能要花很多時間去查。現在不僅有愈來愈多一般及專業（如醫學）的字頭語辭典，標準辭典也把字頭語、縮寫及專有名詞（人物、地理及基督教等名稱）收錄在正文內，而不是另外的附錄，更有助於查考。

口語用詞是新詞中改變最大、最常見、且存在時間最短暫的一類，尤其許多過去的禁忌字流入當今的用語。這一點翻譯理論學家也愛莫能助，唯有提醒譯者而已。

我對「專名衍生字」的定義是，任何由專有名詞衍生的字，正式說法是換稱（antonomasia）。這種字在法文一向很常見[38]，近來英文也激增不少這樣的字，例如柴契爾主義等。從人物名稱衍生的字，通常不會直接引用到目標語，所以只能意譯，例如「班恩派」（Bennites）要譯成「左派工黨議員班恩（Tony Benn）的支持者）。要特別注意「蕭伯納的」（Shavian）意思有很多種，可以指「和蕭伯納有關的」、「和蕭伯納一樣的」、「代表蕭伯納的哲學的」、「詼諧的」、「惡作劇的」或「諷刺的」。

36 例如近年來在媒體上出現「嘿咻」、「炒飯」、「劈腿」等詞，都是舊詞新意。

37 例如有作者為了幽默而用 T.P.來指廁紙（toilet paper），當然在所有工具書中都找不到，必須在前段中找到線索。

38 例子請參考十三章「專名衍生詞」一節。

品牌名稱常轉變為專名衍生字，有時是大眾的習慣，有時則是廣告商的策略：他們會刻意把品牌拼寫成小寫字，推動這種趨勢。有時候譯者找不到字意的時候，必須考慮其為品牌名稱的可能性，例如 sellotape（透明膠帶）[39]、biro（原子筆）[40]、Tubigrips（彈性繃帶）等等。品牌名稱通常是直接用外來語，不過有時視情況可加上或直接用目標語的對等詞取代，尤其是藥品名稱[41]。

來源語中的常用代換詞，例如用「奧爾良的女兒」（the Maid of Orleans）指聖女貞德（Joan of Arc），很難在標準的工具書裡找到。常用的代換詞可能是語意同義詞或指涉同義詞、暱稱、舊稱、縮寫、口語用詞，以替代指涉對象的正確或官方名稱；若是這種用法，則不附帶其他含意。例如 Russian（蘇俄）通常是 Soviet（蘇聯）的常用代換詞[42]。譯者不但很難查到常用代換詞（因為工具書偏好使用正式名稱），也很難決定代換詞究竟是眞的代換而已，例如用「高盧人」（a Gaul）代替法國人；還是另有用意，例如用舊稱「科尼斯堡」（Königsberg）代換今天俄國的 Kaliningrad（加里林堡）。

從過度重複的字詞、匪夷所思的用法，或顯出個人特質的引文或說明等等，可以看得出個人的語言或潛生活。個人語言有時會與非個人的新詞混淆，例如，我們要如何知道詩人奧登（Auden）的 dowly days（與 good days 相反）是顯現作者潛生活、是中古英語、是一種方言、或只有他這樣說呢？由於詩屬於表述類文本，可根據字詞的組成與上下文，翻譯成新詞，例如 *douloureux*。但如為資訊類文本，這樣的字詞可視為奇怪的用法，應該譯成常用的說法。

---

39 Sellotape 是英國膠帶的領導品牌，美國的領導品牌則是 3M 公司的 Scotch Tape。

40 原子筆是 1938 年 Loszlo Biro 申請的專利。

41 例如抗精神藥物 Thorazine 並無進口至台灣，台灣使用的是相同成分的「穩他眠」Wintermin。視上下文可以加註國內使用藥名，或直接用「穩他眠」取代。

42 這是在 1980 年代如此，今天則不適用。

原則上，譯者必須找出所有專有名詞及辭典字彙的意義，即使最後獲得的知識未必用在譯文本身。《裴頓專有名詞辭典》、《紀星當代檔案》[43]及《楓丹娜現代思潮辭典》等工具書對於查詢專有名詞以及許多常用代換詞非常有用。德語對譯者是格外頭痛的，因爲它所有的名詞都大寫，個個看起來像是藥物品牌。因此在《四強柏林和約》[44]中提到的 *Steinstücken* 這個名詞，可能會被誤譯爲「切石塊」，唯有查考德國《布魯庫思百科全書》[45]的補編，才知道這是指東柏林境內的一小塊隸屬西柏林的領土。

字彙與專有名詞可能難以分辨；*le Chêne Vert*（綠橡樹）可能是農場、小村落或樹；a Smith 可能指史密斯家庭的家庭成員，或是長得像史密斯的人；受到法文的影響，英文也有愈來愈多由專有名詞衍生的形容詞（例如 -ism 、*-isme* 結尾的字）。

帶有來源語文化意味的一般字詞，有些可能很多人都曉得，例如法文的 *sympa*（討人喜歡的）、西班牙文的 *mañana*（明天）、義大利文的 *domani*（明天）等；有些可能侷限於特殊議題，例如宗教性文章提到的「和平」、「信」、「望」等；也有些成了「不明」字詞，例如東德的 *Kollektiv*（集體的）、*Aktivist*（活躍份子）等，因爲語用意義難以確定。

譯者必須特別小心：（a）僞友，也就是說來源語或第三語的字詞，融入了目標語後，主要意義或次要意義有所改變，例如 *amateur* 在法文主要意義是「愛好者」，借入英文後主要意義變成「業餘的」；（b）忠友，這種字詞在目標語與來源語的意思一樣；（c）目標語的字

---

43 *Keesing's Contemporary Archives*，見註 19，亦為英國紀星公司的另一參考刊物。

44 Four-Power Treaty over West Berlin 。

45 *Brockhaus Enzyklopädie*，德國 Brockhaus 家族出版的百科全書，1809 年出第一版，目前市面上的是第二十版，第二十一版在 2005 年秋季上市。紐馬克引用時當為十八版，當時書名為 *Der Grosse Brockhaus*，1986 年改用現在的書名。

出現在來源語的文本，且意思與原義不同，這種情形法語比德語常見。

方言的語彙，包括地區語彙與階級語彙，常被誤以爲新詞或是口語用詞，包括咒罵詞，且可能融入職業術語。方言用詞不一定會用引號標示出來。在英文，這類的字常是單音節的字，看起來與標準拼法略異，或是象徵性的語言。英語方言的字詞可查找《牛津大辭典》、瑞特（Wright）收錄豐富的《英語方言辭典》[46]、及《俚語及非正規英語辭典》[47]。個別的方言語彙必須依據認知意義與語用功能來翻譯。

移民者創造了新的英式英語，尤其是巴基斯坦英語與牙買加英語；可以查《牙買加英語辭典》[48]。

SL 文本內，字詞與專有名詞的不常見含意與象徵意義，可能是全世界共通的（出生、性別、死亡、食物及居所）、或有特殊文化意味、或是對個人有特殊意義。要是在現代的辭典找不到，例如 1978 年版的《柯林斯》，或許可以找《藝術主題與象徵辭典》[49]、《傳統象徵圖解百科全書》[50]，或是《象徵辭典》[51]、榮格（C.G. Jung）的《人及其象徵》[52]及其他榮格學派的作品。世界共通或個人的象徵語言通常可以直譯，不過文化象徵語言除了翻譯之外，通常還需要解釋。

46 *English Dialect Dictionary* (1898-1905)。

47 *Dictionary of Slang and Unconventional English*，編者為 Eric Partridge。持續更新，2002 年出版第八版。

48 *Dictionary of Jamaican English*，編者為 F. G. Cassidy 與 R. B. Le Page。

49 *Dictionary of Subjects and Symbols in Art*，編者是 James Hall（Murray 出版）。

50 *Illustrated Encyclopaedia of Traditional Symbols*，編者是 J. C. Cooper（Thames and Hudson 出版）。

51 *Dictionary of Symbols*，編者為 J. E. Cirlot。

52 *Man and his Symbols*。此書有中譯本，譯者為龔卓軍（立緒出版社，1999）。

翻譯手法（Translation procedure）

SL 文本的第三語言或 TL 字詞，是否要原封不動地借到譯文或是加以翻譯，必須視它是用在「表述」還是「資訊」目的。如果 TL 字詞使用正確，通常可以還原[53]。

如果發現「不明」字詞是印錯、拼錯、用錯，或是少見的拼法等，可直接忽略錯字，直接翻譯正確的字。

如果「不明」字詞是少有人知的專有名詞，例如人名或地名，可以直接用外來語（或逐字翻譯），再補上屬性資訊（例如：Kocerga，是蘇聯伊爾庫次克地區的小鎮；Egiyn 河，位於貝加爾湖地區；Snoilsky，是十九世紀瑞典詩人）。

如果確認是新詞，譯者可根據不同考量（指涉的重要性、文本性質及讀者需求），選擇翻譯手法（外來語、造新字、直譯、一般對等詞、文化對等詞、加引號），這些在十三章都已討論過；也可參見我的《翻譯途徑》一書。

若確認是新成立或不甚重要的機構名稱，可以直接用外來語，加上功用與地位的說明，或是直接用一般性的名稱帶過，例如機構、委員會、公司等，並說明功能即可。

舊詞新意必須先分析語義成分，再行翻譯，所以可能翻成好幾個字詞。機構名稱若有新意，可以翻成文化大致對等的字詞。若是比較專業性的文章，可以直接用外來語，再附上簡短的功能說明（解釋所指對象的功能，並描述它的大小、顏色及成分）。

譯者絕不能放棄「不明字詞」，不可因爲這些字詞說不通（沒有這個字，或是與上下文不合），就認爲沒有意義或可以省略不譯。反之，譯者要根據上下文最有可能的意思（就像克漏字測驗的技巧），以及字

53 但如果遇到 SL 文本中有誤用的 TL 字詞，譯者會格外棘手。例如某位華裔小說家就常誤用中文字詞，像是說唇亡齒寒是「事出必有因」之意，譯者很難還原。

的組成最有可能的意思（若可行的話），試著猜猜看。而且譯者必須附上「查無此字」的註明，並解釋他如何詮釋這個字詞，顯示上下文最有可能缺了什麼，以及僅從詞素來看最有可能的意思爲何。如果譯者認爲可能是打字拼錯，也必須在註解說明。

譯者找尋、詮釋「不明」字詞時，常識要比資源、想像力及「有人可問」更爲重要。辛辛苦苦尋覓字詞，最後找到答案那一瞬間，那種欣慰或滿足，可以說是翻譯工作相當迷人的一點。

第 17 章
翻譯批評
Translation Criticism

引言
INTRODUCTION

翻譯批評是翻譯理論和實踐間不可或缺的橋梁，也是愉快又具啓發性的活動，尤其是評論別人的譯文；如果同一文本有兩種以上的譯本，評論起來更有收穫。你很快就會發現，譯文不只是品味不同，有時對文本還會有不同的詮釋，與譯者偏好的翻譯方法有關。例如：

Cette rue, cette place ressemblent à la rue, à la place d'alors: elles ne sont pas les mêmes, et, les autres, je puis avoir l'impression qu'elles existent encore. (Jacques Borel, *L'Adoration*)

（這條街、這個廣場看起來很像當年的那條街、那個廣場；但已經是不同的了。至於其他的地方，我覺得應該還在。）

英文譯者迪奈（Denny）翻譯成：

Those places look as they did then, but they are not the same; and as for the others, I have the feeling that they still exist.

（這些地方看起來和以前一樣，但已經不同了；至於其他地方，我感覺它們還依然存在。）

這裡的重點不是這個翻譯好不好，或譯者爲什麼不更貼近原文翻譯，例如可以這樣翻譯：

This street, this square are like the street, the square of those times; they are not the same, and as for those others, I may feel that they still exist ...

（這條街、這個廣場很像往昔的那條街、那個廣場；但它們並不一樣，至於其他地方，我覺得應仍存在……）

而是譯者爲什麼要把原來很感性、很戲劇化的一段話，翻譯得那麼低調自然。因此，翻譯評論包含不同的層面。你可以用指涉及語用的準確程度來評估譯文，但是像上面這個例子，譯文有太多「不準確」的地方，使得這樣的評估沒有什麼意義。那你就可以想想爲什麼譯者要大幅改動原文的語氣，以及譯者到底有多少權限，可以偏離原文字詞，只著重訊息、語意或「精神」？

我認爲準確及簡潔有絕對值，也有相對值。但是這些絕對值必須在不同的文化情境中，不斷重新思量、討論，不可視之爲理所當然。到目前爲止，翻譯主要遵循當代主流的意識形態，但有時候會反主流，因此古典主義時期有重視平衡、高雅的譯者波普[1]，浪漫主義時期有豐富的民族語、重視本土色彩的施萊格爾和蒂克，十九世紀末的頹廢唯美派有強調再創造的英國詩人道森[2]、重視科學的寫實主義則有崇尚外來語的斯特雷奇[3]，多多少少都反映了時代趨向。翻譯評論的難處就在於：一方面要說明自己屬於哪一派別，但同時又得闡明譯者個人的原則，甚至指出譯者反對或遵循的原則。就這點來看，好的翻譯評論是辯證的、歷史的、唯物的。我自己提出「語義翻譯」及「溝通翻譯」兩大翻譯方法，我認爲前者比較絕對，後者比較相對。但我也（可悲地）意識到，這兩種方法在某種程度上，是在回應奈達、納博科夫、

1 Pope，十八世紀英國詩人，也是荷馬史詩的重要英譯者，主張用典雅詞彙翻譯。

2 Earnest Dowson，十九世紀前拉斐爾詩人。

3 James Strachey，二十世紀早期佛洛伊德的英譯者，到目前為止都被視為標準本。

瑞奧及其他人的看法[4]。

不過，隨著現在翻譯成爲一門專業，我認爲翻譯多了一種新元素。也就是說，翻譯引進了比較「科學」的方法，以一系列進一步的資料或翻譯樣本，測試任何歸納或假說（本身就是源自翻譯樣本）。這樣的作法不至於完全消除翻譯的主觀性，但至少會縮小翻譯的可選擇範圍，及極端的意識形態。就最明顯的層面來說，艾克斯尼斯（Ivars Alksnis）在好幾份《平行發聲》（*Parallèles*）[5]期刊中，細心觀察到「群體忠誠因素」的證據，顯示許多已出版的小說譯文都受到各種國家主義及性別歧視的影響。如果這些證據廣爲流傳的話，會使得極端意識形態（政治與文學的）更難立足。奈達 1964 年出版的《邁向翻譯操作的科學》（*Towards a Science of Translating*），書名就是一個預言：翻譯（及翻譯操作）不是也不會是一門科學，但隨著這門學科的進步，翻譯的科學參照標準會更爲人所接受。

翻譯批評是翻譯課程必要的組成成分，因爲翻譯批評不必絞盡腦汁就可以增進你的翻譯功力。其次，翻譯批評能擴充你對母語及外語的知識、或許還能增進對主題的理解。第三，翻譯批評提供了譯者其他翻譯選擇，有助於釐清自己對翻譯的想法。翻譯批評作爲一門學術學科，應該是所有比較文學或翻譯文學課程的基礎；任何專業翻譯課程也應當有適當文本類別（如法律、工程等）的批評及討論。

一篇譯文可能由以下不同的專家來評鑑：（a）一般公司或翻譯社聘請的審稿員；（b）部門或公司主管（如果是抽樣檢查譯文，可稱之爲「品管」；這個詞彙現在常被濫用，指涉範圍也擴大了）；（c）客戶；（d）專業譯文評論家或是教師；以及（e）閱讀出版作品的讀者。諷刺的是，就像納博科夫所說的，許多評論翻譯書籍的人，既不了解

4 紐馬克比奈達的「動態對等」和瑞奧的散文譯詩法更注重忠於形式；又比納博科夫的絕對直譯注重語用，因此有此說。

5 日內瓦大學口筆譯學院的期刊。

原作也不懂外語，只管譯文是否流暢、通順、連貫、可不可讀、會不會有外語干擾的痕跡；但這些卻經常是錯誤的標準。爲什麼譯文不能讀起來像譯文？反正讀者早就知道這是一篇翻譯？不過，我在這裡假設的是批評或是評分，都是比較原文跟譯文。我們現在需要重新探討的，是許多深深影響當地文化的譯文，就如同布魯諾·貝特海姆（Bruno Bettelheim）[6]對公認的佛洛伊德作品英文版譯文所做的精湛批評。

評論架構
PLAN OF CRITICISM

我認爲任何全面的翻譯評論都需要包含五大議題：（1）簡短分析 SL 文本，著重探討其意圖及功能；（2）譯者對 SL 文本目的的解讀、翻譯法及譯文的預期讀者；（3）挑選具有代表性的段落，詳細比較譯文與原文；（4）譯文的評價：（a）以譯者的標準評估；（b）以評論者的標準評估；（5）評估譯文在 TL 文化或學科中的可能位置（適用的話）。

一、文本分析（Text analysis）

你分析 SL 文本的時候，可以簡述一下作者目的，也就是作者自己對此主題的態度；再接著描寫讀者的特性，以及文本的類型與種類，然後根據原文的語言品質來評估譯者是否有權更動。舉例來說，你假定譯者在資訊文本中，有權把陳腔濫調的文句修成通順自然的語言，但在權威性文本中就不應該這樣做。接著你簡短地描述一下主題，但是沒有必要辛苦地重述內容。

我建議你不必探討作者的生平、其他作品或一般背景，除非文本中有提到這些資料。這些資料可能有助於理解文本，但是你對譯文的評價並不會因爲這些資料而有所改變。

6 見書目。

二、譯者的目的（The translator's purpose）

第二項評論的主題，就是試圖從該譯者的角度來看待文本，有時候這一點在翻譯評論中常爲人忽略。你也許會因爲譯文遺漏文本的某些章節，而判斷譯者扭曲原作者的意圖。一個有名的例子就是希特勒的《我的奮鬥》（*Mein Kampf*），第一個英文譯本的譯者道格代爾（E. S. Dugdale）翻譯的時候只保留了原著的三分之一，刪去文中充滿敵意的反猶太段落。

譯者翻譯時可能決定刻意用古雅的形式來翻譯敘述及對話，以表達原文多用比喻象徵的語言；或是以口語或慣用語，讓簡單的句子「活起來」。一般來說，所有翻譯都是欠額翻譯，比不上原文詳盡，尤其是描述性強的段落（比起有情節的段落）以及描寫心理的段落（比起描寫動作的段落）。你可能要推測譯者是否試圖以超額翻譯來對抗這種不足，導致譯文往往比原文長。你必須要評估譯者將文本「去文化情境」（deculturalized）的程度，或是將文本轉移到 TL 語言文化中的程度。解讀譯者的意圖和技巧時，你不是要批評譯文，而是要試圖理解譯者選用這些技巧的原因。

評論者很容易抓著譯者的錯誤不放，條條羅列，得意洋洋地指出僞友現象、引申過度的同義詞、死板過時的語言結構（雖然有的情境中，這樣的結構才合理通順）、時代錯亂的口語體，以及直接從慣用隱喻翻譯過來的詞組。但是評論者往往忽略了譯者可能資源不足，好的譯文可以、也的確容忍些許錯誤；譯者使用死板、過時、口語或火辣俚俗的語體來翻譯，雖然使譯文與原文的文體不一致，卻有可能是故意的，只不過不容易看出來。如果眞是如此，那麼你身爲評論者，就得提出解釋（如果幸運的話，譯者前言可能會交代這些理由）。無論如何，在此階段你要以同理心來看待譯者，以區別譯者是能力不足（對 SL 或主題不夠了解）還是運用了某種特殊翻譯方法。這種特殊方法也許太本土或太學術，不合你的品味，但是譯文的確前後一致地加以運用。

三、比較譯文和原文（Comparing the translation with the original）

第三項你要考量的是譯者如何解決 SL 文本中的特殊問題。你評論時，不是看一點記一點，而是要選擇性地分門別類：標題、結構（包括分段和句子的銜接）、詞性變動、隱喻、文化詞、翻譯腔、專有名詞、新詞、「不可譯」的字詞、模稜兩可的句子、語言的層級，以及（適用的話）後設語言部分、雙關語和音韻效果。

評論架構中的這個部分，必須探討翻譯問題，而不是迅速提供何謂「正確」或更佳的譯文。舉例來說，爲何譯者翻譯 *vivre avec moins d'acuité?* 時，要用 less intensely 而不用 less acutely 或 with less intensity ？爲何用 uncharted territory 而不是直接用外來語 *terra ignota* 來翻譯 *terra ignota*（原因可能是英國人沒有法國人那麼熟悉拉丁文字彙）？爲何要用 drastic statement 來翻譯 *jugement sévère* ，而不用 severe judgment ？（原因可能是法文中並沒有 drastic 或 statement 明顯一對一的對應詞，所以譯者僅僅只是利用法語的詞彙缺口；此外，英語 judgment 的語義範圍比法語 *jugement* 小，在此情境中用 judgment 可能會太嚴重。）

此部分是評論架構的中心；一般而言評論者必須選擇性地比較譯文和原文，因爲原則上來說，只要在文法、詞彙或「特殊」字序（以及任何刻意營造的音韻效果）等處偏離直譯，都會構成翻譯問題，有好幾種翻譯選擇，因此你必須要說明自己偏好哪一種翻譯方法，以及偏好的理由。

四、譯文的評價（The evaluation of the translation）

第四個步驟，是根據譯者所用的標準，來評估翻譯的指涉正確性及語用正確性。如果譯文並未忠實呈現原文，首先就要考慮文本中基本的「不可變」核心（通常包含了文本的事實或概念）是否已適當的呈現出來。然而，文本的目的若是賣東西、勸說、禁止，透過事實或概念表達某種感覺，取悅讀者或教育讀者等，那麼不可變的基石就變成這些目的，而不再是原文文本的事實或概念。每個文本的不可變核心都不一樣；這也就是爲什麼任何關於翻譯不變核心的理論都是空談，而對於泰特勒[7]說的「完全翻譯原作之概念，優先於文體與寫作風格」或奈達的「形式次於內容」這些規則，我是有些懷疑的（雖然我接受翻譯時必須改變形式以配合意義）。我認爲，不可變的基石不僅可以透過表示對象或動作的字詞來表達，也能夠透過表達性質的字詞（形容詞、概念詞與程度詞）來表現。

從譯者角度考量譯文是否成功後，接著就是以你自己的標準來評估譯文的指涉正確性與語用正確性。不要批評譯者忽略了翻譯當時還沒出現的翻譯原則[8]。你要考慮的主要問題是譯文中語義缺陷的性質與範圍，以及這種語義缺陷出現的原因是不可避免的，或是譯者本身能力不足所致。此外，你還要把譯本視爲獨立的文本，從寫作的觀點來評估：如果原作是「不具名」的非個人式文本（即資訊性質或說服性質的文本），寫作風格應該是自然——簡潔、典雅、流暢的。如果原文的個人風格很強，或是權威式文本，你就得評估譯者捕捉了原文多少的語言風格，原文是陳腔濫調，譯文也得陳腔濫調；原文自然，譯文也得自然；原文創新，譯文也必須創新。

7 他在《論翻譯的原則》（*Essay on the Principles of Translation*）中提出「傳達原文內容、傳達原文風格、譯文流利」三個標準，據稱是十九世紀留學英國的嚴復提出「譯事三難：信達雅」的根據。

8 譬如批評晚清的譯者常常竄改原文，就是以現在的忠實原則去要求前人。

五、譯文的未來（The translation's future）

最後，如果是嚴肅的文本，譬如小說、詩，或者一本很重要的書，你還要評估它在 TL 文化中的潛在重要性。它值得翻譯嗎？它能夠在 TL 文化的語言、文學、觀念中造成什麼新的影響？在我看來，譯者在譯序中都要回答這些問題，不過譯者匿名的傳統實在根深蒂固[9]。因此，譯評者應該要試圖評估翻譯「放」在不熟悉的環境之中會有什麼結果。

翻譯的評分
MARKING A TRANSLATION

最後我要討論評估譯文會遇到的困難。先前提出的系統提供了兩種可能的評估方式：功能取向與分析取向。功能取向是一般性的，意在評估譯者是否達到自己的目標，以及譯者不足之處。這裡討論的都是概念，細節通常會忽略掉。這個方法多少都帶有個人主觀，就像是老師爲學生作品打「印象分數」一樣，所以不夠可靠。

分析取向則重視細節。在我看來，這個方法假設文本可以劃分成片段來評估，並假設不好的翻譯比好的翻譯容易辨認出來，也就是說要找出錯誤比找出正確或適當答案要來得簡單。我認爲翻譯部分是科學的，部分是技能的，部分是藝術的，還有部分是個人品味的。首先來討論科學的部分。這裡的「科學」指的是錯誤而不是正確的答案；「科學上」的錯誤有兩種：指涉錯誤或語言錯誤。指涉錯誤跟文本事實、現實世界、主題有關（而非用字錯誤）。諸如「水是氣體」、「水是黑的」、「水會呼吸」等描述都是指涉錯誤（雖然從隱喻的觀點來看，這些描述是完全沒錯的）。「虛構」或創造性文學中的指涉錯誤，

9 近年來台灣出版的譯書大都有譯者的簡介，譯者序也很常見，都是可喜的趨勢。

只出現在錯誤描述現在或過去的現實世界時。這種錯誤顯示了譯者的無知，甚至是作者的無知（而譯者則是「複製」作者的錯誤）。語言錯誤則表現了譯者對外語的無知：可能是文法或詞彙錯誤，包括用錯單字、搭配或片語。

指涉錯誤及語言錯誤都要扣分——以一個句子或一個段落爲單位來扣分，或者作爲一個整體缺點來扣分。在現實世界裡，指涉錯誤比語言錯誤更重要，而且可能更危險。但是許多老師與外行人都常常忽略指涉錯誤，或者爲錯誤找藉口——「畢竟，原作是這麼說的，而譯者的工作就是忠實地重現原作」。這是錯誤的想法。曾經有個荷蘭譯者告訴我，他很明白地向客戶指出該（財經方面的）文本充滿了危險的錯誤，結果客戶付了他三倍的稿酬，即使他一個字都沒翻譯。

第二，翻譯有其技能或技術層面。技術層面的要素就是有能力遵循，也有能力違背自然的用法。呼籲類文本強調語用與勸說，資訊類文本講求簡潔，而抒發類或權威文本則要緊扣原作風格——你要能夠分辨「正確」與奇怪的用法，評估這些用法在上下文內能被接受的程度。你可以說 at present the railways are working on improving their computer links，然而在另一個語言裡你卻不可能得到與 working on（帶有非正式性與不斷努力的感覺）完全對應的詞，你就得找到有用的等效詞 trying to improve。然而，錯誤用法在句子中是很容易找出來的，例如：contemporarily/for the nonce the railroads are operating/functioning/labouring on bettering/beautifying/embellishing their computer liaisons/relations。這些都是用法錯誤，第一個可能原因是寫作能力不足，第二可能是因爲字典使用方式錯誤，第三是因爲沒有考慮到僞友現象，第四是因爲不斷想尋找一對一的等效字；第五個原因，也是主因，就是缺少常識。翻譯腔出現在 SL 爲母語的譯者身上並不意外；而若是出現在母語爲 TL 的譯者身上，聽起來雖然很荒謬，但其實很常見，因爲譯者可能不用心，或是過度沈迷於從文本層次來翻譯 SL 的字詞。一般人很難接受譯者（尤其是非文學文本，即資訊類文本的譯者）必須擁有良好寫作能力的觀念——許多人都認爲，翻譯事實最重要，寫作風格則是其次。不過，事實也需要透過寫作風格才能夠有效呈現出來——記住，我指的風格並不是「優美典雅」，而是如何抗拒拙劣和冗贅的措詞。恰如其分的良好寫作[10]不只是爲譯文「加分」而已，而是極爲重要的成分。雖然指涉錯誤及語言錯誤比寫作技巧不佳來得嚴重，但只有高明的寫作才能成功傳達原文的意思[11]。

以上談的是科學與技術層面，都是關於如何評估翻譯的負面部分。而第三個部分則要討論正面部分，也就是翻譯的藝術層面。德里斯所謂的「上下文的再創造」，也就是說爲了要闡明作者之意，翻譯必須超越文本，深入潛文本；亦即翻譯出作者的用意而非字面意義，或者譯者爲了解釋而加上一段簡短的說明。有時譯者會帶出原作中並沒有明說的推論或含意，例如翻譯隱喻的時候，把字面意義和比喻意義都說出來；有時因爲名詞態動詞或者動名詞缺少格位搭檔，而把內分泌系統的 *participation* 改譯成 involvement ；有時譯者會加幾個字簡單解釋文化詞；有時譯者在其他地方補償某個部分出現的音效或口語用詞，這些都是有創意的翻譯，都是一種新發現，一種巧妙而精緻的解決方式。有創意的翻譯通常具備這些特質：（a）「字面上」的翻譯是不可行的；（b）解決的方法有很多種，十個好的譯者可能會做出十種不同的翻譯；（c）翻譯出作者之意，而不是作者的文字。最貼近原作的解決方法在語用效果最好，但必須權衡指涉正確性，而且沒有哪個版本明顯比另一個版本好。

10 紐馬克此處用 plainness 一字，並特別說明 plainness 是個獨特、「無法翻譯」的字，語義範圍特別寬廣，帶有誠實、直接、流暢、簡單、清晰、恰如其分等等意思。

11 這個觀點與嚴復的原則相似：「顧信矣不達，雖譯猶不譯也，則達尚焉。」即使指涉正確，忠實於原文，但用法不佳，則無法達到翻譯的目的。

如果一本關於洪堡的書開頭這麼寫：*Alexander von Humboldt — ja, warum denn?* 比較粗糙的翻譯可能是 Why write a book about Alexander von Humboldt of all people?（在芸芸眾人之間，為何要特別為亞歷山大．洪堡寫一本書？）不過原文的寫作風格比較典雅，所以可能會翻成 It may appear strange to be writing a book about Alexander von Humboldt（為亞歷山大．洪堡著書或許讓人不解……），或者更簡單的 Alexander von Humboldt ... Yes, but why?[12]（亞歷山大．洪堡……好吧，但為什麼？）第一個版本在指涉層面比較接近原文，而第二個版本在語用層面較接近原文。第三個版本則最簡潔，也最接近原文。這就是有創意的翻譯。

翻譯的第四個層面帶有主觀成分，也就是個人的品味。這個層面的範圍很廣，個人的偏好小至同義字，大至各種超額翻譯與欠額翻譯的句子或段落。譯評者一定都會有個人的好惡，不管是「直譯」或是「意譯」。科學層面處於翻譯的核心，品味層面則位於模糊的邊陲。因為有品味層次，所以我們知道「理想翻譯」、「完美翻譯」或「正確翻譯」都是不存在的，這點非常重要。因此，翻譯評論必須非常謹慎，而且絕不能教條。

你會注意到我在討論翻譯批評的分析取向時，事實、語言錯誤及寫作技巧不佳的扣分通常重於創意翻譯的加分。儘管在廣告或短篇故事的翻譯中，善於措辭的翻譯不但正確，還能給人深刻印象。不過，我們還是可以就正確的翻譯評分，在正確的句子或段落給分，有錯誤再扣分；這就叫作「正面給分法」，而且愈來愈多考試機關採取這種評分方式。正面給分與負面扣分做法相反，不過得到的結果通常是一樣的。矛盾的地方是，如果採用正面給分法，「創意翻譯」項目得到的分數會比較低；因為能夠正確翻譯一個句子就已經能得到這個句子的

12 原文的直譯是 Yes, what for? 這個譯本加進 but，效果更好。

最高分了，因此就沒有「妙」譯的加分空間了。

翻譯品質
QUALITY IN TRANSLATION

我們還是要問：什麼是好的翻譯？什麼是失敗的翻譯？什麼是傑出的翻譯？諾伊貝特就說過：「我們對某個作品的翻譯應該是什麼樣子，常常意見不一致。我們自己也不知道的東西，可以用來教別人嗎？」[13] 我覺得問問自己「會不會雇用這個人來幫我翻譯？」是很有效的，從你立即的本能反應就可以判斷出答案了。

最後，就算翻譯評論者是基於特定的判準做出評價，而不是用普遍的規則，評量的標準還是相對的。好的譯文要能夠達到各種目的：在資訊類文本裡，要能夠傳達事實；在呼籲類文本裡，要能夠達到效果（至少理論上是如此），因此廣告中譯者的成功與否是可以衡量的；在權威或表述類文本裡，形式幾乎與內容一樣重要，語言的表述功能與美學功能常有緊張關係。因此，在表述類文本中，「及格」的翻譯可能足以解釋文本內容（例如企鵝文庫的散文體翻譯荷馬），但是好的翻譯就要非常「傑出」，譯者必須特別敏銳[14]。

原則上，批評翻譯應該比批評創作簡單，因爲翻譯是種模仿。認出什麼是好的翻譯並不難，難的是要用老生常譚的陳腐定義來做概括陳述，因爲翻譯的類型跟文本一樣眾多。雖然翻譯批評的確具有一點不確定性及主觀的成分，但不能因此推翻翻譯評論的必要性及實用性。翻譯評論確實有助於提高翻譯水準，也能讓我們對翻譯的本質取得更多的共識。

---

13 見書目 Neubert (1984)。

14 原註：英譯者 Andreas Mayor 翻譯普魯斯特的《追憶似水年華》第七卷《尋回的時光》（*Le Temps retrouvé*）就是很好的例子。

第 18 章

其他

Shorter Items

字詞與上下文

WORDS AND CONTEXT

許多譯者都說不應該只翻譯字詞，應該翻譯句子、思想或訊息。我認爲他們是在自欺欺人。SL 的文本是由字詞所組成的，此外無他。所以最終你能翻譯的無非字詞而已。翻譯時必須考慮到所有字詞，有時得故意略過不譯，或者做一些補償[1]，因爲如果要把意思完全譯出的話，難免會有過度翻譯之嫌。

我也並不是要你翻譯單獨的字詞。翻譯每一個字詞時，多少都會受到語言、指涉、文化與主觀的影響，因爲字詞本來就受到語言、指涉、文化與個人背景的限制。上下文的語言成分主要受限於搭配詞（90% 受到搭配詞限制）[2]；甚至受限於整句話，如較長的隱喻或諺語。偶爾，一個詞甚至會受到其他句子的限制，這通常是觀念性的字詞，在其他段落或重複出現、或有所修正、或作爲對比，也或者是用作整篇文章風格的關鍵字或主題字。

第二，上下文的指涉成分。這關係到文章的主題，通常也只有主題可以確定數以千計的科技詞彙的意義，例如：*défilement*（似捲軸般

1 紐馬克舉的例子是德文與法文中加強語氣的 *schon* 和 *déjà*。例如 *Ich bin schon lange fertig.*（我已經準備好很久了），翻譯成英文時可能不翻「已經」，翻譯成 I have been ready for ages，把強調重心改到 ages。第二個例子是 *1000 francs, c'est déjà mal*（一千法郎，已經不錯了），翻譯時可能跳過 *déjà* 一字，稍微轉一下，譯成 *1000 francs, that's not bad at all*（一千法郎，一點也不算差了）。

2 紐馬克舉的例子是 *un hiver blanc*（白色的冬季）這個詞。*blanc* 一詞本來有許多不同的意涵，但與 *hiver*（冬季）搭配，就會限定其意義為「白色」。

捲起）、*stockage*（儲存）、*rechercher*（搜尋）、*fusionner*（合併）、*appel*（召喚），這些詞恰好都與電子資料處理有關。然而，即使是「艱澀」的技術性文本，即只有少數相關專家可以了解的文本，這些字詞也通常不會超過 5% 到 10% 。

第三，上下文的文化成分。是在特定的語言社群中，與思想或行爲有關的字詞，這些字詞可能是文化特殊詞，例如阿拉伯人所使用的頭巾 *kuffiah* ；也可能是用世界通用的詞，來指涉特殊的物質文化[3]，例如「茶」。

最後，上下文的個人成分。作者個人的風格與習慣，也就是每個人都有自己用字的習慣。

所有字詞的意義多少都受到上下文的限制。最不受上下文限制的是科技性的字詞，例如 haematology（血液學）。這種字除非是代碼，否則意義往往都與上下文無關，這些字會「攜帶」自己的上下文。

再者，常見物體和動作的字詞意義，往往也與上下文關係不大，除非有特殊的「記號」。這種字詞包括：樹木、椅子、桌子等等。唯有在這些字詞具其他特殊的意義時，也就是用作技術方面的，例如：法文的 *arbre*（樹）在機械文本中可作爲「機軸」，像這種用法才能說是與上下文緊密相關的。

譯者常犯的錯誤之一，就是忽略上下文。另一個也一樣常見的錯誤，則是把上下文當作不精確翻譯的藉口。

方言的翻譯

THE TRANSLATION OF DIALECT

一般人都認爲，像詩、聲調鏗鏘的散文、文章裡有很多雙關語或文化內涵，以及方言文學等作品，在翻譯的過程中難免會有程度不一

3 也就是說各文化有不同的茶，雖然都使用通用詞「茶」，還須留意該文化的茶是哪一種茶。

的意義損失。這並不表示這些類型的作品不宜翻譯。在不同的時代，都曾有詩被極佳且貼切地翻譯出來，巧妙融合了原著所用的語言與譯文的語言，在在顯示出譯者高超的音韻補償技巧，可以造成極佳的聯想效果[4]。

散文、廣告及押韻的詞中所用的一些聲音效果，是可以在譯文中呈現或補償的，雙關語也通常可以部分取代。在這類型的翻譯中，譯者要留意的，並非自己正在從事什麼傳統上不可能做到的事，就像是美國詩人佛洛斯特的名言「所謂詩，就是一翻譯就走了味的東西」；或說什麼英文的 bread（麵包）和法文的 *pain* 也有完全不同的意義[5]，而是你只能取得部分的成功；也就是說，如果嘗試將原著中所有的聲音效果都表現出來或加以補償，就會「超額翻譯」，也無可避免地擾亂了意義。通常譯者可以選擇性地表現部分的聲音效果，用較低調的方式表現，暗示性且機智地與原著相呼應，因為一首嚴謹的詩，主要的效果來自於詩本身的韻律、字面意義、比喻意義及其格律。

我現在要談談方言的翻譯，並不是說你非得翻譯方言不可，而是因為人們往往覺得方言是不能翻譯的，其實並非如此。

如果方言出現在描述語言的文本中，作為語言的例子，那麼你應該先音譯，再翻譯為中性的語言，並說明引用此段方言的原因。

如果方言出現在小說或戲劇中，那又是另一個問題了。在我看來，沒有必要將法國作家左拉小說中煤礦工人所使用的方言，在英譯時以威爾斯煤礦工人的方言來翻譯，除非你對威爾斯方言非常熟悉。身為譯者，你的主要工作是辨別方言的功用。一般而言，方言的功用不外乎以下數種：（a）展現一種語言的俚語；（b）強調社會階層的對比；還有較少見的（c）表現當地文化的特色。現在英國已經愈來愈

4 紐馬克此處舉的例子是德文譯者格奧格翻譯莎士比亞第 129 首十四行詩，但沒有細評。

5 原註：這也就是為什麼 Chukovsky (1984) 說 Robert Graves 將荷馬截肢的原因。見書目。

少人使用方言，因此翻譯時若譯爲方言，就有過時的風險。對於英語的譯者而言，最重要的事就是：使用與創造新的「動詞＋名詞」詞組的能力。在舞台上，工人階級的腔調就足以傳達不標準的語言，用方言譯方言並無太大的助益。

有些譯者會用不完整的發音和不一致的時態，來代表無知的農民階級。但我認爲這樣效果不彰。重要的是要創造自然的俚語用法，也許沒有階級的區別，來暗示方言的運用，並且只保留一小部分的來源語方言字詞。

這並不是完美的範本，但我嘗試不要受到原文中的錯誤文法與錯別字影響；這些都屬於語言層次，與方言無關。方言是獨立的語言，不是標準語言的變化形。方言的主要效果要留給演員來表現。

電腦的使用
YOU AND THE COMPUTER

如果你與電腦有關，你可能會用電腦從事以下八項任務中的一項：

(1) 前製編輯。

(2) 在翻譯前先在電腦的記憶體中輸入相關的語彙和文法資料。

(3) 「按下按鍵」，也就是使用電腦翻譯（如 ALPS）[6]。

(4) 後製編輯（Systran 、 Weidner）[7,8]。

---

6 The Automated Language Processing System (ALPS)，出現於 1983 年，為第一個用於個人電腦的機器翻譯軟體。

7 美國空軍於 1970 年研製 Systran 自動翻譯系統，目的在於將俄國軍事方面的科學技術文獻翻譯成英語。除了俄英翻譯，Systran 還可將日語、漢語、韓語翻譯成英語。從 1976 年開始，歐盟一直在用 Systran 將英語翻譯成法語。後來又開發了很多語種之間的翻譯版本，以因應歐盟各語種之間的翻譯需求。

8 美國 Weidner 通訊公司開發的機器輔助翻譯軟體，1980 年上市，已有英法、英德、英西、英阿等各種語言組合。

(5) 儲存與使用專門術語資料庫。

(6) 機器翻譯的研究。

(7) 管理專門術語資料庫。事實上，術語學（terminology）已有成爲一門獨立學科的趨勢。

(8) 以電腦作爲文書處理工具，執行編輯、搜尋、取代等功能，作爲人工翻譯的輔助器材。值得注意的是，聯合國與加拿大政府等機構，在聘用專職譯者時，都視電腦文書處理工作的能力爲必要條件。

因此如果你並非電腦操作專家，就不要過於投入機器翻譯、機器輔助翻譯、自動翻譯的歷史、技術的沿革以及其未來。正如你所知道的，電腦在翻譯方面是非常有用的，特別是特定的題材。不過到目前爲止，機器翻譯只可用於「資訊類」文本與行政管理文本，而且翻譯出的結果尚須某種程度的編輯。機器翻譯就像翻譯一樣，不只是可行，而是已經在實行了。對於這種勝人一籌的方式，在此就不再贅述其最新的軟體了。

採用機器翻譯，必須習慣於生產出兩種翻譯結果：

(1) 快速的資訊翻譯：語言運用不靈活，或用法不自然，並留有翻譯腔，但資訊清楚可用，適用於「內部作業」，比人工翻譯便宜。

(2) 出版翻譯：可能並不經濟，因爲機器做完之後，你可能會覺得你還是得從頭到尾做一遍。

顯然，語言範圍愈窄，標準或技術性的詞彙愈多，機器翻譯愈可行。事實上，機器翻譯與人工翻譯最大的不同點，在於機器使用者（相對於人工而言）只想知道 SL 文本中的資訊，只求清楚，不求特別的文體風格，如同主旨、總結、摘要或「未經加工處理的翻譯」。

如果電腦記憶體中已經存有語詞與文法，那麼前製編輯是值得的。你的工作就在於「消除含混不清」，將文章轉換爲簡單易懂的語言，把隱喻的眞正意思說出來，用該行業的基本字彙取代艱深的字。如何做以及要做到何種程度，端視你所投入的時間而定。無論如何要牢記一點：機器翻譯是完全商業化的，這是與人工翻譯最大的不同，如果不具經濟效益，即不能省時或省錢，就不應該用機器翻譯。自從美國科學院的語言自動處理諮詢委員會[9]在60年代決定「機器翻譯沒有未來」以降，今天機器翻譯能夠翻身的主要關鍵，就在於人工翻譯的成本過高。

對於一個已有多年經驗、自身語言風格已經建立的機構，前製編輯是比較容易的，因爲可以透過其期刊、會議記錄、日常工作事項、報告等等，看出獨特的風格，不必「盲目地」無中生有。好比可以將「議會發現……的優點在於……」這樣的句式儲存，就可以有技巧地用在各種建議事項與方向上。

在操作電腦的過程中，你可以獨立運作，也可以採取互動的系統（ALPS）。在此系統中電腦會問你問題，由你來回饋答案。

無庸置疑的，除了像 Meteo（加拿大氣象預報系統）那種主要由標準句型結構組成的語言之外，機器翻譯中最主要也最有趣的工作就是後製編輯，也就是修正錯誤，像是旅遊小冊中的翻譯腔（或是在語言教學教室中的不純正語言），還可以作爲任何翻譯理論課程的討論素材。但通常的狀況是，你所翻譯的多半是例行的、以中性風格撰寫的資訊類文本，較少有爲特定讀者而寫的文章（也就是呼籲類文本），或那種描述新的過程，因此包含新詞彙或創新用法的文章。

50年代機器翻譯出現，與語言學的行爲主義時期不無關係。機器翻譯的改進有賴語言學對特定語言特徵的研究，尤其是研究不同特徵的頻率與流行與否，例如：文法結構、慣用語、搭配、隱喻與字詞。

9 ALPAC，Automatic Language Processing Advisory Committee，成立於1964年，於1966年發表報告，認為機器翻譯的速度和準確度都無法提升，將導致成本居高不下，高於人工翻譯甚多。此報告發表之後，各國紛紛停止對機器翻譯的研究補助。

這個活動本身就極須運用電腦與平行研究，以進行電腦互動系統的改進。

一般而言，你可以將機器翻譯視爲一種特定的翻譯模式。對特定範圍主題的文本而言，這樣的翻譯有其明顯的優點，而且翻譯出的譯文可以「在螢幕上輕易地搬動字詞或短句」[10]，這是在打字機或紙張上所不易進行的（這也就顯現出隔行書寫的重要）。這也表示你在進行這些操作時會更有彈性，搬動與調換位置時不至於頭昏腦脹。而使用電腦最明顯的一項缺點，就是產生了大量不必要的行話，包括複合名詞和不經思考的語言。因爲電腦反應快速，須要餵它大量的語言才能證明其有存在的價值，而不是經過思考後必須增加的語言。

功能重要還是描述重要

FUNCTION AND DESCRIPTION

我承認，如果只定義一個字詞而沒有敘述其功能，這種譯法是荒謬的。我也承認，在許多狀況下，特別是在翻譯時，功能比描述來得重要。對大部分的人來說，知道下議院、藝術協會、美國五大湖委員會（GLC）、英國國家學術獎評判委員會（CNAA）在做些什麼，比知道這些組織的組成更重要，所以翻譯時應該要強調功能。但我卻要說，翻譯的純粹功能理論是走錯了方向。卡特福德的行爲主義式宣告指出，「在特定的狀況下，SL 與 TL 文本或項目如果可以互換，就可以視爲對等翻譯」。這雖然讓人心嚮往之，但卻是錯誤的，因爲許多種類的同義詞、換句話說、重述及文法變化等手法，都可能在特定的情況下發揮同樣的功能，但卻不是正確的翻譯。洪寧（Hönig）與庫思摩（Kussmaul）將翻譯的功能性理論發揮到了極致，他們將「那些雙聯

10 原註：引用 Robin Trew 私下的說法。感謝 Robin Trew 對本章節所提出的意見。

姓」[11]譯爲「那些令人驕傲的姓氏」，又將「他媽媽已無力再供他上伊頓」譯爲「他媽媽無力再供他上昂貴的私立中學」。對於目標語讀者而言，他們的假設並沒有錯。在這樣的文章脈絡中，「雙聯姓」與「伊頓」的功能比其描述來得重要，但是「雙聯姓」與「伊頓」都是重要的文化事實，通常不應剝奪 TL 讀者知的權利。

功能往往比內容本身更簡單、更簡潔、更有力，有時譯者會忍不住以功能取代內容（例如以「昂貴的私立中學」取代「伊頓」），但這應是別無選擇下的決定。通常正確的翻譯應該兩項要素都要照顧到。例如鋸子是用來切割物品的，但要將鋸子與其他也能切割物品的工具區別開來，那麼描述就不可或缺。從辭典中可以發現，功能（或目的、意圖與理由）在以往的確是受到忽視的，但我們也不能矯枉過正，完全忽略描述。功能是廣泛、簡單的，特別適合用來做溝通翻譯。描述則提供細節，讓功能更爲精準，是語義翻譯的特色。如果爲了簡潔，兩者之間必須放棄其一的時候，通常得犧牲描述；但實際上不要太快放棄，即便是「雙聯姓」仍可譯爲「流行的兩家族共組姓氏」。

專名衍生詞與字頭語的翻譯
THE TRANSLATION OF EPONYMS AND ACRONYMS

定義（Definition）

我把「專名衍生詞」定義爲和專有名詞同形異義或由專有名詞衍生的詞。這是操作定義，與一般辭典中的定義不完全相符，各辭典的定義差異也很大。最早的專名衍生詞就是 academic（學術的），是從柏拉圖授課的 *Akademos* 學院衍生而來，但現在原來的意義已經完全遺失

11 通常是兩大家族聯姻之後共組的新姓氏，例如已故英國皇太后的姓氏就是 Bowes-Lyon。但現在不只是貴族會用雙聯姓，有時是因為女方不願放棄原來的姓，婚後也會採用雙聯姓；有時純粹因為姓氏平凡，如 Smith，也會採用雙聯姓來增加特殊性，如 Black-Smith。

了，無法讓人「感受」，翻譯時也不會注意到。同樣的例子還有法文的 *limoger*（降級）[12] 與英文的 boycott（抵制）[13] 等。

我建議將專名衍生詞分爲三類，即人名、物名與地名衍生詞。

人名衍生詞（Persons）

有些東西會採用發明者或發現者的名字來命名。翻譯時的困難，就是這些名字可能有其他替代名稱，例如：「洪堡洋流」[14] 也稱「祕魯洋流」；或是發現者的眞實性仍有爭議，例如「阿諾膜」（Arnold's fold）[15] 在法文中叫做「卡氏膜」（*valvule de Krause*）；更經常的情況是以專業的名稱加以取代，例如把「赫欽森氏血管瘤」（Hutchinson's angioma）翻譯爲「匍行性血管瘤」（*angiome serpigineux*）。目前的趨勢是逐漸以描述詞彙取代人名衍生詞，例如「德維燈」（Davy lamp）現在多半稱爲「礦工安全燈」（*lampe de sécurité de mineur*）。

歐洲語言中，人名衍生詞成長最多的，就是將著名人物的名字轉變爲形容詞（字尾加 -ist）及抽象名詞（字尾加 -ism），意思爲「與……有關的」、「受……影響的」，「由……所提倡的思想或特性」等。這常用於法國政治人物與作家（但不包括藝術家與作曲家），由此創造出的短詞如「吉哈度式的優雅」（*une préciosité giralducienne*）[16] 非常流行。這樣的趨勢目前已用於政治人物，他們的名字加上字尾即成新詞，但會隨著政治人物過氣而消失，例如英國工黨裡的「班恩派」。其他還有「柴契爾主義」、「斯加吉爾政策」、「李文斯頓專家」、「雷根經濟

---

12 Limoges 是法國地名。第一次世界大戰時，法軍統帥把許多軍官下放到遠離前線的 Limoges。後來就衍生出 limoger 這個動詞，表示「降級」的意思。

13 Boycott 是英國人名，十九世紀時在愛爾蘭放租，因為作風惡劣，導致租户群起抵制。

14 Humboldt Current，流經南美西岸的洋流，以十九世紀發現此洋流的探險家 Baron Alexander von Humboldt 命名。

15 淚囊上接近淚管的薄膜。

16 這個形容詞的來源是 Jean Giraudoux，二十世紀早期的法國劇作家。

學」（Reaganomics）等等。有時法文會衍生出不同的衍生詞，分別代表無價值判斷的與有價值判斷的，例如從戴高樂衍生的 *gaullien*（戴高樂式的）和 *gaulliste*（戴高樂派的）有不同的含意，英文的 Marxian（馬克斯式的）和 Marxist（馬克斯主義的）也有不同的指涉。有時某些人名衍生詞可能有多義，例如「莎士比亞的」或「邱吉爾式的」，只能由搭配詞和上下文來判斷。

翻譯人名衍生詞時最大的問題，就是譯文是否可以爲讀者所了解；不論是名詞或形容詞的「李維斯派」，在英文中很方便，一個字就可以代表某些文學評論的原則。但對大部分的目標語來說，這個詞都不太有用，除非先解釋那些文學評論的原則，並略提李維斯與這些文學評論的關係。這些在英文中的聯想（例如：蕭伯納就會讓人聯想到機智、諷刺、社會批評等）需要加以說明。有些專名衍生詞的意義單一，如「吉斯林——賣國賊」[17]、「卡薩諾瓦——大眾情人」[18]、「猶大——叛徒」[19]，我們對這些人物的其他層面也所知不多，通常都是直接用外來語的方式翻譯。在此情況下，如果讀者不了解人名衍生詞的意思，也不必加註解釋，而要思考是否值得將人名與其意思一併譯出，考量因素包括文化上的興趣、重複出現的可能或重要性等等。有時某些人名的意義很「地方性」，可能也只是一時流行，就可以省略人名不譯，只要翻譯出意思就好。另一些人名如但丁、莎士比亞、歌德等，這些人名都已成 TL 的慣用語了，雖然 SL 與 TL 的聯想或許有些不同[20]。

17 Quisling，二次大戰期間的挪威軍官，在德國占領挪威期間與德國合作，因此成為賣國賊的代稱。

18 Casanova，十八世紀義大利外交官、探險家、間諜、作家。外貌俊美，據稱情人無數。

19 Judas，出賣耶穌的門徒。

20 這類名人的中譯用字已經固定，在中文的創作中也會加以引用，因此在中文裡會引起固定聯想，只是這些聯想很可能和義大利人、英國人、德國人的聯想不同。

物名衍生詞（Objects）

在此類中，我們首先要談的是品牌名稱「獨占」其所屬產品，一開始只在其國內，之後則是成爲全球這類產品的代名詞，例如「阿斯匹靈」和「富美家」[21]，這些詞唯有當讀者不太了解時才需要略加解釋。其次，你必須有意識地抗拒製造商的宣傳企圖，例如以「保樂力加」（Pernod）作爲葡萄烈酒的代稱、「富及第」（Frigidaire）作爲冰箱的代稱、「維可牢」（Velcro）作爲魔術沾的代稱等。適時應用簡短的描述性詞句加以翻譯（有時不太容易），而不要直接借用外來語。不過有時爲時已晚，只得接受 TL 的標準詞[22]，不論是物名衍生詞或其他習慣的翻譯；但一定要避免或盡量少用華而不實的空話。

地名衍生詞（Geographical names）

地理名稱若能夠引起明顯聯想，也會出現衍生詞。首先要注意納粹時期的集中營所在地，如貝爾森（Belsen）、達豪（Dachau）等等，這些詞應該保持原狀，必要時加上簡單解釋，畢竟記得這段歷史是基本的教育。其次，要注意慣用語中的地名衍生詞，例如： meet your Waterloo（這是你的滑鐵盧——慘敗）翻譯成法文的時候，就不必翻出「滑鐵盧」這個地名，簡單用 *faire naufrage*（失事、失敗）即可； from here to Timbuktu[23]（從這裡到廷巴克），法文中可能會用 *d'ici jusqu'à Landerneau*[24]（從這裡到朗德努）。最後，要注意媒體愈來愈喜歡用政府所在地、建築物或首長官邸或街道名來替代國家政府的名稱，例

---

21 Formica，發明美耐板的廠商，遂成為此種塑膠貼面的代稱。中文的例子有「王子麵」、「OK 繃」、「撒隆巴斯」等，也都多少成為同類產品的代稱。

22 例如筆者 2005 年在北京地區喝咖啡，服務生問「要不要加伴侶？」，就是以雀巢公司的「咖啡伴侶」作為奶精的代稱。雖然不妥，但可能已廣為接受。

23 Timbuktu 是西非城市，在英文中用來指「遙遠、偏僻、遠在天邊、不知道在哪裡的地方」。有點像是台灣用「烏魯木齊」來代表「不知到哪裡去了」的味道。但我們若與新疆、中國西部人士交談，自然不宜再用這個地名衍生詞。

24 法國不列塔尼地區的古鎮。

如：「白廳——英國政府」、「五角大廈——美國國防部」；「佛里特街（Fleet Street）——英國報社街」。

字頭語（Acronyms）

我對字頭語的定義也跟傳統有點不一樣，我是指：以一組字詞中每一字的首字母組成一字，用來指稱物品、機構或程序。我首先要提醒的是，有時候這種字頭語僅用於一篇文章中（例如學術論文），就不要浪費時間在一大堆參考書籍中尋找其出處，因爲這種字的組成應可在文章內文中找到。通常譯者不應自行創造字頭語，除非是上述這種單一文本所用的情況。其次，字頭語可以或不應直接使用，取決於許多文化因素（例如讀者、對翻譯的觀點等「標準」），但功能無論如何都勝於描述。因此，政治團體的字頭語往往都直接借用，但目前看來，知道法國 RPR 代表「戴高樂路線」，比知道此字的組成是 *Rassemblement pour la République* 或將其譯爲（毫無意義的）「共和聯盟」要來得更重要。其他有關字頭語的翻譯，請參閱第十三章。

常用代換詞[25]

FAMILIAR ALTERNATIVE TERMS

有很多字看起來好像無法翻譯，例如 *L'Armorique*[26]、*lo Stivale*[27]、*Hexagone*[28]、*Lusitanien*[29]、*helvétique*[30]。但事實上這些詞並沒有翻譯的困難，通常只是常用的代換詞，使用者往往只是有點惺

25 原註：原刊於 *Lebende Sprachen*（活語言）期刊。

26 阿莫尼卡：法國布列塔尼的舊名。

27 靴子：指義大利。

28 六邊形：指法國。

29 盧西塔尼亞：羅馬時期的一省，相當於今天的葡萄牙。

30 海爾維希人：亦為羅馬時期的一省，相當於今天的瑞士。以羅馬時期地名作為常用代換詞，相當類似於中文用春秋戰國時期的國名晉、魯等作為山西、山東的代指詞。

惺作態。如果目標語的讀者不熟悉這些代換詞，譯者只要以一般中性的名稱翻譯出「布列塔尼」、「義大利」、「法國」、「葡萄牙人」、「瑞士人」即可。下面這些常用代換詞可能不容易在參考書中查到，例如「哥尼斯堡的哲人」指的是德國哲學家康德、「針線街的老夫人」指的是英格蘭銀行。

其次，許多同義複詞，例如 freedom 和 liberty（都是「自由」之意）、*Sprachwissenschaft* 和 *Lïnguistik*（都是「語言學」）、ecology 與 environment（都是「生態環境」）、daring 和 audacity（都是「大膽無畏」）、memoirs 和 autobiography（都是「自傳」）、aid 和 assistance（都是「協助」）等，常用來彼此替代，此時譯者要注意不要把這些詞譯為不同的意思。作者通常會潛意識地對這些詞有特定的偏好，有時只因為其中之一比較好聽罷了。

就像我們常給親朋好友取小名、暱稱一樣，因此熟悉的物體與行動往往也有常用代換詞，有時會被錯誤歸類為俚語、口語、粗話、流行用語。這些代稱已不再是宵小、盜賊、騙子、流浪漢、勞動階級者所用的行話暗語，而是大眾好用的親切用語。法文中的 *mec*（傢伙、人）、*nana*（情婦）、*môme*（小子）、*fric*（錢）、英文中的 kids（年輕人）、bird（小妞）、tart（妓女）、job（搶劫、偷東西）等等，如果在目標語中沒有對等的常用代換詞，翻譯時必須採用中性的詞句。我認為，這些字（我猜測一種語言中大約有兩百字左右）必須在學習外語的初期就教授給學生，但據我所知甚少有老師如此做。我認為這些字詞比片語或慣用語更重要。

新聞中常常可以見到代換詞，現在也愈來愈常用於正式的資訊性文章中，特別是英文與法文，表面上是性別與階級的禁忌愈來愈少（其實沒有）。因此對一家法國報社而言，使用 1973 年創造出的新字 *loubard*（退學生、中輟生），連「所謂的」都不加，只不過是表示自己也屬流行的報社罷了。英文或德文較常用引號或斜體字來標註出新創字或俚語。一般而言德文都較爲正式，因此常見的替代詞不若英文多，也較常是奧地利人在使用，而不是德國人。

有時要區別俚語與常用代換詞並不容易；口語與俚語間的定義並不明確，因此替代語往往都被視爲俚語。

譯者在翻譯前，必須仔細考量作者使用常見代換詞的原因，再予以適當的翻譯。cash 與 lolly 都代表「錢」，使用的可能原因爲：（a）避免不必要的重複；（b）表達親切感，拉近與讀者間的距離；（c）打破慣例，讓讀者嚇一跳；（d）炫耀，表示作者見多識廣，走在時代流行的尖端。

順便一提，確定作者使用的原因並不會影響到翻譯的結果，特別是當目標語中也有理想的對等常用代換詞。實際用於翻譯的所知，相對於背景和譯者考慮過的東西，就好比是冰山一角與冰山間的關係。舉例而言，譯者必須注意原文所有的聲音效果（諧音、行中韻、節奏與韻律的效果、頭韻法、擬聲法，這些用於詩歌與廣告以外的情況，比一般想像還要多），但譯者對這些字詞卻極少做處理，因爲處理起來需要後設語言的添譯（也是一種翻譯手法）。大部分讀者所見的，都只是譯者所知的冰山一角罷了。

常用代換詞可能來自於切口（黑社會語言）；或古語新用，例如海爾維希人；或由隱喻轉變而來，如用「麵包」代替錢；或來自縮寫或外號，例如英國上層階級的男性，會在他們痛恨的學校生涯中使用的幼稚外號，以證明他們也是人（如 Dizzy 、 Smithy 、 Robbie 、 Plum 、 Nobby 、 Sonny 等等）。還有地區的方言字、專門行業的術語，或就是同義字。

有時其他字詞取代有其理由[31]，例如用 car 取代 automobile ，是

31 原註：參見 Waldron ， 1979 。

因爲使用頻繁，短字比較方便；hairdresser（美髮師）取代了 barber（理髮師）、funeral director（禮儀師）取代了 undertaker（抬棺人），是爲了尊重從業人員。這些都不是我所謂的常用代換詞。

雙語地區（或前雙語地區）很容易出現常用代換詞，尤其是地名。在雙語地位有高低階級之分的地區[32]，地位較低的語言常會變成常用代換詞。關於有國土收復爭議的地區，譯者必須區別這些地名的使用是否具政治意義，還是單純的替代。當一個國家或城鎮有了新的名字後，我認爲譯者與其他人都應接受新名字，不要隨便更動，尤其如果這個地區具有相當的政治敏感性[33]。這是一個非常大的題目：有些人覺得常用代換詞是一片敏感的無花果葉，用來遮掩各式各樣的剝削，而另一些人則無辜地以代換詞表達溫暖的感情。

不只是詞彙，我猜許多人也常用代換句法結構，即使不合乎標準文法。例如口語中 I 與 me 可以互換，we 和 us、she 和 her 也都可以互換。

學術論文中也會出現用常見的 eczema（濕疹）取代 dermatitis（皮膚炎），用 measles（風疹）取代 rubeola（蕁麻疹），用 chickenpox（水痘）取代 varicella（水痘）[34]，雖然力圖保持醫學神祕感的人士會反對這樣的做法。同樣地，如果我們接受 neither are 是 neither is 的常用代換詞，雖然會觸怒正統的文法家，卻可終結此類不必要的爭執[35]。

---

32 原註：參見 Ferguson，1975。但他認為地位較低的語言功用是對僕人、侍者、工人、店員傳達指令等，這一點我不贊同。難道 Ferguson 還生活在這樣的世界嗎？

33 此處紐馬克提到，許多馬克思主義者認為，用「俄羅斯人」取代「蘇維埃人」是對蘇維埃政體有敵意的表示。但因政治結構的變化，此例已無意義。此段其他例子如東德、捷克等也有類似的狀況。

34 原註：但以黃疸（jaundice）取代肝炎（hepatitis）是錯誤的。

35 原註：參見 Crystal，1981。其中有許多其他的爭論，只要運用常用代換詞的概念，都可以平息。

常用代換詞最重要的一點，就是避免不當地使用。在某些文章，一定要用 neither is 、 I 、 dermatitis 、 Norma Jean（諾瑪・珍）[36]，不能夠使用代換詞。其他則是品味的問題了，這屬於翻譯的第四個層面（在科學、技術與藝術之外），因此不必做無謂的爭論。

不論是譯者、教師、或辭典編纂者，都應該記住：大部分的常用代換詞，即使只是頻繁地作爲某些其他字詞的同義詞，本身還是帶有自己的含意，字典中應該可以找到。例如，在艾芮卡・瓊（Erica Jong）著名的詩作〈希薇亞・普拉絲活在阿根廷〉[37] 中，「諾瑪・珍」所指的不僅是「瑪麗蓮夢露」，更是那個成長在破碎家庭、既不快樂又可憐的小孩。「阿莫尼卡」可能眞的是指古羅馬時期的布列塔尼，而不是現在布列塔尼的代稱。而用「風箏」（kite）替代「空頭支票」（prang），可能是爲了炫耀，或表達自己也是某群體中的一份子。一本好辭典或是百科全書，應該將某個字詞的所有含意都收錄在內——而我本人則認爲一本好的辭典其實應該是一部百科全書。

因此，常用代換詞與翻譯理論、語言學習、辭典編纂都有關聯，雖然易受變幻莫測的時尚潮流影響，卻也是回應人類不斷的語言需求；雖然有可能使深刻的社會、道德、和兩性關係的議題變得晦澀難懂或濫情，但也眞實地包含了所有的人際關係。常用代換詞具有強大的凝聚力，在法文和非正式的語言中尤其如此。

何時以及如何改進原文
WHEN AND HOW TO IMPROVE A TEXT

我首先還是要提醒各位，如果你翻譯的是表述類的文本，無論原文所用的語言風格如何怪異、陳腔濫調、充滿空話、贅述、標新立異、不自然，你都無權去改變它。你必須追求相同的文體，即使牽就

36 瑪麗蓮夢露（Marilyn Monroe）的本名。

37 "Sylvia Plath is alive in Argentina"

TL 的文體規範稍作讓步，但整體來說，作者的性格比語文規範更重要。翻譯非文學的內容時，例如戴高樂總統的說話，也許可以做比較大的讓步，因爲是針對特定的讀者發表的；但創作性的文學作品就不行。我的建議是，翻譯表述類文本的時候，如果有任何的意見（例如更正事實等），應加上有註明譯者名字的註腳。

不過，我在這裡要討論的是「不具名」的文本，主要是資訊類文本，或許包括呼籲類文本。此時譯者的首要之務在於忠於事實，而且你猜想原文作者如果知道你所做的事實更正（如果有此需要），或是做了一些小的修訂潤飾，讓他的文體更妥當，他應該會感激你。

以下我列出若干項目並舉例說明，在哪些情況下翻譯可以「更正」並改進原文，但也僅限於原文在寫作上有瑕疵，或對於假定的讀者群所提供的資訊不夠充分時才能爲之。

一、邏輯順序（Logical sequence）

包括時間順序、空間順序、論據順序等等。我舉一段取自高爾斯及符瑞澤（Gowers and Fraser）1977 年的文章作例子：

A deduction of tax may be claimed in respect of any person whom the individual maintains at his own expense, and who is (i) a relative of his or his wife and incapacitated by old age or infirmity from maintaining himself or herself or (ii) his or his wife's widowed mother, whether incapacitated or not or (iii) his daughter who is resident with him and upon whose services he is compelled to depend by reasons of old age or infirmity.

（任何自費扶養其他個人者皆可獲減稅，唯受扶養者係 (i) 本人或其妻之親屬，且因年老或身體虛弱而無法工作者，或 (ii) 本人或其妻孀居之母，無論是否有工作能力，或 (iii) 本人共同居住的女兒，因本人年老或身體虛弱而必須仰賴其女照料。）

以下則是我改寫前段之「譯文」：

If you maintain a relative of yours or your wife's who is unable to work because of old age or infirmity, you can claim a tax deduction. You can also claim a deduction if you maintain your wife's or your old widowed mother, whether she is unable to work or not. If you maintain a daughter who lives with you and has to look after you because you are old or infirm, you can also claim an allowance.

（若您扶養自己或妻子的親屬，且該親屬係因年老或身體虛弱致無法工作者，可申請減稅。若您扶養自己或妻子孀居之母，無論其是否有工作能力，亦可申請減稅。若您扶養與您共同居住之女兒，因您自己年老或身體虛弱，必須仰賴女兒照顧，亦可申請減稅。）

在此請注意兩點。首先，第一段資訊類的文字被轉變成一段呼籲類的文字，目的在於對讀者的語用效果；其次，因果關係的邏輯，或條件、前提與結果的邏輯，由第一段中不帶情感的一句長句，轉變為強調三次。

第二個版本是否比較理想，須視譯者的目的而定。改寫的主要準則，在於譯者是否能幫助來源語作者傳達給讀者，而不加以扭曲。史學家埃曼紐．勒華拉杜里《蒙大猶》[38]的英文譯者重新整理了原文，有其邏輯上的理由。原文如下：

A un niveau encore inférieur, on trouve la Chapelle de la Vierge: elle est liée à un culte folklorique, issu de rochers à fleur de sol. Le cimetière local flanque ce bas sanctuaire, dédié à la Mère de Dieu.

[38] Emmanuel Le Roy LaDurie，當代法國史學家。*Montaillou* 是其重要著作，探討中世紀法國南部地區一個異端小城鎮蒙大猶的各個層面。

（再往下走，會遇到一座聖母堂：與源於當地鹽岩的某傳統民間宗教有關。當地墓園就位於這間供奉聖母瑪利亞的小教堂兩側。）

譯文如下：

Lower down still, surrounded by the local cemetery, there is a chapel dedicated to the Virgin Mary, though it is also linked to a traditional cult connected with some nearby rocks.

（再往下走，在墓園當中，有一座供奉聖母瑪利亞的小禮拜堂，不過這座禮拜堂也和源於附近岩石的某傳統教派有關。）

譯者注意到原文中的「墓園」只是附帶一提的，打斷了原來的思路。此外，還有兩組指涉同義詞也是多餘的：*Vierge*（處女——指聖母）和 *Mère de Dieu*（聖母）、*chapelle*（小教堂）和 *bas sanctuaire*（小的聖地）。

因此他將「墓園」放到一個從屬性的位置，並且去掉了禮拜堂的指涉同義詞。這對勒華拉杜里的原文無疑是一種改進，但問題是：譯者是否有權去改勒華拉杜里？

二、句構不佳的句子（Syntactically weak sentences）

所有資訊類文本幾乎都可以找到結構不佳的句子，例如：

Nous avons été frappé également par le fait qu'aucun de ces enfants ne présentait de difficultés scolaires isolées ou qui auraient pu être rattachées à des causes simples, par exemple un absentéisme dû à la fréquence plus on moins grande des crises d'asthme ou par exemple des troubles instrumentaux comme une dyslexie ou une dysorthographie.

（另一件讓我們印象深刻的事，就是這些孩童沒有單一性或原因單純的學習困難，例如因經常性哮喘發作而曠課、或僅是方法問題，例如閱讀困難症或拼寫不良等。）

此處之句構缺陷，在於「單一性」和「原因單純」缺乏對等的強調，還有關於曠課的例子會削弱文中負面與正面之對比。

三、個人習慣用語（Idiolect）

大體而言，譯者都會修正個人習慣用語的怪癖和戲謔詞，特別是誇張或過度之隱喻，及言過其實的形容詞等。

在某些情況下，要分辨蹩腳的寫作和個人習慣用語並不容易。不過譯者也無須分辨，只修正成一般用語即可。

再者，專家可能會說精神治療是 *une arme à divers volets*（很多門的武器）。這個古怪的隱喻，翻譯應盡量合理化，例如寫成「有多種用途的療法」。

四、語意含糊不清（Ambiguity）

語意不清可能是故意的，也可能是無心之過。若是故意的，應盡可能在譯文中保持模稜兩可，有時則必須將文句的兩種意義分離出來。例如 *Le Ministère est responsable de ces difficultés*（內閣要爲這些問題負責），有時可能應譯爲兩句：The Ministry has caused these problems and is responsible for their solution（這些問題是內閣造成的，應該由內閣負責解決）。

若是無心造成的模稜兩可，則應在文中予以澄清，但譯者應注意不要造成誤解。例如 I did not write that letter because of what you told me「我聽了你的話（你叫我別寫）沒寫那封信／因爲你告訴我的事情，我沒寫那封信」，比較可能是第二種情況：*En vue de ce que tu m'as dit, je n'ai pas écrit cette lettre.*

五、隱喻（Metaphor）

理論上，隱喻只適用於資訊類中較流行或新聞性的文本，以引起讀者興趣。事實上，概念式思考充斥著基本、普遍的，多少已過時的隱喻[39]，經常都是依字面直接翻譯（這些是「同形的」隱喻），譯者卻往往很少注意到其意象。心智世界全是隱喻的，因為那既不是有形的，也不是文字的。

縱然如此，我們一般仍然認為，不當的隱喻在任何形式的資訊類文章中都不該存在。舉例來說，下面這篇關於未來車的義大利文開場白，譯者應該要抱持適當的懷疑：

Gli sceicchi obbediscono al volere di Allah. Il volere di Allah non può essere altro che buono. Dunque la stretta nell' erogazione del greggio dai pozzi del Golfo Persico non può essere altro che un bene.

英文翻成：

Sheikhs obey the will of Allah. The will of Allah can only be good. Therefore the scarcity in the supply of crude oil from the wells in the Persian Gulf can only be a blessing.

（部落酋長們服從了真主阿拉的意旨。真主阿拉的意旨絕對是好的。因此波斯灣油井原油供應的短缺絕對是件好事。）

你可能很想將前兩句都刪除，並刪減第三句。

在資訊類文章中的基本問題，是何時且如何將意義翻譯為隱喻，或把隱喻的意思翻譯出來。茲以一篇刊登在歐洲理事會國會議員大會信使報中的文章為例，譯者是否可以把 *L'Assemblée ne doit pas craindre de s'affirmer si elle veut renforcer son influence*（議會要更有影響力，就

39 原註：Lakoff 與 Johnson (1980)。

不能畏懼展現自己的立場）譯爲 It has to stick its neck out if it wants to heighten its impact（如果要更有影響力，就要將脖子伸出來）？是否可以將 *rôle de pionnier*（先行者）譯爲 path-breaking（開路）？

與其分別討論以上的實例，我建議提出一些普遍的原則：（1）在資訊類的文章中，沒有必要以隱喻來翻譯意義；（2）不考慮新穎且口語化的隱喻；（3）使用陳腔濫調的隱喻更是失去了使用隱喻的原意；（4）如果隱喻可與文章語域結合且不顯得突兀（不是把脖子伸出之類的），尤其是半技術性的詞（例如「人力庫」），如果已經有點使用過度或成爲陳腔濫調時，也就是隱喻的意象已經不強烈時，使用隱喻是合理的。最後，如果文章不太重要，翻譯問題是名符其實「學術性的」，也就是考試的時候，可能要譯出隱喻。如果是翻譯報章雜誌，要不要用隱喻其實就不是那麼重要。反而，如果隱喻難以捉摸或非常傳統，將隱喻翻譯成意義是合理的。但慣用語如 *jeter les bases de*（奠立基礎）、*Sturm in Wasserglas*（水杯裡的風暴）、*adorer la veau d'or*（崇拜金牛）等，通常都以較爲字面的方式直接翻譯。其他異乎尋常的隱喻，如 *se tremper hâtivement dans les eaux baptismales européennes à Strasbourg* 應先修飾後再加以翻譯，例如譯成 they are hastily initiated into the work of the Assembly at Strasbourg（他們在史特斯堡匆匆開始議會的工作），不應直譯爲 a quick baptism in European waters at their Strasbourg fountain-head（在歐洲水域的源頭史特斯堡行快速洗禮）[40]。

英文在運動、藝術、評論、流行音樂、財經與報章雜誌有非常鮮明的隱喻。在股票交易方面所用的詞彙，例如：bull（牛市——多頭）、bear（熊市——空頭）、gilts（金邊證券——績優股）、black（黑字——有盈餘）、red（赤字——虧損），這些字詞在譯爲其他語言時，往往會比較低調一些。其他的主題方面，英文的新聞寫作者常努力追

40 原註：這是官方譯文。

求「驚世駭俗」、「優雅」或「機智」的個人風格，通常這些風格都要靠隱喻來表現。譯者必須逐篇衡量，評估其隱喻的比例、創新程度與強度，並考量在 TL 的適當性。在機械工程與電腦科學方面，也出現愈來愈多的換喻法，但這是翻譯問題，不是翻譯理論問題。

六、贅字與陳腔濫調（Redundancy and clichés）[41]

道夫[42]提倡翻譯時要刪除原文冗長累贅的部分，並提出了豐富的例證。相對於翻譯文學理論中的陳腐空話，令人耳目一新。他取材自一般的廣告、指南、公司簡介、印刷傳單、經貿雜誌等爲例，而非取材自官方文章（官方文章中的累贅詞句是不能刪除的）。冗詞贅字多出現在固定比喻；寒暄語（自然地、當然、可以了解地）、重複出現以表示誇大（基本上、根本地）、介系詞片語（在……的水平上、在這個背景之下、有鑒於事實上……）、華麗的修辭（在歷史的長河中）、抽象的詞（發展、演變），以及能產生特殊聲音效果的同義複詞，如 might and main（重要和主要的）、 ways and means（方法和辦法）。

一般而言，譯者對原文贅字的刪除要有節制，如果不加節制，有時可能會覺得整篇文章都是冗文。

七、漏字、印刷錯誤、事實錯誤、抄寫錯誤（Slips, misprints, errors, miscopying）

如果譯者確定原作者有漏字時，譯者在翻譯的過程中直接修正錯誤即可（不須特別註明）。再者，如果 SL 中有印刷錯誤的地方，譯者也應加以修正。這是自動且必須做的修正，不必加附註解釋。

如果 SL 的作者犯了明顯的事實錯誤，譯者可以在修正錯誤後，用附註的方式解釋錯誤之處，並在需要時說明更改的原因。

41 翻譯學者如余光中、金聖華等，也都不只一次為文抨擊中文翻譯的冗詞贅字過多。

42 見書目 Duff。

譯者必須留意專有名詞，以及所有辭典中的字。因此在翻譯樊樂希向歌德致敬的演說（但這是「神聖的」，而非不具名的文章）時[43]，把 *ce n'est plus la guerre de Louis XV et de Monsieur de Thorane* 譯爲 it is no longer the war of Louis XV and Monsieur de Thorane（這已不是路易十五與圖朗親王間的戰爭），就不是好的譯法，因爲從來就沒有這個親王存在。歌德將國王駐格拉斯代表「圖朗克伯爵」（*the Comte de Théas Thoranc*）誤寫爲「圖朗親王」（*Monsieur de Thorane*），而樊樂希也不經意地將錯就錯了。翻譯時應保留歌德與樊樂希的錯誤，但在註解指出來，提供正確的資訊。

原則上，譯者的責任在於修正原文中與事實不符的錯誤，並指出任何不當之處，尤其是會有後續影響力的部分，例如統計數據、實驗等，以及作者的偏見。在資訊類的文本中，譯者效忠的對象只有事實。

八、無意義的空話（Jargon）

我認爲譯者應刪除、減少或簡化空話，我是指那些或多或少多餘的字詞，或語義太廣泛而失去意義的詞，特別是名詞態動詞與名詞態形容詞。下面就是一個「無法翻譯」的例子[44]，但我也說過譯者沒有權力說一段文字無法翻譯、不能接受或過於怪異：

To reduce the risk of war requires the closet co-ordination in the employment of their joint resources to underpin these countries' economies in such a manner as to permit the full maintenance of their living standards as well as the adequate development of the necessary measure.

（要降低戰爭的風險，就必須仔細地統合所有能加以運用的資源，以便支撐各國的經濟，使其國內仍能維持一定的生活水準，以及必要的適當發展。）

43 原註：*Variété*，IV，p. 102。

44 原註：作者為 Gowers 與 Fraser。

不論撰寫者所用的「語言」爲何，譯者都有理由將此段落縮短（除非這是一則官方文件）：

To reduce the risk of war, resources have to be adequately co-ordinated whilst ensuring that these countries' living standards are secured.

（要降低戰爭的風險，資源必須充分協調，同時保障各國的生活水準。）

譯者究竟應減少多少空話，有兩項考慮因素：（a）SL 文本的權威性（也就是說，權威性愈低的文本，譯者所能做的語言修改就愈多）；（b）SL 與 TL 的常規。如果 TL 是比較「不受污染」的，空話不容易生根的話，要刪除空洞的動詞與合成字（有許多是在十九世紀末形成的）就比較容易。例如 in the contemplated eventuality（周密考量種種可能性之下），其實就是 if so（如果這樣的話）；或自行創造的字，如 basicalisation（基本）。好作品或壞作品，無論在哪個語言中都是好作品或壞作品；沒有任何方式比翻譯更能顯現出作品的好壞了。我所謂的空話，就是陳腐、華而不實、無趣的官僚語言（官僚技術語言、大法官法庭語言、馬克斯主義、公文用語），或者某一文學／國家傳統，例如德國哲學的晦澀難懂，或十九世紀末的頹廢與宗教性寫作。

所有文章一旦經過精確的翻譯，就脫掉了當地語言和文化的保護外殼，變得非常脆弱。下面這一段文字，英文非常冗長累贅：

> One of the main objects of a theory is obviously to enable systematic and exhaustive description and explanation of each and every phenomenon regarded as belonging to the sphere it covers; and when a theory does not make it possible to account for all the phenomena recurring in the research field, and considered part of it, the fault is with the theory—and not with the phenomena; and the thing to be done is to revise the theory,

not discard the facts which resist being accounted for by its terms.[45]

(一個理論主要的目標之一，顯然就是要能夠有系統且詳盡地描述與解釋所有的現象，包括每一個被視為屬於該領域的現象；如果一個理論無法將所有所屬研究領域中的現象都涵括時，或將其視為領域中的一部分，應該歸咎的是理論，而不是現象；此時該做的事就是修正原有的理論，而不是排除無法以該理論解釋的現象。)

以上的文章本身是否有翻譯腔[46]，我不便加以評論，但從 enable an explanation 看來，很難說沒有翻譯腔。很明顯的是，英文中已經很拗口的句子，翻譯成其他語言之後，很可能會更拗口。

英國小說家查理斯・摩根（Charles Morgan）的作品（現在已經沒人讀他的英文作品了），就是屬於那種矯揉造作的雅致風格，所以在法文譯本中看起來比較好。道夫也表示過，像巴特（Barthes）這種作家，一翻譯就完蛋了。例如下文：

Bourgeois ideology can spread over everything. It can without resistance subsume bourgeois theatre, art and humanity under their eternal analogues; it can ex-nominate itself without restraint when there is only one single human nature left.

(Barthes, *Mythologies*)

(中產階級意識形態可以散播到每一樣東西上面。它可以把中產階級劇場、藝術和人文都收編在其永恆的合成物中，而不會遭到阻力；只要有一絲人性留下來，它就可以不受限地為自己除名。)

45 原註： Gideon Toury, *In Search of a Theory of Translation* 。

46 圖里教授是以色列籍的學者。

道夫追問：爲什麼這段翻譯，雖然每個字都有道理，但「聽起來有問題」。我認爲，翻譯沒有什麼問題，「有問題」的是原文。文本無可避免地在法文中聽起來比較好、比較自然；但不論用哪種語言，空話還是空話，不論跟文化的關係深或淺。

道夫也引用了相當多的馬克斯出版品，指出這些材料都是空話，又有翻譯腔。這些出版品可能出自莫斯科，或由東歐經濟互助委員會在蘇聯圈及其他國家的媒體發佈。儘管翻譯腔能夠試著減到最低，例如修正成這類的句子：「爲促進科技所採取的手段，其目的在於確保經濟上大幅且穩定的成長率，尤其是勞工的生產力，這對全民的福祉最爲有利。」然而無論如何修改，這種句子還是讓人存疑的。

九、偏見與譯者的道德責任
（Prejudice and the translator's moral responsibilities）

如我之前所言，關於資訊類文本，我特別認爲譯者的終極責任既不在讀者，也不在作者，而是要對眞相負責。這話聽起來有點大膽，但看看歷史上因爲翻譯傳遞訊息不忠實而造成的大事，我不得不這麼坦白直言。例如廣島原子彈（據說因爲翻譯的文化誤解）、引起普法戰爭的埃姆斯電報（應該有人先檢查一下俾斯麥的翻譯）、希特勒《我的奮鬥》譯本中被刪除的段落，還有前美國總統卡特及英國女皇的口譯員所犯的不可勝數的大錯誤。此外，只要發現一個重大的誤譯，其實就代表還有更多的誤譯沒被發現。對眞相負責，指的不只是物質上的眞相，也包括「道德眞相」，也就是承認人類有平等的價値，具有同樣的潛力；如果文本中違反了這樣的概念，譯者就必須在註腳中加以糾正。譯者是在兩造間斡旋，他的職責就是消除誤解。顯然地，「廚房是女性的王國，她引以爲傲且樂在其中」，或是「隨便哪個辦公室小妹都會做這件事」這類的話語，必須「如實」翻譯。但除此之外，我還認爲這些段落都要加上註腳，指出其中暗含的偏見。這將成爲譯者的職業道德規範：譯者的責任是在字裡行間圓融地「拿掉性別」（用「他們」代替「他」等等），但要小心不要弄巧成拙。

十、結論（Conclusion）

我並不是說，在處理資訊類文本時，譯者可以隨心所欲地自由翻譯。我只是建議，如果原文對風格沒有什麼企圖心，也就是寫的很糟，你有權「選擇適當的自我風格，這通常是你最清晰、最直接的寫作方式」。奎北克資訊產業部對譯者的忠告是：「倘若原文作者遵循清晰思考的原則，對翻譯會有幫助；但如果他們沒這麼做，譯者仍需力求完美。」此處產業部所指的翻譯文本，所使用的語言有固定可接受的風格，比較近於正式教科書，文字風格會比重修辭的新聞寫作來得更狹窄、更嚴格。

我還是要再次強調，譯者必須考慮到所有的字詞、片語、結構、強調語氣，如果受到質疑，譯者必須能夠說明他選擇外來語、字面翻譯、換譯或刪除的原因。沒有所謂為了「更高的事實」而犧牲作者或讀者這回事[47]。譯者應該採用原作者的語域，除非是為不同情境下的不同類型讀者翻譯，而且只有在上述討論的那些不足之處，譯者才有理由調整文本。

字詞搭配

COLLOCATIONS

語言學中，字詞搭配的傳統定義為：「習慣性常一起出現的個別詞彙單位」[48]。對譯者而言，因為字詞搭配能有效影響翻譯，屬於最

47 這裡是反駁德國哲學傳統所提的理論：翻譯並非為讀者或作者服務，而是為了追尋「更高的語言」，更接近上帝的完美語言。請參考班雅明的〈譯者的職責〉一文。

48 見書目 Crystal, D. (1981)。

重要的上下文搭配要素，因此其定義更為狹窄。主要進入高頻率文法結構的詞彙單位，也就是：（依英文、法文、德文排列）

(1) 形容詞加名詞

（a）“heavy labour”（沉重的工作）, *travail musculaire, schwere Arbeit*

（b）“runaway (galloping) inflation”（快速通膨）, *galoppierende Inflation, l’inflation galopante*

（c）“economic situation”（經濟情勢）, *situation économique, Konjunkturlage*

（d）“inflationary pressure”（通膨壓力）, *pressions (tensions) inflationnistes, Inflationsdruck*

(2) 名詞加名詞（即複合名詞）

（a）“nerve cell”（神經細胞）, *cellule nerveuse, Nervenzelle*

（b）“government securities”（國家安全）, *effets publics, Staatspapiere (Staatsanleihen)*

（c）“eyeball”（眼球）, *globe oculaire, Augapfel*

(3) 動詞加受詞，通常是由名詞表示動作；如「宣言上說」，實際動作是「宣言」。

（a）“pay a visit”（進行拜訪）, *faire une visite, einen Besuch machen (abstatten)*

（b）“score (win) a victory”（獲得勝利）, *remporter une victoire, einen Sieg erzielen*

（c）“read a(n) (academic) paper”（讀論文）, *faire une communication, ein Referat halten*

（d）“attend a lecture”（參加演講）, *eine Vorlesung hören* 或 *besuchen, suivre une conférence*

以上是最常見的字詞搭配類型。三者的重點都在名詞上，另一個元素則用來構成字詞的搭配。譯者會問自己：法文中說 *travail musculaire*，譯成英文時你可以直接翻譯過來說 muscular work 嗎？又，法文中一個「細胞」是屬於「神經」的，在英文要怎麼表示？英文中可以像德文一樣 hold 一篇論文嗎？或者通常和「一扇門」（a door）搭配的動詞是什麼？找出究竟一組字詞搭配是否熟悉常用、自然、或僅可勉強接受，是翻譯中最重要的議題之一。就像所有的翻譯問題一樣，搭配也有灰色地帶和選項：你可以 go on a visit 或 pay a visit 。請注意，在上面（1）和（2）當中，英文比較接近德文，距離法文比較遠。法文使用較多的形容詞，且不使用複合名詞，這在科技語言中尤其明顯。在拉丁語系的醫學文本中，讀者通常可以把 SL 中的「名詞加後位形容詞」群組，如 *radioactivité plasmatique*，轉換爲「名詞加名詞」複合詞 plasma radioactivity（電漿放射性），只要 SL 形容詞是由物質名詞形成的（而不是抽象的形容詞）。

翻譯過程中，處理字詞搭配的第二種有用方法就是：考量所有字彙可接受的搭配範圍。這特別適用於抽象形容詞，還有描述並敘述活動的動詞。如：*blême*（蒼白的）可以搭配「臉」和「光線」，但通常不形容物品；*trouble*（混濁的）可以搭配「視力」、「心情」、「液體」，但不能形容人；*grincer*（吱嘎作響）和「門」、「牙齒」、「金屬物品」搭配，但不和動物搭配；*keusch*（純潔）可以形容人和表情，而不能搭配物品或食物。

遇到特別的 SL 字詞搭配時，如果你想把它們同樣轉化爲不常見的 TL 字詞搭配，你就必須先辨別一般的 SL 字詞搭配爲何。（但這只限於廣告或詩的翻譯，而不適用於一般不具名的文本。）

然而，判斷是否能夠把字詞搭配按照字面翻譯成 TL 詞組，最重要的還是對字詞搭配的敏感度。例如法文的 *maladie grave*（重病）翻譯成英文時，不能翻譯成 grave illness ，而應該換成 serious illness 或 severe illness ；英文的 grave condition（事勢嚴重）在法文裡是 *état inquiétant* 而不是 *grave* ，因爲法文的 *grave* 還不夠嚴重；法文的 *contester sa gestion*（反對他的作法）在英文裡是 question 或 dispute 而非 contest his management 。

翻譯有點像是在連續不斷地掙扎徘徊中，找尋適當的字詞搭配，也就是將恰當的名詞和動詞、動詞和名詞拉在一起的過程，再來要將合宜的形容詞和名詞、副詞或副詞群組與動詞配成對，第三則是搭配合適的關聯詞或連接詞（介系詞已在副詞群組中）。如果說文法是文本的骨幹，那麼字詞搭配就是神經，在意義表達上更爲細膩、聯結複雜、且更爲精確，而使用的詞彙則是肌肉。

我將重點放在最常見的字詞搭配類型。如果一個字通常只有一個搭配字（例如一般動物、樂器、工具發出的聲音—— *miauler* (mew)、*aboyer*)，字詞的搭配選擇很少，因此問題就在於語言對比，而不是翻譯的問題，儘管這類聲音（多爲擬聲字）的比喻性質提供了替代的翻譯選擇。

爲不可數名詞尋找量詞時，字詞搭配的範圍也較小。如： cake (piece) of soap（一塊肥皂）、*Stüke Seife* 、*pain de savon* ；plot of ground（一塊地）、*lopin de terre* 、*Stüke Land* ；pat of butter（一些奶油）、*noix* 、*motte de beurre* 、*portion of butter* 或可數名詞的集合型態，如：

"flock of sheep", *un troupeau de moutons, Schafherde*（一群羊）
"herd of cattle", *un troupeau de bétail, eine Herde Rinder*（一群牛）
"set of tools", *assortiment d'outils, Werkzeug*（一組工具）
"pack of cards", *jeu de cartes, Kartenspiel*（一副牌）

我列出的只是幾組最常見的字詞搭配。有些動詞，例如 *assouvir*（滿足）實體上可與有生命的東西搭配，如人、病人、餓狼，但也可與抽象名詞搭配，如慾望、激情、貪婪、憤怒等。有幾個動詞與副詞搭配，如 work hard（用功）、deeply regret（深悔）、devoutly hope（誠摯希望），以及形容詞搭配副詞，如 profoundly unnecessary（完全沒有必要）、immensely disturbing（非常令人不安的）、totally wrong（全然錯誤）、desperately unhappy（極度不快樂），已退化成可以丟掉的陳腔濫調了。有些名詞如 *couvercle*（蓋子），自然而然會暗示、提示、或召喚一個小範圍內的動詞（開、關、開啓、打開、脫掉等）；至於 *coûter*（價錢）則是與 *cher*（昂貴）或 *peu*（便宜）搭配。有些字自然就會和慣用語搭配使用。

就我所知，唯一有系統的搭配辭典是瑞姆（Reum）的兩本極佳作品（見第十六章註 9）；內容包括了同義字、反義字和其他許多有用的資訊。

字詞搭配有許多不同的程度。有些字，例如 bandy（外彎的）和 rancid（腐壞的），物質上可能只有一種東西可以搭配使用（例如 legs「腳」和 butter「奶油」），但如果用於比喻修辭的用法，則開啓了更多的選擇（例如 appearance「扭曲的外貌」和 taste「腐敗的品味」）。能不能搭配永遠要考慮到自然和語用，而且是翻譯的修訂階段中最重要的一環。

專有名詞的翻譯
THE TRANSLATION OF PROPER NAMES

人名（People's names）

通常翻譯時，假設人名在文本中沒有特殊的言外之意，都會直接用外來語，以保存其族裔背景。

但也有例外：有時候如果聖人和君王的名字意思很明顯，會把意思翻譯出來，但一些法國君王的名字（如 *Louis* 、 *François*）都是直接使用外來語。教宗的名字會加以意譯，有些古典希臘的著名人物（法文拼成 *Platon* 、 *Thucydide* 、 *Aeschyle* 、 *Sophocle*）和羅馬的名人（Horace 、 Livy 、 *Tite-Live* 、 *Catulle*）及文藝復興時期人名（*Arioste* 、 *Le Tasse* 、 *Le Grec*），都會按照各語言的習慣拼法而有點差異[49]。在一些語言中，如匈牙利語，姓氏放在名字前面（像是 *Kádar János*）。到目前爲止，俄語字母西里爾（Cyrillic）還沒有規格化的翻譯系統，而蘇聯政府也沒有任何的打算（不像大力干預的中國政府）[50]，實在是個遺憾。

想像文學中的名字常有延伸的言外之意。在喜劇、寓言、童話故事和一些兒童文學中，名字是意譯的，如法國的 *Cendrillon*（灰姑娘）在英文中變成 Cinderela[51]，除非民族背景很重要（例如在民間傳說中）。

如果聯想（諧音和／或意義明顯的名字）與民族背景都非常重要，我的建議是：先將 SL 專有名詞的隱含意義譯成 TL ，然後依照 SL 的拼法調整，成爲新的 SL 專有名詞，在 TL 中以外來語形態出現——但通常只在 TL 受過高等教育讀者對這個角色並不熟悉的時候，才能這麼做。舉例來說， Miss Slowboy[52] 可以先譯爲德文的 *Flaubub*（weak + boy），再調整爲英式拼法的 *Flowboob* 放在德文版本中；譯成法文時，則先譯爲 *Lentgarçon*（slow + boy），再調整爲英式拼法的 *Longarson* 。這樣一來，就既能保留意義，又能顯示角色的英文族裔背景。注意，這種手法用在德文可能比法文有效，尤其在音效的部分。

---

49 原註：其他更多例子見 Newmark ， 1981 。

50 中國不但採行精確的漢語拼音系統，並大力推動中文人名「先姓後名」的標準譯法，例如 Deng Xiaoping ，已漸漸為世界所接受。

51 法文中灰姑娘的名字來自於 *cendre*（灰燼），英文中沒有直接借字，而是由 cinder（煤灰）仿造了一個名字，所以說是意譯。中文的「灰姑娘」是更明顯的意譯。

52 Charles Dickens 的小說 *The Cricket on the Hearth* 之中的角色。

霍爾曼（Michael Holman）就曾以這種手法有效翻譯托爾斯泰的小說《復活》裡的角色：*Nabatov*（俄文原名）→ alarm（俄文名字的英文意譯）→ Alarmov（把 alarm 拼寫成俄文型態）；*Toporov*（俄文原名）→ axe（俄文名字的英文意譯）→ Hackitov（用 hack 反構俄文型態）或 Hatchetinsky（用 hatchet 反構俄文型態）。

英國小說家沃德豪斯（P. G. Wodehouse）的小說《雞之愛》（*Love among the Chickens*）裡面，一隻叫做 Harriet 的雞，在瑞典譯文中改名叫做 *Laura*，我列出幾點可能的理由和考量：

(1) 因爲這是本輕鬆小說，所以 SL 書中角色的名字並非神聖不可侵犯。

(2) 這個名字是很不合時宜的，應該要能讓讀者發笑。

(3) Harriet 這個名字非常英國，並暗含了老氣、愛大驚小怪的意思。（這種個性可以和小說裡的雞角色相互對照。）

(4) 在任何 TL 中，這種暗含的褒貶之意都很難保留，因此瑞典文譯者便選取一個兩種文化都有的人名 *Laura*。

(5) *Laura* 通常都被視爲浪漫、美麗、理想化的名字（佩托拉克的十四行詩裡常用這個名字）；同樣地，對一隻雞來說非常不協調。

(6) 還必須考慮 *Laura* 在瑞典文中是否會有特殊的聯想[53]。

物名（Names of objects）

物名專有名詞包括商標、品牌、專利名稱。通常這些都會直接使用外來語，如果名稱對 TL 讀者來說很陌生的話，有時會加上範疇詞，例如 Tipp-Ex，可以翻譯成 *du liquide correcteur Tipp-Ex*（修正液提佩斯）；Tampax，可以翻譯成 *un tampon Tampax*（衛生棉條丹碧絲）；

53 原註：然而，也有反證：the Mist 頭髮噴霧據說在西德賣得很好，但是德文中 Mist 的意思是髒東西！本段也請參考 Newmark，1981，p. 71。

Anglepoise lamp，可以翻譯成 *une lampe de bureau à pièces réglables* (*Anglepoise*)（一種可調角度的桌燈）。你要注意不要變成廣告業主促銷產品的幫手，除非你是在爲廣告翻譯；至於藥品，你最好先問過藥劑師，查查這個藥在 TL 中是不是已有別的名字，加上藥物學名是比較謹慎的作法。

地名（Geographical terms）

翻譯地名，一定要跟得上時代；使用最新的地圖和地名辭典，查詢所有地名，如有必要，就麻煩該地的使館。你必須尊重一個國家爲自己的地理風貌選擇名字的權利。有些地名的英文太廣爲人知，原來語言中的地名反而不彰，例如布拉格 Prague（捷克名爲 Praha）、阿爾及爾 Algiers（Al-Djazair）、突尼西亞 Tunis（Tunus）、的黎波里 Tripoli（Tarabulus）；許多埃及和中東城鎮名稱的轉寫顯得很奇怪且任意。請注意，德國和南斯拉夫城鎮的義大利名字可能變得很不明顯，例如：*Monaco*（Munich）、*Agosta*（Augsburg）、*Aia*（Aachen）、*Colonia*（Cologne）、*Treviri*（Trier，法文 *Trêves*）；還有 *Lione*（Lyon）、*Marsiglia*（Marseille）也是這種例子。如果這個小鎮沒有正式航班，甚至沒有機場（機場的紐倫堡還是拼成 Nuremberg 嗎？）[54]，你應該鼓勵改回正確名稱的風潮（像是 Livorno、Braunschweig、Hannover），給 Romania 最基本的尊重（不要再拼成 Rumania 了）。

只要場合適當，你應該給別人「機會教育」。Austerlitz 的捷克語名稱是 Slavkov，是座位於捷克的小鎮；Auschwitz（奧斯維辛，最大的納粹集中營所在地）是個恐怖的字，應該寫成波蘭文 Oswiecim，不要再用德文名字。

54 正確拼法是 Nürnburg。

不要自己發明新的地名。德文的 *Saaletal* 就是 the Saale valley ，不要把整個字用外來語表現，寫成 Saaletal ，也不要寫成 the valley of the Saale 。 *Fécampois* 就是 *Fécamp* 這個地名的形容詞型態（不要自創 Fecampien 一字），所有法國的城鎮村莊名都有形容詞型態，翻譯時要還原成名詞型態的地名。

請注意，一般而言， the works of Mozart（莫札特的作品）這種寫法已經有點做作過時[55]，就像現在沒有人會寫 the books of the boy（那個男孩的書）。即使是專業的譯者，也常看到 *de* 、 *von* 、 *di* 就忘記撇號＋ s 的所有格用法，只會寫 of ＋名詞了（除非是 s 結尾的人名，如 Marx 、 Hodgkiss 、 Ramuz 才用 of ＋名詞）。

最後，在這個印刷錯誤的時代，不要相信任何你不熟悉的專有名詞。法國《世界報》（*Le Monde*）上一篇文章提到，在 Sofia-Antipolis（蔚藍海岸）的一個 *université d'été*（到底是政黨的夏日學校？還是夏日大學？），保加利亞出現在法國[56]？事實上，它指的是 Sophia-Antipolis ，是個幾乎在地圖上找不到的新興工業文化複合區[57]。相似的情況還有，一本德文教科書中稱呼蓋亞那有一種人叫做 *Akkawau* ，而根據韋氏字典，拼法有 acawai 、 akawai 、 acawais 或 akawais 。

最後，分清楚可以直接使用外來語的地址項目，還是廣告小冊裡的風景名勝。如果是後者的話，總有些範疇詞如「河」、「平原」、「山」、「教堂」、甚至「街」可以意譯出來。在旅遊手冊中，最好外來語加上範疇詞兩者併用。

55 比較自然的寫法是 Mozart's works 。

56 因為 Sofia（索菲亞）是保加利亞的首都。

57 但現在 Sophia-Antipolis 被稱為法國矽谷，已是非常成熟的重要科技園區了。

雙關語的翻譯
THE TRANSLATION OF PUNS

所謂雙關語，就是使用一個字（如 tit）、或兩個同音字（piece / peace）、或一組同音的詞（*personne alitée / personnalité*），同時用到它（們）可能有的兩種意義。這麼做通常是為了搏君一笑，有時也是為了濃縮表達兩種意義。雙關語在英文和中文最為常見，因為單音節的字容易製造雙關語。

如果雙關語是以 SL 和 TL 都有的希臘—拉丁文為基礎，最容易翻譯，尤其是雙關語只是用在物質意義和比喻意義的對比。例如法文如果用 *point*、*animal*、*infernal* 來作雙關語，譯成英文並沒有困難；有些字的物質意義和比喻意義都有一對一的對應字，如 sleep/*dormir*、die/*mourir*、be born/*naitre*；另外，動物（pig、ape、mouse）和顏色有時候也會有相應的雙重意義。

如果使用雙關語的目的是讓人發笑，我們通常可以用另一個意義不同、但有所關聯的字來「彌補」無法完全譯出的雙關字。這在《阿斯泰克斯》（*Astérix*）[58] 譯成多國語言的譯文中經常使用，這需要點特別的聰明才智。

詩人創作的雙關語最難翻譯，因為還有音步的限制，通常只能犧牲其中一個意思。

然而，如果雙關語的兩重意思比形式還來得重要，翻譯時可以用與原文不一致的方法重現兩種意義。例如 *dans le panneau* 指的是引進城市、容易誤導的道路指標系統（*panneau* 有兩個意思：（a）路標；（b）陷阱），這就可譯為 the signboard mess。

58 法國著名長篇漫畫，全名為 *Astérix et Obélix*，1999 年拍成電影。台灣片名叫做「美麗新世界」。

最後，如果用於 SL 的雙關語目的在說明語言、說溜嘴、或者意義比風趣幽默來得重要，則必須使用外來語、意譯（翻譯與變形）、通常還得加以解釋[59]。

雙關語的翻譯重要性不高，但趣味無窮。

度量衡和貨幣的翻譯

THE TRANSLATION OF WEIGHTS, MEASURES, QUANTITIES AND CURRENCIES

公制系統和其他系統單位（如俄國的 *verst*「俄里」）的翻譯，端賴場合和讀者而定。因此，一般報紙或期刊文章譯入英文時，單位通常會轉換成英制，即英哩、品脫、磅等等。翻譯專業期刊文章，則通常會直接使用原來單位（也就是保留公制系統）。至於食譜烹調類的文章，則會同時有英制和公制。

翻譯小說是否要轉換成英制，要看保留地方色彩的重要性而定。除非有重要的理由（如時代小說或特定地域小說），我建議你將單位轉換成英哩、磅、畝、加侖等等。要注意別混淆英噸（long ton，等於 2240 磅）和公噸（tonne），尤其是準確性很重要時。還有以前代表 10 的 12 次方的 billion，現在通常用於代表 10 的 9 次方，而 milliard（10 的六次方）已不再使用。

若 SL 中的數字是大約值，也將其譯爲大約的數值（如 10 公里約爲 6 英哩，不用譯成 6.214 英哩）。至於像 *trois dizaines*（三十來個）、*trois douzaines*（三打）等可看情況譯爲 (about) three dozen 或 between thirty and forty 等。

所有科學的翻譯都應使用國際單位（SI units），或於其他文件有需要時可加以補充。

---

59 原註：見 Newmark，1981，pp.106-7。

若英語爲目標語時，非英語貨幣通常會直接用外來語。但英文的 crowns（克朗，五先令）常譯爲 *krone*（丹麥、挪威）或 *kčs*（捷克）；英鎊通常有標準的譯法。

模稜兩可

AMBIGUITY

我所說的模稜兩可意指的是一段 SL 文字，明顯有兩個或兩個以上的意思，不論是在文本之內還是在文本之外。模糊、晦澀的文字都可以說是模稜兩可，但在此不討論刻意營造的雙關語。

一、模稜兩可的文法（Grammatical ambiguity）

如果一個句子在文本內有兩種可能的句法，那一定是失敗的句子。所有臭名遠播的模糊句子和詞組，像是 the shooting of the hunters（獵人的射擊？射擊獵人？拍攝獵人？）、flying planes can be dangerous（飛行中的飛機可能很危險？駕駛飛機可能很危險？）及一些沒那麼誇張的句子，如 modern language teaching（現代語言的教學？現代的語言教學？）、summer students' group（暑期學生的團體？暑期的學生團體？），其實都不難去除其模稜兩可的部分，只要上下文提供足夠的資訊。你必須對 SL 語言中常見的模稜兩可句構相當敏感才行。這類的模稜兩可在英文中很常出現，機會大於拉丁語系，因爲英文的詞形變化較少。另外也請注意，許多現在分詞和過去分詞常常被當作形容詞使用，然而其意義有些許不同，因此這也造成了一些模稜兩可的地方，如法文 *perdu* 可以當「遺失」的過去分詞，也可以當形容詞「被毀滅的」; *désolé* 有「抱歉」和「荒涼的」兩種意思；striking 是「打擊」的現在分詞，又可以當形容詞「顯著的」。許多德文的過去分詞也有其個別的意義。

請注意，功能詞或所謂的虛詞本身就是模稜兩可的常見來源。常見的介系詞通常有多個意義（如 *dans*、*à*、*unter*、*gegen*、*um*），有時候要明確找出這些介系詞的意思，實在是極度困難。連接詞則常有相差甚遠的不同意義（如 *aber*）；大部分的動詞片語（名詞片語較少）至少有兩個意思。

二、模稜兩可的詞彙（Lexical ambiguity）

模稜兩可的詞彙比不清楚的文法更常見，也更難釐清。字詞的意義從一種到多達三十種都有，而且各語意可能十分相近，也可能相差甚遠（如雙關語）。有時候有些字有兩個意思，在上下文中又都說得通（語用上和指涉上都有效），像 *contrôler*，「查核」或「監督」都有可能。有時候，就像你得在心裡同時譯出字的比喻意義和字面意義，你也可以在心裡把兩個語意都翻譯出來。

同樣地，究竟 *un rein énervé* 是指「發炎的腎臟」，或者是 *énervé* 過時的意思，指「受損的腎臟」，就不得而知了。

三、語用上的模稜兩可（Pragmatic ambiguity）

像 There's a bull in the field（有隻牛在田裡／外面有熱鬧好看）一個句子的意思，可能是「我們出去吧」。但因爲這種類型的語用訊號在所有語言中都很相似，因此如果沒有特殊的文化障礙，按照字面翻譯也可能是適切的做法。像是 I just came from New York 這個句子，可能翻譯成 *J'en viens*（我從紐約來）、*Je rentre à peine de New York*（我剛剛從紐約回來）、*Je débarque*（我初來此地）、*Je suis New Yorkais*（我是紐約人），視上一個句子爲何而定[60]（你想去紐約嗎？／你爲什麼看起來這個不習慣？等等）。

60 原註：見書目 Seleskovitch, D. (1985)。

無可避免地，語用上的模稜兩可，在書面語中比口語中常見得多，因爲模稜兩可就是出現在 SL 句子裡不夠清楚的語調或強調重點。例如 *on conçoit bien*（想得好）的譯法，從 clearly one can understand（顯然可以理解）到 one can't possibly imagine（一定想不到）都有可能，端視文本的語氣而定。同樣地，像 I'm working here today 這種句子的強調點何在，也只能從上下文推測，如果作者用斜體把重點標出倒有點幫助。在 1985 年歐洲歌唱大賽中， Goodnight 的意思有時是 Hello ，有時是 Goodbye ，和時間沒有關係。

四、文化上的模稜兩可（Cultural ambiguity）

原則上，文化詞不該是模稜兩可的，因爲它們指涉的是單一文化的特色。然而，如果文化特色的功能和內容在特定的時間改變了，詞卻保存了下來，但背景知識在 SL 文本中又不清楚，就會發生模稜兩可的狀況。此外，許多文化和概念字在許多語言中都很普遍，近似國際詞，有共同的部分也有不同的部分，所以究竟用的是一般 SL 的意義，還是另一種語言的意義，就很難分辨了。這類的字有： queen 、 prime minister 、 senate 、 province 、 region ，或是前面提過的 liberalism 、 anarchism 、 poverty 、 idealism 等等。

五、個人用法的模稜兩可（Idiolectal ambiguity）

你必須記住，大部分的人都會使用一些只有他們會這樣用的字，通常是因爲他們在許多場合中聽過這些字，但從來沒有查過辭典，或是他們覺得語言或思想中一時詞窮，所以拿了個不適當的字來塡補。（有些人誤以爲 jesuitical「詭辯的」意思是「扭轉批評，讓其成爲優勢」。）維根斯坦說：「一個字的意義就在於它在上下文中的用法」，這句話有時是有點道理，有時卻又似是而非。但如果譯者能從上下文確定誤用的字意，並加以修定，這可以算是個不錯的理由。（但若 SL

文本是表述類的權威文本，譯者可能必須加註說明所做的修正。）

六、指涉上的模稜兩可（Referential ambiguity）

從某個角度來說，所有的模稜兩可都和指涉有關，因爲模稜兩可就是從譯者試圖描述的現實中，迸出兩個或兩個以上的意象。但這裡我所指的是 SL 文本中專有名詞的模稜兩可，例如沒說清楚人名、城鎮名稱、或是專利產品的名字。

七、隱喻上的模稜兩可（Metaphorical ambiguity）

如果你認眞嘗試，一定可以在大部分的句子裡找到模稜兩可的部分，因爲思想的不足與鬆散，正是語言的本質。我要給你的建議簡單到似乎不必說：就是翻譯出最可能的意思，如果你覺得另外一個較不可能的意思也很重要，把它放在註腳中。此外，讓自己對外語中常見的模糊地帶保持敏感。翻譯時很少會再度犯同樣的錯誤，尤其是很糟的錯誤。犯錯是最好的老師。

第19章

翻譯考試和修稿祕笈

Revision Hints for Exams and Deadlines

(1) 如果是專業翻譯考試，你應該帶辭典，或者考場應該提供辭典。如果都沒有，應該跟主辦單位抱怨。我建議帶的書目爲：《柯林斯英語辭典》、最好的 SL 單語辭典、一本雙語辭典和《羅傑斯同義詞辭典》。

(2) 考試時間如果是三小時，你應該迅速花十五分鐘做文本分析，二小時又十分鐘翻譯初稿，剩下三十五分鐘做修訂；記得每半小時檢查一下進度。

(3) 跳行寫，並在各段之間留間隙。這讓你有更多空間做修訂。除非是困難的段落，不然不要打草稿[1]。

(4) 在所有你想查的字下面畫底線，一次查好幾個，不要一個一個查。

(5) 所有不熟悉的字都要查，而且要用 SL 單語辭典，以避免落入僞友陷阱。

(6) 所有從雙語辭典中查到的字，你應該用至少一本 SL 單語辭典和一本 TL 單語辭典再交叉複查；另外，用英文的柯林斯和韋氏大辭典查詢所有術語和（SL 或 TL 的）字詞搭配，或許能找到雙語辭典裡查不到的字。

(7) 查詢所有的專有名詞。你的翻譯可能必須將地理名詞和歷史名詞加以「分類」；不過注意，查詢工作通常會像「冰山的全部」一

1 現在的專業翻譯考試已經都在電腦上進行，不過大學部的考試有可能還是用手寫的。

樣龐大，而不只是「冰山的一角」。

(8) 不要花太多的時間在難倒你的字上。依據它們衍生和／或類似的意思，暫時先翻譯出來；然後把意義修改成最接近上下文情境的詞彙。

(9) 先翻譯簡單的段落和句子，最後一段也可以先翻，一定要翻完。

(10) 在你認爲很有機會翻對的句子上多花點時間，因爲這值得花時間。

(11) 寫出有意義的句子，或至少不要亂寫，除非你確定這段文字是嘲諷性質的，或故意弄得不合理。不要抄下辭典裡明顯不合於上下文的意思；不要被 SL 文本弄昏了頭。

(12) 基本上意義有兩種——字義和句子的意義。通常字的意義都有一定的限制，不能無限延伸；但如果文化中組合詞的方式不同（如法文說「水之堡」*château d'eau* ，等於英文的「水塔」water tower），可能要換字而不能直接譯字。至於句子的意義必須與前後的句子一致，並吻合整個段落和文本的意旨。

(13) 翻譯必須在指涉上和語用上都很精確。只有在直譯會造成指涉不精確或語用不精確時，才能放棄直譯。

(14) 文法比字彙更有彈性。有時候你可以用不同的結構、將子句改成群組、動詞改成名詞，讓你的翻譯更爲自然；用一個字無法完全表達 SL 的一個字時，用兩個字也許能成功。

(15) 善用所有時間。如果時間許可，個別審訂以下項目：準確性、用法是否自然、字詞搭配、句子連接是否合乎邏輯、標點（與原文一致或不同）、字序。

(16) 不看原文，直接讀譯稿是很重要的；特別注意不熟悉的形容詞加名詞的搭配。

(17) 將譯文與原文仔細對照，至少要確定沒有漏掉什麼字、句、或段落。你必須考慮到每個 SL 字詞的意義和功能，但未必要譯出所有的字。

(18) 專有名詞，小心爲上；但複雜句構要大膽更動。

(19) 不要用百科全書取代辭典。不要用 TL 百科全書的解釋取代或翻譯文本中的解釋。不要使用描述性詞彙（通常意義較廣）取代專業術語，除非 TL 中無此術語。反過來說，也不要用專門術語翻譯描述性詞彙；但有以下情形時或可接受：（a）SL 中無此術語；（b）描述性詞彙並不是用於製造「語言」上的對比；（c）專家告訴你用 TL 中的術語比較容易了解。

(20) 翻譯機構、文化詞和隱喻時，先考慮雙管齊下法（外來語加功能對等詞或文化對等詞），同時服務專家和非專家的讀者。（專家讀者需要的可能是外來語音譯；高教育程度的讀者需要的可能是功能對等詞，一般讀者可能需要文化對等詞。）

(21) 一個字如果愈不受上下文限制，則其基本（最常用的）意義就愈常被使用。

(22) 翻譯時文字盡可能自然，除非 SL 文本有「神聖不可侵犯」的地位，或在語言上刻意老套或創新；如果是這種情況，就得跟著原文一樣老套或一樣創新。

(23) 最後，讓你對全文的理解引領你填滿所有的缺口；不要寫下兩種以上的翻譯[2]。

(24) 只在以下情況寫註腳：

（a）把找不到的字翻譯出來時，可以加註「查無此字」，簡略說明爲什麼要這麼譯。

（b）修正文本中關於事實的錯誤。

（c）文本中有難以抉擇的模稜兩可出現，而第二種翻譯的意思譯起來也一樣適當通順。

2 這點很實際：翻譯考試時，常有學生把不知道該怎麼翻譯的字句空下來，讓老師填空；或寫下兩種翻譯讓老師選擇。這是非常不專業的表現，扣分很重。

(25) 處理容易（或看起來容易）的文本時，要格外小心。由於主考官必須鑑別優劣，因此小錯也可能會被扣不少分數。

(26) 除非你討厭鉛筆，不然先用鉛筆再用原子筆作答。

(27) 切記，指涉錯誤和語用錯誤都會被扣分。用法與正確同樣重要。

(28) 面對困難的文本，沒有所謂正確、完美、或者理想的譯法。面對一句複雜的句子，十個一流的譯者也可能譯出十種差不多水準的不同譯本。翻譯除了科學、技巧、藝術等層面之外，還有品味的層面。所以，大膽翻譯吧。

(29) 如果你是爲老闆或客戶翻譯，要在交稿時間前給自己留兩天時間，這樣你才能夠用不同角度回去看看自己的翻譯。有時候，你花在一個字上的時間，可能比整篇文章還多。

這些都是我的私房小祕訣，無所謂的主觀或客觀，僅供參考。

第 20 章

結語

By Way of a Conclusion

爲什麼翻譯這麼恐怖？第一，因爲原文可能單調乏味，儘管數據不同，但格式、風格、語域都差不多；也許文本很重要，但沈悶、枯燥、冗長、數量龐大、一再重複而無聊，這都是在機構裡工作的譯者所要面對的職業折磨。第二，因爲譯者相當脆弱；拼錯字、犯大錯、知識不足、意義如謎的 SL 字彙，一個個輪番上陣，讓人難以承受。還好，我們通常不會在翻譯中犯兩次同樣的錯誤。也許你想一個字想了很久，要忘掉也很難；也許你無心錯誤帶來的陰影太大；也許你在考過不能用工具書的考試後（不過不應該有這種翻譯考試存在），查出這個字；反正你就是會記取教訓，讓這種錯誤不再發生。這就是我的翻譯理論之用——討論會導致錯誤的步驟，確保錯誤不再發生。第三，翻譯權威性的文本時，你認爲自己可以譯得比原文好，但卻沒有權力這麼做，你無法將 SL 的用字過度引申。第四，諸多對翻譯以偏概全的印象：譯者是「影子」、沒有功勞、屬於新興而不被承認的專業、「當譯者需要的只是一本辭典」、「等到所有人都會二到三種以上的語言，就不需要譯者這種中間人了」、「寄生蟲」、「永遠無法超越原文；翻完之後，不要給譯者留活口」。

爲什麼翻譯又這麼有趣、有成就感呢？第一，因爲翻譯是解釋的過程。可能是解釋給別人聽，你的翻譯是族群間協議、健康、教育、或社會進步所仰賴的依據；或者，翻譯帶給你個人的滿足，讓你透過文字了解別人、追求概念的精微之處、設身處地認同他人；你是爲自己翻譯的，而不是爲其他的讀者。第二，因爲翻譯是種持續的追尋，在迂迂迴迴、枝節橫生的道路上追求一兩個字或眞相；儘管運氣也很重要，但譯本的成敗完全取決於譯者，所以在一連串尋尋覓覓、在書架前折騰了好幾個小時之後，終於找到你要的那個字，那種快樂眞是無與倫比。第三，因爲翻譯永遠沒有結束的一天；你永遠可以不斷改進，因爲你讀譯本給自己聽時，字字句句的聲音韻律都會帶給你眞切的風味感受。第四，翻譯的挑戰、賭注、和遺世獨立；通常你都是在爲素昧平生的作者和未曾謀面的讀者翻譯；讀者群可能無所不知，也可能一無所知，可能來自四面八方，如同人性一般多變且難以捉摸。第五，找到準確用字的快樂；簡潔有力、靈活自然的語言帶給譯者的樂趣；當你覺得你終於寫出正是作者所要的那個字，會有種油然而生的喜悅。第六，翻譯小說或自傳時，你發現自己不只和作者心有靈犀，也和主角心意相通，或是意外地發現你喜歡的某人似乎和主角很相似。

「翻譯的榮耀與辛酸」——西班牙哲學家奧爾特加-加塞特借用巴爾扎克形容交際花的詞彙來這樣描述翻譯。譯者奮力搏鬥的文本，可能是歐洲共同體的法案、專利，或者是天馬行空、盤根錯節、變化莫測的想像作品，但仍然是相當個人的搏鬥。然而我們很清楚的是，儘管在搏鬥的過程中免不了一些小缺陷，翻譯大體上還是成功的——翻譯太重要了，不能失敗。湯瑪斯曼就說過，讀俄文的經典作品在他的教育中是很重要的一環，儘管當時的譯本很差勁[1]；這也就是爲什麼所有主張翻譯不可能的理論都很可笑（蒯因[2]之後有弗羅利[3]和他的同事，班雅明由德希達繼承、德希達後又有格里翰[4]那一批人），據他們說不可能有完美的翻譯。但翻譯是個愉快的過程，而不是一種狀態——只有狀態才可能是完美的。

1 原註：轉引自 Chukovsky，1984。

2 W .V. Quine，二十世紀美國哲學家，從邏輯論證出「翻譯不確定」說（Indeterminacy of Translation）。

3 William Frawley，美國語言學家。

4 Joseph Graham，德希達的英譯者之一。1985 年編有 *Difference in Translation* 論文集。

詞彙表

（依中文筆劃排序）

一般翻譯 Institutional translation
上下文 Context
文化詞 Cultural words
文化對等譯法 Cultural equivalent
文本層面 Text level
欠額翻譯 Under-translating
主位 Theme
功能對等譯法 Functional equivalent
功能語句觀 Functional sentence perspective, FSP
句本位 Sentence-based
外來語 Transference
本土翻譯 Idiomatic translation
目標語 Target language (TL)
同化譯法 Naturalisation
名詞態形容詞 Adjectival nouns
名詞態動詞 Verb-nouns
回譯測試 Back-translation test (BTT)
字面譯法 Through-translation
字頭語 Acronym
自由翻譯 Free translation
自然層面 Level of naturalness
改寫 Adaptation
言談分析 Discourse analysis
來源語 Source language (SL)
呼籲類文本 Vocative text
忠實翻譯 Faithful translation
服務翻譯 Service translation
波紋理論 Ripple theory
直譯 Literal translation
空義動詞 Empty verb
表述類文本 Expressive text
指涉同義詞 Referential synonyms
指涉層面 Referential level
柯林斯 Collins
背景 Setting
述位 Rheme
重述 Paraphrase
修稿 Revision
朗文 Longman
格位缺口 Case gap
格位語法 Case grammar
動詞片語 Phrasal verb
國際標準組織 International Standards Organization (ISO)
常用代換詞 Familiar alternative words
連貫層面 Cohesive level

逐字譯 Word-for-word translation
描述性對等譯法 Descriptive equivalent
換置 Transposition
（華而不實的）空話 Jargon
詞彙序列 Lexical series
詞彙缺口 Lexical gap
詞彙集合 Lexical set
超額翻譯 Over-translating
溝通翻譯 Communicative translation
資訊類文本 Informative text
慣用隱喻 Stock metaphor
語用意義 Pragmatic meaning
語域 Register
語義成分分析 Componential analysis (CA)
語義缺口 Semantic gap
語義意義 Semantic meaning
語義翻譯 Semantic translation
語體翻譯 Plain prose translation
潛文本 Sub-text
範疇詞 Classifier
調節 Modulation
機器輔助翻譯 Machine-aided translation
機器翻譯 Machine translation
簡明牛津辭典 COD
翻譯手法 Translation procedure
翻譯方法 Translation method
翻譯過程 Translating process
翻譯操作 Translating
翻譯操作途徑 Approach to translating
雙管齊下法 Couplet
權威式文本 Authoritarian text
變動 Shift

人名對照表

（依中文筆劃排序）

丁道爾 Tyndale
巴蒂克 Baldick
巴贊 Bazin
文奈 Vinay
比勒 Bühler
卡夫卡 Kafka
卡特福德 Catford
布隆菲爾德 Bloomfield
布雷希特 Brecht
白居浩 Bagehot
伊斯奇勒思 Aeschylus
吉伯特 Gilbert
多雷 Dolet
艾米斯 Amis
艾克斯尼斯 Alksnis
艾略特 Eliot
西塞羅 Cicero
亨利希曼 Mann, Heinrich
克勞思 Kraus
希格爾 Segal
沙特 Sartre
沃德豪斯 Wodehouse
貝特海姆 Bettelheim
貝婁 Bellow
貝羅克 Belloc
邦克 Böhnke
里奇 Ritchie
佩利克李斯 Pericles
奈達 Nida
孟克利夫 Moncrieff
拉伯雷 Rabelais
拉辛 Racine
拉迪米哈 Ladmiral
拉提根 Rattigan
拉提摩爾 Lattimore
易卜生 Ibsen
林肯 Lincoln
波普 Pope
波爾 Böll
邱吉爾 Churchill
阿爾契 Archer
品達 Pindar
哈里斯 Harris
威克里夫 Wycliff
威爾斯 Wilss
施萊格爾 Schlegel
洪堡 Humboldt
洪寧 Hönig
胡塞爾 Husserl
迪奈 Denny
庫思摩 Kussmaul
格里爾帕策 Grillparzer
格萊斯 Grice
格奧格 George

泰尼埃爾 Tesnière
泰特勒 Tytler
海德格 Heidegger
班雅明 Benjamin
索忍尼辛 Solzhenitsyn
索緒爾 Saussure
納博科夫 Nabokov
馬爾羅 Malraux
高達美 Gadamer
康德 Kant
梅耶 Meyer
莎樂絲高維琪 Seleskovitch
莫多克 Murdoch
莫里亞克 Mauriac
莫拉維亞 Moravia
傑佛遜 Jefferson
凱恩克洛 Cairncross
喬伊斯 Joyce
杭士基 Chomsky
斯特雷奇 Strachey
普魯斯特 Proust
渥夫 Waugh
湯瑪斯曼 Mann
萊辛 Lessing
菲爾墨 Fillmore
費爾巴斯 Firbas
雅各布遜 Jakobson
黑格爾 Hegel
奧廷格 Ottinger
奧爾特加-加塞特 Ortega Y Gasset
瑞奥 Rieu
蒂克 Tieck
葛拉斯 Grass
葛林 Greene
葛瑞漢 Graham
葛蒂斯 Gaddis
葛蘭西 Gramsci
道夫 Duff
道格代爾 Dugdale
道森 Dowson
達伯涅 Darbelnet
維庸 Villon
赫爾比希 Helbig
赫爾德 Herder
德瓦 De Vaal
德里斯 Delisle
摩根 Morgan
樊樂希 Valéry
穆寧 Mounin
諾伊貝特 Neubert
霍爾曼 Holman
戴高樂 De Gaulle
韓里德 Halliday
藍波 Rimbaud

參考書目

Alksnis, I. (1980) "The Hazards of Translation". *Parallèles*. No. 3. Geneva.
Bettelheim, B. (1983) *Freud and Man's Soul*. London: Chatto & Windus.
Brinkmann, H. (1971) *Die deutsche Sprache*, Düsseldorf.
Bühler, K. (1965) *Die Sprachtheorie*. Jena.
Burling, Robbins (1970) *Man's Many Voices*. NY: Holt, Rinehart & Winston.
Cairncross, J. (1968) *Three Racine Plays*. Harmondsworth: Penguin.
Catford, J.C. (1915) *A Linguistic Theory of Translation*. Oxford: OUP.
Chukovsky, K. (1984) *A High Art: the art of translation*, tr. L.G. Leighton. Knoxville: Univ. of Tennessee.
Crystal, D. (1981) "How dare you talk like that?" *The Listener* **106** (27/9).
Delisle, J. (1981) *L'Analyse du discours comme méthode de traduction*. Ottawa: Ottawa University Press.
Dressler, W. (1973) *Einführung in die Textlinguistik*. Tübingen: Niemeyer.
Dressler, W. (1981) *Current Trends in Text Linguistics*. Berlin: De Gruyter.
Duff, A. (1981) *The Third Language*. Oxford: Pergamon.
Ferguson, C.A. (1975) "Diglossia", in *Language and Social Context*, ed. P. Giglioli. Harmondsworth: Penguin.
Fillmore, C. (1968) "The case for case", in *Universals in Linguistic Theory*, eds E. Bach and R. Harms. NY: Holt, Rinehart & Winston.
Fillmore, C. (1977) "The case for case reopened", in *Syntax and Semantics*, eds P. Cole and J.M. Sadock. NY: Academic Press.
Firbas, J. (1972) "Interplay in functional sentence perspective", in *The Prague School of Linguistics and Language Teaching*, ed. V. Fried, London: OUP.
Firth, J.R. (1957) *Papers in Linguistics* 1934-51. London: OUP.
Folkart, B. (1984) "A thing-bound approach to the practice and teaching of technical translation", *Meta* **XXIX** No. 3. Montreal.
Gadamer, H.G. (1976) *Philosophical Hermeneutics*. Los Angeles: University of California Press.
Gowers, E. and Fraser, R. (1977) *Fowler's Modern Usage*. Oxford: Clarendon Press.
Graham, A.C. (1965) *Poems of the Late Tang*. Harmondsworth: Penguin.
Graham, J. (1985) (ed.) *Difference in Translation*. Cornell University Press, Ithaca.
Grévisse, M. (1986) *Bon Usage: Grammaire Française*. London: Collins.
Grice, H.P. "Logic and conversation", in *Syntax and Semantics 3: Speech acts*, eds P. Cole and J.L. Morgan. NY: Academic Press.
Guillemin-Flescher, S. (1981) *Syntaxe comparée du français et de l'anglais*. Ophrys: Paris.
Haas, W. (1968) "The theory of translation", in G.R.H. Parkinson. *The Theory of Meaning*. London: OUP.
Halliday, M.A.K. (1973) *Explorations in the Functions of Language*. London: Arnold.
Helbig, G. (1969) *Wörterbuch zur Valenz und Distribution deutscher Verben*. Leipzig: VEB Enzyklopädie.
Holman, M. (1985) "Translation or transliteration?" *Supostavitelno Ezikoznanie* 5/10. Sofia.
Hönig, H.G. and Kussmaul, P. (1982) *Strategie der Übersetzung*. Tübingen: Narr.

House, J. (1977) *A model for Translation Quality Assessment*. Tübingen: Narr.
Jakobson, R. (1967) "On linguistic aspects of translation", in *On Translation*, ed. R.A. Brower. Cambridge, Mass.: Harvard University Press.
Joos, M. (1962) *The Seven Clocks*. Indiana University; and the Hague: Mouton.
Ladmiral, J.-R. (1979) *Traduire: théorèmes pour la traduction*. Paris: Payot.
Lakoff, G. and Johnson, M. (1980) *Metaphors We Live By*. Chicago: Univ. of Chicago Press.
Lecuyer, M.F. (1978) *Practice in Advanced French Précis*. London: Harrap.
Levy, J. (1969) *Die literarische Übersetzung*. Frankfurt.
Loffler-Lorian, A.M. (1985) "Traduction automatique et style". *Babel* **XXI**(2).
Maillot, J. (1981) *La Traduction scientifique et technique*. Paris: Eyrolles.
Malblanc, A. (1980) *Stylistique comparée du français et de l'allemand*. Paris: Didier.
Masterman, M. (1982) "Limits of innovation in MT", in *Practical Experience of MI*, ed. V. Lawson. Amsterdam: North Holland.
Mathiot, M. (1979) *Ethnolinguistics: Boas, Sapir and Whorf revisited*. The Hague: Mouton.
Meyer, M. (1974) "On translating plays", *Twentieth Century Studies*.
Mounin, G. (1963) *Les Problèmes théoriques de la traduction*. Paris: Gallimard.
Neubert, A. (1984) "Text-bound translation teaching", in *Translation Theory and its Implementation*, ed. W. Wilss. Tübingen: Narr.
Nida, E.A. (1975) *The Componential Analysis of Meaning*. The Hague: Mouton.
Nida, E.A. (1975) *Exploring Semantic Structures*. Munich: Fink.
Osgood, C.E., Suci, G. and Tannenbaum, P.H. (1967) *The Measurement of Meaning*. Univ. of Illinois.
Paepcke, F. (1975) "Gemeinsprache, Fachsprachen und Übersetzung", in *Im Übersetzen, Leben*, eds K. Berger and H.-M. Speier. Tübingen: Narr.
Palkova, Z. and Palek, B. (1981) "Functional sentence perspective and text linguistics", in *Current Trends in Text Linguistics*, ed. W. Dressler. Berlin: De Gruyter.
Pottier, B. (1964) "Vers une sémantique moderne", *Travaux de linguistique et de litterature 2*. Strasbourg.
Quine, W.V.O. (1959) "Meaning and translation", in *On Translation*, ed. R.A. Brower. Cambridge, Mass.: Harvard.
Quirk, R. (1984) *The Use of English*. London: Longman.
Ritchie, R.L.G., Simons, C.I. (1952) *Essays in Translations from French*. Cambridge: CUP.
Rose, M. G. (1982) "Walter Benjamin as translation theorist: a reconsideration". *Dispositio* **8** (19-21). Univ. of Michigan.
Seleskovitch, D. (1985) *Interpréter pour traduire*. Paris: Didier.
Sinclair, J. McH. and Coulthard, R.M. (1975) *Towards an Analysis of Discourse*.
Tesnière, L. (1965) *Elements de syntaxe structurale*. Paris: Klincksieck.
Thiel, G. (1980) Übersetzungsbezogene Textanalyse', in *Übersetzungswissenschaft*, eds W. Wilss and S.A. Poulsen.
Toury, G. (1980) *In Search of a Theory of Translation*. Tel Aviv: Porter Institute.
Tytler, A.F. (1962) *Essay on the Principles of Translation*. London: Dent.
Vinay, J.P. and Darbelnet, J. (1965) *Stylistique comparée du français et de l'anglais*. Paris: Didier.
Voegelin, C. (1960) "Casual language", in *Style in Language*, ed. T. Sebeok. Cambridge, Mass.: MIT Press.
Waldron, R.A. (1979) *Sense and Sense Development*. London: Deutsch.
Weinrich, H. (1970) *Linguistik der Lüge*. Heidelberg.
Wilss, W. (1982) *The Science of Translation*. Tübingen: Narr.

國家圖書館出版品預行編目資料

翻譯教程：翻譯的原則與方法=A Textbook of Translation / Peter Newmark 著；賴慈芸編譯. -- 初版. -- 臺北市：臺灣培生教育, 2005[民 94]
面； 公分
譯自：A Textbook of Translation
ISBN 986-154-226-4(平裝)
1. 翻譯
811.7 94020080

翻譯教程——翻譯的原則與方法

A Textbook of Translation

作者	Peter Newmark
譯者	賴慈芸
發行人	洪欽鎮
主編	李佩玲
責任編輯	鄭麗寶
封面設計	黃聖文
版型設計	李青滿
美編印務	楊雯如
行銷企畫	朱世昌、劉珈利
發行所／出版者	台灣培生教育出版股份有限公司 劃撥帳號／19645981 戶名／台灣培生教育出版股份有限公司 地址／台北市 100 重慶南路一段 147 號 5 樓 電話／02-2370-8168 傳真／02-2370-8169 網址／http://www.PearsonEd.com.tw E-mail／reader@PearsonEd.com.tw
香港總經銷	培生教育出版亞洲股份有限公司 地址／香港鰂魚涌英皇道 979 號(太古坊康和大廈 2 樓) 電話／(852)3181-0000 傳真／(852)2564-0955 E-mail／msip@PearsonEd.com.hk
台灣總經銷	創智文化有限公司 地址／台北縣 235 中和市橋和路 110 號 2 樓 電話／02-2242-1566 傳真／02-2242-2922
學校訂書專線	02-2370-8168 轉 695
書號	SU002
版次	2005 年 11 月初版一刷
ISBN	986-154-226-4
定價	新台幣 450 元

廣告回信
台灣北區郵政管理局登記證
北台字第15739號

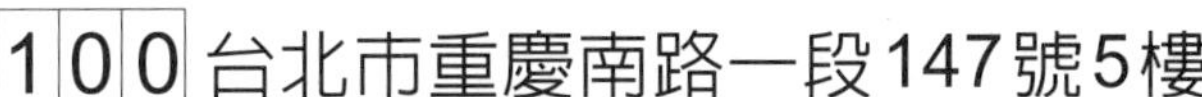

台灣培生教育出版股份有限公司　收

Pearson Education Taiwan Ltd.

書號：SU002

書名：翻譯教程—翻譯的原則與方法

回函參加抽獎喔！

（詳情請見下頁！）

台灣培生教育出版股份有限公司

感謝您購買本書，希望您提供寶貴的意見，讓我們與您有更密切的互動。

★資料請填寫完整，才可參加抽獎哦!

讀者資料

姓名：________________ 性別：______ 出生年月日：________________.

電話：(O)________________ (H)________________ (Mo)________________.

傳真：(O)________________ (H) ________________ .

E-mail：________________________________.

地址：________________________________.

教育程度：

□國小 □國中 □高中 □大專 □大學以上

職業：

1.學生 □

2.教職 □教師 □教務人員 □班主任 □經營者 □其他：____________

任職單位：□學校 □補教機構 □其他：____________

教學經歷：□幼兒英語 □兒童英語 □國小英語 □國中英語 □高中英語 □成人英語

3.社會人士 □工 □商 □資訊 □服務 □軍警公職 □出版媒體 □其他 ________.

從何處得知本書：

□逛書店 □報章雜誌 □廣播電視 □親友介紹 □書訊 □廣告函 □其他________.

對我們的建議：

感謝您的回函，我們每個月將抽出幸運讀者，致贈精美禮物，得獎名單可至本公司網站查詢。

讀者服務專線：02-2370-8168#695

http://www.PearsonEd.com.tw E-mail:reader@PearsonEd.com.tw